九珍

马洪鸣 著

北方文艺出版社

哈尔滨

图书在版编目（CIP）数据

九珍 / 马洪鸣著. - - 哈尔滨：北方文艺出版社，
2025. 1. - - ISBN 978- 7- 5317- 6335- 2

Ⅰ. I247. 7

中国国家版本馆 CIP 数据核字第 20248PP279 号

九珍
JIUZHEN

作 者 / 马洪鸣

责任编辑 / 赵 芳   装帧设计 / 书香力扬

出版发行 / 北方文艺出版社   网 址 / www. bfwy. com
邮 编 / 150008   经 销 / 新华书店
地 址 / 哈尔滨市南岗区宣庆小区 1 号楼
发行电话 / (0451) 86825533

印 刷 / 四川科德彩色数码科技有限公司   开 本 / 880mm×1230mm   1/32
字 数 / 240 千   印 张 / 10.75
版 次 / 2025 年 1 月第 1 版   印 次 / 2025 年 1 月第 1 次印刷

书 号 / ISBN 978- 7- 5317- 6335- 2   定 价 / 58.00 元

目 录
CONTENTS

体　温

　　无论我如何恳求，云朵坚持拒绝，她拒绝与我见面。听上去，云朵拒绝与我见面的理由很朦胧，她说，相见不如想念。

　　这句话像她的名字一样缥缈，虽有诗意却无暖意。云朵这个女人口口声声喊我老公，却没有让我享有老公的待遇。她躲在我的电脑里、手机里，终日对我嘘寒问暖，在现实中却拒绝与我见面。我是她的老公，我却从没有接触过她的肌肤，倾听过她的心跳，更别提闻一闻她的体香。

　　两个月前，我与云朵在网上相识，我们聊得很投机，彼此有了好感，一段时间以后，云朵主动向我表白，说她爱上了我，希望我成为她的老公。成为云朵的老公，其实也是我当时的梦想，梦想突然实现，让我欣喜若狂。登时，我对着电脑里含情脉脉的云朵大声表白，云朵，我爱你，老婆，我爱你。

　　这个夏季，天气燠热异常。我对云朵的思念也异常强烈，虽然通过一根网线，我把这些想念时刻源源不断地输送给云朵，但随着时间的推移，我的想念是越积越多，我的想念是如此沉重，纤弱的网线似乎不堪承受，我总感觉它接近崩溃的边缘。不可思议的是，日复一日，网线安然无恙。每天，除了睡觉，睁开眼，我就在线上；只要一上线，我每时每刻都关注着云朵。云朵通常起床比较晚，起床后她发一会儿呆，然后会再去睡一个回笼觉。通常，睡回笼觉之前她会发一张图片给我。这些图片，有的是一枚深情的吻，有的是一双期盼的眼，还有她曼妙的身材。有时她选用电子表情，那些表情更是夸张，同时又萌态可掬。这些图片、表情的主题都表达了云朵对我的思念，很鲜明，让我浮想联翩。

　　清晨，起床后，我首先打开手机，上线，寻找云朵。昨晚我俩的聊天记录停留在凌晨两点，云朵送给我的吻依然鲜艳欲滴地盛开在手机里。洗漱，吃早饭，出门。我一手拿着公文包，一手拿着手机。走进地铁站，潮水般的人流扑面而来，我忽然感到很虚弱和恐惧。瞅准空当，我拿出手机看了一眼被我镶嵌在桌面上云朵的照片，爱我的云朵，我爱的云朵，云朵可爱，清冽，安静，多情。此刻，她无声无息，一尘不染地对我微笑着。我喜欢这样的感受，手机里有个云朵，爱就握在我的手心里，我感到踏实和安全。虽然在现实中与云朵的见面遥遥无期，但我依然执着于爱握在手心的感受，这种感受非常真实。

　　这些年，看在薪水的面子上，我一直看上司的眼色行事。为了取悦上司，我不得不放弃我的自尊及我的胆怯，拿出更大的勇气接触社会。我的生活理念是平平淡淡，拥有一个安全的空间。我和云朵观点一致，我们只规划我们的爱，我们的世界被爱占满了。由于经济条件所限，我必须每天早出晚归，因而每天我都感到疲惫不堪。遇见云朵后，我的疲惫感减弱了许多，与此同时是日益增长的思念，我很珍惜这份思念。此外，我也非常羡慕云朵，云朵似乎非常富有，因而她活得就非常任性。不必成为朝九晚五的上班一族，只需宅在家里逛淘宝，刷微信，然后就是想念我。关于云朵的富有，我虽然好奇，却没有猎奇的举动，我与云朵之间非常尊重彼此的隐私。

在路上奔波将近一小时，我到达了公司，开展一天的工作之前，我看了一眼手机，云朵依然没有上线，早晨出家门时我发了一张亲吻的图片给她，这是我送她的早安问候，此刻，这枚亲吻仍然站在她的门外翘首企盼。

接近中午时，我利用工作的间隙正深情端详着手机上的云朵，似乎是心灵感应，手机震动了一下，这一声震动有着长长的颤音，令人浑身洋溢着幸福的战栗，与我的心跳同步。是云朵，云朵起床了，云朵上线了。云朵一上线，首先接受了我的问候，同时，她也问候了我。相比于我的呆板，云朵的问候充满了浓情蜜意。她发来微信语音，亲爱的，我起床了，我总是想睡觉，因为闭上眼你就在我梦里。接下来，云朵会去刷牙，刷牙之前，她会举着牙刷发视频给我，她说，亲爱的，现在你就是牙刷，因此，她一刷牙，我的舌尖就会有酥麻的感觉。接着云朵去洗脸，这时，我变身为她的毛巾游走在她的面庞，架不住我的央求，云朵发来洗脸的视频，我的心脏几乎要跳出胸膛，我感到口渴，却无心饮水，我的目光凝滞在手机视频上，我一口一口吞咽着口水。云朵的牙刷和毛巾，她给我看了图片，粉红色，颜色非常暖。她问我是不是喜欢这样的颜色，我说喜欢。我一说喜欢，云朵便安排了一天的活动，淘宝购物。云朵忙碌了一阵，接下来，她晒给我看的床单、睡衣都是粉红色，因为我喜欢，她刚在网上订购的。云朵这样做，我很感动，同时想入非非。

中午休息时间，为避免他人打扰，我躲在餐厅一角抱着手机与云朵窃窃私语。云朵说话的语速很慢，声音绵柔，听着她的声音，我却总能体验到一种幸福感，这种幸福感让我全身酥麻，身体有被幸福揉碎的感觉。

云朵却对我说，她和我说话时，她整个身体都在飘，她觉得自己像一只美丽的蝴蝶，栖身于花蕊。我看了一眼窗外的天空，天空灰蒙蒙的，无法让我联想到蝴蝶，但我自然地联想到一朵云，那朵云飘然而至，我伸出双手拥抱住它，怀抱里立刻拥有一团温热的虚无，这虚无是一种气息，是云朵的气息。那气息时浓时淡，演变成一种缠绵的曲调，类似于催眠。云朵从手机里悄然而至，轻而易举出现在梦境里，她和我携手展翅，我们的世界广阔，深邃。我们没有方向，我们没有目标，但我们在飘。

在梦境中醒来，不免有些迷蒙。冷清的餐厅让我接受冰冷的现实。手机里，云朵不知所终，只有上司的无数个未接来电恼怒地盘踞其间。我居然在梦境里遨游了一个小时，错过了下午上班打卡时间。匆忙离开餐厅奔向办公室，迎接我的是上司变形的嘴脸。无故迟到，错过了工作时间，自然受到责骂。提及迟到理由，虽然梦境与爱让我理直气壮，但面对威严的上司，我不习惯于为自己辩护，禁不住上司一遍遍追问，我浑身无力，软绵绵地说，我发烧了。话一说出口我便收回舌头，咬紧双唇，让刚吐出的这句话再也收不回来，让这句话制造一种病态在空气中发酵，我恍惚看见这句病态十足的言语扩张成一张病恹恹的网罩住了我，受病态牵连，我的精神状态立刻萎靡不振。我在用体温保护自己，只有一秒钟的游离，我全力以赴思念云朵，渐渐面色潮红，呼吸急促，我感觉我真的发烧了。上司诧异地盯着我，惊讶地瞪大了眼睛，语气也有了缓和，他说，看你面红耳赤，怕是烧得不轻，工作先放下，赶紧去看病。

上司如此轻信让我受宠若惊，工作迟到意外得到谅解，真是出乎意料。在迷离的眼神里，我洞悉了上司冰冷威严的外表下温暖的内心。我诚心诚意向上司致谢。

离开公司，我没有去医院，坐公交，挤地铁，我很想赶快回家。这期间，云朵有许多留言，她追问我的踪迹，一条比一条急迫。云朵的急迫让我发现了自己的价值，体察到我在云朵心目中的地位，我想，如果云朵了解了我离开公司的缘由，一定会理解我，关心我，甚至主动提出见面。这样一想，我立刻周身热血沸腾，又一次有了发烧的感觉。

当云朵的追问排了长长的一串后，我终于露面了，我延迟露面不是我刻意伪装拖延的，我在归途中始终热血沸腾，进了家，打开手机和电脑，我注视着视频中追问的云朵，内心激动万分，我如实表达了自己的状态。我说，云朵，我想你想得身体在燃烧，我一想到你，我的心就在颤抖，心一颤抖，你就出现了。云朵起初认为这是我的另一种爱意表达，她娇嗔道，你骗人。我沉默了，我们隔着网线四目相对，云朵无法体察我的体温，我也无法佐证我的清白，但云朵显然认可我热烈的情意。她接着说，老公，你真可爱。我们沉浸在甜蜜里。我们在视频里互相凝视着对方，云朵长着一张瓜子脸，鼻子小巧而精致，最夺目的是她的眼睛，那双眼睛又亮又黑，眼皮一眨一眨像是会说话。我们隔网相望，走进了彼此的目光，时间在悄悄流逝，像是经历了漫长的旅程，我渐渐感到浑身乏力，眼冒金星，一阵眩晕，我进入了一条长长的隧道，那隧道深处飘浮着一朵云，那朵云轻盈地转过身，化作云朵的笑脸。云朵终于来到了我的身边。她其实是一朵祥云，她托举着我，缠绕着我，我们渐渐上升。我们的眼前是无限的宽广的宇宙，超越了彼此的世界，超越了时空，回眸一望，那身后的隧道原来是悠长的思念，因为我们的相遇，思念在渐渐萎靡直至无影无踪。我们置身于浩瀚之中。我们手牵手，我们在飘。

我触摸了云朵的手，云朵的手温暖，柔润，这让我惊喜。我忽然就睁开了眼睛。短暂的睡眠并没有让我轻松，相反很疲乏。我闭上了眼睛，然后又一次用力地睁开，一睁眼，耳朵里便充满了云朵的惊喜，老公，你醒了！

现实中的云朵来到了我的身边，这个局面出人意料，我感谢我的身体，感谢它的燃烧。事后，云朵的讲述还令她心有余悸，原来，我们起初在视频中眉目传情，情到深处，我却在云朵面前一点一点倒下去，直至脱离了视频镜头。云朵经历了好奇，茫然和恐慌，紧接着她脱离了网线，在现实中左冲右突，凭着网络聊天的蛛丝马迹推断出我的住所，又在锁匠的协助下打开房门，终于在现实中出现在我的面前。云朵奔波的整个过程似乎出现在奇幻的梦境里，我向她隐瞒了梦境的细节，我说我昏迷了，我什么也不记得了，我不是我自己。此刻，云朵揉了揉我的眼睛，又摸了摸我的额头，她焦急地说，你额头很热，你生病了，我们马上去看医生。

我曾经设想过无数次在现实中与云朵相见的场景，这些场景中，我作为男人，无一例外，表现得绅士而睿智，健康而富有。

现在，第一次在现实中面对云朵，我的状态如此狼狈，现实中我租住的生活空间凌乱不堪，进门时随手脱下的外套，袜子凌乱地扔在地板上，茶几上还堆着昨天的方便面盒，那里面还有油腻的残汁。这一切令我局促，我试图挽回在镜头中留给云朵的整洁和光鲜，挣扎着从床上坐起来，云朵却一把按住了我，她俯下身轻柔地对我说，你别动，你需要休息。刹那之间，我混沌的头脑里注入了清新的气息，我闻到云朵身上的气息，像是带着雨露的花香，清冽，湿润，甜蜜，是云朵的味道。我用力吮吸，那气息顺着鼻腔逶迤前行，进入了我的腹腔，我在陶醉。我说，我不要看医生，我只要看你，我只要你，你是我的灭火剂。云朵的脸腾地红了，像是成熟的果实滴出了汁液。我用力拥抱住云朵。云朵的身体真软啊，比云还要柔软，我在这片柔软里很快融化了。

云朵起初怯怯的，小心地接触我，很快她紧紧地拥抱住了我，似乎在奇妙的旅程中发现了更深的空间，云朵对我的身体渴求远远超乎我的渴求，远远超乎我的想象。我们交汇成一个人，我们不存在彼此，我们只有一个人，整个世界只有我们一个人，我们锐不可当，我们所向披靡，我们的强大让我感到安全。云朵在我的身体里游走，喘息；我在她的身体里，吮吸，释放。她伸出手让我看她掌心的水珠，她说，你看你的汗水，你出了很多汗。我立刻纠正她，不是我的汗水，是我们的汗水。我将头埋在云朵的怀里，身体蜷成了一团，我感到安全舒适，我想永远这样待在云朵的身体里，永远拥有这个世界。不知过了多久，一分钟，也许一千年。云朵对着我的耳朵轻柔地说，我要起来了。我像个任性的孩子，紧紧拥抱住她，我说，我不能离开你，离开你我会发烧的。云朵被我打动了，她像个小妇人，用母亲的口吻安慰我，傻孩子，我们一天一夜没吃东西了，我弄点吃的。

出乎意料，云朵居然有一手好厨艺，她在厨房里利用简单的食材很快做了一顿丰盛的早餐。我的好胃口很快调动了云朵的积极性，她起初只是看着我吃，渐渐地，她一口口喂我吃，喂着喂着，她便把自己喂给了我。

休整一天后，我照常上班，云朵却没有离开我的生活。清晨，我去上班，她便像个主妇一样整理房间，地板擦得光可鉴人，直到纤尘不染。对于时时造访的厨房污垢，她也一一铲除，不放过任何卫生死角。她出门采购，像个精明的主妇，流连于菜市，她采购的主要是我们一天的菜肴，她会拿张纸，将要采购的东西一一陈列。

我不得不感叹生活对我的格外垂青。云朵融入了我的生活，我的生活发生了彻底的改变。尤其在黑夜里，我不再与冰冷和孤寂纠缠，我怀抱云朵，我们相拥而依，取之不尽的体温接踵而至，我们拥有彼此，便拥有了整个世界。我们用身体对话，空间里罗列着千言万语，这些语言绵长，炙热，使我的房间里暖意盎然。

一个休息日的早晨，我们枕着光明醒来。休息日的早晨，我不用去挤地铁，看上司的脸色。我可以安逸地一直躲在家里，躲在云朵的身边。这样的休息日是我生活的享受，我愿意享受生活。起先，云朵在我的怀里，后来，我在她的怀里。我在朦胧中体察到云朵微妙的举动，她在一点一点挪动我的身体，试图要脱离我，我舒展地躺着，任由云朵像一条小鱼一样施展她的细微动作，云朵喜欢这样的小游戏，我也乐于配合。渐渐地，我发现游戏情节的进展超乎我的想象，我意识到，云朵不是在玩游戏，她是在进行一场逃离，她在逃离我的身体。我闭着眼睛伸出手抓住了她的双手，云朵用力挣扎了一下，接着整个身体便扭动起来，我不由得加大了力度。老公，我要起床去买菜，你今天想吃什么？云朵的声音很轻柔却有力量，很快征服了我的双手。我松开了手，同时也睁开了眼睛。我央求云朵，我只想要你陪着我，别的我什么也不需要。云朵的脸庞有些浮肿，让我有些陌生，紧接着我发现她的眼袋略显松弛，这个发现令我内心惊诧，我闭上眼睛一把搂过云朵，云朵不再挣扎，很快顺从了我。现在，我是一条河，熟门熟路地在云朵身体里流淌，有时是惊涛骇浪，有时是微微波澜，而云朵不再是云朵，她是我的河床。

临近中午，我们两个人都饿了。老公，今天我们叫外卖吧，我饿了。云朵提议道。打过电话，我们躺在床上，继续用身体对话、交流，源源不断。

外卖来了，我套了睡衣起床付款，一共五十元。我问云朵，老婆，钱在哪里。云朵躺在被窝里摇摇头不吭声。我摸摸睡衣口袋，又去外套口袋里摸了摸，佯装猛然醒悟，我表情尴尬，对送餐员说，糟糕，我钥匙落在办公室，打不开家里的抽屉，而钱包和钱都在抽屉里，我指了指矮柜的抽屉，抽屉严丝合缝，纹丝不动地佐证我的疏忽。送餐员点点头，眼睛却凝视着茶几上的一串钥匙，那钥匙安静地躺在那里，微微泛着金属的光芒，像是一个真实的谎言，我镇静地解释说，这是我老婆的钥匙，打不开抽屉，拿不到钱。你把外卖放这，我拿了钱立刻给你送去。送餐员的表情由惊奇到愠怒到无可奈何。

送餐员拎着外卖走后，房间里突然安静下来。我羞愧难当，昨天我刚买了一台新款笔记本，花光了我本就微薄的积蓄。这是个实际问题，我的生活里出现了一个女人，开销大了，我却没有增加收入。

这时候云朵从被窝里爬了出来，她赤裸的身体微微泛着黄色，曾经雪润的肌肤似乎留在了梦里。云朵说，老公，对不起，前几天，我钱用完了，正准备告诉你。我不说话，我搂过云朵，开始吻她。云朵的舌尖在我的口腔里扭动，说不清是引诱还是拒绝。我无心细究。老公，云朵突然发出一声尖叫，明显是拒绝。云朵开始拒绝我了。为什么？你不爱我了吗？老公，我饿了。解决饥饿，这是个实际的问题。现在，这个问题尖锐地摆在我的面前，有些残酷。

这个现实问题必须由我来解决，我是男人，责无旁贷，此外还因为云朵已经断了经济来源。到我这里之前，云朵是富裕的，父母给了她大把的零用钱支配，云朵的富足来源于她的父母。云朵的父母在商海打拼多年，经营着两家服装加工厂，很有经济实力。父母视云朵为掌上明珠，倾心栽培，在国外的大学毕业后，在没有想好今后的打算之前，云朵回了国。回国后，云朵起初是快乐的，但不知从哪一天开始，她感到自己不幸福。

云朵告诉我，她发现了很多秘密，她忍不住把一个秘密告诉了母亲，母亲正在化妆，她从镜子里看着身后的云朵，表情僵冷。她问云朵，你为什么要怀疑你的父亲？云朵诧异道，我没有怀疑，我是在大街上亲眼看见他搂着别的女人。母亲纠正道，不是别的女人，那是母亲的姐妹，你应该尊称她阿姨。云朵的眼泪夺眶而出，她说，我在国外时，你知道我多想念家。母亲说，我知道，所以我们接你回来了，这和那个阿姨没有关系，我们三个人还是一个家。

母亲匆匆起身，她说，我很忙。母亲始终没有看云朵的眼睛，她似乎并不在意云朵的眼泪，她关心接她的司机到没到楼下，母亲常说，她的司机是个很有魅力的男人。母亲对着电话轻柔而甜蜜地说，我这就下来。云朵站在窗前看着母亲扑向车门，没错，她又亲眼见证了一个秘密。母亲亲昵地拍了拍司机的脸颊，司机就势吻了母亲的手，然后，车子启动，他们出发了。云朵吃惊地逃离了窗户，她不知道，这算不算秘密，如果算，她应该如何保守这个秘密。云朵被这些秘密包围着，她悲伤，恐慌，孤立无援。云朵打开电脑，她只是想暖暖身子。云朵坐在窗前，她对我说，我既然和你在一起，就再也不想回去了，他们让我恶心，我不想见他们，我很感谢你，你安静，你温暖。

在这个世界上，我有很多朋友，他们遍布全球，当然，多数集中在我的故乡。但这些好友都在电脑里，他们的身份扑朔迷离，同样，他们对我也是一知半解。我们了解对方的喜好，性格，职业，薪酬。但往往都是假象，包括友情，因为他们都是我的网友。现在，当我的生活陷入困境时，这些友情显得过于苍白和无用。我在脑海里过滤了一遍，又尝试着在朋友圈里发帖求助，却没有得到任何援助，平日里热情友好的网友像约好了似的，全部无声无息，没有网友借钱给我，我只好放弃。因为把过多的精力倾注于网上交友，现实中竟没有一个朋友。我的父母都在打工，辛苦供我上了大学，大学毕业这两年，我没能让他们过上好日子，相反，他们还在帮助我还当初的助学贷款，思前想后，我只有打电话给我的上司，经过反复掂酌，我决定找上司借钱或者支取工资。我对上司说我缺钱的理由是因为我又发烧了。上司在电话里沉默着，挂断电话之前，他说，明天到公司再说吧。

整个休息日，我和云朵就这样饿着肚子躺在被窝里。云朵对这种体验感到很新奇，她说，你知道吗？一认识你，我就有预感，你会带给我不一样的感觉，我起初拒绝见面，我担心自己承受不了失望，你没有让我失望，是你让我体验了饥饿的感觉，饥饿的感觉真好，我长这么大第一次感受到。

第二天，我早早来到公司，为了谎言不出纰漏，见上司之前，我喝了两杯滚烫的开水。上司见了我，脸上现出了吃惊的表情，他睁大了双眼盯着我说，挣钱是次要的，身体健康是重要的，你现在先去治病。说着，他递给我一个纸包，我感觉到这纸包的分量，内心一阵窃喜，我诚恳地对上司表示感谢，上司却断然拒绝了我的感谢，他说，除了部分薪水，这里面还有你的长假通知，出于对你的爱护，公司认为你必须长期停薪休假。上司拍拍我的肩膀，语重心长地说，保重身体。意外遭受如此"厚爱"，我面红耳赤，刚想辩解，上司突然惊慌地说道，你脸色通红，看来要发病了，快，快去看医生。就这样，我被体面地辞退了。

遭到了辞退，生活肯定会捉襟见肘。但是我并不悲观。等手头今天领到的钱花光后，我打算变卖物品，日新月异的电子时代，电子产品更新很快。我有一款手机，当时是通宵排队才买到的限量版，这会儿虽然被我淘汰了，但还是被有些人青睐，只要在二手货市场上亮相，还是能卖个好价钱。我这样做一是换一笔钱渡过难关，二是为更换新手机找到了理由。至于下一款新手机，我已经锁定了目标。

悻悻离开公司，我去了超市，先填饱了自己的肚子，接着我买了一大堆我和云朵最爱吃的食物。回到住所，云朵见到食物并没有欣喜，她有气无力地接过食物，眼神淡漠地说，老公，我要接着享受饥饿的感觉，我需要减肥。对于云朵的行为，我无意发表主张，我猜云朵可能是被饥饿折磨得肠胃麻木了。我说，我不喜欢瘦女孩，你应该再胖点。这句话像一针强心剂，云朵立刻振奋起来，食欲大开，一连吞了五根火腿肠。

将剩余的钱交给云朵时，我很郑重。我对云朵说，我辞职了，我要换一份薪水更高的职业，让你过上公主般的生活。云朵纠正了我，她娇嗔道，是贵妇的生活。接着，云朵吻了我，这个吻很长，有一股火腿肠的浓香。

这一夜，我们只是并排躺在黑暗里，茫然地领略着夜色。这期间，云朵在黑暗里向我伸出手，云朵的手很软，像是伸过来一个绵软诱惑的信号，有黑暗作掩护，我巧妙地躲避了这个信号。我不想做爱，填饱了肚子也不想，云朵的信号越来越强烈，她向我伸过来一条腿，我一阵惊慌，连忙将自己缩成了一团，同时急中生智，我打起了鼾，鼾声如雷。云朵终于偃旗息鼓，伴着我的鼾声，她也进入了梦乡。

深夜，我悄悄打开灯，看着熟睡的云朵，她微微皱着眉，眼睛紧紧闭着，我小心翼翼观察着她，担心她突然睁开眼睛，我猜她一旦睁开眼睛，目光中便会呈现出两片愁云，似乎还停留在对我假寐的声讨中。灯光下，云朵横陈在我的眼前，她不是蝴蝶也不是祥云，她是躺在我身边散发着体温的真实的女人。她上身舒展，一条腿却弯曲在腹下，一条腿却奇怪地横陈在床侧，整个身体像是畸形发育的豆芽，云朵的睡姿一点也不可爱，更别提雅致。云朵怎么会有这样的睡姿？我问我自己，你爱云朵吗？你爱她什么呢？你能承受因为爱她带来的生活的改变吗？你能承担责任吗？或许是我的眼神太过专注，惊醒了云朵。云朵坚定地迎接我的目光，同时她的眼神里发射出一种期待和欲望，她伸直两条腿，翻过身骑在我的身上，脸庞凑近我的脸庞，云朵说，我爱你，你爱我吗？我迟疑了下，点点头。云朵说，我爱你的安静，我爱你的体温。

这一次，云朵迎向我，她很强势。我感觉到云朵越来越重的呼吸，她的气息包围了我，令我无法顺畅呼吸。她的鼻尖触碰着我的鼻尖，灼热的气息几乎打翻了我，我的血液沸腾了起来。我有些恍惚，几天前的记忆渐渐模糊，我不能相信，眼前的云朵，是一个风一样轻、云一样柔的女人。我有些惧怕，云朵动荡的身体让我感到惊悚。云朵背对着我，她拱起的背像一座山，她身影的背后是连绵不绝的山峦，几乎要压得我喘不过气来。我情不自禁用力大喊一声，同时伸手关了灯，那些阴影消失了，云朵的动作渐渐细微而轻柔。在黑暗里，她问我，你怎么了？我摇摇头，云朵闭着眼睛，并没有体察到我的细微动作。她说，也许我们会有一个结晶，你喜欢男孩还是女孩？云朵钻进我的怀里，手指在我的胸前慢慢滑动，她兴奋地说，我会是一位好妈妈的，你会是一位负责的好爸爸。在黑暗里，她的双眼亮亮的，在我的心里像是劈开了一道闪电，这道闪电击中了我内心的脆弱，我今后的生活一览无余，我明白，我没办法承受云朵带来的生活的改变。我说，云朵，我发烧了。

　　我记得很清楚，云朵听了我的话，摸了摸我的额头，她说，没有，你的额头很凉。我坚持说，我发烧了。这一次云朵狐疑地将舌尖伸到我的嘴里，她用舌尖撩拨着我的舌尖，双手不断地抚摸我，我瑟瑟发抖，几乎无法控制。云朵停止了动作，她翻过身打开了灯，狐疑地看着我，你怎么了，你冷吗？你在发抖？我没有回答，只是不断地点头，我的身体随着点头的动作抖动得更厉害了。云朵有些不知所措，显然，她联想到第一次她用身体为我退烧的办法，因而她将我搂在怀里。我却不停地抖动，根本无法接近云朵的身体，我的抖动几乎无法控制，脸色也越来越惨白。云朵显然吓坏了，她惊慌失措地看着我，哇的一声哭了起来。

　　一连数日，我和云朵辗转于各大医院，关于我身体抖动的病因，医生的检查套路都很类似，给出的结论却不知所云，也就是说，没有一家医院，也没有一位医生，能判断出我身体发抖是否由发烧导致。事实上，伴随着身体抖动，我的体温也让医生感到诧异，我坚持说我头晕眼花，身体在发烧，但医生只相信检查得出的数据，那上面显示我的体温是正常的。在治疗过程中，云朵一直陪伴着我。她挽着我的手穿过大街小巷，穿过人流，也穿过了她的青春时光。我这样说，是因为云朵脸上的青春光芒短短几天便消失不见了。她神色疲惫，脸上的肤色泛着微黄，昔日的白净荡然无存，眼角还悄然长起了鱼尾纹。

最后，一位热情尽责的医生建议，要想查清病因进一步治疗，就要住院。我摇摇头，医生诧异地盯着我，她说，不住院怎么行呢？我坚决摇摇头。出了医院，一直沉默不语的云朵坚定地说，一定要住院，我来想办法筹钱。

回到家，见米袋里还有一点米，云朵煮了一锅稀饭，我们两个人默默无语，只是闷头喝稀饭，许久，我说，云朵，对不起。云朵抬起头，她眼里的泪珠落了下来。

喝过稀饭，云朵去厨房洗碗，水流的声音时断时续，最后，归于沉寂。云朵从厨房里出来，慢慢解下围裙，她说，我出去一下。

安顿好我以后，云朵出了家门，连日来，这是云朵第一次离开我。云朵去哪里，我没有过问，她的决定像是经过深思熟虑，也许从此告别，也未可知，我没有勇气说出挽留的话。她一离开，家里的空间便大了，我的心也就空了。我安静地躺在床上，心里也空荡荡的，也许云朵不回来了。我心里火烧火燎的感觉也没了，整个人空了，纠缠我的体温似乎也降了下来，我没有颤抖，没有耳红面赤，我很安静，这安静真好，让我得以安然入眠。

是云朵开门的响动惊醒了我，我这一觉睡得很轻松，内心也很舒展。云朵回来了，空间立刻有了拥挤的感觉，到处是云朵的气息，云朵的声音，云朵的眼神，以及我的颤抖。云朵一回来，我的内心就无法平静，身体又出现了轻微的抖动。云朵摸了摸我的额头，眉头立刻皱在一起，她说，热热的。我本想安慰云朵，张张嘴却没有出声。

云朵对着我微笑，她从口袋里拿出一沓钱摇了摇，表情轻松地说，我们有钱了，你可以住院了。但我看得出，她的笑容背后有阴郁烦躁。

见我盯着她手中的钞票满脸疑惑，云朵神色黯然，无限惆怅地说，这是我找父母要的钱，这些天，他们到处打听我的下落。我回去后，他们听说我为你治病都很生气，给了我这点钱让我打发你。云朵为我倒了一杯水，看着我颤巍巍地喝下后，云朵坚决摇摇头接着说，这怎么可能，我只要你，我不能离开你，我离开那个家了。看得出，云朵表情决然，内心却很纠结。我没有勇气给她承诺，但我可以安慰她，我说，我的家就是你的家。接下来，云朵充满信心地说，我们谁也不依赖，我们凭借自己的双手创造幸福，等你治好病，我们要出去工作。听了云朵的话，我略微迟疑，用力点点头。

靠自己的双手创造怎样的幸福呢？云朵的坚定其实并没有感染我，我的内心有一个声音在责问自己，你能承受吗？这样一问，我便胆怯了，心脏揪成了一团，血液在身体里加速流动，我不愿意在云朵面前露出我的胆怯，我感到不适，便疲惫地闭上了眼睛。一闭上眼睛，云朵便在我眼前消失了。我认为我并不贪婪，我拥有了云朵的爱情就够了，我不想得到更多。

云朵缴齐了钱，我得以住院治疗。当天，为了便于治疗，查清病因，我住进了隔离室。

隔着观察室的玻璃，云朵满面愁容，眼神里充满了关切。我向她挥挥手，然后，便安详地看着她，这样看着她的场景酷似我与云朵相识时隔网相望，通过视频交流。我们有多久没有在线上交流了？那时，我们无法体察对方的心跳和体温，却能彼此关注，恰如此刻。云朵脸颊贴在玻璃上，在和我用目光交流。我用目光告诉她，别担心，要坚强。云朵点点头表示领会，她低了一下头，只是一秒钟的低头，再与我相望，云朵已是泪水涟涟。我看见那晶莹的泪水挂在云朵的脸庞缓缓落下，一滴眼泪有多重，我不知道，也无法称量，但云朵的眼泪很重，重到我无法承受。因为云朵太善良了，她的泪水才沉重。

那道玻璃门将我们隔开，我同样感受不到云朵眼泪的温度，我断定那眼泪很炙热，因为云朵的眼睛很红，被泪水浸泡的眼睛让我不忍直视，因而我闭上眼睛，佯装熟睡。云朵见状便悄悄离开了。恍惚间我回到了与云朵隔网交谈的日子。我们从前的时光回来了，云朵的目光里又开始流动着光彩，她的声音也略带磁性。我对她微笑，然后嘴角上扬，这是央求她微笑的动作。云朵很快领悟了，她给了我一个微笑，看得出来她的微笑很甜美，而且，微笑之后，她很快低了一下头，我知道，她会送给我一个惊喜。果然，她送给我一个吻。那一次，我回赠给她一束玫瑰，她回答我说，我只要你的一束目光。

一滴泪沿着我的眼角悄悄滑落，怀念令我流连逝去的时光。我在脑海里回顾与云朵网上相识，相恋，相爱的时光，内心愉悦而甜蜜，我陶醉于回忆，我希望时光倒流，我们还回到那个网络的世界去，丢弃现实中的这些烦恼。我想在现实中，我和云朵这也算是凄美的爱情故事，我留恋云朵。我相信我与云朵的爱情，我也接受我们的爱情。我想我要得并不多。我的心很累。现实让我疲惫。

隔离室里很安静，没有云朵的声音、云朵的气息、云朵的体温。我的内心很平静。

下午，医生来检查时，奇迹出现了，仅仅住进了隔离病房一个上午，仅仅一上午我没有牵云朵的手，没有感知云朵的体温，我的身体竟没有出现抖动的症状，也没有头晕，也没有身体燃烧的感觉。我对医生说，我感觉很好。这无疑是个好消息，医生脸上的表情即刻便轻松了，她说，再观察一下，你可以转到普通病房了，或者出院。医生，我发病的原因是什么？医生定睛看着我，回答道，是隔离产生了效应，很明显，谁离你最近，谁就导致你身体产生反应，换句话说，谁带给你压力，谁就是你的病因。最后，她说，你的生理没有病，你的病在你的内心，你需要战胜你的内心。这不可能，我连连摇头。云朵离我最近，云朵是我的最爱，她怎么会是我的压力？医生显然见多识广，对于我激烈的反应，她表情平淡地说，如果你反对我们的诊断，那你还需要观察。我请求医生，别告诉我老婆诊断结果。医生见怪不怪地点了点头。

云朵回家准备晚饭了，我不知道当她再次出现时，我该怎样面对她。我怀疑医生的诊断，我一次又一次测量体温，体温正常，这个结果令我纠结万分。

深入地想下去，医生的判断很有道理，我的病因毫无疑问是云朵，只能是云朵，因为这些天，我和云朵形影不离。我假设自己是一台机器，机器仅设定两个程序，一个是拥抱云朵，一个是屏蔽云朵。我的身体很快进入了程序，结果出来了。我只要假想拥抱云朵，身体就会有燃烧的感觉，体温自然上升，很缓慢。一旦屏蔽云朵，体温就正常了。这个结果太不可思议了。我正对这个结果惴惴不安时，云朵出现在隔离室外，云朵的脸上露出了久违的喜色，她对着病房话筒对我说，医生说，你很快就会好起来，真为你高兴。话音刚落，我感觉云朵的气息便飘了过来，我的身体立刻有了燃烧的感觉，我感觉体温突然要上升了，脸色也在一点点变红。看到我面红耳赤，云朵惊慌失措，而我也很慌乱，我对云朵喊道，别说话，别靠近我。云朵显然受到了惊吓，她慌乱地退到很远的墙角，默默看着我，神情凄怆。

我只能想念云朵，甚至不能接触她的气息，否则会有发烧的感觉，这感觉太折磨人了，让我备受煎熬。看来，事实验证了医生的诊断。

这是个骇人的诊断，这是个惊人的发现，这也是个愁人的秘密，再三权衡，我不断地告诫自己，这个秘密我不能与云朵分享。

我躺在病床上，双眼瞪着天花板，病人很多，很多人的病症与我相似，我不知道医生是运用何种良方使一个个患者痊愈出院的。走廊上也布满了病床，好像这个世界都在发烧，医生和护士穿梭忙碌，健康和病态交替出现。

天花板上的乳胶漆起了皮，像是一个个止血的创口……那创口痊愈之后还会有创口……我不能这样遐想下去，我必须采取措施。到了后半夜，病房里渐渐归于平静，云朵也离开了医院。趁着医生和护士打盹之际，我悄悄起了床，装作尿急的样子奔进公共洗手间，迅速脱下病号服，换好衣服，我以健康之态溜出了医院的大门。在门诊楼的台阶上，一位护士狐疑地盯着我，继而发出质疑，她说，你是不是吴仁？你不能到处乱跑。我故作莫名其妙地回道，吴仁是谁？你认错人了吧？然后，我大摇大摆地脱离了她的视线。其实，吴仁就是我，我就是吴仁，我之所以对护士撒谎时脸不红心不跳，是因为在生活中我更多地使用我的网名——忘忧。很多时候，我确实忘记了我的本名。

生病这么多天，我拖着燃烧的身体仿佛穿越了漫长的岁月。此刻，孤独地站在车水马龙的街头，我仿佛从虚幻回到了现实中，脚下坚实的土地也在提醒我，你的体温正常，你是个健康人，这个提醒令我欢欣鼓舞，我步伐轻快地奔向城南。选择城南作为方向是因为我的住所在城北，而云朵此刻存在于我的生活里，我必须与城北背道而驰。

可以想象，我的不辞而别一定掀起了轩然大波，对于云朵来说，我是个炙热的谜团，让自己成为谜团实属无奈，我是个有担当的人，我也有责任心，但我不能背叛现实。

我给云朵发短信，我说，亲爱的，我不能拖累你，你应该有你的生活。云朵的电话马上打了进来，按下接听键，云朵焦急的声音如雷贯耳，她不断地追问我，你在哪？亲爱的，你在哪？云朵的关切如此真切，而我只能用忙音回答她。

电话不接听，云朵便接二连三地发短信。她说，亲爱的，你不能丢下我。她说，亲爱的，我要和你一起面对。她说，亲爱的，疾病不可怕，可怕的是心的分离。我一遍一遍读着云朵的短信，泪流满面。

身无分文，居无定所，我流浪在城南。很快，我的电话停机了，我无法读到云朵的短信，别提上网找云朵了，没有网络的世界，我与云朵的距离越来越远。夜深人静时我奔向城北，在城北的一条小巷里，我躲在暗处眺望我曾经的住所，有时那窗口流淌着温暖的灯光，有时又漆黑一团，我总能透过那透明的玻璃读到云朵的内心，云朵的内心驻扎着我的谜团，她焦虑，她不安，她伤心，她失望。

连着几天，我都没有看见窗口的灯光，云朵似乎离开了这里，

／九 珍／

想到她离开了，我的内心一阵轻松，随之又是一丝沉重。我不愿意离开云朵，我的生活里不能没有爱。

我迫切地需要一份工作，有了收入，我就可以上网，我就可以在网上与云朵待在一起，时时刻刻不分离。对于工作，我并不挑剔，我没有方向，也没有目标，更没有特殊的兴趣爱好。工作不要太累，不要太忙，稳定就好，我不喜欢更换。我将目光锁定在网吧，我学过计算机，做一名网管绰绰有余，这样我就可以利用工作之便联系云朵。

我应聘的这家网吧位于城南市郊，位置比较隐蔽，这比较符合我的心意，为了不与现实中的云朵相遇，我必须低调，不能抛头露面。

工作的第三天，我瞅准了一个机会，利用网吧的电脑登录 QQ 和微信，刚一上去，云朵便有了回应，可见这些天，云朵一直在密切地关注我。我说，亲爱的，我很好。云朵回信说，亲爱的，快回来治疗。我不知该如何回答云朵，我不忍心撒谎，又不便告诉云朵医生诊断的真相，我无法判断坚持谎言是善意还是恶意。正当我举棋不定时，老板走了过来，他问我，这电脑好好的，你在维修什么？我说，电脑是好的，但人坏了。老板仔细端详着我的脸庞，他说，你没病吧，你工作时处理私事，还装疯卖傻，你马上走人。

丢了网吧的工作，我不可惜，因为这几天我利用工作之便，和云朵有了联系，云朵一如既往关心我在意我，我很知足。

老实说，即使老板强留我，我依然会辞职，我担心云朵会顺藤摸瓜找到我。我不能面对现实中的云朵，这是个残酷的现实。但我又想念云朵。我想念网络中的云朵。

我又一次来到大街上，手里捏着皱巴巴的百元钞票，这是我据理力争得来的。老板说，你违规了，还想要薪水？我对他解释说，我并没有玩网游，我想念我的女朋友，只有打开电脑我才能找到她。老板脸上露出了不屑的表情，正是他的这个表情激怒了我，我不允许别人玷污我的爱情，即使这爱情藏在心灵深处。我一改温和，凶巴巴对老板吼道，我不许你玷污我的爱情！老板吃了一惊，不耐烦地吼道，马上走，带着你的爱情滚蛋！

　　马上走，很不现实，爱情不能当饭吃，我必须带着我的薪水走，我辛苦工作了三天，按协议酬劳是四百。但老板说，这四百是你为爱情付出的代价，因为你违反制度扣除了。我的爱情怎么能用金钱衡量呢？我坐下来摆出一副追究到底的气势。最后，是老板娘出来打了圆场，她说，帅哥，我为你的爱情点赞，你的爱情无价，给你一百元，买束鲜花吧。临出门，我警告老板，你记着，你欠了我的。

　　一百元，能买多少朵玫瑰呢，又能够表达多少爱意呢？我曾对云朵说过，一束花真的无法表达，千言万语都已经远航，我只想拥有灯光下，你的一束目光。现在，拥有云朵的目光对我是一种奢侈，因而一束花更是无足轻重。

　　大街上，人来人往，他们都有各自的生活和各自的表情，形形色色的眼神同样令人费解。他们的身体散发着温度，我无法靠近他们，我感到孤独，我的脑海里出现了云朵。

　　肚子饿了，但我坚持在街头行走，我如果用一百元来果腹，有亵渎爱情的嫌疑，我无法判断我的这种想法是对是错，在做出正确判断之前，我选择行走。走着走着，一家门面别致的餐厅吸引了我，餐厅门外的广告牌上有一个和蔼可亲的美女，留着瀑布般的长发，双手端着诱人的菜肴。这么可亲的美女，旁边却龙飞凤舞地写了几个大字，机器人餐厅。我挪不动脚步了，机器人看着很亲切啊，我一上午都是领略着人类的冷眼度过的，只有这双眼睛如此温柔，如此善良，像极了云朵的眼睛，那目光像云朵的目光一样穿透了我的内心，她怎么可能是机器人呢？我推开了餐厅的玻璃门。

刚进入餐厅，一位美女便迎了上来，她说，您好，您辛苦了，请您点餐。我看着美女，她同样和蔼可亲，目光温柔如水。我心里很疑惑，我要寻找机器人。美女并不理会我的目光，她接着殷勤地为我倒了茶水，由于几天没洗澡，我担心体味令人嫌恶，便挪了一下身子，但美女并不介意。她接着为我拿来菜谱，在接过菜谱的刹那，我有了惊人的发现，我触摸到了美女的肌肤，那肌肤太凉了，冰凉，她没有体温。可以断定她就是机器人。这个发现令我惊奇，环顾四周，我发现餐厅里的服务员装束一样，举止相似，连披肩发的长度都相同。原来，他们都是机器人。

享受机器人的服务，我就随意了很多，不必在乎别人的脸色和眼神，真的很惬意，我点了红烧肉，清蒸鱼，外加一只烤鸡，两瓶啤酒。这一顿饭我吃得很舒坦。结账的时候，却出了麻烦，我一共消费了一百零一块钱，美女很快报出了价格，我说，一元零头去掉吧，但美女依然报道，您好，您共消费了一百零一元，请您足额付款。美女的声音很动听很执着，在她的催促下，我略有尴尬，环顾四周，好在服务员都是机器人，我并没有遭到眼神的围攻。我将一百元丢到美女的盘子里，起身准备离去，刚走到门口，餐厅里忽然铃声大作，那铃声尖锐刺耳，还没容我缓过神来，一位美女便赶到我身边说道，先生，请留步。这女人是有体温的，她客气地握住了我的手，将我交给另一位美女，这位美女手腕的力气很大，很凉。

我被美女冰凉的手腕挟持着，穿过长长的走廊，来到了走廊尽头的总经理办公室，也就是说我终于见到了机器人餐厅的老板。这个老板很年轻，头发梳理得纹丝不乱，他高傲地抬着下巴，面无表情。显然他已知道我来此的缘由，他没有指责我，相反倒是很同情我，他很无奈地说，没办法，不是我不讲人情，是机器不讲人情，她的程序里没有抹掉零头这一条，只有足额付款。否则，你出不了这道门。无论我如何解释，老板始终面无表情，我向他讲述了我的爱情，我的爱情让他着迷，看得出他很羡慕，他的脸上终于出现了表情，是艳羡之情。

讲着，讲着，连日来的疲惫向我袭来，我终于觉得自己很累，这个世界令我迷茫，这个世界我身处其间却又觉得离我很遥远。

我沮丧地抱着头，这时候，老板拍拍我的肩膀，我抬起头目不转睛地盯着眼前的年轻人，他却摸了一下自己的额头，他说，你的体温是正常的。我们都是正常人，所以，你还是因为一元钱出不了门。出不了门，我索性留在餐厅里好了。我赌气地说。不料，老板闻言神情大悦，他向我竖起大拇指点赞道，你是我遇见的最聪明的人。原来，类似于我这种欠了饭钱被机器人程序挽留的客人，他们的解决办法就是让食客留在餐馆，至于继续用餐或者在餐馆工作以抵消饭钱，悉听客人自便。

这不是建议，这是餐厅的规定。老板介绍道。对于我来说有份工作算是件好事，我自荐道，我是学计算机的，应该算是专业对口，我留下工作。不料，老板却摇摇头说，你学什么这并不重要，他脸上又一次出现了讳莫如深的表情，他带着这个表情示意我跟他走。

尾随着老板穿过长长的走廊，打开一扇门，定睛一看，我大吃一惊。

房间里堆满了机器人，有的站，有的卧，形态各异。她们栩栩如生，她们无声无息。

老板踢开门边的一个美女，拎起角落里的一个美女，掀开衣服，从后面撕开拉链，那美女的内部机器与皮囊便剥离了，他将皮囊递给我，面无表情地说，你套上，应该跟你身高差不多。

套上皮囊，我成了一名机器人服务员，除了眼睛，我整个人被皮囊包裹，我长发披肩，貌美如仙。虽然我是有血有肉的大活人，但我只要学会模仿机器就能挣到饭钱。我试着模仿机器人，动作不要过于僵硬，但也不能过于柔和。最重要的一点是表情，机器人皮囊的面颊始终是微笑的，我只要双眼始终饱含温柔的目光就能胜任。

赚够一元钱后，我并没有离开餐厅，我发现我爱上了这份工作。我化身为机器人，不必强颜欢笑，也无须愁眉苦脸，每天的日子都是这样过的，面部表情虽不是我内心的表达，现在我终于可以抛弃表情，裸露我的内心，说实在话，我自己都不知道我的内心在想什么，我所做的就是裸露真实的内心，这让我感到踏实。

继续留在餐厅工作，还有一个重要原因，机器人的皮囊深处有一个隐形智能电脑，它的功能比智能手机更完备，利用这个电脑，我可以直接和云朵联系，随时联系。同时，因为我穿着机器人的皮囊，我可以巧妙地隐藏我的踪迹，不必担心在现实生活中邂逅云朵。

经历了内心挣扎之后，云朵逐渐接受我的不辞而别，她因为不知道医生的诊断结果的真相，所以她很感动我的担当和对她的爱护，因此，她对我的爱坚定不移，她认为自己爱上了一个值得爱的男人。通过互联网联系时，她除了时常关心我的体温之外，她最关心我是否快乐。她说，亲爱的，无论你在天涯海角，你快乐，我就快乐。我没有告诉她真实的境况，只是说自己仍在治疗，请她放心，我还告诉她，有她的关心，我一定会战胜疾病。说起疾病，只是我的一个借口，因为在现实中离开云朵，我的所有症状和感觉都已完全消失，回想与云朵在一起的时候，体温异常的感觉我自己都觉得不可思议。我有时很想突破这个借口与云朵再次在现实中相见，但我做不到。我依然胆怯，依然无法接受现实中的接踵而至的实际问题。

我完全熟悉了自己的工作，虽然客人时多时少，但只要一上岗，我就会很快投入机器人的角色。随着时间的推移，机器人餐厅的名声越来越大，我们这些服务员每天都在超负荷工作。那些机器人每天营业后都要接受检查，我当然例外，但劳动强度很难承受。我建议老板增加人手，这样还可以为今后的扩大经营打基础。

老板对我的建议悉心接受，并且夸赞我工作出色，他说，你比真正的机器人还要像机器人。

一次，一家三口来吃晚饭，他们的孩子是个活泼聪慧的小女孩，看上去年龄在七八岁，正是对世界好奇和乐于探索的年龄。这小女孩对我的身份产生了怀疑，她先是用目光追随我，后来趁我为他们一家三口服务时，小女孩出其不意在我的胳膊上掐了一下，小女孩的指尖很尖锐，我的皮肤立刻红了，同时伴随着疼痛。我却只得装作毫无知觉。我的表现显然让女孩失望，接着这个小女孩对她妈妈说，妈妈，让阿姨也吃点嘛，阿姨一定饿了。大人们并没有注意孩子的微小动作，他们一直在评论餐厅的布置，他们认为这个内部充斥着程序和电子仪器的空间，表面上却都是人类的身影，夫妇俩由衷地感叹人类的高明。他们对孩子的请求有些敷衍，妈妈对女孩说，这是个机器人，她喝点油，充点电就行了。小女孩争辩道，她这么漂亮，她不是机器，她就是人。小女孩的话很让我感动。但她妈妈纠正她说，她是个机器，她不知道饿，小女孩却坚持抓住我的手，说，你看看她的手是热的。但她的妈妈显然不以为意，她忙着用自己的手为女孩剥着虾壳，头也不抬地说，这孩子就爱撒谎。小女孩丢下我的手，委屈地哭了，她一哭，我的内心受到了震撼，也落泪了。但我的内心躲在黑暗的角落，散发着温度，这温度却不可告人。我垂着胳膊目中无人地从女孩身边走开了。身后，妈妈正在安慰女儿，她说，你看，她走了，她一点反应都没有，是现在的机器人太逼真了，蒙蔽了你们小孩子的眼睛。

　　这天，门外进来两个少女，我的心跳突然加速，身体里的血液也开始沸腾起来，是云朵，云朵进来了。现实中见到云朵，掩藏在皮囊内部的身体开始有了发热的迹象，让我感到温暖，但我必须控制自己的情绪，我调整思绪，将注意力转移到菜谱上，身体僵硬了一秒钟，我便迎上去，我启动了隐形电脑对话功能，这样我的声音就是机器人的声音。我说，您好，感谢您的光临，请您点餐。云朵其实并没有看我，她和同伴正在讨论是吃牛肉还是吃鸡肉，她接过菜谱，我们的四目并未相对，双手也并未接触，我内心里蔓延过一阵失落，同时伴随着侥幸，趁着云朵和同伴继续探讨菜谱，我从桌边悄然退离，她没有任何觉察。

　　躲在角落里，我看着远处的云朵，尽量控制住我的呼吸，这时我的体温在一点点上升，我坚持与云朵用隐形电脑对话，我说，云朵你在哪儿？云朵很兴奋地说，亲爱的，我在餐厅，你知道吗？这是家机器人餐厅。我故意语气惊讶地问，那你看到了什么？云朵说，很新奇，机器人和有血肉的人一模一样，这种感受很奇特。亲爱的，我觉得我也成为机器人了，我进入了机器的王国，却吃着人类的菜肴。停顿了一下，云朵惋惜地说，可惜你不在我身边。

在现实中见到云朵，我感觉我的体温又上升了，我热血沸腾，面红耳赤，皮囊似乎要被我撑破了，我只能尽快逃离，我请了假，躲在员工休息区。这个休息区其实就是给机器人充电、加油的检修间，置身此处，我才感觉内心渐渐平静下来，体温也平稳正常。那一天，直到云朵离开，我没有再在餐厅露面。

我和云朵的热恋依然持续着，依靠一根网线，在网络的空间里，曾经发生在现实中的往事成了一种追忆，云朵说那是一场梦。云朵是痴情的女子，我是逃离爱情却深爱她的男子。我一直坚守着我的秘密，坚持着我的谎言。有几次，云朵情到深处哀求我，在现实中出现在她的眼前，我坚持我的谎言，我说，我的体温不正常，我是个病人，我不能拖累你。这对于云朵很残忍，我虽然想见她，但我也很无奈，见到她身体燃烧的感觉会令人窒息，更何况我似乎更热爱网络里的云朵。我不能告诉她体温正常的秘密。餐厅的生意越来越好，机器人的维护不到位，不得已只好动用伪装。据说，在人力资源市场，餐馆刚打出招聘模仿机器人的启事，应聘者就络绎不绝。这一天，我见到了一位新同事，当时我们都已是机器人的装扮，都在餐厅忙碌，是身体给了我信号，新同事只是看了我一眼，只是匆匆一瞥，我便感觉我的体温在急剧上升，没错，她是云朵。为了确认我的判断，我躲在暗处给云朵发信息，我若无其事地问，你在哪儿呢？在干吗呢？云朵回答说，我在机器人餐厅。我接着问,在那儿干吗?又不是饭点。她说,这是个秘密,我不能告诉你。云朵的回答,让我无言以对,云朵为什么会到餐厅来工作呢? 我和云朵之间,除了我对体温的错觉是我的秘密,还有什么其他的秘密呢?

当天下午,趁着云朵离开餐厅外出的间隙,我迅速脱下机器人外套,换上了便装,我从这家餐厅辞了职,很顺利地走出了餐厅大门。云朵到餐厅工作令我不解,但我无心细究,我所要做的依然是在网上与云朵相见,相爱。对于我的辞职,老板非常惋惜,但对于我来说,这没什么,市面上机器人餐厅越来越多,我并不担心我的工作能力,对于我来说只是换一家餐厅而已。

作于 2016 年 1 月

原载《安徽文学》2016 年第 11 期

【点评】

诡异的体温

——读马洪鸣小说《体温》

小说有许多种写法,没有哪一种写法像法律条文那样成为不可动摇的唯一尺度,所以古今中外都认同"文无定法"这一说。"文无定法"给写作带来了巨大的自由和无限的空间,所以一个写作者的口袋里虽然掏不出大把的银子,但他是一个自由的人,一个天马行空、任意东西的人。如果将一个作家的表情和一个法官的面孔放在一起,会有一种吃错药的痛苦。读马洪鸣的小说《体温》，上述零碎的感觉会得到验证并被固定下来。

马洪鸣的小说《体温》写得自由而任性，写得诡异而深刻。先说诡异，《体温》诡异的不是小说的故事情节，而是小说的寓意。在一个分裂的爱情故事中，作家揭示的是现实的残酷、生存的病相、人性的危机。将这样一个具有深度价值的立意和一部小说生动而有机地形成对接，需要作家有非凡的想象力、创造力和小说技术整合能力。马洪鸣的《体温》做到了，这部小说以及小说的作者因此获得了一个文学高度。

《体温》从叙事和立意上看，明显带有现代主义小说的影子，准确地说，这部小说是属于"存在主义小说"，跟卡夫卡的《变形记》、萨特的《墙》、加缪的《局外人》、马尔库塞的《单向度的人》等是一个路数。存在主义小说从技术上评估，有些"寓言小说"的意味，它们把自己对世界、对生命、对人性的理解和判断通过变形的故事与不可理喻的人物漂白和洗印出来，从而亮出"世界荒谬，人生痛苦"的写作立场。

《体温》大体上就是这一文学立场的一个实验性文本。小说中的"我"和网恋女友云朵，情投意合、恩爱有加，他们之间从情感到肉体都已经到了一种完美契合的程度，这本该完美而圆满的爱情却被现实撕裂和粉碎了。"我"的贫穷和职业受挫让两个相爱的人陷于食不果腹的困境，基本生存都难以维系了，按说这样的物质危机足以瓦解两人真空化的爱情，而小说的写作目标显然不是满足于物质危机对爱情的挑衅。小说中的物质危机只是故事演绎的背景，小说真正的目标是指向沦陷其中的小说主人公的精神危机，也就是小说中"我"的体温失常。一开始主人公因上班迟到而引发焦虑性"装病"发烧，这一自我迫害性的精神自残，竟然演变成了一种生理性的病态。体温失常是因为云朵疯狂而缠绵的爱情，所以这一生理性的病态最终在主人公与云朵同居和见面时报复性发作，而且完全失控。

发烧常见，但只要和女友一见面就发烧，显然不可思议。不可思议的事在小说中一再发生，"我"发烧住院后，各种医学检查都没有问题，女友一离开体温马上就变得正常了，女友成了"我"的温度计。那么这一诡异体温以及反常病态的唯一解决方案就是让深爱的女友云朵走开，或主人公"我"主动逃离。

无路可走的主人公为了逃离这一灾难，躲进了机器人餐厅，戴上面具，做起了假面机器人服务员，"我"只有在这样的环境中才有安全感和存在感，戴着面具生活变成了必需的选择。然而，云朵还是像被命运安排了一样，也来到了机器人餐厅应聘，他们成了两个熟悉的陌生人同事。但"我"匆匆一瞥，体温又不正常了。"我"只有再次逃离，无奈的人生和无常的命运注定了"我"和云朵只能在网上相聚、相爱。

这部小说有着很深的意味，而且内涵复杂而丰富。体温异常象征着的整个社会与情感的异常；"我"和云朵相爱不能相见喻示着现代社会的虚拟性和假定性，不真实是一种真实，真实会粉碎事实的存在；人无法与现实合作，无法与真实面对，只有逃离到面具和假象中，才是可靠的；反推，社会和人生就是一场假面舞会，人生就是活在假象中。这就是《体温》所带来的"世界荒谬，人生痛苦"的文本阐释。

马洪鸣的小说虽然有些荒诞，但小说撕开了我们被遮蔽的生活真相，那是一种被戳穿了的尖锐和疼痛。

《体温》另一个值得重视的特质是，小说的叙事汪洋恣肆、信马由缰、一泻千里，而且语言极其细腻流畅，感觉准确而独特。这部小说对现代主义小说有许多改进和超越，不自觉中流露出了与时俱进的意志。小说故事荒诞，但人物情感逻辑却不荒诞，很合理，也很世俗化；立意高，但落脚点低。主人公被辞职后，靠吃面包过惨淡的日子；小说中男女情爱的心理感觉准确到位，小说的心理推进和演绎是在烟火气息中完成的，这与那种悬空、高蹈、抽象的现代叙事有着明显的不同，体现出了中国式先锋叙事在现代主义和现实主义嫁接、合作方面的巨大努力。如以下这些文字："相见不如想念。这句话像她的名字一样缥缈，虽有诗意却无暖意。云朵这个女人口口声声喊我老公，却没有让我享有老公的待遇。她躲在我的电脑里、手机里，终日对我嘘寒问暖，在现实中却拒绝与我见面。我是她的老公，我却从没有接触过她的肌肤，倾听过她的心跳，更别提闻一闻她的体香。"

如果说马洪鸣小说还需要进一步完善的话，我以为，在心理独白与推进过程中，应更多地补充一些现场的具体细节，并且细节必须世俗化、生活化，从而强化小说的扎实与厚重感。马尔克斯的《百年孤独》中的细节特别细腻而精准，把假的当真的写，且写得有板有眼。

马洪鸣小说有见识，有想象，有深度，她用小说表达她对生活的理解和定义，属于难得的女性作家的思想性写作。马洪鸣熟练而自由的语言驾驭能力和情节把控能力，在成为一种写作姿态后，理所当然也成为一种写作自信和实力，以《体温》为证。

许春樵（中国作协全委会委员、安徽省文联副主席、原安徽省作协主席）

相同的指纹

1

睡梦中的许诺是被落在脸上的热吻惊醒的。那吻像雨点一般落在许诺的脸颊上、额头上……似一阵暴雨，强烈又饱满，还夹杂着玫瑰花的清香。最后，这玫瑰花的清香凝聚到了许诺的口腔里，逶迤前行至咽喉处停止。许诺猛然从床上坐起身，他的目光在柔和的灯光下寻觅，直至停滞在穿衣镜前。

万籁俱寂的午夜时分，室内的一切都散发着安静的气息。许诺却在刹那间听到了自己剧烈的心跳。伴随着心跳，他的语速也很快，你是谁？你怎么在我房间里？你怎么进来的？一连串问句，引发了一阵笑声。笑声很清脆，洒满了房间的角角落落，落地依然有声，许诺也在这笑声中伸出左手狠狠掐了一下自己的右手，痛感让他进一步确定自己并未身处梦境，也意识到，此刻已端坐在穿衣镜前的女子正是自己的女友雁儿。

收敛了笑声，雁儿继续对着穿衣镜摘取耳环，边鼓捣边抱怨，这个接口怎么这么紧啊？灯光下，雁儿的背影像剪纸一般单薄纤细。雁儿，我还以为是在做梦呢，你怎么突然来了？许诺下了床，站在雁儿的身后，他咂着嘴，回味着口腔里残留的清香。镜子里，雁儿的表情有些气急败坏，她诅咒那只留恋她耳朵的耳环，去死吧！耳环应声而落。

解除了耳环的牵绊，雁儿顿时眉开眼笑，将自己挂在许诺身上，娇嗔道，我赶来，还不是因为你的思念。说着，她在许诺脸颊上轻轻一吻，然后松开了胳膊，我得洗一下，看我，满脸尘土。许诺这才注意到，雁儿的脸色有些苍白，疲惫若隐若现。他的心被揪了一下，有些疼。

三小时前，雁儿还在千里之外通过视频与他互述衷肠。视频里，除了表达思念，他还与雁儿分享了他这个月的业绩报表。他的业绩在公司里名列榜首。屏幕上，雁儿为他点了赞，还送给他一排拥抱。紧接着，他送给了雁儿一篮子鲜花。鲜花迎来了雁儿的笑脸。那鲜花在屏幕上盛开着，虽然未闻花香，但雁儿很满足。雁儿是个容易满足的女孩，这一点，尤其让许诺欣赏。此外，雁儿的热烈也让他欣慰。如果不是雁儿的热烈追求，他俩的神交也不会始于十个月前。

十个月前，许诺刚入职，对职场生涯充满了好奇和憧憬。空闲时，他借助文字，通过互联网表达自己对新生活的感慨。他的感慨在网上引来了多数人的冷嘲热讽，少数人的赞誉追捧。这少数人里就有雁儿，雁儿主动加他为好友，介绍自己说和他一样是名公司小职员，也做销售工作，也像他一样崇尚自然，追求简单快乐的生活。雁儿要求他抛开所有的赞誉唯留她独享。雁儿的要求很霸道，却很甜蜜，她说，我要做你的女朋友，你是我的唯一。

2

成为彼此的唯一之后，他们进一步明确了相互间的距离。这段距离在虚拟世界等于零，好似他们心灵之间的距离，在现实生

/ 九　珍 /

活中却足足相隔一千里。一千里，让许诺有足够的理由思念。有了思念，他通过手机传递的文字便更加汹涌澎湃。有时他把思念比喻成朝霞，有时又比喻成夕阳，要是在工作时他想起了雁儿，他便把思念比喻成室内的日光灯。就在前天，他甚至在随手拍死了一只蚊子之后，把思念比喻成他自己的一个巴掌。这个比喻引起了雁儿的不满，她先是质问他，谁是蚊子，接着又质疑他对两人的感情产生了动摇，直至许诺无法承受雁儿传递过来的情愫。隔着手机屏幕，他对着千里之外的雁儿说，我知道，我们的思念太沉重了，我们见面吧！此话一出，他们彼此的呼吸虽相隔千里却神奇地纠缠在了一起，许诺听见雁儿的欢呼声在空气中碎裂，同时又破碎在他的内心深处，他清楚地意识到那是昔日的雁儿在与他告别。

在现实中见面，坦白说，许诺的内心很纠结。他既担心自己会失望，又顾虑自己会让对方扫兴。

为了缓解焦虑，也为了使会面更具情趣，许诺将具体的见面时间安排在六天后。他盘算着，首先要慎重选择见面的地点，这地点要有不同凡俗之处；其次，六天后，天气宜人；再有六天后是个周末。他和雁儿在网上神交了十个月，这本身就是个奇迹，在现实中相见是见证奇迹的时刻。他还突发灵感，以两人相恋为主题抒写了一首诗歌，他将这首诗歌安顿在洁白的纸面上，当他的文字一笔一画由他的指尖流淌到纸面上，他感到跃然眼前的每个字都散发着微妙而迷人的力量，这使他坚定了见面的信念。这首短诗，他放弃通过电子平台发送，索要了雁儿在千里之外的住址，他怀里揣着这份纸上的美丽，兴冲冲出门。他放弃了快递，盘算着撷取一枚精致的邮票。邮寄这封带着神奇的美丽，由一只遍身希望的邮箱带着遥遥的期盼启程，一次短暂的时光穿越，回到慢生活的节奏里。六天后，雁儿会带着他的文字来到身边，刚好缓解他的焦虑。

寻找邮箱颇费了一番周折。二十多年来，许诺虽然从未离开过这座他出生、成长的城市，但他对这座城市曾肩负使命的绿色邮箱是陌生的。这一点令他万分沮丧。

站在车水马龙的街头，许诺毫无目标。市中心，商业区，居民区……这座城市的任何角落难觅绿色邮箱的身影，关于绿色邮箱的记忆在许诺的脑海里亦无蛛丝马迹。后来，许诺转变了思路，他依稀记得母亲的抽屉里保留着一些隔年的信封。他打电话给自己的母亲，母亲对他的询问虽然诧异却不免怅然。她遗憾地说，儿子，那些绿色的邮箱当年每条街道都有的，现在却绝迹了。妈妈也不知道现在哪里还有邮箱，我虽然老了，但我也不落伍啊，我现在从来不写信的。母亲不过年近五十，她这样措辞其实是有弦外之音的，母亲在点拨许诺，她从来都是走在时尚的前沿。母亲毕竟是母亲，很快便狐疑地问道，儿子，你怎么想起问这个，你给谁写信？许诺要保守心中的甜蜜，为避免母亲的盘问接踵而至，匆忙挂断了电话。母亲还是体谅儿子的，后来她给许诺发来了短信，提供了一条线索：你去邮政大厦试试运气。依据母亲的提醒，许诺在邮政大厦的角落里终于邂逅了绿色的邮箱，面对邮箱，许诺恍然与时光相遇，邮箱上的开口历数岁月的沧桑，圆圆的钥匙口彰显岁月的神秘。

一枚精美的邮票，张贴了许诺的浓情蜜意。那封信丢进邮箱的刹那，许诺的内心产生了微妙的震颤，仿佛他也和那封信一同进入了时光的隧道。那隧道的墙壁斑驳有致，每一处都蕴含丰富，他不停地坠落，却毫无恐惧，他坚信自己会遇见雁儿。

一阵手机铃声打断了许诺的遐想。环顾四周，并没有人留意这个角落，或者这里是被人们注定遗忘的角落。许诺在角落里打开手机，声音便从远方翩然而至：许诺，你猜我在哪儿？是雁儿，她的问话显然还有弦外之音。但这音弦许诺还未下手弹拨，雁儿在电话里已经奏起了惊喜之音，她说，亲爱的，我找到你了，我已经来到了你的身边，你出门，左转，向前走，别回头。

许诺举着手机，出门，左转，向前走，他不断地东张西望，心里清楚在这个网络纵横的信息时代，人的一切完全暴露在信息的目光之下，他的行迹无可隐匿。雁儿的到来，轻而易举打断了期待的时光之旅，他理不出头绪，却不由自主地汇入人流，向前走，没什么可说的。怎么可能拒绝雁儿，确切地说，他不可能拒绝雁儿带来的诱惑。

3

一位少女站在阳光下，她身上的连衣裙是阳光般的颜色，她脸上的笑容也是阳光般明媚。目光与目光相遇的瞬间，许诺会心一笑。他在视频里曾无数次欣赏雁儿的容颜，雁儿长相清秀，一双眼睛流动着波纹，纹路可传情，嘴角微微上翘，带着天然的笑意。此刻，站在眼前的雁儿更令他赏心悦目，她身上散发着的阳光的味道同样沁人心脾。

雁儿先开口，她说，没错，你没有弄虚作假，长得像真的一样，不是假的。她的这句话让许诺认可，同时也迷恋。这使他感到现实中的雁儿具有强大的吸引力。他敞开自己的怀抱主动拥抱了雁儿。这是他们在现实中第一次拥抱。后来，许诺曾多次回忆那次拥抱。雁儿埋在他的怀里，像是整个身体在逐渐向他渗透，一瞬间，他的整个身体也像是豁然开朗，体内尘封的缝隙里不断地渗入雁儿的体温，以及呼吸，在人群熙攘的街头，他们占据了整个世界，再无其他。

他们无法分割，彼此装着对方，当然不再需要语言的交流，许诺也遗忘了他的那封信。不过几十分钟，他已经完成了一次时光之旅。况且那种缓慢的时光之旅相比于眼前的雁儿顿时黯然失色。他们穿街走巷赶往许诺的公寓。关于相见的时间，地点，天气，所有的设想都不如眼前。快点，再快点，是许诺的心声，雁儿与他步伐一致，显然他们已经达到了心领神会的境界。

到了家门口，许诺迫不及待地伸出手指开门，智能指纹门锁却毫无反应。这个异常出乎意料。许诺怀里的雁儿面露惊疑，她从许诺的怀里短暂脱离，瞬间，许诺觉得自己的怀里空荡荡的，他用力将雁儿拉回自己的怀里，雁儿对自己身体的归宿似乎也很满意，乖乖埋在许诺怀里，静待房门开启。然而，许诺一次次尝试开启房门，却均未成功，他审视着门锁，又端详着自己的手指，恼羞成怒。后来，雁儿平息了他的怒意，握住他的手，将他的手指紧紧贴在指纹锁上，这一次，房门豁然开启。

房门一开，雁儿便进入了许诺的生活空间，她还没有来得及打量，许诺便迫不及待将她装入了自己的身体，她进入了他的全部，他在这世上的全部。

雁儿的到来让许诺获得了前所未有的新生。他身体的每个角落都在渐渐苏醒。这个过程是动人心魄的。血液，肌肉，骨骼，雁儿不断地将它们唤醒，同时赋予它们灵魂。许诺抚摸着雁儿光洁的肌肤，那肌肤上的每一处细密毛孔都让他爱不释手。他已经

/ 九 珍 /

完全属于雁儿了，他的被窝里混杂着一种全新的气味，是属于雁儿的，现在这气息是他们共有的，他感到前所未有的幸福与满足。

他们的身体初次相见便情投意合，每一寸肌肤都很兴奋，都要掏心掏肺地互诉衷肠。时间飞快地流逝，不知不觉已由白昼迎来了夜晚，又由夜晚走向了黎明。天蒙蒙亮时，他们搂在一起睡去，睡意很浅。雁儿似乎刚闭上眼便睁开了，她做了一个深呼吸，借着深呼吸的力量，她脱离了许诺的身体。起床了，她只请了一天假，千里之外的工作还等着她呢。

在车站送别了雁儿，许诺独自回家。清晨的街道很空旷，马路上只有零星驶过的汽车。举目望去，城市的道路四通八达，每一条道路都是一个方向，走向不可知的远方。许诺恍然感觉身处异地又有如梦境。他回味着与雁儿共处的时光，又恍惚觉得不变的是城市，改变的是自己，这令他怅然若失。

到了家门口，这种怅然变成了不可思议，许诺恍如梦游般归来。他伸出右手，将中指潦草地贴在指纹锁上，房门应声而开。进入房间，凌乱的床铺，地板上横七竖八的拖鞋，都在诉说他和雁儿共度的幸福时光。但他的心头盘踞着一个越来越庞大的谜团。

雁儿到来时按住他的手是如何打开他的房门的？后来，许诺为自己答疑解惑，他想一定是自己当时太激动，最初按错了手指，大拇指或者食指都有可能，而他的中指指纹才是开门的钥匙，他一点点盘剥着记忆，渐渐坚信当时是雁儿按住了他的中指，房门才打开了，确定不是雁儿打开了房门。他和雁儿当然不可能有相同的指纹。这样一想，许诺便释怀了，仿佛彻底脱离了梦境，面对室内的情境，雁儿的气息依然在房间里缠绕着他，雁儿才刚离开，他已经开始思念了。

雁儿，你刚离开，我已经开始想你了。许诺打开视频通话说道。雁儿的笑声从千里之外传过来，她在笑声里说，我已到单位开始工作了，我也想你。

分别后的整个白天，手机视频占据了他俩工作之外所有的业余时间。

4

许诺无论如何想不到，夜幕降临后，脱离了视频，他进入了梦乡，雁儿却踏上了奔向他的行程。

雁儿洗漱时，许诺看了一下手表，已经凌晨一点了。算起来，从昨日现实中相见的那一刻起，除去工作时间，千里之外的雁儿不是在自己身边，就是在奔向自己的路上，她仿佛抛弃了距离，将他们长长的一生连接了起来。

许诺麻利地整理了床铺，暗暗下定决心，雁儿是自己的女人了，他爱惜她就像爱惜自己一样，尽管共处的时光，他总是情不自禁，但他要为雁儿节省一点精力。心里这样想着，但他的身体却不听话，洗手间哗哗的流水声将他唤醒，他的身体兴奋起来了。他按捺着自己，喝了满满一杯凉开水，身体却更加燥热了。再三权衡，他卷起被子准备去客厅。刚转身，雁儿却撞进了他的怀抱。一瞬间，他的身体便拥抱住雁儿。雁儿在他的怀里又一次唤醒了他的骨骼、血液以及全身的活力，他们不分彼此。

后来，雁儿率先沉沉睡去。许诺却在雁儿带来的活力中睡意全无。他打量着熟睡中的她，越看越陌生，这种陌生感从四周包围过来，强烈地挤压着他。雁儿到来时他尚在睡梦中，她一个人怎么进入他的房间的？直至进入了他的身体？几小时前，她还在千里之外，现在却在他的房间里。虽然她来自千里之外，却与他同床共枕，深入地想下去，许诺不禁浑身冷汗。

他跳下床，打开房门，指纹门锁坚守在自己的岗位上，通身泛着清冷的光芒，看上去凛然不可侵犯。许诺直直地将右手中指按上去，门应声而开。接着，他频繁测试，结果如出一辙，他强迫自己的神经松弛下来，找了一个合理的巧合，他想，一定是自己傍晚下班独自回家时没有关紧房门，这疏忽已不是初犯，这次幸亏雁儿及时到来，否则，一夜未锁房门，意外不可想象。冥冥之中，也许是天意，雁儿就像是他的守护者。许诺暗暗告诫自己，这样的疏忽仅此一次。

清晨，雁儿依然是一早就离开了，尽管她看上去满脸疲惫，但心情很好。临上车之际，她依偎着许诺，将头埋在他的怀里，眯着眼睛说，恋爱真累啊，恋爱真开心。许诺心疼地说，今天别回去了，请个假，毕竟千里之外呢！听了许诺的提议，雁儿并无反应，依然眯着眼睛，似乎千里之外就在眼前。提议没有得到响应，许诺便低下头吻了怀里的雁儿，吻的是她的头发，他在她的发丝间闻到了一股香气，清香中夹杂着一股热乎气，甜丝丝的，有点腻，这是一种陌生的味道，许诺并不喜欢，他很快抬起了头，向远处张望着，目光有些空洞。

5

回来的路上，许诺闷头走路，步伐很快。清晨，街道空旷，一切都在悄悄醒来。到了家门口，许诺先是挨个手指尝试着放在门锁上，最后，他才伸出右手中指打开房门。房间里还残存着温存的气息，甜丝丝的，许诺嗅嗅鼻子，将皱巴巴的床单揉成了一团扔在墙角，直接躺在床垫上，盯着天花板出神。过了一会儿，他又起身拉出床头抽屉，取出一张银行卡放在随身的钱包里，卡里存有他全部的积蓄，除此之外，这个家里再也找不出值钱的家当了。他打了个电话给开锁公司。很快，一位精干的小伙子敲开了许诺的房门，他手上拎了只工具箱，看上去沉甸甸的。

是这把锁吗？小伙子并不看许诺，他的目光一直凝聚在门锁上。这是把功能没有丝毫损坏的优质门锁。小伙子熟练地按了几下门锁的功能键，肯定地说。接着，蹲下身打开工具箱，如同打开了一只百宝箱。我的工具很全的，小伙子卖弄道，抬眼瞟了一眼许诺，你家里到底哪把锁坏了？就是这把。许诺指着门锁。这是把功能没有任何损坏的优质门锁。小伙子又一次肯定地说。他把两只手在衣襟上用力擦了擦，然后将手指放在指纹识别处，你看，这锁精明得很，别人的指纹打不开的。演示了两遍，见许诺一副顾虑重重的神情，小伙便殷勤提议道，要是不放心，你可以重新设置指纹的，将原来的删除就好了，或者设置密码。许诺点点头，这个我知道。见许诺欲言又止，小伙子便接着宽慰说，每个人的指纹是唯一的，很安全的。我知道，不用改了，谢谢你。小伙子收到了逐客令，便不客气地回敬道，别以为我们没事干，上门就要收费，请付五十元。

这天夜里，上床之前，许诺仔细检查了门锁。确定门锁很牢靠，才上床躺下。躺在被窝里，他与雁儿视频。雁儿说，怎么办？我又想你了，你想我吗？许诺说，你什么时候过来？雁儿打了个哈欠说，不知道。许诺猜她在逗趣，他说，不然我过去。雁儿否定了，不行啊，我今天和父母住在一起。再说，你知道怎么找到我吗？许诺老实回答道，不知道，你告诉我。

／九 珍／

雁儿沉默了。许诺没有弄懂雁儿的沉默，这让他有些口干舌燥。过了一会儿，雁儿问道，今天我离开后，你回家都干吗了？许诺想也没想直接说，我去公司上班了，其余的时间都用来想念你。停顿了一下，他问雁儿，你累吗？雁儿没有直接回答，她说，见不到你，我很累的。许诺说，我不就在你眼前吗？他将镜头拉近，雁儿的整张脸触手可及。没有味道。雁儿怅然道，我想闻到你的味道，还想触摸你的体温。说完这句话，视频中的雁儿便不见了。许诺守着视频耐心等待，许久，见雁儿一直没有动静，便放下了手机，紧接着下了床，又一次仔细检查了门锁。将闹钟设定在三小时之后，关了灯，躺在被窝里，他摸出手机给雁儿发了一条微信，亲爱的，我睡了，晚安。

刚入夜，整座城市还处在白昼遗留的喧闹中，车声、人声，不时传进许诺的耳朵里。他迷迷糊糊睡着了，很快又被不时冒出来的声响惊醒，他想，沉睡与苏醒时刻并存着，城市从来都不会真正安静的。时间不紧不慢，接近他设定的闹钟时间，许诺的心情很复杂，有些紧张，有些惶惑。他说不清自己期待什么。索性起身关闭了闹钟，独自坐在黑暗里，直至天色大亮，他摆脱了等待，无精打采地迎来了新的一天。

<h1 style="text-align:center">6</h1>

一个下雨的黄昏，许诺撑着伞走在回家的路上，边走边和雁儿说着话，耳机线挂在他胸前，看上去有些滑稽。雨，淋湿了整个世界。到处都湿漉漉的，一种缠绵的气息充斥其间。已经五天没在一起了，你想我吗？你什么时候过来？五天来，这是许诺始终挂在嘴边的一句话，但总是等不到雁儿的答案。耳机里，传来

雁儿咔咔的笑声。雨景怎么样？形容一下。她在许诺的耳边央求道。许诺抬头看着远处的一棵树，那棵树终年站在他住处的路旁，从窗口俯视它，这棵树就站成了一幅画。此刻，那树上的绿叶遍布雨滴，透着凉意。许诺说，我家楼下的那棵树，叶子上面的雨滴很像钻石。是啊，整棵树长满了钻石。雁儿在他的耳边附和道，接着，她声音清脆地说，起风了，树上要落水晶钻石喽。一阵风掠过，许诺眼前的那棵树落下了晶莹的水滴，果真像极了纷纷坠落的钻石。许诺停住了脚步，看着眼前的情景，愕然瞪大了眼睛。接着，他像个尽情的捕风者，在雨中飞快地奔跑起来。

许诺闯进家门时，雁儿依然站在他房间的窗前。窗外，风伴着雨与那棵树没完没了地纠缠不清。你好快啊，看来是真的想我。雁儿扑向了他，嘴里下着结论，又娇嗔地表达了自己的真情实感，我也真的很想你！许诺却很冷静，他借助手中的雨伞掩藏了自己的胸怀。雁儿无疑是机敏的，绕过了雨伞，两只胳膊环住了许诺的后腰，脸颊紧紧贴在许诺的后背上。许诺抓着雨伞，整个人都僵僵的。栖身雨伞的雨水，沿着伞骨滴落在地板上，描绘着不规则的图案。

我不在家，你是怎么进来的？许诺问。他的眼睛直直地盯着脚下的不规则图案。雁儿在他的身后用了下力，将他箍得更紧了。许诺不得不挺直了腰板，微微侧了头。怎么进来的？他追问道。开门进来的呗。雁儿松开了胳膊，不以为意地答道。她扳过许诺，面对面关切地问，你怎么了？不舒服吗？脸色好难看。她眼里的目光流淌着暖意，打动着许诺。许诺身体松弛下来，但他还是坚持说道，房间里没人替你开门，你怎么进来的？我的门锁可是指纹锁。

我也有指纹啊。雁儿举起了一只手掌在许诺眼前晃了晃。我的指纹打开了你的房门，雁儿满脸洋溢着甜蜜笑容。

不对啊，难道还有相同的指纹？许诺皱着眉头，喃喃自语。他眼里的目光泄露了他内心的疑云。雁儿注视着他的眼睛，脸上的笑容渐渐消退了，留下一副恍然大悟的表情。她的眼睛里涌起了屈辱的泪水，她说，我还想请教你如何将我的指纹复制采集到了门锁上，我还好奇你是不是曾趁我熟睡录取了我的指纹，我还以为这是你送给我的惊喜，我还想我在你的房间里迎接你，也是送给你的惊喜。抹了一把眼泪，雁儿的眼神陡然犀利，她逼视着许诺，厉声下了结论，原来，全是我自作多情。接着，她一股脑追问道，你是不是在怀疑我？你怀疑我什么？你为什么不去怀疑智能指纹锁？

许诺第一次遭遇了雁儿的怒意，这怒意让他感到陌生，一丝烦躁在心头盘桓，他没有耐心解释，猛地甩掉手中的雨伞，雨伞抛出的弧度转瞬即逝，却刺痛了雁儿。她噤了声，绷紧了脸，迅速拿起拎包，穿上外套，不遭待见，她要离开，她和许诺之间需要距离，越长越好。

你到底怎么进来的？还有那次半夜突然赶来，我还在熟睡，你就进了房间，你给我说清楚！许诺用力拉住雁儿逼问道。放开我！雁儿脸色绯红，扯着嗓子喊道，我半夜来找你，你难道没有迎接我吗？你当时怎么不问我？我还能怎么进来，还能怎么进来？许诺的力气很大，几乎要扯断雁儿的胳膊，雁儿的泪水喷涌而出，松手，你弄疼我了。许诺不松手，他喘着粗气，一把将雁儿拉到门外。哐当一声关上了房门。声音很大，整栋楼似乎都遭受了震撼。雁儿突然停止了挣扎，紧紧咬着嘴唇，泪水依然乘虚而入流进了她的嘴里。她不说话，眼睛直勾勾地盯着门锁，许诺的目光和她是一致的，但他们的心情显然不一致。雁儿的沉默让许诺冷静了下来，说到底，雁儿的到来他是欢迎的，他的心底是有雁儿的，只不过，人的内心，容量是有限的，他的内心除了雁儿，无法再容纳指纹锁带来的困惑，这个小小的仪器，它虚拟的无限空间令人无法想象，许诺期待找到出路。世上不可能会有相同的指纹，但很多可能是存在的，可能会有一些误差，可能会有一些误会，智能指纹锁复制或者再生的功能又该如何启用？千里之外的人都已经装进了自己的身体，千里之外的人转眼便在自己的身边，这世上不可能的事情越来越少了，也许会少到不存在不可能。他制造的僵局，由他来打破。找不到合适的语言，许诺就势将雁儿的手握在掌心里，动作是轻柔的，这是一个缓和紧张局面的信号。雁儿抓住了这个信号，但她失望，伤心欲绝，对于信号的内容不容理会。她抽出手掌，将自己的右手中指按在指纹锁上，脸上是决绝的表情。

"啪嗒"一声，房门瞬间在两人面前应声而开。是你的指纹，是你打开了房门。许诺惊呼道，太不可思议了。你早就怀疑我了，是吗？雁儿冷冷地问道，她注视着许诺，眼睛一眨不眨，像是洞穿一切。你已经检查过这把锁，是吗？你从未采集过我的指纹，是我自作多情，是吗？许诺不回答，但雁儿显然不需要他的答案，丢下一连串的诘问，她转过身，不顾一切地冲下了楼，闯进雨幕之中。

7

很多天后，许诺都不能原谅自己当时的疏忽。雁儿匆匆一转身，一眨眼，便从他的身边消失了，一如她当初的到来。他紧随其后追了出去，雨水劈头盖脸地砸了下来，他看见雁儿就在眼前，她浑身透湿，不管不顾地在雨中奔跑，不过几步之遥，在路口的拐弯处，眨眼间，雁儿便跳上了一辆汽车。他一遍遍回忆当时的细节，同时回味他们的交往，一些点滴的细节都印象深刻。他的生命中还没有人像雁儿这样令他无法忘记，他是爱她的，明确了爱，指纹的疑惑微乎其微，即便真的有相同的指纹，他也认为那是一个人的指纹，他们已经进入了彼此，他和雁儿本来就是一个人了。他不能容忍她在自己的生活里彻底消失，如同无法忍受自己的一部分消失于尘世。

指纹锁见证了因其而起的那场风波，它是智能的，面对许诺总是一副无辜表情，关于人类的恩恩怨怨亦不发表任何见解。许诺频繁地进出家门，每一次他和门锁亲密接触，他都希望发生一次奇迹。他固执地认为应该发生奇迹。但指纹识别仪恪尽职守，精确无误，除了许诺的右手中指指纹，它铁面无私地拒绝了一切试探。

许诺曾尝试联系出售门锁的商家，对方耐心听完许诺对门锁质量的质疑，客气地给出了解决方案，很简单，眼见为实。

8

雁儿切断了和许诺的一切联系。曾经的零距离只因手指轻轻一点便在千里之外了。千里之外的风，千里之外的雨，千里之外的云和月，不由得让许诺牵肠挂肚，两人之间却横亘着似有若无的相同的指纹。许诺的生活再也无法清净了，遥远的千里之外像是有另一个自己总是在呼唤他，你来，你过来。

休息日，许诺赶到了千里之外。早晨出门时，艳阳高照，走出高铁站台，迎接他的是瓢泼大雨。雨，营造了一个潮湿难耐的世界。许诺一筹莫展。雁儿的手机停机了，他也看不了雁儿的微博、微信和QQ。许诺记得雁儿曾经说过，因为工作关系，她的朋友圈里有许多陌生人。此刻，他不无伤感地想，一念之间，他甚至都没有资格成为面对雁儿的陌生人了。雨，下了一阵，天空忽然放晴了，但潮湿的气息依然浓郁。许诺走在大街上，相比于他生活的北方城市，这座南方小城并没有给他带来视觉上的冲击。玻璃幕墙的高楼，柏油路面的街道，车道上不息的车流，城与城，彼此是对方的镜子。走着走着，雨，又开始下了起来，许诺终于感受到了地域差异，这里的雨，太过缠绵。许诺烦躁地想着，不得不找了个屋檐避雨。街上的人撑着伞都在匆忙赶路，许诺出神地望着他们。

　　通过手机搜索，许诺心里清楚，他和雁儿的距离不足五百米了，那个地点他曾经寄过一封亲笔信。这时候，他忽然想到了那封亲笔信，他的心里有些不是滋味，相比于见到雁儿，他似乎更迫切地想得知那封信的下落。

　　出乎意料，花园街6号居然是一座独门独户的别墅。许诺打量着伫立在眼前的这栋建筑，犹疑不决。雁儿曾经描述过她的居所：花园街6号，在一栋刷着黄色颜料的老式筒子楼的顶楼，她每天要爬长长的楼梯才能到家，其间时刻疑心黑黑的楼道里潜伏着不可告人的阴谋。

　　许诺眼前的房间里隐约传出对话声，清脆的童声夹杂着温婉的女声。许诺站在门外，迟迟没有敲门，雁儿的声音从他的心底浮起来，飘浮在天之外。这样过了好久，许诺慢慢转身，他打算离开。这个花园街6号，也许是雁儿真正的家，她的身影，她的声音都该在这里生活。显然，雁儿欺骗了他，那栋她描述的黄色的筒子楼，只是她谎言的一份佐料。一阵风吹过，几片树叶多情相伴，在许诺的眼前飞舞，落叶蹁跹的舞姿让许诺联想到他的那封亲笔信，他寄出的诗歌也是风中之叶，漂浮在怅然之上。许诺的心沉沉地下坠，脚步僵立了片刻，许诺猛地转身，奔向花园街6号，毫不犹豫地举手敲门。

开门的是一位年轻的女子，白净，整洁，长发松松地在脑后盘了一个别致的发髻。打扮变化了，但她的五官明明白白，一双明亮的流动着波纹的眼睛，抿紧的嘴角带着天然的笑意。许诺的呼吸凝重起来，他粗声粗气地说，雁儿，你是雁儿吗？女子沉静地打量许诺，她身后站了一个小女孩，两三岁的样子，手里摆弄着玩具熊，好奇地问，妈妈，这是谁啊？女子脸上露出了和善的神情，对许诺说，我不是雁儿，你是来找雁儿的？见许诺连连点头，女子也点点头，她蹲下身抱起孩子，叮嘱许诺，你等一下。许诺的心一下提到了嗓子眼。很快，许诺的心又坠落了下来。女子再次出现时，是独自一人，她手里拿着那封亲笔信。她说，我猜你是这信的主人，这里没有雁儿，你写错地址了吗？女子的细致和关切，让许诺心生感激，但他不知该如何表达，只是慌乱地摇摇头，又点点头。女子很体谅他的局促，善解人意地说，写错了改过来就好了，幸亏寄到了我这里。女子说到这里，忽然兴致盎然，她说，啊，我收到信的时候真的很激动，这个年代收到亲笔信真是别具一格，很稀罕很幸福的。女子的脸上毫不吝啬地流露出羡慕之情，是给女朋友的吧，你可真浪漫，她可真幸福啊。

许诺很感激眼前的女子，感激她妥善保留了这封信，感激她对雁儿的羡慕。同时，他的心像是坠入了黑洞，深不见底，令他窒息，这女子和雁儿长相如此相像，但她不是雁儿。他脸上的表情一定是绝望的，女子很快察觉了，同情地看着他，皱起了眉头，为什么会写错了地址？是你的错还是这个雁儿的错？许诺不知该如何回答，他接过那封信，像是触摸了一个沉重的叹息，那信上的字里行间都冒出了氤氲之气，同时生长出尖利的牙齿，将他的愧意和悔意撕咬得支离破碎。雁儿欺骗了他，这儿不是她的住址。她从哪里来，到底又去了哪里？两手一用力，许诺打落了那些牙齿，他将那封信撕得粉碎。女子吃惊地捂住了嘴巴，紧接着，嘭的一声警觉地关上了房门。

后来，在街边拐角处，那女子又追了上来，气喘吁吁地提供了一条线索，她说，这别墅先前的住户家里有一个女孩子，年龄与你相仿，她是不是搬家了没有告诉你？她是不是你的女朋友？许诺闻言，连忙掏出手机，打开，雁儿在他的手机里呈现出千姿百态，女子目光牢牢地吸在手机上，嘴里连连赞叹，这女孩好漂亮。最后，她遗憾地说，我并没有见过那女孩，只是听说。他们为什么搬家？搬去了哪里？许诺疑惑地问道。女子摇摇头，脸上是爱莫能助的表情。

9

从千里之外回到住处，正是傍晚时分。开门之前，许诺久久凝视着门锁，指纹锁亦默默与他对视。他的眼前晃动着雁儿开门时的情景。雁儿伸出手指，轻轻一点，门就开了。这情景充斥在他的脑海里，不断地翻涌，同时响起炸裂的声音，紧接着疼痛从上到下在全身蔓延。他想，他从千里之外回来，但他的魂魄丢失了。雁儿也许就是他的魂，他不是拥有一个雁儿，而是数不清的雁儿，她又在哪里呢？

半夜的时候，许诺头痛欲裂，他强撑着下了床，走出家门，想去买些止痛药。来到街上，凉风一吹，许诺的头痛症状很快消失了。街道上冷冷清清。偶尔的行人也是脚步匆匆，那些匆匆的脚步都有一个方向，许诺垂头看着自己的脚尖，忽然感到家不是他的方向，雁儿所在的千里之外才是他的方向，他要找回雁儿，找回自己的魂。这个过程也是剔除的过程，关于指纹的迷惑也就迎刃而解。

许诺无法沉静，只有踏上千里之外的行程，他的心才能安静。这一次，许诺决定去雁儿工作的公司寻找。许诺深深地意识到，自己的脚步无法停留，他的身体失了魂，完全不受自己支配。

凌晨五点，许诺又一次来到了千里之外，一夜未眠，但他毫无倦意。相反，头痛症状的消失让他感到浑身轻松。

车站永远是一座不夜城，南来北往的列车和五湖四海的乘客一直在奔波的路上。许诺就近在车站的便利餐馆点了一份早餐。看着诱人的美食，他才想起自己昨晚被头疼折磨得没有吃晚饭，而他居然没有感到饥饿，莫非他丧失了饥饿的感觉？后面的念头一产生，许诺便连忙刹住了联想，他觉得他已经接到了某种冥冥之中的暗示，一个模糊的声音不断地敲击着耳膜，你无法放弃，你逃不掉的。他不肯接受，不愿接受这种暗示，宁愿相信是自己不愿放弃。他埋着头，将一碗小刀面吃得津津有味。

吃罢，他掏出手机，开始搜索雁儿所在的公司。网页上跳出有关它的信息时，他大吃一惊，雁儿所说的小公司会这么小，小到在包罗万象的互联网空间没有一丝痕迹，那网页上明明白白写了几个字：抱歉，没有找到相关信息。

许诺的内心渐渐滋生了悔意，认为自己贸然来到千里之外太过冲动。同时，伴随的还有浓浓的睡意。但他的睡意无法蔓延，像是短兵相接，许诺闭了下眼睛，他脑子里便嗡的一声巨响，紧接着一丝疼痛缓缓在他脑间游走。许诺直直地站了起来，惊惶地睁大了眼睛。匆匆走出了餐馆，边走边用力甩着两只胳膊，像是要竭力摆脱疼痛的纠缠。

清晨的花园街6号，像是刚刚梳妆打扮的淑女，矗立在晨光里容貌端庄。许诺在街边拐角处物色了一个隐蔽的角落，远远地端详着它。别墅的每扇窗户都光洁透亮，窗帘严严实实遮挡了房屋主人的真实生活。花园街6号的邻居们，像是孪生姐妹，一样的建筑造型，相同的建筑格局，所不同的是它们在这世间生活各有各的姿态。许诺希望能找到雁儿的一位老邻居，如果这里曾是雁儿的家。

许诺先是向路边一位晨练的女士打听，那女士一副讳莫如深的表情，不待许诺陈述便连连摆手，花园街6号换了主人吗？换了我也不知道，不换我也不认识。后来，许诺敲开了花园街8号的大门，这家的主人是一位慈眉善目的老人，耐心听了许诺的描述，却不肯辨别许诺手机中雁儿的照片，老人遗憾地摇摇头，他说，小伙子，我记不清那女孩的长相，只清楚别人的隐私不好乱说的，花园街6号最初的住户搬走了，我知道他家的情况，也不能全部告诉你。他又说，小伙子，花园街6号从前的一位主人破产了，他们的女儿疯掉了，住在专门收治精神病的西郊疗养院啊。

西郊疗养院的搜索信息有上万条，上一页、下一页排得满满的。许诺却无法深入下去，不可能，完全不可能，他一边走出花

/ 九　珍 /

园街一边嘟嘟嚷嚷。他不愿他寻找的雁儿和那里发生任何联系。西郊疗养院在城市的西边，许诺特意选择东边的方向向前走，还没走几步，他不得不停下了脚步，脑子里隐隐的疼痛又开始发作了。

站在这个南方小城的街头，天空似乎格外遥远，许诺仰望天上飘浮的云朵，他想，我要是一朵云就好了，从空中俯视就会找到雁儿的踪影。他转身向西走去，仿佛找到了治疗头痛的偏方，疼痛很快神秘消失了。

许诺深知这不是自己的方向，但是他无法摆脱头痛的发作。他觉得双腿也不是自己的。已近中午，他没有休息一分钟，一直在行走，他没有丝毫疲倦，仿佛不是自己在行走，是一种力量在行走，尽管他无法辨清这力量的本质。

凭借这种力量，许诺似乎超越了距离，很快站在了西郊疗养院的大门外，他像是一位来自远方的游客，隔着电动门欣赏园内的景色。景色宜人，春天在任何角落遍布的风景在这里同样争奇斗艳。许诺甘愿将自己扮成游客，也不愿承认自己到这里的目的是寻找雁儿。怎么可能呢？我得要离开了。没有进入大门，他就和自己嘀咕，也可以说他在和自己脑海里的疼痛协商——协议还没产生，却引来了保安。

你是干什么的？疗养院的保安暗地里观察了许诺，无法判断许诺的来历，只好主动打招呼。其实也不是打招呼，主要是提醒他：此处重地，闲人免进。保安指了指门口的一块木牌。许诺不禁咧嘴苦笑，这地界谁会是闲人呢？通俗地说，这是一个疯子的世界。可能自己的行为最疯狂，我怎么会到这里来寻找雁儿？许诺像是和自己说，其实他是和自己的疼痛说。许诺这样想着，却不由自主对保安说道，我找一个人。

探望要登记。保安公事公办道，是你什么人？

是个女孩。许诺不愿意自己身边的任何一个人在这里，何况是雁儿，所以他含糊说道。

保安打量着许诺，见许诺面色憔悴，头发乱糟糟地支棱着，像是风中之草。

哪个女孩？证明，比如户口本证件呢？

我没有证件。许诺沮丧答道，猛然目光发亮，伸出右手中指说道，不过，我有她的指纹。指纹？保安眯起了眼睛，饶有兴味地问道，家人走失了？你找错地方了吧？要比照指纹，你应该去公安局，我们这里只认证件的。保安提醒许诺，同时好心指明了方向，街边拐角就是社区警所，你快去吧。许诺并未挪步，院子里的一栋黄色小楼吸引了他的目光，那楼面上的黄色略显陈旧，像是久经风雨的模样。许诺的目光里跳跃着无数的亮点，他指着那栋楼问道，那栋楼是不是筒子楼？保安没有回答，目光草草掠过许诺，催促道，你快走吧，快去公安局报案。

你让我进去找找，我不相信她在这里。许诺赔着笑脸央求保安。我们是有规定的，这地方什么人都能进吗？保安绷起了脸，目光凌厉。随后，他狐疑地问道，你不相信她在这里，你怎么找到这里来的？事情的经过虽然简单，但说起来太过复杂，何况面对一面之缘的保安。许诺摇摇头，说不清啊，我不来，我的头就会炸了。保安愕然瞪大了眼睛，像是起了疑心。他说，你从哪里来？千里之外。许诺如实答道。保安沉吟着点点头，脸色舒缓下来，安慰许诺说，你等等啊，我来想想办法。保安急急走进保安室，很快，像是他的请示奏效了，那电动门徐徐向许诺敞开。

　　跨进院门，许诺便直奔那栋黄楼。他的脚步很快，但是，他的心里五味杂陈，他说不清自己的内心。只希望赶快结束这不同寻常的寻觅之旅，雁儿不可能在这儿的，怎么可能在这儿。看上去许诺像是自言自语，却接收到他的头脑里有了微妙的波动，许诺不仅和自己交流，也和内心的雁儿沟通。

　　保安挡住了他的去路。就是他，你们看他还自言自语呢。保安指着许诺，脸上流露出诡秘的笑意，他说，幸亏我使了计，这样的人到处跑，很危险的。不知何时，许诺的身边围住了一圈人，他们像是突然从地下冒出来的。

　　如此礼遇，许诺有些受宠若惊，但同时心怀戒备。他瞥见除了保安，人群中为首两人穿了淡黄色的制服，判断对方身份不是病人，许诺的心才放松下来，主动解释说，我不会打扰你们工作的，我只是找人。

　　好的，你找什么人，跟我来吧。那两人异口同声回答道，相视一笑。同时向前走了一步，一左一右挽起许诺的胳膊。许诺突然意识到形势有些出乎自己的意料，他强作笑脸道，我叫许诺，我来自千里之外，我来找我的女朋友，我是正常的，你们别误会。

　　没人误会你，你这样的正常人我们见多了。保安上前推了一把许诺，许诺突然感到后背上尖锐的凉意，那凉意坚硬如铁。许诺倒吸一口凉气，打了个寒战，惊叫起来，你们要带我去哪儿？我只是找雁儿，雁儿！许诺用力挣脱绑缚他的胳膊，转身向大门跑去。保安眼疾脚快，将他绊倒在地。再次被两只胳膊一左一右友好相待时，许诺选择了积极配合。他跟着那两只胳膊渐渐远离那栋黄楼时，回头匆匆一瞥，恍惚间，那栋黄楼上的一扇玻璃窗突然推开了，一张年轻女孩的面孔嫣然绽放，只是匆匆一瞥，许诺觉得那女孩既像雁儿又并非雁儿。雁儿！许诺惊呼道，那女孩并不回答，眼神里满是哀怨，转眼便在窗前消失了。你们这里前几天是不是有个女病人出走了？许诺尽力克制，用平缓而冷静的语气问道。没有人回答他，几个人簇拥着他，步伐一致。

三小时后，许诺的母亲赶到了千里之外的西郊疗养院。一进门，她便扑向坐在房间角落的许诺，见许诺神态自然，浑身上下完好无损，才长长舒了一口气，面朝天花板感谢了上苍。接着，她环视了一圈，脸上的感激之情转瞬即逝，气急败坏地嚷道，你们凭什么不让我儿子出门？你们凭什么把我儿子抓来这里？

这位妈妈，先不要激动，你儿子怎么来的，你问问他。许诺母亲扫视着房间里的每张面孔，最后目光凝聚在桌边发言的那个中年男人身上，目光灼灼地问，你是不是负责人？你说话要负责任，难道我儿子还会自己跑到这个鬼地方来？

你儿子就是自己跑来的，我可以证明。先前那位尽责的保安对许诺母亲的不恭很不满，脸上挂着愤怒的表情，有担当地表态，表态完了还不忘替领导表功。他指着那个中年男人说，你儿子没有捅出大娄子，多亏我们院长处理及时。哧，许诺妈妈冷笑一声，你们都是一伙的，你的证明只能越抹越黑。我儿子是个正常人，到这儿捅什么娄子？找女孩啊，你儿子非要到我们这儿找一个女孩，硬说有她的指纹，还要弄清他们相同的指纹。许诺母亲闻言，脸色由红变白，怒意在脸上风起云涌，一个箭步冲到保安面前警告说，你胡说八道，当心我撕烂你的嘴。保安斜睨着角落里的许诺，笑着说，有其母必有其子。

他们两个斗嘴仗，观战的人早失去了耐性。那位院长这时候插话说，算了，算了，他不是这里的病人，我们也无须负责，你既然来了，就劝劝你儿子，赶快走吧。领导的息事宁人又一次惹怒了许诺的母亲，你这是什么话？明明是你们抓了我儿子，难道他还会赖着不走？疯人院，疯人院，到底是真正的疯人院！

我不走，我要去黄楼看看，我要找雁儿，弄清楚指纹相同到底是怎么回事。一直沉默的许诺，终于开口说话了，他坚持复述诉求，纠缠到现在，他反复表明自己的主张，才引来了自己的母亲。许诺母亲不敢相信自己的耳朵，儿子口出狂言，表象的背后一定有复杂原因。事情远远超出自己的想象，儿子惹了麻烦，既要保全面子又要避免尴尬，千头万绪，赶快离开，回家再慢慢理顺。许诺妈妈机敏地打着圆场为自己找了台阶，你这个孩子这么大了还要我操心，任性也不看看地方，起来，跟我回家。说着，上前扯住儿子的衣领，用力拖拽。

妈，你要理解我，我不能回家，我还要找雁儿，不然我头会疼得炸裂的。许诺挣脱了母亲的拖拽，一脸烦躁地说。他母亲住了手，怔怔地注视着儿子，像是面对初次相见的陌生人。少顷，许诺母亲将目光投向院长，目光里流淌的都是求助。院长摊摊手，一副爱莫能助的表情。他说，你儿子的这个要求，你觉得合理吗？我们这里的病人都不能随便外出的，他要找的人怎么会在这里？院长说得慢条斯理，同时也合情合理。许诺妈妈却很精明，她爱子心切，是非面前还是站在儿子的立场发言，她说，那也不一定，也许是你们管理疏漏，病人偷跑出去了。说到这里，她忽然咬住了嘴唇，流露出惊恐的表情。接着，她立场坚定地向儿子郑重表明态度：许诺，你听着，你不跟我离开这儿，我就一头撞死在你面前。

11

夜里，许诺随着母亲回到了自己居住的城市。下车后，母子两人产生了分歧。许诺坚持要回到自己的住处，他母亲却步步相逼要他回到自己身边。母子两人站在路边，谁也无法说服对方，像是进行一场亲情对决。最后，他母亲眼圈一红，流下了泪水，边擦眼泪边数落许诺逝去多年的父亲，你丢下我，就算了，偏偏丢给我一个这样的儿子，原本那么优秀，怎么就为一把锁疯疯癫癫的？都怨你啊，老许，生生丢下我。母亲如此偏颇，许诺心生不满，但他既不澄清也不争辩，更无心安慰母亲，如同要找回血浓于水的亲情，他对雁儿的寻找也该告一段落。刚回到自己居住的城市，他的头又开始隐隐作痛了。他的疼痛只有自己能够体会，即便这世上最亲的母亲就站在身边，他也无法排遣内心深处的孤独。许诺最后做出了让步，暂时回到了母亲身边。

许诺母亲住在老城区的一幢红砖楼房里，楼房建造多年，每家每户的大门上都是最简单的防盗锁。掏出钥匙，打开家门，许诺母亲说，你那房子如果不是什么智能的指纹锁，哪里会闹出什么相同的指纹，明天去换了锁。你告诉我，到底发生了什么？她的盘问最终毫无所获。许诺刚一躺下，便打起了鼾，鼾声宣告了他的疲惫。回到了没有指纹锁的家，踏入了没有指纹锁的家门，许诺终于安然入眠了。

许诺的这场睡眠纯粹而彻底。醒来后，他甚至感到迷惑。这两天一度垂青于他的失眠消失得无影无踪，他不禁心生感激，说到底，是疼痛远离了他。你走了吗？许诺轻声问道，身体非常安静，他的疼痛没有回答。远离了疼痛原本应该感到轻松的，但一股怅然之情涌上了心头，许诺终于明白，其实，他的疼痛是思念，他的疼走了，雁儿已经走了。来得容易，去得颇费周折，许诺不无遗憾地想，有的人出现在你的生命里，如影随形，注定是用来思念的，可是他和雁儿之间横亘着指纹，这样的思念让他心有不甘。其实，他的疼就是雁儿，埋葬了疼痛也就埋葬了雁儿。他不知道自己能否接受这个现实。

　　接连多日，许诺下班后回到母亲身边。他母亲因此感到非常欣慰。每天张罗着做些合口的饭菜，红烧肉是儿子的最爱，但天天吃势必腻烦，她算计好日子三天烹烧一次。到第三次的那天，油下了锅，接着放冰糖，举着锅铲翻炒，看着冰糖和油热热烈烈地融合，母亲的脸上也是容光焕发。今天的红烧肉，她是邀请了一位贵宾到家里与他们母子共享的。

　　晚饭桌上，许诺领会了母亲的用意，体谅母亲却不肯违背自己的内心。面对一个陌生的女孩，许诺是含蓄而礼貌的。母亲显然已经先期做了介绍，是否吹嘘无法考证，但在母亲心目中他一定是天下最优秀的。许诺倒是很坦诚，对那应邀而至的女孩说，我没有我妈说的那么好。女孩子抿嘴微笑，既不肯定也不否定，瞄了一眼许诺，脸上有了淡淡的红晕。红烧肉果然是可口的，女孩子已经吃了几块，就凭这一点，母亲就已欢天喜地。女孩举着筷子，歪着头嗔怪说，阿姨，这样我要长胖了。许诺母亲闻言笑得更加欢畅了。看上去，这顿晚饭，他们与亲亲热热欢聚一堂了。

　　吃过了晚饭，许诺自然护送女孩回家。二人并排走在路上，谁也没有说话，路灯的光芒在脚下延伸，仿佛没有尽头。许诺不明白刚才还喜笑颜开的女孩，转眼就沉默寡言了。沉默也很好，这给了许诺遐想的间隙，雁儿如果这样和自己并排走路，会是蹦蹦跳跳的吧，他的眼前晃动着雁儿欢快的身影，心里的思念倾泻而出。

我到了，谢谢你送我。冷不防，身旁的女孩对他说道。但许诺的心里是雁儿在对他说，许诺点点头。那女孩独自向前走去，走了几步，又突然站住转身面对许诺，一字一句地说，我其实也不想高攀你，不过觉得你母亲不易，让她开心一下罢了。心中的雁儿在许诺眼前一个个离去，许诺的心隐隐翻涌着离别的悲伤。他说，谢谢你。女孩这时认真看了一眼许诺，她说，你看上去很像我的前男友。许诺咧嘴一笑说，你看上去很像我的前女友。这是一句心里话。有了这句话，彼此就交过心了，他们的心相互体贴却平平静静。

12

这天，餐桌上只摆了几样家常素菜，母子俩端坐两边。许诺一向胃口好，吃什么都是狼吞虎咽的架势，这是他母亲一贯欣赏的做派，即便只是家常菜，他依然如故。吃到一半，他忽然察觉到母亲一直未动筷子，两眼注视着他，满是哀怨。怎么了？母亲反常的举动，许诺其实心知肚明。他接着自问自答，这个女孩不成，还有下一个。儿子的不以为意，让母亲忧心忡忡，一番唉声叹气，许诺母亲给出了忠告：你不要高估了自己。母亲的话留有余味，许诺品出了辛酸的滋味，他劝慰母亲说，不急的，总能找到合适的女朋友。母亲原本端起了饭碗，吃了一口却难以下咽。她心里堵得满满的，从千里之外回来至今整整半个月，她的心里已经再也无法承受，母亲放下碗小心翼翼地说，许诺，你告诉妈妈天下怎么可能有相同的指纹，你的脑子怎么了？

妈，你不懂的，人造的智能往往混淆了人类的感官，也许是误会，也许是误差。说到这里，许诺的脑子里轰的一声响，那些掩藏的记忆纷纷出逃了，在许诺脑海里腾云驾雾。许诺痛苦地捂着头，他说，妈，你还不相信我吗？

许诺的母亲叹了口气，她说，儿子，你哪来的女朋友？我去你公司问过了，人家说你之前都没请过假的，你去西郊疗养院找女孩，你还寄什么亲笔信，世上哪有那个人？我这辈子还有什么指望？

母亲的哭诉像倾泻的潮水，无法阻挡。她推开了饭碗，埋头在饭桌上，肩膀一耸一耸的。许诺很想给母亲一个温暖的怀抱，但他无法理解，自己的一次西郊疗养院之行为什么给母亲造成如此大的创伤。一把智能指纹锁，正在使他的情感分崩离析，母亲的创伤他无法弥补，他自己头脑的疼痛也越来越剧烈。

许诺在母亲时浓时淡的抽泣声中走出了家门。他空着两只手，正值深秋，晚风带着凉意进驻他的衣袖，看上去他像是满载而归。

许诺来到他的寓所，时隔数日，他公寓门上的那把指纹锁忠于职守，安然无恙。许诺注视着它，脑子里的疼痛已经使他麻木了，他已经挤不出一点关于雁儿的记忆了，或者说关于雁儿的记忆都是疼痛。

中指与指纹锁轻轻触碰的瞬间，房门悄然打开。许诺举步入室，他惊奇地发现，房间异常整齐，被子、毯子、沙发留下的都是整理过的痕迹。有人在他的空间久久逗留，他却在寻觅和逃避中与她擦肩而过。无疑这是命运的安排，一定会是雁儿，雁儿无疑是另一个自己，她一定是另一个自己，有指纹开锁为证。

许诺坐在房间里，安静地等待，黑夜来临了，紧接着是白昼，他有足够的耐心和他的疼痛相处，他觉得他是这个世界上最幸运的人，他从此不会感到孤单。

接连数日足不出户，许诺收到公司里发来的一条解聘短信。他依然不回复。公司里有位要好的兄弟给他打来了电话，许诺按下了接听键：哥，听说你疯了，我看他们才疯了，你在哪儿，我要跟你一起疯。许诺挂断电话。

一番哭诉，迫使儿子离开了家，许诺的母亲很后悔，第二天，亲自追到儿子公寓。她没有儿子的指纹，没有开启大门的钥匙，一把智能指纹锁横亘在母子之间，短短数日相处，儿子已判若两人，母亲无法接受儿子的巨变与疏离，又不得不面对现实。站在亲生儿子家门外敲门，许诺始终没有打开房门，母亲泪眼婆娑，隔着房门，对近在咫尺的儿子只表达了自己最简单的心愿，她说，儿子，你开心就好了，妈妈再也不嫌弃你。房间里，许诺听得分明，无从反驳母亲，也无法理解母亲的内心，惨然一笑，给母亲发了一条短信：等待和我指纹相同的人，我很开心。这一条短信是否加深了误解，他已无心细究，只觉得这是给母亲必要的交代。

许诺母亲自认为了解儿子，通过这条短信洞悉了儿子开心的假象，来历不明的阴影覆盖了儿子的前程，她强忍悲痛，要及时拯救儿子。当初离开西郊疗养院时，院长曾偷偷留下了联系方式，到底派上了用场。

世上找不到指纹相同的两个人，许诺的开门钥匙在他的手上，要想侵入他的寓所只有破门而入。经过许诺母亲连日来的周密安排，开门行动鸦雀无声。即使不用指纹，许诺的房门还是被锁匠悄然打开了。涌入他房间的众人，他的亲生母亲，疯人院院长率

　　　　／九 珍／

领的员工，布满了整个空间，仿佛占据了整个世界，却个个大失所望——人去屋空。

许诺是个有情有义的人，他给大家备好了茶水，还对大家致以问候，包括感谢的话都一一写在纸上。他的去向也做了交代，他说，请将我的指纹锁恢复原样，等我回来打开自己的房门，未来已加速来临，我要去寻找和我指纹相同的那个人。

作于 2017 年 5 月

原载《安徽文学》2018 年第 12 期

【点评】

网络时代爱恋"心灵图景"的艺术呈现
——评马洪鸣的中篇小说《相同的指纹》

五四新文化运动以降，婚恋的自由伴随着中国历史的"现代性"进程逐渐不证自明。存在即选择，选择即自由，婚恋的自由度得以历史性跃升。网络时代，现代抑或后现代的爱恋空间与自由再一次得以空前延伸，在现实和虚拟的世界里。婚恋假"爱"之名汪洋恣肆或吊诡奇葩，爱恋的内涵出现了网络时代的特质，遗憾的是，很多时候真爱却付诸阙如。马洪鸣的小说《相同的指纹》，拒绝网络时代爱恋单向度的身体书写，转而对网络时代爱恋"心灵图景"进行深度勘察。文本直抵当下爱恋"疑"与"真"的生存状貌，最终让"真"超越了"疑"，其思想意涵颇为深厚，艺术表达也非常充分。

一方面，文本深度勘察了网络时代爱恋的"心灵图景"。网络时代，信息的便捷性、即时性、交互性某种程度上加速了经典爱情的式微，"执子之手，与子偕老""两情若是久长时，又岂在朝朝暮暮"似乎成了一种奢望。网恋、闪婚、闪离，肉体狂欢日甚一日。这些都是网络时代爱恋的表征或是"精神症候"，也可能是存在的基本事实。然而，如果是真正的爱恋，无论身处任何时代都不可能只是身体的风景，更需要灵魂的深度参与，那种只有身体参与的爱恋只能算是欲望和本能。小说讲述了网络情境下青年男女许诺和雁儿的爱恋，试图以此探寻网络时代爱恋的精神实质。两人在网上相识，并在网上神交了十个月，文字、视频拉近了两人的心理距离，爱情的产生有了一定的基础。从网络到现实，是网恋的基本路数，他们也莫能例外。理想中的浪漫终究抵不过现实的诱惑与冲动，见面以后他们并非精神的吸引，起初也更多是肉体的纠缠，之后，他们之间心灵的参与逐渐加深。千里之外奔赴而来的爱恋却因为指纹锁出现罅隙、怀疑。小说的不同凡响之处正在于感情出现龃龉之后，对许诺心灵世界的勘探与心理图式的追索。失去了雁儿，许诺失去了魂魄，头痛欲裂，南方小城，花园街6号，西郊疗养院……一路的追寻，许诺差点被认定是疯子，甚至他的母亲也怀疑许诺精神真的出现了异常。许诺的头痛源于对雁儿的思念，他不愿意埋葬头痛，他坚信雁儿的回归，智能锁引发的障碍在真爱面前已变得无足轻重。最终，许诺离开房间去寻找与他指纹相同的雁儿。许诺的追寻，已从先前为了弄清事实原委，弄清雁儿的真实身份，悄然发生了质的转变，变成了对真爱的追寻与救赎。文本由此颠覆了既往网络爱情快餐化、泡沫化、肉身化、去责任化、轻松化的特征，尤其是去心灵化的当下狂欢叙事，给许诺、给现代网络爱情以丰富的"心灵图景"，文本追寻的是爱恋本身。爱恋的本质是两情相悦，是对另一半的寻找，是超越时代局限、超越时空束缚的灵与肉的和谐交融。从这个意义上而言，小说的立意具有不俗的主题向度，它是逆网格化的感情生活逻辑，追问爱恋的本体论内涵。不仅如此，小说还对现代网络恋情的"疑"与"真"的关系进行了艺术辨析。由于相识于网络，对方的情况并没有得到有效的验证，网恋很容易遭遇欺骗。因为有所"疑"，所以在情感的投入方面才不敢完全示"真"。许诺和雁儿尽管有十个月的网上交流，相识之后彼此成了对方的唯一，但并没有完全解除心中的"疑惑"。小说通过指纹锁事件揭示了现代人对网恋的戒备心理。小说的结尾，许诺是因为爱的"真"而放弃了对"疑"的进一步追索，实际上，两者之间的紧张并没有消除，小说也因此获得了网络时代爱恋"疑"与"真"的关系的体悟与思考。

另一方面，小说的艺术呈现充分展露了作家的才情。首先，小说对主人公的心理描写细腻、真实、深邃，主要体现在男主人公许诺身上。从网上倾诉到现实相见之前，许诺给雁子写了信，并通过邮递而非快递的形式体现"慢"的情思，可见许诺对爱的态度是认真的、走心的，也是浪漫的。通过邮递与快递的对比，也体现了时代的变迁。由于智能指纹锁事件，许诺对雁儿起了疑心，这也是正常的心理反应，毕竟是网络时代，虚假、欺骗大行其道，稍微有点正常心理的人都会有所戒备。文本这样描摹许诺的心理真实可信，这也是叙事得以继续的动力所在。心理开掘最精彩的地方在于失去雁儿之后许诺的失魂落魄。这时候，指纹智能锁的疑虑已经微乎其微，许诺发现自己对雁子的思念是疯狂的、致命的，文本由此对许诺的心理进行了深度的推衍，后续许诺一系列貌似疯狂的举动都是源于许诺彼时的爱恋心理，文本给予充分揭示。其次，作家深谙小说的结构艺术。小说从重要的场景写起：雁儿在深夜返回许诺公寓，既是情感的难以割舍，也是引发智能锁指纹疑虑的关键节点，此后便是对他们感情经历的回顾。指纹锁事件是重要的叙述枢纽，起到承上启下的叙述功能，尽管现实中相同的指纹纯属巧合，或者说完全是反科学的，但这并不影响文本的艺术真实，反而引申智能化对人类情感生活的介入思考。对花园街 6 号的探访是小说精彩的情节设置，花园街 6 号既是雁儿告知许诺的地址，也是那封浪漫情书抵达的地方。探访的结果是雁儿根本不在这里，而那封情书则被花园街 6 号的主人交还给了许诺。这时，许诺的疑虑是逐渐加重的，同时，他的思念也是加重的。何以解忧，唯有找到雁儿，才引发许诺的西郊疯人院的继续寻找。西郊疯人院的寻找更是情节设置的神来之笔，它大大拓展了小说的意蕴空间、心理深度，并赋予情感命运的悖论性：当许诺越是沦陷于对雁儿的思念、沦陷于对真爱的寻找的时候，他越是被看作逸出了精神轨道，被视为疯子。小说的结尾也体现了作家的艺术匠心。当疯人院的院长带领一众人等和许诺的妈妈破门而入许诺的房间，试图把许诺强行送至精神病院接受治疗的时候，却发现人去屋空。这样的结尾既在情理之中，又在意料之外，留给读者无限的遐想空间。

米兰·昆德拉说："发现唯有小说才能发现的东西，乃是小说唯一存在的理由，一部小说，若不发现一点在它当时还未知的存在，那它就是一部不道德的小说。"马洪鸣的小说《相同的指纹》就是对网络时代爱恋内心图景的"发现"，在喧嚣、浮躁、粗鄙化、庸俗化的存在风景中，在迅捷、快节奏的生活中，人越是容易陷入孤独、封闭和忧伤。因为疑惧，人越是容易将自己的"真心"层层包裹。小说在悖论性的情境中，赋予了主人公许诺冲决堤坝的果敢和决绝，这就是小说所要点明的爱恋存在的意义——我爱故我在，小说《相同的指纹》也因之令人刮目相看。

陈振华（安徽外国语学院教授、安徽文艺评论家协会副主席）

短信无内容

1

周正急急忙忙从洗手间出来，在餐厅走廊上险些撞上迎面走来的服务员。服务员手上托着一盘热气腾腾的莲子羹。面对周正的莽撞，服务员反应敏捷，迅速侧身让过周正，同时不露声色地送给周正一个白眼，但白眼只追上了周正的背影。周正的身影眨眼间便落在了女友于菲的身边，落在了嘈杂和纷乱之间。比周正身影更快栖落的是他的目光。周正急切的目光寻找的是他的手机，刚才去洗手间，疏忽了，将手机搁在了餐桌上，人机分离的短短五分钟，感觉像是身体被剥离了一部分。当周正的目光遇上安然摆放在桌面上的手机时，紧张的情绪很快便散漫下来，他试探地问于菲，有找我的电话吗？于菲摇摇头，眼神漠然地扫过他的手机。菜怎么还没上来？这家店客人可真多。周正漫不经心地对于菲说道，同时故作随意地拿起手机放回自己的口袋里，像是收回了一个遗失的秘密，他轻松地暗暗吐了一口气，随后伸直双腿，将整个身体尽量在座椅上伸展开。这次，于菲仍然没有搭腔，只是兀自莞尔一笑，她一动不动地注视着窗外的夕阳，夕阳细碎的脚步看上去令她伤感。你手机呢？周正纳闷地接着问于菲，发什么呆，怎么不玩手机？说着，周正从口袋里摸出手机摆弄起来。

/ 九 珍 /

"霸王别姬""十里飘香""香菇菜心"，外加"乌云遮日"，他们点的几样菜陆陆续续上齐了。菜肴热热闹闹地挤在面前，充满诱惑。周正很快动起了筷子，色香味俱全的菜肴挑动着味蕾，周正呈现出一副贪吃的模样。于菲却迟疑着，手上举着筷子，从夕阳的遐想中移至餐桌的目光在几盘菜肴间跳来跳去。当她的筷子终于落在"霸王别姬"上时，却在这盘老鳖烧鸡上挑肥拣瘦，似乎一直没有找到心仪的那一口。最后，她的筷子挑起了一根头发。周正，你看。于菲的语气里充满了惊疑，目光里都是嫌恶，于菲将头发挑到周正眼前，同时示意头发来源于"霸王别姬"，这是一根缠缠绕绕的长发，周身乌亮，洋溢着令人遐想的光泽。周正的食欲一下被打断了，吃惊地盯着眼前的这根头发，口腔里停止了咀嚼，嘴里含着食物停滞了一秒钟，对着托盘，大口地呕吐了起来，最后，他吞咽了一口口水，又是一阵干呕。

2

　　周正和于菲走出餐厅时，冬季的西北风理直气壮地包裹了两人。天已经完全黑了，路灯闪烁在他们的眼前，灯光对黑暗的拒绝温柔而正大光明，却在于菲的眼前满是柔情。周正竖起了大衣的领子，同时将于菲冰凉的手握在他的手心里。餐厅的喧闹被他们扔在了身后，热闹可以不留痕迹，但是桌面上那几样有着雅致名称的家常菜此刻正无拘无束地混搭在一起，油渍蔓延。老板娘显然余怒未消，站在餐桌边愤愤道，借一根头发就想吃霸王餐，做梦。拾掇桌面的服务员，将盘子一一捡起附和着嘲笑道，现在的年轻人耍滑头也不挑挑地方。不过这女的也是年轻气盛，又要付钱又要拒吃，真是蠢货。老板娘并未搭腔，对着空气鄙夷地撇撇嘴，满面怒容来到后厨，对着大师傅怒斥道，说过多少遍，要戴帽子，又不是绿帽子你为什么不戴？下次我也懒得摆平，吵吵闹闹到现在，我的胸口还在跳。

沿着街道向前，路过一家咖啡屋，一家洗衣店，还有一家茶楼，向左拐便到了周正于菲居住的新房。新房是周正父母购置的，花光了老两口半生的积蓄。尽管婚礼还没有举行，周正和于菲已经迫不及待地住进来，提前享受二人世界。

一千米的距离，让依偎有些短促。进了房间后，于菲问周正，你饿不饿？周正显然有些懊悔，懒懒地躺在沙发上沮丧地说，只吃了几口，没吃饱，当然饿了。又猛地坐起来饶有兴味地问于菲，你怎么就发现了头发？不过是一根头发，我却饿了肚子。这句话像是戳到了于菲的心口上，她反驳道，难道我错了，不该发现那根头发？周正见于菲余怒未消，只好婉转地说，确实不卫生啊，但你也不必把其余那几样菜都掀翻扣在餐桌上。于菲眼神漠然地扫过周正的脸，不依不饶地说，别人不讲理你也不饶人，现在你冲我发什么火？我看，不让人放心的不是头发，而是你。于菲的这句话像是一个警告又像是一个提醒，她像是得到了启示，一连串的发泄后，突然沉默了。接着，一个人气鼓鼓地冲进了卧室。客厅里留下了孤零零的周正。周正稍一愣怔，似乎为了响应于菲的莫名其妙，从沙发上跳起来在客厅里焦躁地转了一圈，最后，灭了灯，把自己也气呼呼地扔在了沙发上。

周正和于菲相识一年，相恋一年，同居半个月，他们的婚礼定在年后春暖花开的日子。这期间他们的谈话经常不欢而散。但过不了几天，又会继续约会，他们虽然还没有步入婚姻的殿堂，似乎对婚姻的状态早已习以为常。一切从实际出发，双方条件相当，男方买得起房子，女方置得起嫁妆。互相看着并不讨厌，谁也没有找到放弃对方的理由，这和白开水没味道，但是谁也离不开是一个道理。

黑暗和安静像一对孪生姐妹，将这对恋人不动声色地分隔开。黑暗里一切都面无表情，同时身陷黑暗又令人感到心安。在黑暗里，周正从口袋里摸出了手机。随着手机的开启，一束光芒照在黑暗里，像是一簇暖光，也像是一个明亮的方向，周正的神情也为之焕发。手机上，那来自同一个号码的五条短信，正安安静静凝视着他。短信流露出一束束目光，充满了交流的意味。端详着短信，周正神情专注，显然已经忘记了饥饿，也将懊恼置之度外。今天，他接到了来自同一个陌生号码的五条短信。这五条短信没有文字，每条都微妙地矗立着一个感叹号。细细品味，周正悟透了感叹号后的内容，只有三个字，找啊找，找啊找，找啊找，找啊找，找啊找。这短信是周正平静生活中的一个意外惊喜，这个意外像夏夜里翩然而至的萤火虫，它带着光亮让人充满了遐想，它毫无气息，却撩拨起周正的兴奋，那兴奋给他带来了愉悦。深入短信，周正心旷神怡，脑海里回忆起一些琐碎的细节，一段欢愉的场景，几句对话，几个轻微的动作，甚至当时的气味，这其中出现的主角渐渐清晰，他甚至记起她外套的颜色。

3

早晨，于菲早早起了床，打开房门，见周正蜷在客厅沙发上酣睡，手机缠绵在他的手心里，像是他的真心伴侣，时刻忠诚地为他坚守。于菲凝视着周正，眼神里满是怨怼，少顷，她退回卧室，又一次躺在床上蜷起了身子，神情落寞。时间不紧不慢，眼见到了上班时间，于菲不得不再一次起床，随后洗漱，吃早饭，她一个人制造的声响时轻时重，像是一种暗示又像是错落有致的晨曲。每一次经过沙发，她都怨恨地看一眼蒙头大睡的周正，每一眼都让她体验到了更深刻的孤单。这种体验很糟糕，以至于到了单位她也没精打采。然而，于菲的工作性质不容许丝毫的懈怠情绪，她是一家大型超市的退换货中心的接待员，必须带着饱满的热情接待各种因为购物产生的诸多不满，即便有些过错来自顾客本人。有些商品质量低劣，这不是于菲的错，于菲却要不断地表达歉意，她真不明白为什么有那么多顾客喜欢来回折腾。到了换班的时间，于菲也受尽了折磨，她皱着眉头，带着一副苦大仇深的表情离开岗位，在员工休息室找了一个安静的角落，盘腿坐在椅子上，将头低低地垂在胸前，她用身体语言表明此刻的姿态，别理我，烦着呢。坐定后，摸出手机，很快，于菲脸上的表情丰富起来，手指在滑动，于菲进入了手机里的世界。

周正其实早就醒了，但一直闭眼假寐，听着于菲起床的动静，凭着嗅觉，他闻到于菲身上亲切、清冽的气息。觉察到她在自己的身边曾稍做停留，还有意无意踢了两次沙发腿。"啪嗒"一声，房门关上了，随着于菲渐行渐远的脚步声，四周的安静一点点包围了周正，当这种安静要令他窒息时，周正像是潜藏在安静中的一颗子弹，迅速从沙发上弹了起来，以最快的速度穿衣，整理仪表，然后，焕然一新出了家门。

周正很快拦了一辆出租车，正是早高峰阶段，出租车夹在车流中慢吞吞蜗牛般挪动。缓慢的速度令人焦灼，前后观望数次，周正果断地下了出租车，敏捷地穿过主干道上的车流，轻快地在人行道上着陆，双脚还未落定，便大步流星快速向前奔去，这时候他接到了公司的电话，主管吩咐他去城东推广业务。此刻，周正正与城东背道而驰。一时找不到推脱的理由，索性请假。主管强调说，请假今天就没工资了，周正没有回话，挂了电话，脸上是义无反顾的表情。

周正高考时勉强考上个院校，毕业后放弃了深造，步入社会后对于工作不甚挑剔，很快便觅得目前这份做推销的工作。每天都是上班，打卡，接听电话，下班，刷微博，玩网游，生活成了机械化的程序。工作不久，他就发现他最大的梦想就是不工作。和于菲恋爱以后，生活里多了一项内容，约会。起初带着新鲜与好奇，随着交往的逐步加深，两个人在一起更多的时间都在摆弄手机借以摆脱乏味，生活虽然很精彩，但手机里的世界似乎更精彩。

周正今天所要到达的目的地其实也和手机有关。那是五天前一个多雨的黄昏。当天雨是何时下的，周正并不清楚，从睡梦中醒来，听着窗外的雨声内心一阵虚无。这是个无聊的休息日，于菲回了娘家，他也回到父母身边，除了打牙祭，他靠睡眠打发时间。房间里隐隐飘荡着炸带鱼的腥味，带鱼是昨天于菲送过来的，在超市买的促销商品，价格低于平常但质量优良。于菲经常利用工作之便买到经济实惠的商品，这让周正的母亲赞不绝口。母亲夸奖于菲，周正却不以为意，母亲中意于菲，他却谈不上钟情，更让他凄惶的是激情似乎从未降临。眼看着要到婚期，周正总觉得不可思议，现实的爱情是这样吗？爱情又该是怎样的呢？自己相信爱情吗？除了爱情还有什么自己缺少的呢？生活太过平常，合情合理却又破绽百出。父母参与太多，但缺少了父母的参与又感到茫然。打了个呵欠，他放弃了遐想，想得越多越迷茫。已经睡了一天了。醒来没有让他清醒，相反有些疲惫，他一直在睡梦中和一个女子纠缠，那女子高挑妩媚，先是带来一阵清香，接着化为一路青烟。回味梦中的情节，却很散漫，他们在梦里没有对话，没有对视，甚至那女子只是留下一个背影，一个模糊的面庞。苏醒后的周正意犹未尽。伸手摸出枕边的手机，浏览了一下新闻，又刷了朋友圈，朋友圈里无非是同学或同事，生活的内容千篇一律，话题也无甚新鲜。周正抓着手机发了一会呆，接着，摇了摇手机，看了看手机屏，又摇了摇手机。这一次，周正那双注视手机屏的双眼瞪得很大，目光射出了一道光芒，双眼炯炯有神。少顷，他从床上一跃而起，匆忙洗漱，穿戴，出门。他母亲听到响动从厨房里追出来，对着他的背影喊道，就要吃晚饭了，你去哪里？也不带一把伞。

周正并没有跑远，他淋着雨，穿过一条街，来到了一家咖啡屋。正值黄昏，加上淅沥的雨，咖啡屋便拥有了天然的浪漫气氛。其中，寥寥几个客人，分别在各自的角落里品味各自的味道。周正的目光匆匆扫视着，很快便锁定右边靠窗的第二张桌子，那桌子边的女人也正注视着他，并且向他友好地挥挥手。女人穿了一件宽松的羊绒大衣，大衣边角有着一排流苏，流淌着文艺气息。女人五官精致，一双眼睛像是会说话，周正心里蓦然一惊，读懂了女人目光流露的语言，那目光在说，就是我，就是我，读着目光，梦境中女人的面庞也渐渐清晰起来。

女人姿态优雅，见周正在自己对面落座，矜持一笑。端起杯子喝了一口咖啡，喝完抿了一下嘴角，动作很轻柔。你好，我就是刚才微信摇到的周正。周正主动介绍说。女人点点头，莞尔一笑，机敏地说，我知道。女人露出了细碎的牙齿，像珍珠般闪着光泽，她说，我就是雨点，我在等……说到这里，女人忽然停顿了，眼神掠过了一丝紧张，循着她的视线，周正也将目光转向入口处。一个高大的男人正推门而入。我得走了，你看他像不像一个跟班的。女人忽然遗憾地说，同时瞟了眼周正，眼角留下了一丝媚笑，这一丝媚笑是留给周正的，并且打动了周正。就这一眼，让周正忽然冲动道，我们交个朋友吧。留个联系方式。女人抚平衣角，端正了坐姿说，我也很想和你做朋友，可是——女人向门外张望着，眼神里流露出凄惶，似有难言之隐。微信摇到了就有缘呢，女人最后温婉地说。周正却急切地说，我微信上有电话号码，可你微信上没有电话号码。

女人显出了焦急，她说，我会联系你的，你千万别回我短信，别给我发微信。

女人说着，拿起拎包站起身。她一站起来，周正的心便收紧了，女人的身材高挑，正如在梦境里见过。为什么，没有电话，我怎么联系你？周正追问道。女人回头一笑，她的笑像是一团缥缈的香气飘了过来，她说，有缘自有相会，我有你的电话就够了。女人继续向入口处张望，那高大男人正和吧台服务员交流着什么，女人不可思议地摇摇头，语速很快地叮嘱周正，你坐着别动。一定要联系我，周正急切地说，见女人挪动了脚步，周正抓住最后一线希望，给我你的电话号码，周正近乎央求，女人却一言不发，转身快步走开了。女人虽然离开了，但她的背影牢牢地牵扯着周正的视线。蹊跷的是女人并没有去招呼那高个子男人，而是低着头与他匆匆擦肩而过。那高个子男人离开了吧台后，目光锐利地在咖啡屋扫视一圈又匆匆出了门。

那天，周正回到家，便有些恍惚，像是经历了一场漫长的跋涉，脚步僵僵的。父母正在吃饭，见了他淋湿的模样，便埋怨道，这样子，于菲知道会不开心的。父母的喋喋不休，周正起初并不应答，听得不耐烦，他忽然冲到饭桌前抓起一副筷子，双手一用力，筷子拦腰一分为二，周正怒气冲冲对父母吼道，别提于菲！再提，我就跟她分手，喏，就像这筷子。

4

周正急匆匆赶到的目的地，是一处偏僻的景点。一处水塘和几棵柳树安静地守护着时光，那柳树树干上的节疤酷似眼睛，目光既像是饱含深情，又像是目空一切。正是清晨的蓬勃时刻，但这里像是没有黑夜和白昼，只拥有静止的时光。站定后，周正拿出手机，进入微信朋友雨点的个人相册，雨点的相册里出现了一幅风景画，曲径，水塘，柳树，画面中的景致与周正此刻所处的景点并无二致。周正触摸手机屏，不断放大图片，图片上的柳树树干上同样出现了一双眼睛。周正时而环顾眼前的实景，时而凝视着手机里的图片，他的脸上是得意的微笑，目光含情脉脉。这时，手机的短信提示音突然响了，那短促的、亲切的音乐让周正浑身一震，眼睛里露出了欣喜的光芒。

手机上，如同昨天的复制，那个号码连着发来了五条短信，这五条短信一条比一条紧迫，有一种紧锣密鼓的态势，这些短信的内容虽然只是感叹号，但周正依然读出了那三个字，找啊找。在周正眼里简单的三个字却有着丰富的内容，像是酝酿曲目的前奏，接下来会是丰富多彩的节目。周正心生澎湃，动情地对着手机喊道，找到了，找到了，我来了。触摸手机，周正手掌颤抖，激动地按着回拨键，稍一犹豫便放弃了，想起雨点的叮嘱，内心隐隐认为打过去就破坏了某种默契，丢失了心灵感应。结局太过仓促，过程就缺少了情趣，地点都找到了，人物的出现还会远吗？何况，为雨点设身处地，一个女孩子比较矜持或者有难言之隐都是可以理解的。这样一想，周正便动摇了，决定放弃通话，也放弃微信联系，等待。这个被动的局面有些困惑，有些暧昧，有些情趣，有些浪漫，含义太丰富，周正却心甘情愿被动着。

　　发来短信的号码，虽然是个陌生号码，但周正不经核实便坚信对方是雨点。雨点没有食言，果然联系了自己！联系的方式别具一格，五条短信既告知了电话号码又别有情趣，意味深长；五条短信又是五个巨大的谜团，短信是谜面，微信是谜底，揭开谜底让周正跃跃欲试，同时又惴惴不安。自从接到短信，交替的亢奋占据了他的生活，也不断地刺激他的大脑，终于在雨点当天更新的微信朋友圈的相册里领悟了线索，雨点相册的照片无疑指明了找到她的地点！而这个地点现在终于被周正找到了。此刻，置身于此，接下来会发生什么？周正浮想联翩，那些内容无疑充满激情，周正享受有激情的生活。地点有了，时间还需要明确吗？他和雨点之间当然不需要。

　　这一天，周正在这个景点等到傍晚，中午时分，担心错过了赴约的雨点，也饿着肚子寸步不离。遗憾的是，除了五条短信，毫无所获。久久地凝视着这五条短信，像是在穿透另一束目光，他点击对方的号码，通话键却始终没有按下去。他其实说不清自己的内心，是期待，还是惧怕失望。这五条短信，像是攥在手心的一根线，带着希望，让生活有了另一个期待的世界。担心自己的声音会惊扰那份遐想，最后，他果断地选择了放弃。夜幕降临，于菲不计前嫌地打来电话，她说，亲爱的，你下班后快回来，我要给你一个惊喜。

5

周正悻悻回到新房，刚进门，于菲便亲热地迎上来，主动送上来一个香吻。于菲已经烧好了晚饭，她看上去情绪很好，神情愉悦，还像个真正的家庭主妇一样系着一条暗花的围裙。拥吻之后她隔着桌子看着周正，怎么这么晚，公司很忙吗？周正并未搭腔，只是点点头。对于周正的冷淡，于菲并不介意，她指着餐桌上的几盘菜谦虚地说，对不起，我的手艺欠佳。于菲主动低调示好，显然希望彼此忘记昨天的不快。餐桌上五颜六色的菜肴也确实打动了周正，他由衷地夸赞道，真好看，也一定很好吃。然而，于菲却对得到的夸奖并不满意，她捕捉着周正闪闪烁烁的目光，强调道，你好像有秘密瞒着我。周正将目光转向于菲，一脸茫然，反问道，你说我能有什么秘密？要不要检查手机？说着，周正将手机大大方方地递给了于菲，于菲并不接，隔着餐桌，直视着周正，我为什么看手机，你人都在我身边，我看你的眼睛就够了。周正闭上眼睛，像是在思索又像是在躲避于菲的逼视，只有一秒钟，又很快睁开了眼睛。目光与目光相遇，是无尽的缠绵，于菲的声音也很甜蜜，她说，亲爱的，昨天你没吃好，今天多吃点，这一桌菜就是我送你的惊喜。

这一顿晚饭，周正与于菲吃得很愉快，主要是于菲令人愉快，她的情趣很高，给两个人斟了红酒。喝红酒时，于菲的脸上绽放了两朵桃花。凭着桃花的欲望，她又主动依偎在周正的怀里。饭后，周正主动去洗碗，他洗碗的时候，于菲进了浴室。在浴室洗澡的于菲听觉却异常灵敏，听着厨房里水槽的流水声便高声喊道，周正，你在干什么？水开得这么大却没有在洗碗。周正正在飞快地浏览手机，听到于菲的喊叫，恼怒地皱皱眉，却朗声应道，我在清理水槽。

夜里，周正忽然醒来，试探地摇摇于菲的胳膊，确定于菲沉浸在睡梦中，他长长地舒了口气。然后，轻手轻脚翻身起床摸索着出了卧室。来到客厅，借着壁灯的微弱灯光，拿起茶几上的手机，闪身进了卫生间。

这天早晨，仍然是于菲先起床。起床后做好了早餐，她轻手轻脚像一只猫，出门前见周正依然在酣睡，欣慰一笑。于菲离开后，周正迅速起床。出了门，急急忙忙地赶路，边走边给公司打了电话请假。电话那头，主管似要过问请假理由，疑问还未提出，这边周正已挂了电话。依然打出租。

这一次，周正的目的地是一家咖啡屋，刚营业，顾客寥寥，空气里还残留着昨夜的气息，周正用力嗅嗅，有一丝香气萦绕其间，左边第二个临窗的位置，赭黄色的沙发套，曲线优美的沙发扶手，视角很开阔，蓝天，行道树，车流以及临街人行道上匆匆的行人，每张脸的表情都是一个版本的生活写照，但周正没有耐心观察这些，落座后拿出手机，调出雨点的微信相册，虚拟世界的相册和现实情景，叠影　般完美重合了！刚好是这个角度，就是这个座椅。周正很满意，接下来，进入了信心满满的等待。昨天等待的结局虽令人沮丧，但他不灰心，坚信雨点和他之间心有灵犀。果然，昨晚洗碗时，他及时发现雨点更新了朋友圈相册，这个更新像是对他一天等待的肯定，同时又像是新的考验。昨晚，他躲在卫生间强忍住微信或短信联系雨点的冲动，锁定了全市的咖啡屋，通过手机一一造访，终于找到了答案，明确了地点。在咖啡屋落座，周正想到自己顺利破解雨点的迷局，不禁沾沾自喜。

音乐适时响了起来，曲调缠绵，令人充满遐想，周正的思路自然顺着雨点的魅力展开，毋庸置疑，雨点喜欢喝咖啡，拥有浪漫的情调，这一点是凭借雨点的相册图片揣测的。雨点的朋友圈相册更新记载虽有限，却多数是咖啡屋的背景。周正一厢情愿地认为喜欢喝咖啡的雨点是丝滑的，她的丝滑令他向往。不知为什么，周正自己不喜欢喝咖啡，却突然对偏好咖啡的女人有了好感。

咖啡屋里零星来了几个顾客，仔细观察，不像在品咖啡，倒像是在消磨时间。时间缓慢地过了两个小时，周正有些烦躁，站起身来回踱了几步，见他人投来异样的目光，又坐了下来。刚坐下，门外闪进来一个身影，披肩发，身材高挑，周正心跳加速，目光直直地射过去，很快，像是遇到了高弹力的盾牌，又垂头丧气地落了回来。

就在这时，周正手机上又收到五条短信，这五条短信同前两天如出一辙。这一次，周正不再犹豫，迅速拨通了对方的电话。对方始终沉默，听得出是在屏声敛气，周正的眼前晃动着雨点诡秘莫测的神情，内心像是被温柔地撞击着，他深深地自责，怎么能一冲动忘记了雨点的叮嘱？幸好没有出声，沉默给彼此留下了挽留的余地。听见对方的电话里传来了嘟嘟的忙音，他也果断挂断电话。端详着手机里雨点的微信头像，雨点睁着大大的眼睛，像是有千言万语，周正迫切想与她交流，尽管通过手机听到她的声音轻而易举，这放弃有些无奈，有些诡秘，同时又带来更大的诱惑。

周正有个预感，茫茫人海和雨点在纷繁的虚拟世界里有了交集，在现实中有了见面之缘，他们之间一定会发生点什么，情节也许出人意料，也许情理之中，无论怎样都是平静生活激起的波澜。这样想着，灵机一动，周正不再墨守成规。拿起手机从不同角度拍了几张所处咖啡屋的照片，发到了自己的朋友圈，为避免于菲循迹而至，还小心翼翼地隐去了自己的身影。他坚信，朋友圈一发，雨点就会知道他的等待。

少顷，等待的局面果然有了突破。相隔不到数秒，雨点也更新了朋友圈的相册。这个无声的默契让周正欣喜若狂，显然，雨点虽然没有在现实中出现，却时刻关注着他的动向，在虚拟世界里，在他的身上安装了她的眼睛。

这一次，雨点发布的照片是一处居民小区，第一张是一栋居民楼，尽管只是普通的居民楼，没有标识也没有牌号，却拥有日常的家的味道，看着很亲切。仔细端详画面，周正很快在第二张看似杂乱的街道随拍发现了端倪，这是一条线索，也是一个暗示！周正抑制着内心的激动，匆匆起身离开了咖啡屋。

雨点微信朋友圈发布的第三张照片是一条公路，公路旁栽着行道树，这在城市里随处可见，很普通，这条路的尽头有一家连锁超市，这连锁超市在全市仅此一家，没错，是滨湖路。超市边是滨湖小区。

周正对照着雨点相册中的照片，很快便到达了目的地，之所以来得这么快，是因为照片下面有几个数字，看着是日期，却距今相隔甚远，仔细琢磨这几个数字，周正恍然大悟，这其实是门牌号码，解密的成功让周正暗自得意，站在门外，内心一阵激动，同时鼓起勇气敲门。

6

开门的正是雨点，她穿着睡衣，略施粉黛，眼神迷离，明显与初次相见风格不同。起初，她伸出手紧紧地捂住自己的嘴巴，仿佛她的惊讶都掩藏在身体内部，眼神一变，她的惊讶变成了惊喜。周正的目光里都是火焰，那火焰似乎要灼伤眼前的女人，雨点闭了一下眼睛，似乎在抑制激动的泪水，周正眼里的火焰却越来越旺，瞬间成了烈焰。只是短暂的斟酌，雨点侧过身将周正让进了房间。随着房门的无声关闭，雨点脸上的惊喜酷似诱人的美食，所谓秀色可餐。周正双眼紧盯着雨点，他不说话，他不善于表达，但此刻他的目光表达了这几日的煎熬，雨点一定读懂了，她说，你可真聪明，我喜欢聪明男人，我喜欢送给聪明男人奖励。话音刚落，她的吻便排山倒海地压了下来。

一切如同想象，一切并非想象。一切如同虚拟，一切并非虚拟。周正感到自己的身体装满了雨点，感到前所未有的满足。雨点这个女人，名副其实，看似弱小却能够穿透云层直抵大地的内心。雨点穿透了周正的身心，穿透了周正内心的云层，她化身为晶莹剔透的雨水在周正身体的每一个角落滚动，游走，所到之处无不激起周正身体一次又一次的波澜，在波澜起伏中，周正摒弃了现实中的乏味，体验了梦寐已久的来自自身的惊涛骇浪。

周正一边深情呼唤女人虚拟世界的网名，雨点，雨点，雨点，一边冲上了顶峰。

许久，周正问雨点，我能找到你，你说，我们是不是心有灵犀？雨点并不回答，只紧紧地抱着周正。在相携奔腾的间隙，周正有了倾诉的欲望。

雨点，我那次在池塘边整整等了一天，你为什么发朋友圈不单独发给我？你的考验很严酷。周正惊异于自己的诙谐，认为这得益于雨点的奖励，因而接下来的叙述更加流畅，其间还描述了想念给自己带来的煎熬。

　　相比于相见一刻的激情四溢，雨点对于周正的倾诉似乎无动于衷，他们的身体在周正的倾诉中渐渐平息下来。身体一安静，雨点便抽身下床，开始穿衣服。这一次她没有穿睡裙，直接穿了上衣。她将上衣套下来，一半脸露在外面，一半脸掩藏在衣服里。周正的倾诉仍在继续，雨点突然停止了动作，像是被打动了，若有所思。短暂的停顿之后，雨点的动作便加快了，很快穿戴整齐地站在周正的眼前，俯下身，她的身影盖住了周正。躺在床上的周正仰脸凝视着她，目光像是穿透了衣物，雨点白皙的肌肤，每一个毛孔都在向他呼唤。周正担心雨点说出她的顾虑，伸出手去拉住雨点的手，抢先表白道，你给我带来了激情，我其实还没有办婚礼，我会娶你的。雨点听后兀自笑了起来，笑声越来越大，越来越荡漾，周正在笑声里头晕目眩，急切表白道，我不骗你，我可以发誓，你是我的梦中情人。雨点止住了笑声，拉开床头抽屉，取出一支香烟点燃，轻佻地吸了一口，眼神飘出了嘲讽，烟雾缭绕中她伸出了纤纤玉手。手的温情很快传递给周正，周正细细摩挲着，眼眶有些泛潮，他被自己感动，也被他和雨点感动。

　　雨点却似乎不为温情所动，她笑嘻嘻地抽出手抹了一把周正的眼睛，然后手掌摊开，掌心向上，伸到周正眼前，亲昵地说，你满意，我也很开心，快给我。周正在胸口掏了一下，以示掏出整颗心捧在掌心里送给了雨点。他很得意自己的思维敏捷。不料他的得意之举却惹恼了雨点。她一只手直抵周正的眉心，连着猛吸几口香烟，动作幅度很大，像是某种发泄。最后，她提高了声调，小兄弟，我们这里一次两千，只玩钞票，不玩真情，没有钱直接说，少跟我玩游戏。转瞬之间，周正深陷疑惑。这种结局出乎意料，他从床上腾地坐了起来，试图进一步追问，雨点不耐烦地挥挥手，这个动作，让她脸上的褶皱暴露无遗，与之前的脉脉含情判若两人。我告诉你，我有很多号码，但我从来不发没内容的短信。我说过要给你发短信吗？要是说过也是随意说的。雨点斜了一眼周正，告诉你，我只在微信朋友圈里做生意。

雨点的话像一记重拳，打得周正晕头转向，他强作镇定，结结巴巴说出了几个词，第一次，咖啡屋。周正的不堪一击，雨点似乎司空见惯，她撇撇嘴，轻蔑地说，那一次正准备交易，警察来了，大个子穿了便装我也认得，当时我还担心你是探子呢。一次两千块，交钱走人，别耽误我做生意。雨点不顾周正脸上的惊愕之色，不再多解释，看看手机，表情焦躁起来，催促道，快点，快点，马上又要来客人了。周正脸上的表情渐渐僵硬，他扑到雨点身上，固执地撕扯着雨点的衣服，像是要揭开真相。起初，雨点和他纠缠在一起，渐渐地，周正的愤怒占了上风，雨点见自己势单力薄，便声嘶力竭地喊道，微信是你自己摇的，图片暗号我发的是朋友圈，是你自己也发了朋友圈呼应的，不懂规矩你还一步一步找上门来？不付钱，我告你强奸。雨点的喊叫没有成为她的救命稻草，反而更深地刺痛了周正，他将雨点压在身下，两只手掐住雨点的脖子，雨点即刻停止了呼喊，在周正身下拼命地蹬着两条腿。这时候，周正的手机突然响了起来，提示音的铃声一响，周正的手像接收到某种信号，突然就没有了力气，他颓然瘫坐在地上，雨点趁机爬了起来，还没站稳又被周正拽倒在地。周正拿过手机只匆匆一瞥，那五条刚刚抵达的短信便激怒了他，周正咆哮起来，攥着手机推搡着浑身瘫软的雨点。找啊找，找啊找，为什么？你告诉我为什么？周正喘着粗气，凶神恶煞地在房间里四处走动，最后，举起手机狠狠地砸向地板。

7

春暖花开的季节，周正和于菲如期举行了婚礼。

宾客散尽，周正醉意蒙眬地问眼前的于菲，为什么愿意跟我在一起？于菲小鸟依人地答道，因为你有责任心，有安全感。周正嘴角掠过一丝转瞬即逝的自嘲，他说，亲爱的，你相信心有灵犀，你相信爱情吗？于菲并没有回答，侧身在周正的脸颊上轻轻一吻，她微闭着眼睛，目光也就半遮半掩。

婚后一天，小夫妻俩路过当初那家餐厅，那家餐厅因为饮食卫生检查未达标被查封了。注视着门面上醒目的封条，于菲忽然笑了起来，她笑得很彻底，甚至笑出了泪水。她说，你知道吗，那次，那根头发是我的头发，我偷偷放到菜盘子里的。

为什么？周正一边走一边嗑着瓜子。他的手里拎着个袋子，袋子里的瓜子壳已经堆出了山包的形状。

因为你不回我短信。于菲委屈地回答道。

什么短信？周正吐出了嘴里的瓜子壳，这次他随口将瓜子壳用力吐到了地上。什么短信？他追问道。

你那天曾收到了五条短信，还记得吗？于菲注意到，提到五条短信，周正的脸色渐渐失去了血色，表情有些发怔。

周正恍悟道，是你发的？你换了手机号？袋子忽然扑哧落到了地上，但两个人都没有在意。

于菲点点头，很亲热地挽住了周正的胳膊，周正却生硬地甩开了于菲的手，问道，你说，那五条短信的内容是什么意思？你说！周正的恼怒令于菲措手不及，但她仍然固执地依偎着周正，用自己的温存抚慰着周正，无辜地说，除了一个感叹号，什么内容也没有啊，都是空白短信啊。没有内容？周正愕然瞪大了眼睛，目光里都是狐疑，怎么会没有内容？周正的态度引起了于菲的怀疑，她皱起了眉头，向周正求证道，难道还有其他内容？周正不说话，只是连连摇头。见周正的表情有了缓和，于菲进一步耐心解释，我故意换了陌生的手机号试探你。第一天，感叹号就是我的表白，你却无动于衷，我以为你第一时间会想到我，这是我的惊喜，你却不惊不喜，提都不提。我失落啊，所以我故意借一根头发让你饿肚子惩罚你，也发泄怨气。不容周正发表见解，于菲急忙接着往下说。第二天，我又连发五条，都是感叹号，你仍然毫无反应，我突然想通了，你明显忽略短信，这说明你有定力。于菲见周正脸色有了缓和，便毫不掩饰自己的矫情。她说，第三天，你虽然回拨了，却并不主动，可见依然不为所动。我反而心安了，更有安全感了，你想啊，要是有个坏女人想通过短信引诱你，她不是输得很惨？周正的脸上渐渐有了血色，表情里都是得意，更得意的是于菲，她说，我聪明吧，想出这个点子考验你，你说，那五条短信除了感叹号，还能有什么内容，它的内涵是什么？

周正满脸通红，脱口而出，我爱你，我爱你，我爱你，我爱你，我爱你。

于菲对这个答案惊喜又满意，她双颊绯红，因为激动而呼吸急促。

作于 2016 年 7 月

原载《作家天地》2017 年第 2 期

《短信无内容》短评

当人类进入 21 世纪，正在为互联网时代的来临而兴奋和迷茫的时候，乔布斯的那只苹果悄然落下：我们已经瞬间进入了移动互联网时代。这是任何一个社会学者和未来学家不曾预料到的重大事件。

我们生活在这样一个知识爆炸和移动互联的时代。高技术带给我们生活的便捷，交流的顺畅，和地球村的感觉，但同时，也带给我们生活的冷漠，存在的虚无和人与人之间那不曾有过的极其复杂而无所适从的不安全感与不确定性。

《短信无内容》撷取时下生活的一个小片段，通过周正、于菲与雨点的三角关系，在有限的篇幅里，描述了因一则短信而引发的互动，描写了人们无所适从和荒谬的生存状态。周正和于菲是恋人关系，正准备步入婚姻的殿堂，按传统观念，他们正在为即将到来的幸福时刻而憧憬着，但一则手机短信轻而易举地打破了这一千古不变的生活节律，使他们陷入无法自拔，犹如笼中奔跑着的白老鼠一样的困境。这一深刻变局，不仅揭示了高科技带给我们的心理学上的无所不能的不可思议性，同时，也告诉我们，高科技对传统、对习惯、对伦理道德的强大冲击力：在讯息垃圾充斥、生活易得、缺乏自我束缚的今天，我们再也无法回到过去。不确定性、不安全感和无可奈何的生存状态将主宰我们的生活。这正是存在主义大师萨特揭示的现代人类生存状态的偶然性和荒诞的本质特征。

另外，非常值得一提的是，《短信无内容》的语言，顺畅、细腻、平淡而优美，富有想象力。马洪鸣超常的驾驭语言的能力，让人为之一叹！

我们说，小说作者，起码得具备这样几个条件：兴趣、经历与想象力，以及驾驭语言的能力。这几个条件马洪鸣已经完全具备，并且她的丰富的人生经历远远超出她的年龄，同时她还具备了女性作者所独有的观察角度及细腻的表达方式。写小说，她什么都不缺，她缺的是一个机会，一个平台，一个风口。

我们期待着。

夏冰（时任《作家天地》小说编辑)

送给她的快递

1

快递员强子是踩着客户安方的催促到达送件地点的。

快递分量不轻，体积也不逊色，盘踞在强子的左肩上。安方打开房门差遣道："进来，把快递给我放到地板上。"

强子跨过门槛，下蹲，左肩斜倾，放下一直上举护着快件的左臂。不料，快件接触地板的瞬间咬住了强子的左手。强子倒吸一口凉气，未及抽出手掌，一旁的安方突然像是快件的同谋似的推了一把强子，嘴里嚷着："别摔着我的快递！"猛然遭受来自安方的推力，强子重心失衡，一个趔趄跌坐在地板上，伴随着一阵撕心裂肺的疼痛，强子左手掌上豁然撕开一道伤口，鲜红的血液带着吃惊的表情汩汩而出。

安方只顾查看送达的快递，怒气冲冲地嚷道："老子的快递沾上血了，真晦气！"强子举着左手，咧嘴吐出一口带着疼痛的憋屈："安总，你突然推我，我的手受伤，拉开皮了。"伤口流出的鲜血一滴一滴固执地落在地板上，像是红梅竞相开放。安方仍然无视强子受伤的左手，目光聚焦在地板上痛心地叫道："真恶心，你的血把地板弄脏了！"说着推搡强子，"出去，快出去。"强子脚抵门槛，脖子上鼓起了青筋，嗓门也粗了："我手都受伤了，你咋这么待人呢!"安方用力推搡强子:"真脏!出去!"强子右手抓牢门框:"你说谁脏?你道歉!"安方双手扯住强子的左臂,反绞,用力一推,将强子推出了家门,他也跟了出去:"我给你道歉?凭什么!""这收件地址是你公司,你打个电话我就绕路给你送到家了,你不感谢,还侮辱人,我人不脏,血更不脏!"强子跟进电梯强调。安方依然没有丢给强子一个正眼,他昂头盯着电梯说:"再说,我投诉你!让你连给我们公司送快递的机会都没有!"强子坚持说:"你得道歉,我的血不脏!"强子追着安方进入地下车库,始终未收到歉意,他最后的执念碾碎在安方轿车的尾气之中。

强子用餐巾纸简单包扎了左手伤口,单手驾驶快递三轮车坚持送了部分快件,车速渐渐慢下来,最终戛然停在路边。伤口流出的鲜血,隐隐的,表情无辜,有点迷茫。行人、行道树、高楼……强子目光所及没有一样具有杀伤力,也缺少亲和力。白色餐巾纸、鲜红的渗血形成了鲜明的对比,很醒目,强子看出血液中无法辱没的执拗。

强子来到安方公司。

刚进大门,咨询台前的刘菊惊讶地叫道:"呀,你的手怎么了?疼吗?"

"我找安总,叫安方出来!"强子对刘菊笑笑,随即脸颊凝霜,吐出的每个字生冷如铁。刘菊却忽略了这语气中的硬度,她说:"安总今天起出差一个月,刚走!"强子沮丧地踢了一脚咨询台前的高脚转椅,粗着嗓子说:"走了?好,等他回来!"刘菊的注意力仍集中在强子的左手:"你的手怎么不消消炎呢?没时间上医院吧?"刘菊微蹙眉头,"你必须马上处理伤口,不然会发炎的。"说着抓住强子的胳膊:"先去我那儿涂点消炎药。"刘菊的掌心汗津津的，既温润又柔软，一层红晕迅速覆盖了强子脸上的霜色，他慌忙挣脱刘菊的手，愣愣的，摇摇头又点点头。

强子和刘菊并肩走出安方公司。路上，强子道出手掌受伤的原委，总结说："我得让他道歉，我的血不脏！"强子强调血液的尊严，刘菊听着"扑哧"笑出了声。

绕过公司大厦外的一道围墙，便到了刘菊的住处。这道矗立的围墙，间隔着两个世界。在气派大楼的掩映下，围墙之内，像是被都市遗忘的角落。一溜陈旧的红砖平房，个个表情落寞，沿着砖房拓展的各式披厦，霸道地占据半条主街。越往深处，街道越窄。

屋外虽然凌乱，室内却收拾得井井有条。一张小床、一个简易衣橱、一张书桌，书桌上摆着一只造型独特的酒瓶，插着几枝树枝，像是脱离土地的一棵树。床单上黄灿灿地盛开着一朵朵向日葵，犹如汇聚了无数个太阳，这让强子联想到家乡一望无际的平原，麦子收割时节那片黄灿灿的田野。面对一个女孩的空间，强子的呼吸急促起来，左腿跟着右腿跨在门槛上犹豫。刘菊打开简易衣橱，拿出个小巧的家用药箱，回头喊强子："进来啊，快递小哥，我一个单身小女子，我都不怕你，你还怕我吗？"

强子跨过门槛，将自己那只受伤的手伸向刘菊，伤口像是张开的嘴巴。

药水特有的味道让强子恍惚，他说："谢谢你啊，我从没闻过这么好闻的消炎药。"刘菊眼里闪烁着灼热的光亮："客气啥，你忘了，半个月前我刚入职，你送快递时我听口音就认出咱俩是老乡哩，你是老乡小哥呢。"刘菊脱口而出的称呼，让两人的乡情登时有了着落，强子心里热乎乎的。

夜里，强子难以入眠，他走出住处，在闪闪烁烁的路灯下，一直走到刘菊的屋外静静伫立，直到天色微明才悄然离开。他将受伤的手揣在裤袋里，刘菊涂抹的消炎药弥合了创伤，伤口的血开始凝结，血渍渐渐发黑，有了硬度。

2

手伤痊愈后，强子更换了住所。初到城市，强子住过桥洞，也曾栖身在夜间开放的大众浴室，最后强子有了几个人合租的住处，虽然在地下，但四面有墙，头顶有楼板，强子很满意。"既然满意，还搬走干吗？"强子退租的时候，房东胖嫂不解地问。强子是有理由的，但他羞于说出口。"还有比我这儿更便宜的？"胖嫂追问着，很快对同行产生了猜疑："谁降房价，撬我的客，我倒要看你住哪儿去？""不是，我住到地上了。"强子脸憋得通红，保住了心事又道出了实情。胖嫂愕然，很快奚落道："赚大钱了，都住到地上了！"

强子没和胖嫂道别，沿着长长的走廊，接着登上一级级台阶来到了地面上。他的新住所，一眼就能看到刘菊的房门。

地下地上，强子并不在乎，强子在意的是拥有紧邻刘菊的空间。入住的第一天，强子早早收工守在新住所，站在窗前张望，刘菊的房间里一直没有动静，他估摸她还没有下班。

暮色降临，巷子里不断地有人走动，炒菜的香气飘进来，巷子末端的小吃店里，房檐下挂了一盏灯，灯光沿着凹凸不平的碎石路面和斑驳的墙壁延伸，仿佛没有尽头。

小吃店老板是对热情的中年夫妇，男人掌勺，女人配料，他们的默契占据了强子的内心，沿着灯光走进去，强子点了碗最便宜的小刀面，边吃边瞟着巷口。碗里游荡着最后几根面条时，强子望着街上的灯光喊："老板，给我炒个菜吧，随便什么都行，再给我二两最便宜的白酒。"这是十九岁的强子第一次喝白酒。

酒杯见底，依然未见刘菊现身，强子走出小吃店，沿着窄窄的巷子，直走到刘菊所在的安方公司。暮色下，安方公司大门紧锁，赭色的防盗门面上，挤满了谜团。

强子又沿着巷子走回来，一路低着头，与自己的影子做伴。来到刘菊的门前，像是寻求安慰，他将整个身子倚靠在她的房门上。

"谁啊?"强子突然听到了一句含糊的问话，陡然将他从失望的旋涡里拉上了岸。"是我。"他应答得很快，不由站直了身子。"你是谁啊?"室内传出的声音更轻了。面向房门，像是面朝一个巨大的惊喜。强子沉浸在夜色里，省略了尴尬，提高声调，故作轻松地说："我啊，快递小哥，老乡小哥，你在屋里啊!"说着紧张地摩擦着手掌。室内却再无回应。渐渐地，寂静像是吞没了一切。强子的眼前只有深不见底的夜色。他羡慕夜色，爬满了窗户，覆盖了门扉，还能够长驱直入她的空间。

第二天，强子去安方公司送快递，却未见刘菊。在刘菊待过的空间，强子隐约嗅出隐藏的不安的气息，强子气馁地问另一个职员："她呢?"又急急补充说，"你们公司每天在咨询台的那个女孩。"职员茫然仰视着天花板，恍悟道："你是说刘菊，她昨天就生病请假了。"

生病了?强子的惊疑抵在嘴边，最后咽回自己的腹腔里，他的心却越来越疼，越来越不是滋味。

强子跨上三轮快递车，在阳光普照的城市里敏捷地穿街走巷，三轮车身满载阳光，散发着浓烈的暖意，不像是送快递，倒像是赶赴一场盛大的约会。

这一次，强子很果断，奔到刘菊的房门前，一边敲门一边喊："刘菊，你生病了才待在房间里吗？刘菊，你开门啊，我是快递小哥！"喊声很大，甚至惊动了小吃店的老板，但房间里没有任何回应。越来越浓的焦灼与不安包围着强子，他贴近门板，目光穿过门缝挤进房间里。房间角落里的那张床上，刘菊孤零零躺在床上，对一切像是毫无反应，看上去凄苦又弱小，像是被世界遗忘了。强子后退一步，一脚踹开了破朽的木门。

3

从医院回来，已近黄昏。

刘菊躺在床上，面色依旧苍白，她憔悴的身躯像一朵经历风吹雨打的残花落在床上，看上去弱弱的。

用了药，神志也清醒了。"你怎么来了？"她问。强子动手收拾房间，房间太凌乱了，与之前的整洁有天壤之别。局促的桌面上堆着快餐盒，那里面的食物因为变质散发着难闻的气味，地面上随处扔着纸巾、巧克力糖纸、消炎药冲剂的包装袋……强子弯腰清扫，床下的塑料盆里堆积着换下的衣服，五颜六色的，内衣是鲜红色，很夺目。强子再次埋怨："烧得人事不省了，怎么不告诉我？你昨晚是不是就发烧了？"

"我想忍忍就好了，我记得昨晚好像有人敲门，迷迷糊糊的，你来我这有事吗？"清醒之后，刘菊思路分明。强子被问得发窘不知该如何回答，紧盯着手中的扫帚。许久，强子听到刘菊叹息一般的逐客令："我没事了，你去忙你的吧。"强子站着没动，动的是嘴巴，加重了语气："你就这样在屋里躺着？你怎么不通知别人呢？"他瞥了一眼孤零零被她丢在枕边的手机，加上一句，"也不告诉我这个老乡！"

"我没事。"刘菊挣扎着从床上坐起来，用力扯开嗓子。她的嗓音很沙哑，打着战，像是从身体里残存的力气挤出来的。"我通知谁？什么别人，你说我能通知谁？"她像是在赌气，脸涨得通红，一副倔强的样子，刺疼了强子。强子扔下手中的扫帚，走到门口又转回身。这个举动引起了刘菊的警觉："你干什么？"她眼睛里都是张皇，抓紧了被子，像是寻求庇护。强子却比她还要慌张，躲避着她的目光，拎起自己的挎包，一脚跨出门。

借着路灯微弱的光芒，强子从挎包里掏出刘菊就诊的所有票据，撕得粉碎。

在医院时，医生在诊断书上落笔之前，忽然问强子："她是你什么人？"隔着两道玻璃门，苏醒后的刘菊正在输液厅里安静地打着点滴，就在那一瞬间，他遇见了刘菊的目光，虚弱、游离、无助，像是萤火虫的光芒。刘菊并没有听到强子和医生的对话。强子不容置疑地回答说："是我爱人。"

"爱人"这个词显然让医生有些意外，但强子对这个词异常热爱，那一刻，他认为这是世间最美好的词汇，不容亵渎，而玻璃门对面的刘菊，是他心目中最完美的爱人！得到了肯定的答复，医生对强子饱含责备，他指着电脑上病人的就诊记录说："这上面显示你爱人一个月前刚刚在我们这里做了流产手术。流产之后身体很虚弱，免疫力受损，你怎么能让她受凉感冒呢？"强子怔怔地注视着电脑屏幕。

离开刘菊的空间，世界瞬间在强子的眼前变得狭窄而局促，巷子里似乎毫无容身之处。强子向巷口走去。临街橱窗表情夸张的塑料模特，漠然与他对视，模特的目光毫无生气却透露出无限的凉意。

强子去了一家便利店，征求了店员的建议，买了一些女孩偏爱的零食，注意到货架上摆放的巧克力，正是在刘菊房间里出现的，便一口气买了好几袋。然后去五金店买了一把锁。强子带着这些东西返回时，天已经完全黑了，巷子里微弱的路灯指引着他，远远地见刘菊的房间里亮起了灯，强子眼前一亮。他新租的房间，房门和她的房门并肩站在同一排，长度相同，宽度一致，颜色类似，像是相亲相爱的同一户人家。站在刘菊房门外，强子用力咳嗽一声解释说："上午撞门弄坏了门锁，我换把锁。"刘菊领略了他的好意，却抓住疑点不放，她说："你说说，是怎么撞的?"强子不回答，推开门找出工具叮咚忙碌起来。

刘菊躺在床上，眼睛红红的。听着他弄出的响声，嘴巴却不饶人："你还知道我的锁要修，你还知道回来。"虽是责怪，但语气很亲昵。

修好了锁，门一关，他们和外面的世界再无任何联系，甚至连微风都无法侵入。刘菊的气色好多了，语气也有了缓和，她说："你是特意来看我的，对吧?"刘菊注视着强子，目不转睛。强子的脸腾地红了。刘菊依然不依不饶："你就是关心我，才发现我生病了，你刚才为什么不承认?"问完了话，她似乎并不期待答案，或者只是为了表明内心的猜测。她说："不管怎么说，幸亏有你救了我，你是我的……"强子突然打断了刘菊："别说了，你身体刚恢复，需要休息。"

刘菊果然沉默了。她蜷缩在被子里，像一朵盛开在角落里的花朵失去了对春天的热情，蔫蔫的。两个人落在沉默里，犹如尘埃。

毕竟年轻，昨天去医院时高烧都迷糊了，一早，强子刚起床，在窗边就看见刘菊精神抖擞地出门了。强子松了口气，又有些隐隐的心疼。

这天到安方公司取快递时，强子注意到刘菊的双颊有了润红。气色恢复了，语气也柔和了，刘菊对强子说："你是我的救命恩人，我得好好谢谢你，我请你吃顿大餐吧，专门请你。"

刘菊的大餐其实并不大，却很精致。在出租屋里，刘菊用她收在门边铁皮箱里的厨具，精心烹制了几样菜肴，红烧肉、西红柿炒鸡蛋……她不仅做了家乡人爱吃的茄盒子，还像家乡人一样，用几样菜烩了一锅汤。强子坐在唯一的一把椅子上，刘菊坐在床沿边。房间小，两人相对而坐，中间隔着客串为饭桌的书桌，双眼近在咫尺，这样的格局就像是一个小家庭亲昵的组合。两人的膝盖对着膝盖，相差间距不足一厘米，强子双膝并拢，一动不动却明显地感觉到刘菊的体温，滚烫、热烈，如同自己的体温。刘菊还买了一瓶果汁代替美酒，两只"酒杯"中，其中有一只杯面上印着广告图案，另一只是洗净的酱菜瓶子。

碰了杯，强子却不舍得下筷子。他掐了一下大腿，眼角发涩，仰头注视着天花板。收回目光时，刘菊夹了一块红烧肉放在他的碗里，催促说："快吃吧，是按咱家乡的大方肉的烧法，尝尝我的手艺。"强子仍未动筷子，而是端起面前的饮料一饮而尽。"其实，你真不要这样谢我。"强子说，"我帮你还不是应该的，你是个好女孩，治好了我的手伤。"他将目光定定地落在刘菊的脸上，像是生怕刘菊逃跑了。刘菊端坐着，但她的目光像兔子，跳来跳去的。

刘菊给自己也夹了一块红烧肉，低头咬了一口，她的双唇顷刻便亮晶晶，油汪汪的，说出的话也油腻腻的。

刘菊问道："你想不想知道我的秘密？"强子立刻想起医院里和医生的对话，但在刘菊的天地里，她的问话散发着香味，发着烫，强子甚至认为他看到了味道的形状，晶莹剔透，就像刘菊一样，凡是美好的都是刘菊！

强子说："刘菊，你的秘密要是让你疼，你就彻底忘了吧！"刘菊端详着他的脸怅然一笑："我的秘密不说也罢，但我知道你悄悄搬到了我的隔壁。"

刘菊的头发披散下来，散发着诱人的香气。她在香气里幽幽地说道："我生病是身体抵抗力太弱，这是有原因的。我付出了，但是……"刘菊停顿了一会儿，似乎经过酝酿后选择了保留，她喃喃地说，"算了，我不想说了。"便缄口不语了。强子打破了沉默，他说："刘菊，不想说就不说，过去的就过去吧！你是个好女孩，值得人珍惜。""我没有那么好！"刘菊立刻否定了他的褒奖，也打消强子赋予的好意，她说："我对别人付出了，生了病，却是你关心我，你才是个好小哥。"强子被刘菊的赞誉鼓舞着，机智地说："我看到的都是你现在的好，过去的已经过去了。"他的话里也有弦外之音，却是他的本意。

刘菊也许领会了，也许被他打动了。她说："你特意搬来和我做邻居，你是看我孤零零一个女孩子，是为了保护我吧？"刘菊的目光像是穿透了强子的内心，是灼热的，她接着说，"现在，你和我这么近，像是一家人，有你这个老乡小哥真好。"她的双眼亮晶晶的，气息和热情完全包裹了强子。

强子想起白天送快递，一位女客户当场验收快递，是一件连衣裙。裙子展开的瞬间，强子的脑海中灵光一闪，像一道火花，照亮了前程。"这裙子真漂亮！"强子由衷地夸赞道。袖子、领子、针脚，强子的目光尾随着客户验货的目光问道："这裙子在哪买的?"女客户的眼神像一把刀，锋利地切开了强子的心。她粲然一笑："怎么，你想买给女朋友?"强子的脸腾地红了，但他故作洒脱："是治愈我伤口的女孩！"女客户转身上楼。强子恳求道："你帮我买一件吧，刘菊穿了肯定好看！"女客户转身，目光反复掂量，她说："你要正品还是仿品?"强子不假思索地回答："当然是正品，我喜欢的女孩穿衣服，当然穿正品！"强子的表情一往情深，"多贵都买，等我攒够了钱，你帮我买，我不识货也不会网购。我要以快递的形式送给她一个惊喜！"

强子的目光牢牢落在刘菊的脸上："刘菊，我打算送给你一份快递。"刘菊的目光落下来，打断了强子："你本来就是送快递的啊，你看，我们两个这么快就熟了，快得就像是快递。"

偶尔，两人共同休息，刘菊会拉着强子去住处附近的菜市场。在菜市场，他们东看看，西望望，不时在摊位前挑挑拣拣。刘菊和摊主讨价还价时，强子也不帮腔，目光却饶有兴味。一把青菜，两个西红柿，或者一条鱼，一斤鸡蛋，每一样都散发着家常的味道。在鲜奶订购点，强子自作主张为刘菊订购了鲜奶，每天两瓶。刘菊眼里涌上了泪水，她说："强子，你是个好人，从没有人对我这么好。"回来的时候，刘菊拉着强子绕到这座城市新售的楼盘。他们肩并肩在小区的林荫道上漫步，被淹没在绿叶花丛里。刘菊说："这么漂亮的小区，这么好看的楼房，住在里面做梦都是美梦，我希望有一天，我美梦成真。"她仰望那些明晃晃的玻璃，眼睛亮晶晶的。

强子找了一份兼职，晚饭后去工地搬运建筑垃圾。他盘算过，干到明年春天，这些额外的工钱，刚好够给刘菊买一件像女客户那样的裙子，他眼里的漂亮裙子只配穿在刘菊身上。他打算以快递的形式送给她，其实是送给她自己的表白。

强子拼命挣钱，刘菊试图阻止他。她堵住门，告诫说："你这是在拼命。"说着，眼圈便红了。刘菊同情强子的窘境，久病的父亲刚去世，留给他的只有一身债，为了还债辍学，每月的工资还债之外还要赡养年迈的母亲。刘菊家里也曾因为父亲生病欠下债，她深有体会地说："等你替自己家里还了债，好生活就起步了。"

每天收工，强子徒步赶回住处，街道虽冷清，却能清晰地留下脚印。也有喧嚣的地界，男人、女人、歌声、笑声，但都和强子隔着一条宽阔的马路。

进了巷口，只要看到刘菊住处的灯光在暗夜里明亮亮的，他就浑身轻松。有时，刘菊在灯光下等他，他的身体很累了，但他的身体又被内心蛊惑着。刘菊备好了热水，他擦洗身子。很快，水便浑浊了。"看呢，这里的泥都可以种小麦了，咱家乡的麦子，你走到哪儿，种到哪儿。"刘菊跨在门槛上，絮叨着，眼圈突然红了。强子身上的血液腾地一下便燃了起来，他渴望有一天能在刘菊的身体里种麦子。住在刘菊的身体里，他们住在刘菊的房子里，他们的世界将会无限大。

4

一个月后，强子在安方公司咨询台前遇到了安方。安方正凑近刘菊说着什么。强子先以话音打断两人："快递到了！"强子留有伤疤的手里郑重地托着送达的快件："刘菊，见到你真开心。"

强子微笑着和刘菊打招呼，刘菊却没有笑，明显变得矜持起来，瞭了一眼强子，一手接过快件，一手胡乱挥着，像是打发四周的空气。刘菊的敷衍，强子很意外，稍一愣怔，转而直视安方："安总，你欠我一个道歉呢！"强子看出安方脸上毫不掩饰的嫌恶，索性坐在咨询台前的转椅上，摆出执着的姿态。他的举动显然触怒了安方，安方高声嚷道："有病吧你，送个快递，啰唆什么，赶快走。"

强子坚持说："你得道歉！我的血是干净的！"他挺直了腰杆，逼视安方！安方轻易便被激怒了，冲强子嚷道："你小子让人看着就是不顺眼，走开，赶快滚，信不信我现在就让你们快递点换人，我分分钟就让你难看，我不想看到你！"安方吩咐刘菊："现在就打电话投诉，换个快递员，要不然公司的业务免谈！"强子目光转向刘菊，很霸道，像是要用目光撷取刘菊的全部。同时，他显然希望得到声援，像是邀请同盟，强子高调地对刘菊说："你见到我也很开心吧。"刘菊依然不说话，目光瞟向安方，似乎她的内心的悲喜取决于安方。安总显然并不关心刘菊的立场，也无心道歉，他谁也不看，气咻咻离开了咨询台。

强子的身子松弛下来，低下了头，声音低低地说："刘菊，你看见了，安总不尊重人，我不放心你在这种人手下，我也不想再见到这种人，我们一起离开吧。"刘菊的眼里流过一丝怅惘，但她安慰强子说："安总他这次出差又做了个大项目。"强子摇摇头道："我跟他不是一路人。"强子说着挺直了腰杆，显然将刘菊纳为同路人，他郑重地说："你辞职吧，我们做别的打算。"刘菊没有追问强子的打算，她说："别在这耽搁了，快去送快递吧。"强子再次郑重地说："相信我。"刘菊只是无声一笑："快去送你的快递吧，我不会投诉的，你以后避开安总。一个道歉，又不能当钱花！"他侮辱我的血，我不该让他道歉吗？"强子问刘菊，刘菊低头清点快件，并不应答。

告别刘菊，强子驾驭着三轮车不断地加速，车轮几乎要飞离地面。

风不断地迎面扑来，强子眯起眼睛。他不减速，他也没有耐心等待这阵风擦肩而过，他与风并驾齐驱，又像是要乘风而去。

强子急匆匆赶到那位买裙子的女客户的住处。喘着粗气央求女客户："你先把你买的那件正品给我，我给你写个欠条。"女客户很冷静，依旧保持着不紧不慢的说话节奏："以你的收入，花这么多钱，值吗？"强子脖子鼓起青筋，粗声粗气地说："我给你写欠条，身份证押给你，我要送礼物的女人就配穿正品！她是我的完美爱人！"女客户撇嘴一笑，进屋拿出一张纸条拍在强子面前："喏，你写吧，写欠条，尺寸要是不合适与我无关，我可没赚你差价。"接着，她报出了数目，是强子三个月的工资总和，强子眼都没眨，写好了欠条。

裙子的包装很精致。强子将它拎在手上，内心为自己手上的污垢自责。送给刘菊的惊喜，送给刘菊的快递。来得有点过早，也有点过急。但强子认为它必须来到，既然是必须的还有什么值得等待的呢，像快递一样，越快越好。

强子怀抱他送给刘菊的礼物，匆匆赶回安方公司。到楼下时，突然没有了上楼的勇气，正当他在楼下徘徊时，安方走了出来，他斜睨着强子，提高了声调："我看到你就不舒服，你怎么又出现在我眼皮底下？"强子回击说："你也是我不想见到的人，你记着，你欠我一个道歉。"安方的身后尾随着刘菊，强子有个强烈的预感，倘若错过一秒钟，刘菊就会从他眼前消失，他抛开安方急急地用声音抓住了她："刘菊，我来给你送……快递！"话到嘴边，强子还是将礼物说成了快递！刘菊满脸愕然，瞟了眼表情愠怒的安方。

强子直接将礼物塞到刘菊的怀里，像是送给她自己的全部。刘菊登时脸色通红，另一种强子从未见过的冷漠表情使她像换了一个人，对强子说出的话很节制，她压低了声音："你在说什么，送给我的快递，你知道我需要什么？你能给我什么？"强子毫不犹豫地说："全部。"刘菊似笑非笑，像是要摆脱强子又像是表明立场，她将精致的包装盒塞回强子怀里，提高了声调："安总说不想见到你，请你快离开。"强子没料到，在安方面前，刘菊会瞬间成为安方的代言人，他身体里的血液首先发出了不满的信号，强子的脸腾地红了，他说："我是来见你的。"刘菊后退一步，与强子拉开了距离，坚决地说："安总不想见到你，请你离开。"强子不甘心，挡住了刘菊的去路说："刘菊，你听我说，安方伤人都不认账的。"强子举起了左手，伤口留下的疤痕很醒目，刘菊的目光却追着已阔步向前的安方，显然并无耐心过问关心血液的尊严。她更加果断地说："安总身家上亿，一个道歉，在他眼里不算什么！不跟你一般见识！你得识趣。"接着，她压低了声调说，"我得追上安总，我付出那么多，我这回不能让他把我甩了。"她低低的几句话，揭穿了她曾保守的秘密，却强烈地撞击着强子，强子晃了晃身子，感到身体中的血液在横冲直撞。他看着刘菊扔下这句话，紧跑几步，拦在安方的车前，汽车刚发动未及加速，刘菊迅捷拉开车门。与此同时，强子感到他的整颗心协同身体中的血液推动着他，强子动作敏捷，他冲上前拉开了驾驶座的车门，没给安方任何回旋的余地，猛然按住坐在驾驶座上的安方，揪过他的左手挤压在车门上方，恶狠狠地说："安方，你要是不给我的血道歉，我不会放过你！"

作于 2022 年 5 月

原载《当代人》2023 年第 1 期

【点评】

《送给她的快递》是一篇城市风格的短篇小说，有着温暖又疼痛的调性。刚刚步入社会的快递员强子，内心干净，嫉恶如仇。为维护尊严、主张被尊重的权利，强子跟某公司的大人物安方一杠到底。偶然的相助，他又对该公司前台刘菊产生纯洁的爱恋和强烈的"监护"冲动。人性的面目，经由作家之笔精雕细刻，纤毫毕现。

王瑜（《当代人》执行主编）

最后一顶草帽

1

美枝离开后，黑夜就成了老捻一个人的黑夜，很难熬。囫囵觉睡到半夜说醒就醒了。天太冷，离了被窝，人被冻得比天还冷。老捻睁着眼躺在被窝里看屋顶，除了黑，啥也看不见，耳朵却被猛地刺疼了。老捻，要渡船啊！喊声是顺着风，挤过门缝，送到老捻的耳朵里的，急匆匆的，很尖厉。

老捻撇开夜色，猛然从被窝里爬起，套了棉袄，跳下床又随手抓起门后的草帽戴在头上。冲出屋，凛冽的寒风便裹紧了他。

门外，贵强的一张脸在寒夜里扭成了一团。他媳妇蔓叶蜷卧在他身后的农用三轮车里，脸色在夜色里惨白。蔓叶的两只手，兜着肚子一阵一阵抖着，嘴里刺啦刺啦地吸着冷风。贵强紧紧抓住老捻两只胳膊，老捻，我媳妇要生了，要到河对岸的医院去，走大路得要几小时，俺怕来不及，你快帮俺摆渡啊！

你咋不带床被子，这么冷的天？老捻扫了一眼三轮车，蔓叶浑身打着战，四肢缩成了一团。管不了这么多了，你快去解缆绳，我扶她上船。贵强吸溜下鼻子，一张脸扭得更紧了，他伸手去扶蔓叶，却无从下手，蔓叶浑身都在颤抖，嘴里发出"啊啊"的叫喊，蔓叶的喊声让人心焦，似乎那不是蔓叶在喊，是她的身体在和疼痛厮杀。老捻也眉头紧锁，望向愁云密布的长河上空，天要下雪，得抓紧。老捻丢下话，转身进屋。

再次出来，老捻身上套上了连体雨衣，一手抱着床被子，一手拿了瓶酒，头上的草帽仿佛风中之叶。他将被子扔给贵强，盖上！

河岸上的风像碎刀子割着人的脸，毫不留情。河面更是绷紧了颜面，看上去冷酷无情。

在船舱安置好蔓叶，老捻起身到了船头。从船舱里抽出船桨，"啪"的一声拍在河面上，紧接着，又是一下，老捻用力击打着河面，寒风里，蔓叶的呻吟碎裂在寒风里。老捻突然收回船桨，一把扯下头顶的草帽丢进船舱，抓起酒瓶仰脖咕咚咕咚灌了几大口。"扑通"一声跳进了长河。贵强这才察觉，沿着河岸的河面上结了一层薄冰，牢牢钳制了渡船，老捻泅在冷水里边破冰边推着渡船前行。

贵强趴在船舷上哑着嗓子喊道，老捻，你是我们家的大恩人，这次我得的娃一准认你做干爹！空旷寂寥的河面上，贵强的喊声盖过了呼啸的冷风，久久回荡。

蔓叶咬紧了嘴唇，再也没有把疼喊出口，一行热泪顺着她的脸颊缓缓流了下来，她身上的棉被散发着浓烈的棉花的暖和气，她闻出来了，这是床新棉被。

2

腊八日，河妮满月，蔓叶起早煮了一锅腊八粥，粥里放的都是新谷米，杂豆、小麦的香气能把人灌醉。贵强来老捻家请他去喝满月酒。

见老捻又戴上草帽出门，贵强怜惜道，老捻，天冷着咧，咱换个棉帽戴着。老捻摇摇头，美枝就认得她编的这草帽。贵强撇着嘴角嘀咕，认草帽？难怪她就不认人。

老捻随着贵强走进成片的田野，田间地头的土壤里越冬的麦子和油菜都在数着他俩的脚步，老捻就对它们说，施了肥，松了土了，安心过冬吧。老捻又望望远处的长河说，要是在长河南，一年四季不结冰，我不就和你亲近。长河两岸方圆几十里没有桥，老捻的渡船就是一座看得见的幸福桥，老捻就是那幸福桥上的摆渡人。河上一结冰，两岸的人就得绕几小时的路程过河。老捻离了渡船，心事就重了。

美枝她走了，我就是不明白啊。老捻念叨最多的就是这句话，这会儿他说得粗声粗气，贵强也不回应。被旷野里的风猛灌了几口，老捻翻翻眼珠子，酒还没喝，人先有了醉态，对着麦田，嗷地亮开了嗓子，咱一言表不尽的明君有道，普天下黎民百姓都很安康，唱一段闲良语解劝夫郎啊，啊，啊……

3

立春后，蔓叶常抱着河妮搭渡船回娘家。她头上别着蝴蝶夹子，翠绿翠绿的。下了渡船，母女俩像两只翩翩而飞的蝴蝶飞过了岸。雨水逐渐增多，土壤开始解冻。长河北边的冬小麦返青起身，幼穗分化，油菜现蕾抽薹。长河南边已是成片的麦苗和油菜花。

连着下了几场春雨，河里涨水，老捻的渡船上常有鱼儿跳到船上"串门"，老捻留了"客"，送了蔓叶让带回娘家。她娘俩打长河南面回来时，老捻还会备着一条鱼，说是单给河妮补充营养。

河妮明明还在吃奶，旁人见了就打趣老捻：这是心疼蔓叶哩。搭船的大多是女人，送孩子上学，过河去赶集，也有人争抢着索要那鱼，老捻就袒护说，俺是河妮干爹，自然给河妮。船上的女人更是炸了窝，念叨老捻的事迹，一念叨，每个人的娃，小的时候都吃过老捻送的鱼。念到趣处，个个眉开眼笑。女人们疯闹的时候，老捻拉住头顶的草帽，一言不发。

谷雨前后，小麦抽穗开花，油菜灌浆。眼看着一天一个样。日子也是你追我赶过得快，立夏过后，就是小满。天气开始热了，晌午太阳一照，南风由凉风也变成了热风。这节气沿长河向北一带，小麦灌浆乳熟，油菜大麦先到了抢晴收割的关键时节。庄稼地上收割机轰隆隆地进驻，到处都是机器在忙碌的景象，也见不到啥人，只几天光景，麦地里就剩下齐整整的庄稼茬子。

庄上人家多数都把农田承包给了种粮大户，老捻却亲手操持着自家的五亩田，起早贪黑地差遣自己的力气，也没耽误摆渡。歇脚时，守着渡口望着一地的麦茬想起早些年麦收，那时节抢收麦子，靠的都是人力，割了大麦收小麦，得没日没夜忙活一个月。割麦前还得备麦场，房前屋后的平地，几家人伙着劲犁耙，平整，碾压，待麦场变得平滑坚实，就到了收割的日子。家家户户齐上阵，麦田里热火朝天。

老捻就想，这来来往往的人，不只是都奔着日子，其实都是奔着活法去的。

贵强家的地，在两块地界的交界处，收割机转不过身也没人乐意承包。指望着地里的口粮，就得动镰刀收割。贵强风尘仆仆从他打工的城里带着怨气赶回来。搭了渡船，把汗衫脱了撂在肩膀上，手叉着腰对老捻说，我发誓，要挣了大钱，让蔓叶把那地荒着也不心疼！老捻说，你是该回来帮衬蔓叶，为庄稼回来和为你女人回来都是一回事，没啥抱怨的。贵强便打趣老捻的草帽，老捻，这年头，谁还戴草帽，你这草帽在咱这独一无二，在咱中国也是独一无二。老捻不搭腔，闷头摇橹。挤对了老捻，贵强上了岸又有些不落忍，换了好言好语劝老捻，跟我去城里吧，贴贴小广告，兴许能遇到美枝，也比窝在这里强。老捻依然不搭腔，将船掉了头。

　　麦子全部收完那天，贵强进了家门，抱着手机，也不知有啥急事，对着电话那边神神道道的，蔓叶凑上去也没听出啥名堂，就猜疑贵强在外面有了女人。贵强自嘲说，女人都找钱，我没钱，想贴女人也贴不上。说到这，贵强瞅着蔓叶的腰肢，双眼来了神采。蔓叶先喂了河妮再接着弄晚饭，晚饭简单打了面糊糊，特意给贵强煮了两个鸡蛋，贵强一口吞了一个还嫌不过瘾，扔了碗，发誓说，我这回一定要脱贫，要赚大钱。蔓叶不吭气，免得引起贵强心里那股怨气。贵强除了埋怨家里农田位置不好，还怨妮子不是个男劳力，老来没依靠。蔓叶抓紧吃晚饭时，河妮哇的一声哭了起来，贵强听着烦躁，逮住妮子屁股甩过去两个巴掌。蔓叶心疼河妮，撂了碗，拼着力气一头撞向贵强的肚皮。两人僵持着，贵强忽然来了兴致，抓住蔓叶扔到床上。

　　抢晴收麦这些天，蔓叶早起晚睡，只当完了工会睡得天昏地暗，没承想被贵强一通折腾，蔓叶却毫无睡意，哄河妮睡下，便悄悄走出家门。屋外凉风习习，田野里到处都是虫鸣。蔓叶一根一根，捋直，抹平，拾掇着院门边特意收留的麦秸秆，新下的麦秸秆齐整整，一根根残留着麦香。

4

收完了麦子，贵强不忙着赶回城里找活计，却忙着天天去镇上上网。这天从镇上回来，脸上带了喜气，笑眯眯的。吃饭的时候，他还主动抱了河妮逗乐。

等河妮睡着了，贵强把蔓叶抱在怀里，一个一个摸着蔓叶的手指头，蔓叶，你看你这手，粗的。咱要有钱，那地就让它荒去，不用在乎那小钱。你就不用干活，手也不用这么粗糙了。

蔓叶嘻嘻笑了，不干活，吃啥？

贵强说，我得想办法赚大钱了，你得支持我。

土里刨食能赚啥大钱？蔓叶嘴上逆着贵强，身子却由着贵强。见贵强横七竖八地躺下，她便伏在贵强的身上，低低地说，贵强，你上来，这样容易怀上儿子。贵强没动，眼睛骨碌碌地转了一圈，像是磨出了火花，双眼冒光，蔓叶，土里刨食不赚钱，人说靠山吃山，靠海吃海，咱这能靠上啥？蔓叶说，你今天咋不贪了？贵强一把推开蔓叶，翻了白眼说，真是少见识，有了钱啥事都好办，没钱寸步难行。受了冷落，蔓叶心里发堵，抢白说，现在这日子有吃有喝，你咋就不知足呢，我都在你跟前了，你还想干什么？两人的话越来越不投机，贵强便蛮横起来，这个家，你说了算，我说了算？你能耐，你咋不出去打工，我费了那么多工夫，你咋没生个儿子？贵强蛮不讲理，蔓叶一时被他呛得说不出话，又担心吵醒了河妮，便翻身留给贵强一个冷脊梁。

5

割了麦子，蔓叶就想趁着贵强还没离开庄子，加紧在地里种上点夏玉米。贵强却坚决反对，天天一早出门去镇上上网，回到家也是躲着蔓叶，抱着手机聊个没完没了。蔓叶心里不满，便把河妮塞给贵强，坐在灶头发愣，冷锅冷灶伺候贵强，心想，我这不是伺候，我这是刺激。蔓叶的方法一点也不奏效，贵强从镇上回来，像是从另一个欢乐世界回来的，心情很好。笑眯眯地夸蔓叶，不下地懂得享受，还说，我的女人就要有这派头。网络里的那个世界就像给贵强灌了迷魂汤，蔓叶看贵强像是没了魂。他还破天荒把河妮驮在肩膀上，挨家挨户去串门。河妮坐在贵强的肩膀上，用力揪他的头发。贵强借机向大家炫耀，看俺妮子，会发力了。走了几户人家，贵强放下河妮，河妮双脚一落地便颤颤巍巍迈步，贵强边欣赏边夸耀，俺这妮子就是不寻常，打小就明白，胆子大才能自己的路自己闯。

贵强溜达遍了整个庄子，见多数是老人和孩子，回家对蔓叶说，咱庄上能人都搬走了，外头来个人都能把咱庄给搬走了。蔓叶说，搬哪儿去？庄子还是庄子。蔓叶跟不上贵强的思路，贵强转转眼珠，眼白都抛给了蔓叶。

芒种过后没几天，老天就开始下雨，阴着脸像是拧不干的老棉布。连着下了多天，转眼到了夏至，过了下种的最佳时期，出苗就困难了。蔓叶想着没有下种的玉米就惋惜，追悔莫及。贵强却说，我找到挣钱的路子了，放心，保管叫你不下地，却吃香的喝辣的。

蔓叶只当贵强做白日梦，就和贵强商量，要不我也出去找个工作？把家里欠的钱早点还了，闲着也是闲着，总能让日子好过点。贵强立刻反对，男人挣钱都不易，你一个女人，你能出去干啥？再说挣点钱算什么，要发财才行。我跟你说，我正寻摸着发财呢！发了财咱也到县城买房去。蔓叶挖苦贵强，不学个技术，你有啥能耐发财？贵强的脸上挂着一副高深莫测的表情说，女人没见识，我不跟你说。蔓叶最不待见贵强做白日梦，埋着头加紧编草帽。贵强却不依不饶，编那破玩意，还指望发财？蔓叶不吭气，指尖上下翻动，麦秸黄灿灿的，像是阳光在跳舞。

下雨天，老捻早早收了工。网了河虾，送给蔓叶。见蔓叶正在屋里编草帽，端详着半成品的草帽，一时间，老捻有些发蒙，嘀咕着，美枝心灵手巧的，编起草帽，那麦秸在她手指尖就像在跳舞。

看老捻的神情，蔓叶也不由内心一阵酸楚。她嫁到庄上时，见过美枝。皮肤白白净净的，说话细声细气。就是细声细气也难得听到她言语。庄上的妇女扎堆聊天，她从不插话，总是在旁边静静地听，偶尔抿着嘴笑笑。有时见她坐在院子里，手里上下舞的总是麦秸秆，好像有编不完的物件。老捻说她是那年汛期顺着长河到了渡口，见了老捻主动要留下来。其实大家私下里都说这女子是遇到难处到庄上避难，庄子落在僻静的田野间极不起眼。美枝走时，也是长河汛期，男人们都在堤上防汛。防汛结束回到家的老捻没见到美枝，就见她留下了一顶草帽。老捻那段时期疯了一般沿着长河，又跨过长河，寻找美枝，回来就说美枝就是一滴水，化在河里了，又说美枝是跟着渔船出游了。也有人帮老捻去报案寻人。派出所就要登记，老捻既没有美枝的身份证，也没有两人的结婚证，也就罢了。老捻孤身一人，守着个渡口，有女人陪他过日子也该是他的福分，美枝不陪了，重新张罗找一个新媳妇也理所当然。老捻却记挂着美枝，断了对其他女人的念想，这一心一意也是老捻的禀性。蔓叶就感叹这也是美枝的福分，却没福气享受。想起美枝，老捻脸上的表情就有些落寞，蔓叶见了心里不落忍，就数落贵强，他这个亲爹都没这么周到，从没心思给孩子下河网河虾，天天去镇上上网。

6

伏天一到，太阳也发威了，地上热了，河里的水也少了凉意。庄稼地里一望无际的玉米开始结穗，成片成片的，风一吹沙沙地响，像是追着人唠嗑。树枝上，知了一声接一声，热得长吁短叹。

入了伏，贵强就急着离开了家。说是到城市里，车站，超市都有空调。听他那语气，蔓叶就知道他又去贴小广告了，这营生终不是长久之计，贵强不正经学门手艺也不听劝，她也没辙。

天热，蔓叶做什么事都耐着性子，这样，心就静下来了，心静自然凉。这天，蔓叶编成了草帽，就耐着性子等到太阳落山。

地面上的热气渐渐消退，河面上的波光里还留着太阳的热度，但这个热度刚刚好，人躲在河水里纳凉，又畅快又凉爽。老捻正被一群孩子围着在长河里游泳。放了暑假，庄上的孩子，有的去了父母打工的城市，留下的多半因为舍不得老捻，舍不得长河游水的时光。跟在老捻后面游水的孩子最多的时候，可以成立一个排，现在是个小班。有老捻在，孩子们玩水，大人也省心。

疯闹了一阵，孩子们游开，老捻脱了身，泅到岸上。冷不防见蔓叶站在岸边，一时有些发窘。

蔓叶是特意给老捻送新草帽的。蔓叶说，你算是俺的救命恩人，俺看不得你戴顶破帽子。老捻不说话，盯着河水，眼睛眯成了一条河。他摸出放在树杈上的香烟，在树干上拍了几个水印子，算是擦干了手，抽出一支，点着火。蔓叶上前一步，噗地吹灭了。

伸出手，霸道地说，你看俺这手。蔓叶展开的手掌，手指之间的表皮毛糙糙的，像是在控诉，都是编草帽勒的。老捻不愿接收草帽，蔓叶很委屈，眼圈红了，俺是你破冰救下的人，俺最在乎你的身体，俺不愿意你这样烟不离手，伤身子！蔓叶很霸道，她上前一步，夺过老捻手中的香烟，扔向河面，又扯下老捻头上那顶旧草帽，将新草帽扣在了老捻头上。

老捻说，指不定哪天，美枝回来就看到俺还戴着她编的草帽，她心里高兴。蔓叶抢白说，美枝嫂走时留的草帽是新的，现在旧了，她不认得哩。这话提醒了老捻，他两眼放光，像是醒悟了，将头上的新草帽扶正，对着河面匆匆一瞥，总算心甘情愿接受了新草帽。老捻心存感激，问蔓叶，我怎么谢你？蔓叶嘻嘻一笑，我是你破冰救下的人，还谢啥哩？

蔓叶转身往回走，对着怀里的河妮哼着歌，听上去是欢天喜地的腔调，配合着腔调，蔓叶的步子就起起伏伏的。

7

处暑一过，天刚刚见凉，贵强又回来了，还带来两个朋友。

这两人衣服穿得板正，鞋子纤尘不染。看着脸生，像是电视上南方人的长相。这两人和贵强搭了老捻的渡船。

庄稼地里成片的玉米、大豆……长势浩大，铺天盖地，让这两人连发感慨，说这长河两岸土地肥沃，风光无限，又夸这长河河水清澈。老捻听着自豪，渡船便跟着摇出了风情。

家里来了客人，贵强在镇上顺路买好了秸秸酒，邀老捻晚间过去喝酒。老捻收了渡船赶到贵强院子时，众人都打趣老捻，头顶上换了新草帽，像是换了一方天，老捻的脸便呈羞赧之色。贵强看出了是蔓叶的家什，他也不揭底，只是嘿嘿笑。

庄上人见贵强带了朋友，权当自家来了朋友，都很热情。贵强介绍说，这两位大哥，是俺生意上的伙伴。贵强从小父亲去世，母亲改嫁。他跟着爷爷奶奶长大，十六岁就外出打工，结婚前，爷爷奶奶又相继离世。他结婚的费用多半是借的，至今未还清。贵强在外这么多年也未见收入有起色，突然回来说做了生意，大家都打听贵强做的啥生意，赚了多少钱。有几个心直口快的就催促贵强还债。贵强含含糊糊只招呼大家可劲喝酒。

蔓叶安顿客人。铺的都是新褥子，盖的也是新被子，这新被子还是蔓叶结婚时从娘家带来的陪嫁。蔓叶有些心疼，贵强说，这两人能帮我赚大钱，不能亏待，咱今后有钱了买新的，买蚕丝被。

贵强，你到底做的啥生意？蔓叶追着问，这两人又是啥来头？贵强不说话，用嘴堵住了蔓叶的疑问，蔓叶整个人招架不住，她也没法表达想法，只好茫然地瞪大了眼睛。房梁上黑乎乎的，什么也看不见。

一早，老捻拎了两条鱼，特意网来送给贵强待客，贵强收了鱼邀老捻晌午过来陪酒。两位客人这时候也起了，却没有出门和老捻打个照面。

家里有客人，蔓叶便一天做三顿饭，还变着花样。早饭吃的是烙饼，午饭就是油饼，晚饭再吃蒸馍，用的都是新麦磨的面粉。每一顿都烩了汤，汤里放了鸡肉、鸡蛋、木耳、蘑菇。汤里淀粉勾芡不稠不稀，这两人喝了一碗又一碗，直夸贵强有福气。

吃罢饭，贵强便和两个朋友在庄上四处转悠，城里人到了乡下，对大家司空见惯的景致样样好奇，多年不用的捶布石、喂牲口的食槽、废弃的碾坊，都一一造访。村道上很空寂，多数人家都锁了门。

贵强陪着两人来到长河堤岸上，指指画画。老捻渡船上的人见了就说，贵强那派头很像镇长下乡视察工作。就有人反驳，也有点像县长。接着又有人问，县长就长这样？大家见过最大的官就是镇长。最后一致认为，其实多大的官，大家都见过，不过在电视上。笑话完了渡船也就到岸了。贵强正陪着两个朋友站在岸边，船上的人就捂着嘴咻咻地笑，笑得贵强和他的朋友莫名其妙，转身求问老捻缘由。老捻只说，乡下人，见笑了。

这两人便毕恭毕敬问候老捻，还递上了一根软中华，说是相中了渡口的两块石头，担心老捻驳面子。贵强却大方地说，乡下没啥好东西，你们不嫌弃是那两块石头的福分。贵强自作主张帮着拖出了石头。这两块石头，颜色看着与泥土无异，细看便见那石面上的纹路组合像是五官齐整的颜面。石头个头不大，像个小磨盘，年龄却不小，守了渡口多少年没人算计过，是看着老捻长大的一点不假。老捻小时候就听父亲念叨，这石头下面大片的土地里是座古城，只是一直也没有公家人来考证。贵强替朋友开了口，又为朋友帮腔，就两块石头，又不能当饭吃。老捻就想，这石头其实和这土地一样看着自己长大的，人家要的也算是一把土。

贵强和朋友带着石头离开时，老捻还帮衬着抬石头，一直将他们送上了岸。贵强这次离家，有两个朋友做伴，看上去喜滋滋的。

8

白露过后，一早一晚就有了凉意，凉风习习，人也舒服。一

/九珍/

晃眼到了秋分，长河畔庄稼地里的玉米大豆成熟收获，冬小麦播种。田野里变换了景致，一大块一大块的，像是老天在长河岸边开了染坊，鲜亮得耀人的眼。

长河里的水喧哗着过了汛期，水势也弱了下来，水面上从早到晚都是息事宁人的姿态。老捻熟知水的习性，渡船时，手脚就收敛着，下水的动静也轻。

这天收船的时候，老捻慢悠悠地拉着缆绳，却察觉了异常，河流像是受了委屈。没有风，水面上却总是荡起一层层波纹，这波纹让老捻的心扑腾得厉害。

天黑透了，老捻依然守在渡船边细细地观察水面。

那水纹的波动前仆后继。一眼看去，整个河面像是被人抽了筋似的打战。老捻的心也跟着莫名其妙地打着寒战。刮过了一阵风，老捻再定睛细看，河岸安安稳稳的。那河面又平平静静，老捻的心落了地，只当是要落雨。

夜里，雨没有来。老捻却被轰隆隆的声音吵醒了，那动静越来越大，像从河底爬上来的，又像是从河面上漂过来的，隐隐地敲打着庄上的每个角落。老捻一夜没睡安稳，天一亮便赶到河边，河面上却安安静静的，那声音像是消失了，或是沉没了，又像是从未来过。早起要搭渡船的村民站在堤岸上，远远见老捻一人撑船在水面上打着旋。

9

贵强离家半个月后，突然回了家。进了院子反身又关上院门，表情神秘。蔓叶问，你在忙啥？还知道有家？

贵强做了个噤声的手势，拉了蔓叶进屋，也顾不得正在烙饼的蔓叶一手的白面。进了屋，贵强又掩上房门。

蔓叶不由紧张，这么神叨，你在弄个啥？见贵强上了床，她也就上了床。贵强每次来家都这德性，饭可以不吃，但这事不能耽误。贵强却一把按住蔓叶，自己动手脱了外套，撩起内衣，就见贵强的腰间缠了一个布包，蔓叶一眼认出是贵强带出去御寒的棉被的被面。黄底碎花，缠在贵强的腰间，像条粗花蛇。顷刻间，蔓叶喘不上气来，她气短地问，这是咋了？贵强不说话，双眼却熠熠生辉。解开被单结头，哗地一扬手，眨眼间，满屋飞起了花花绿绿的钞票。蔓叶从未见过这么多钱在眼前飞，她瞪大了眼睛，说不出一句话。

蔓叶，咱有钱了，干一个晚上赶上种粮一年的收成。蔓叶听贵强这么说，心里扑腾一下，不知是惊是喜，忙问贵强，你咋挣的这钱？贵强压低了声音，你别问，说了你也不懂。你个女人家只管花钱就是。蔓叶还要追问，刚张嘴，便被贵强的嘴堵上了。

完事后，贵强躺在床上看蔓叶数钱，蔓叶手上还沾着烙饼时的面粉，贵强这次挣的钱，上面星星点点地也沾了面粉，蔓叶觉得那些钱是香的，面粉不脏，钱也不脏。她把那些钱收在枕头底下，睡觉就睡踏实了。这个晚上，蔓叶可着劲让贵强折腾，贵强挣了钱，精神头也足。蔓叶想，还是钱好啊，有了钱，有了精气神，我就能怀上儿子了。

赶集日。镇上逢集的日子虽不似从前，但还是热闹的，四面八方的都往镇上汇聚，老捻的渡船就格外忙，直到晌午才抽空啃了个冷馒头。

赶集的女人多，早起空手渡船过河，下午陆陆续续回来时，手里就都是满满当当的。蔓叶也购置了不少东西，娘俩还添置了新衣服。船上便有人打趣，蔓叶，贵强挣了大钱了？蔓叶抿着嘴笑，嘴里像是含着蜜。蔓叶买了新衣服，自然成了女人们嘴里的热点，个个眼热得都有些发烫。蔓叶由着她们评论，一脸的得意。老捻闷头摇橹，像是被心事拽着在水里摆来摆去。暑天一过，老捻头上的草帽金灿灿的颜色暗淡了不少。蔓叶也没有留意。

临下船时，老捻追着蔓叶问道，贵强做的啥生意，还挺挣钱呢？蔓叶说，他的营生我也不懂。说着话，蔓叶的脸却腾地红了，幸好老捻看着水面并未留意。贵强这次离家，临走照会她，怕遭人眼红，挣了钱也不能告诉外人。把老捻当成外人，她心里有愧。贵强挣钱后就把老捻当外人，回家都是绕大路，渡船也不坐了。

10

寒露过后，雨水少了。霜降一过，天气虽明显冷了，地里的小麦、油菜还是兴冲冲出了土，绿油油的嫩尖尖看着惹人爱。风干，吹掉了人身上的暖和气，这些嫩苗苗却给人带来了朝气。

天冷了，吃了晚饭，老捻就上床熬夜。刚躺下，就感觉不对劲，前些日消失了的声音又出现了，轰隆隆，若隐若现。老捻从床上爬起来，像是一直在等待这声音，又像是伺机逮到元凶。出了屋，庄子里黑黑的，村道上，田野里空寂无人。河堤上，渡船在岸边荡漾，河水与渡船的对话老捻听不懂，但老捻听出了自己对渡船的依恋。老捻沿着堤岸，深一脚浅一脚寻着，渐渐地，脚下的颤抖越来越强烈。走着，走着，老捻就呆滞在岸边，他的眼睛里燃起了两团火，灼人的心。老捻的心抽搐起来——流水无声的河面上，一艘采沙船赫然矗立，像是一把钝器插在河面上。船上灯火通明。老捻的心被撕扯着，脱口而出，这是割肉咧，放血唰。水声乏力，只有风声回应老捻。

　　老捻起初猫着身子，后来就站直了身子，嘴里嘀咕着，我在河面上不偷不抢，我怎么就见不得人了？我倒要见识见识。老捻纵身跳上了采沙船，绕到设备操作台。灯光下，有一个小伙子正聚精会神操纵着，老捻猛然出现，小伙面露狐疑问道，你是啥人？你从哪里来的？这话我倒要问你们，我就是长河上的人。老捻回答得铿锵有力，小伙却不屑一顾，口气也蛮横，赶快下去，别等我动手。老捻只想要理论，对武力也不打怵，就反击说，咋地，还学土匪？小伙见老捻毫不胆怯，突然满脸的烦躁，痛痛快快地说，俺是打工的，动手不值当，有事找管事的，别在这碍事。老捻却捏了拳头怒斥道，长河禁止采沙，你们这是犯法！小伙子也不理论，瞟了一眼老捻，拿出手机，对着喊，来人，来个惹事的。

　　眨眼工夫，老捻眼前便站了个结实的中年汉子。老捻戒备地收紧两条腿，一步也不退缩。你是啥人，你咋摸到这来的？中年男人开了腔，口气蛮横像是审问人。老捻的火气腾地上来了，粗声粗气地说，我咋就不能来，这是你家吗？你们这是在祸害长河！凭空多了个罪名，中年男人立刻洗刷自己说，俺长这么大还没祸害过谁呢，你半夜跑上我们的地盘，你才祸害人呢。那人望望四周，采沙船灯光之外，都是黑幽幽的，便打头上了船头，老捻稳住了身子，步子跟紧了说，这样采沙会崩岸的，长河经不起折腾。到了船头，机器震动的声音越来越尖厉，切割着河床，同时切割着老捻。你是啥人？那人很警惕。四下里望望，确定老捻形影单只便暗暗松了口气，呵斥道，我没工夫跟你啰唆，下船，下船，这地方不能随便来的。

　　谁让你们来的？老捻的怒气上来了，指着那挖掘机，这是割肉咧，放血咧，伤元气啊。那人莫名其妙看着老捻，狐疑地说，别不是跑上来个疯子吧？说着就上前推搡，下手很用力。老捻双手一挡，带动了全身的蛮劲，男人连退几步，正欲还击，老捻随手抄起一把铁锹将船上堆积的沙子扬到了河里，吼道，别当俺是孬种！又冲到操作台按住小伙子的手，嚷道，停下来，停下来。这个动作彻底惹怒了那个中年男人，脸上瞬间变换成凶巴巴的神色，对小伙使了个眼色，两人齐心合力将老捻掀下了船。刚松手，老捻又扑上来，几个来回，双方僵持间，不知不觉天色已发白。

看看时间不早了，那中年男人就说，我们要回去了，你走不走？

老捻只当自己的阻拦有了效果，寸步不让地说，你们走我才走。那采沙船也不恋战，果真很快就撤离了。采沙船离开后，老捻对着河水抽了一支烟，江面上的风凉气袭人。最后，老捻灭了烟头，捻得粉碎。堤岸上遗留的散沙，每一粒都像金子在晨光中闪着光泽。这河底的沙子质量上乘，在市场上很抢手。有些人恨不能伸出十只手，让这些沙子都变成自己腰包里的钞票。老捻就想，这些人咋就不想着和长河以心换心。

长河伴随着老捻，缓缓地流淌。老捻就安慰说，伤了点皮毛，咱就当吃亏，只要他们良心发现，不来了，咱也不追究。

天色尚早，老捻却无心回屋，沿着长河直接来到了渡口。他陪着长河，心里才踏实。抽了一支烟，老捻又网了一条鱼，天就大亮了。

这天蔓叶去镇上赶集，老捻便将那鱼递给蔓叶。蔓叶却不接那鱼，支支吾吾地说，老捻哥，我得去集上割点猪肉，贵强这阵子在外挣钱，要补身子，不知为啥，不吃鱼了，见到鱼闹心。

老捻手里的鱼落在地上，噼里啪啦挺了几次身子，僵僵的。老捻脸上的表情也有些僵硬。鱼没送出去，老捻还是追上了蔓叶，蔓叶，贵强在外能挣钱，你也不要多操心，这是好事。蔓叶就点点头说，我也得出点力，想法弄点好吃的犒劳他，贵强能挣上钱，我也有了指望。还了债，等河妮长大就有钱在县城买房了。蔓叶随口说出自己的梦想，有些轻飘飘的。

蔓叶看着远处的田野说，麦苗长得真快啊。老捻却说，蔓叶，这河总是发颤呢。蔓叶不回答，却疑惑地看看老捻，接着把目光投向远处说，这日子过得以前想都不敢想，蔓叶的话听着前言不搭后语，老捻就有些发怔。蔓叶丢下他和那条鱼，在他眼里渐渐走远了。

11

夜里，老捻聆听屋外的动静，毫无睡意。夜色浓得化不开时，轰隆声豁然而至，在老捻的眼前劈开了一道闪电，将黑夜的宁静击打得四分五裂。

老捻揪着自己的头发，像是要把脑子里的声音拔出来。那声音像草一样疯狂，像河水一样漫延。老捻离了家一步一步走到河边，盯着河水发怔，老捻见惯了河水的面目，总是慈眉善目的，有时他想美枝时，河水的面目是眉清目秀的。现在，那声音盘踞在老捻的耳朵里，河水的面目模糊不清。老捻的眼睛发直，河水在老捻的眼睛里变了颜色，红色的，血一样的殷红，刺痛了老捻，老捻嗷的一声狂叫着，扑进了河里。

老捻浑身水淋淋地出现在采沙船上时，那轰隆声更是震耳欲聋。船上的人很快发现了老捻。依然是那个中年人，看到老捻却

/ 九 珍 /

丝毫不惊奇，只是有些诧异，嘲讽地说，老哥，天气渐凉了，你游水锻炼也要注意身体。中年人说话的口音变了，像是对待老朋友。老朋友说话自然不见外，他接着说，年代久了，这河也要挖挖，说完，他就盯着堆积的沙子，他的眼里只有沙子。

你们咋又来了？这沙不能挖了，你看这河水都变了。老捻的声音打着战，牙齿咬在一起，天冷，风冷，老捻的心也快要冻僵了。老捻的话在中年人这里毫无分量。中年人的眼神里都是得意，他说，老哥，别人是不能，但我这是合法的，我劝你赶快游回去，换身衣服。

这长河经不起折腾，掏空了，会崩岸的，那就麻烦了。老捻坚持说。冷风一吹，他身上的河水越来越硬，越来越冷。中年人不说话，像是早有准备，回到船舱拿出了几个硬本本说，你看看，这上头是老板的名字，俺是有证的，俺是合法的。老捻浑身一颤，定睛看去，见那本本上是个陌生的名字，果然有几个大红印，这个意外让老捻浑身直哆嗦。老捻注视着河面，在采沙船的震动中河水面目全非。老捻悻悻转身，又一次扑进了长河。

那中年人见老捻又一次跳入长河，凝视着河面，脸上毫无表情。

12

老捻记得镇长的模样，黑黑瘦瘦的，西服上衣总是穿得整整齐齐。常陪领导到乡下来视察工作，尤其到了汛期，更是频繁。

镇长搭过老捻的渡船，镇长一上船便对陪同的领导夸奖老捻，说老捻觉悟高，常年免费为大家摆渡，是这里民风淳朴的典范。有一次，镇长还当着领导的面说要好好培养老捻，窘得他满脸通红，双手发颤，船就在河面上打漂。后来却再没和镇长打照面。

老捻守在政府院门外，守了一会儿，便见镇长从一辆轿车上下来，镇长一眼就认出了老捻，喊道，老捻，你不摆渡，蹲这里做啥？遇到难处了？老捻就说，镇长，我找你不是要你培养我，我是要你还让我安心摆渡。镇长一怔，脸色就有些阴晴不定，等老捻说完了情况，镇长的脸色阴沉沉的，就像是暴雨来临之前的天空。老捻的声音里带着疑惑接着说，镇长，长河禁止采沙，河没变，政策怎么就变了？河水下面要空了，咱这岸上的庄稼，咱这庄子可就动了筋脉了。直说得镇长的脸色阴云密布。镇长当着老捻的面噼里啪啦打了一通电话。有一个电话，镇长的音调很高，老捻听得真切，在长河采沙是违法的，要严惩，一定要彻查利用假证违法采沙。打完了电话，镇长又交代老捻说，你的行为值得弘扬，保护河流生态环境是每个村民的义务，大家都应该向你学习。

13

一连几个晚上，夜晚又恢复了以往的宁静。

耳朵里令人咬牙切齿的声音消失了，老捻的大脑也是安静的，老捻就对脑子里的美枝说话，说得情深义重。老捻说，美枝，咱这长河受了点皮外伤，可还是世外桃源，你啥时候回来呢？你回来它还是没变样哩，俺守着长河等着你，多长时间都等。

过了霜降，天陆地冷了，但雨水少，太阳出来得勤，河岸上齐整整的麦苗和油菜，早晨太阳一照，看着特别喜气，像是为争先恐后过冬储备着能量。

长河的水也像是受了冷，缩着身子。早起渡船的人，便担心结冰，过河太不方便，逗趣说，天冷，河水结了冰，老捻这座幸福桥，咱就想他哩，两岸对望着流泪哩。受到了夸奖，老捻依然面色平淡，笑笑说，镇长穿那西装正经是个办正事的。老捻的话没头没脑，也没人追究，老捻也不深说。

14

这天早晨，老捻是被屋外的吵嚷声惊醒的。声音嘈嘈杂杂的，打破了凌晨的宁静。

庄上男人在家的少，有个风吹草动，老捻责无旁贷。听到动静，老捻胡乱套了衣服冲到院子里，又回身拿了草帽戴在头上。刚到村道上，尖叫声又响了起来，撕裂了天上的云直扑向大地，险些扑得老捻一个趔趄。他听清楚了，声音是从村头公路上传来的。这条公路之前是条土路，雨天一身泥，晴天一身灰，前两年兴起新农村建设，县上镇上齐心合力，将这条村道建成了光溜溜的水泥大道。

只见路上杵着一辆卡车，车身沉沉地压在路面上，甚至将水泥路面轧出了裂痕，裂痕上布满了泥，泥痕也有规律，是车轮印沿着村道一路印到路边的农田里，一大片长势喜人的麦苗被碾压得面目全非。三树娘正哭天抹泪地拦住卡车司机。卡车司机正在推卸责任，这路我走了这些天，今天真是中了邪，自己断裂了，还害得我的车出轨了。三树娘扯着嗓子反驳说，这天寒地冻的，你打我们路上过，祸害路还祸害庄稼，幸好我出门解手，不然就让你跑了，你赔俺家的麦苗。说话间，司机见庄上人也都围了上来，就辩解说，我没跑，我得请示老板。

打了一通电话，卡车司机的腰杆一下就挺直了，直着嗓子喊道，别嚷嚷了，你那苗，我们老板说赔你。听到能顺利赔钱，人群就安静下来，三树娘也有些发蒙，压住了哭腔。司机躲在驾驶室又打了一通电话，出来就报了个数。金钱撑腰，他说话的底气很足，怎么样，你收了庄稼能有这么多票子？我看，我们只要赔得起，你们巴不得我的车出轨。又说，田里过冬的小麦油菜，要是风调雨顺还好说，碰到老天发脾气，来个天旱大风冻寒，小麦、油菜幼苗缺棵少苗的，能有啥收成？咱可都给你按最好的收成算的。司机报的数目确实不低。三树娘脸上就有了感激之情，擦干了泪水，就见司机数了一沓票子递了过来。

老捻插话，师傅，这村道这样轧受不了的。有人出来唱反调，司机心生反感说，放心，路可不归俺，这路质量太差，我走了才几回，你们别想讹我，你们的路你们自己修。老捻的心头泛起了波浪，警惕地说，你这车里装的是啥，司机翻翻白眼说，关你啥事？又对三树娘说，有钱了，上县城去逛逛。三树娘拿着钱，攥得紧紧的，有些难为情，便主动让了道。司机一刻也没停留，加大了油门，转眼没了影。庄上人少，散得也快。唯独剩下老捻一个人杵在路边。老捻的目光顺着车辙印，发现一些沙粒散落在路边，像是对老捻历数它们的遭遇。老捻的心被揪成了一团，紧巴巴的。他沿着卡车碾过的痕迹小心翼翼地向前走，越走心越疼。

老捻一直走到长河流中段，车辙消失了。唯有滩坡上还留下点点细沙。河面掩盖了伤痕，默默与老捻对视，这里距离老捻的渡口，有五公里了，距离掩盖了轰隆声。老捻瘫坐在河滩上，断定那些采黑沙的并没有收手只是换了地点。

/ 九 珍 /

15

老捻再次来到镇政府。他头晕眼花,看大街上的一切都是摇摇晃晃的。眼里的镇政府大楼在他眼里也晃晃悠悠的,老捻清楚,脱离了长河,加上心急火燎,他这是晕岸了。

长河遇难了。老捻对镇长的秘书说,我得找镇长解难。镇长秘书是个白白静静的书生。一张嘴,果然带着南方腔,他说,镇长出差不在啦,你可以直接去报案啦。秘书挥手指向门外,出了大门左拐就是警务室啦。

国泰民安了,警察也不是电视上出现的雷霆万钧的形象。老捻来到警务室就见有两位警官。一位在宣传栏上贴标语,写的是:治安维稳,社区先行。还有一位在房间里踱着步,像是在思考,又像是什么也没想。

警务室的两名警官,老捻也熟悉,人家对老捻却是陌生的,弄清老捻口中遇难的是一条河,态度就严肃了,纠正了老捻的用词不当。先前贴标语的那位见老捻一副疲惫的神态,劝他不要着急。老捻一听就更急了,脸涨得通红说,我怎么能不急呢?你们什么时候去抓采黑沙的?警察就说,这个要联合几个部门,联手出击,也不是我们说了算,再说,要出击就得有证据。

老捻就发誓,我要说的有一句是假话,我摆渡时淹了我。又觉得不妥,自己那么好的水性,这话水分大,就改口说,我要说假话,你们就把我逮了。这话说得沉甸甸的,警察却说道,我们该逮谁,这不用你教,你也不要以身试法。

老捻离开派出所时,就想买个照相机,这样就方便取证,苦于口袋里缺钱便打消了这个念头。后来又一想自己也没个能照相的手机，便决定去找蔓叶借。蔓叶自从贵强赚了钱，买了首饰，买了手机，她那个手机蔓叶还特意拿给老捻摆弄过，能照相。她说，哥，你记着我的号码，有事了一打电话，我就在你身边说话。老捻就笑着说，你整天都在庄上，一抬眼就看见了。蔓叶就是那次告诉老捻，他们在县城买了房。这消息当时让老捻很意外。蔓叶就解释说，贵强挣了钱就愿意花在城里，不愿回庄上，嫌庄上太冷清了。俺河妮也抓不住他的心，要是个男孩才行。

老捻急匆匆地赶回庄上，蔓叶却不在。八成去了县城。渡船孤零零地泊在岸上。

奔波了一天，老捻囫囵眯了一会儿，天色就暗了。天色一暗，老捻的心就开始扑腾，庄子上静悄悄的，远处的长河随风拍岸，像是在呼唤老捻，快来，快来，救救我们吧。老捻随手抓了个冷馒头，一边啃一边上路了。老捻想，眼见为真，我这次去就要卸他个船上的证据。这事不能耽搁，这长河若是被掏空了，日子里缺了相伴的河，庄上少了这流动的水，真是没法想象。越想老捻的心就越沉，老捻就是揣着这颗沉甸甸的心一路小心翼翼沿着河堤往前走。

渡口在中上游，老捻一步步走到了下游，停下歇口气的工夫，抬眼看着长河，便遇见了一艘高架船，这庞然大物矗立在河面上，傲然与老捻对视。老捻的心一下子就碎了，山崩地裂，老捻不愿意相信自己的眼睛，跌跌撞撞冲向了河滩。就这一段距离，他的视线里又出现了一艘泵船，面对着老捻虎视眈眈。采沙船都开足了马力，分分秒秒都在蹂躏着长河。那些分离出来的细沙有的堆在河滩上，有的堆在田里，一辆卡车停在河堤上。老捻没办法再往前走了。夜色中，老捻站在河滩上，突兀而孤立。

/ 九　珍 /

一道光柱示威似的打在老捻的脸上，刺得老捻睁不开眼。这光柱又像是火芯，将老捻的怒火轰地一下点燃了。你们这是干什么？老捻扯着嗓门喊道。喊声撕心裂肺，却被采沙船的马达声吞没了。光柱在老捻的四周转来转去，接着光柱又一次打到老捻的脸上，刺得老捻睁不开眼。见老捻迎着光柱逼近采沙船。光柱倒是退缩了，四周黑了下来，老捻依稀辨别出船头操作台前出现三个人影。老捻想看清那三人的真面目，心想，我看清了人脸也是证据。老捻向船头的照明灯挪动脚步。与此同时，耳边突然嗖的一声，眼前划过一道寒光，一杆鱼叉应声落在老捻脚边，惊起老捻一身冷汗。老捻捡起那鱼叉，冲着船面的机具狠狠地扔了过去，喊道，你们下黑手，有本事到明处来。喊声落地，那三个黑影也迅速带了一身的叫嚣站在老捻面前，都是生面孔，个个身材魁梧，气势汹汹，像电视上的打手。还未交锋，老捻明显感觉寡不敌众。这三人不容老捻思量，齐心合力对着老捻便是一顿拳打脚踢，末了将老捻扔进了河里，河水接纳了老捻，河水陪老捻抹泪。老捻借着残存的体力游了一段，挣扎着上了岸。摇摇晃晃立起了身走了两步，只听见脑后一阵凉风，紧接着后脑勺被重重地撞击了一下便栽倒在河堤上。

16

醒来的时候，老捻躺在自家床上。

房间里弥漫着蒸馍的香味，院子里有女人的身影。老捻掐掐大腿，确定不是在梦里。自己念念不忘的日子怎么就像电视画面走到了眼前？美枝，就这么回来了？美枝！老捻喊了一声，起身下床。左腿很灵活，右腿却不对劲了，像是要赖在床上，老捻用力一抬，它便以疼痛回击。较量了几次，老捻甘拜下风。颓然躺在床上，瞪眼看房梁。夜里的经历在脑海里像放电影一样，一幕一幕回放。剧情都是真真切切的，老捻自己无法想象出最后的结局，中间一段无法衔接上，游上岸之后，自己的右腿怎么就不能动了呢？自己一个大男人怎么就狼狈到了这个地步？说是守着家，等美枝，可这样如何面对美枝？老捻恨不得钻到地缝里，他不想以这个窘迫样子面对美枝。院子里的女人听到了动静，风风火火地进屋了。进屋就喊，哥，你醒了。老捻这下是彻底醒了，也解除了羞愧，他听清了，喊他的女人是蔓叶。老捻瞭了一眼屋外，满院都是扎眼的阳光。

哥，你咋就跌在渡口了呢？蔓叶一早接到贵强电话，要她赶到县上去。他又要翻盖老屋，叫俺去看建材。蔓叶不免抱怨，我昨儿黑才从县上回来，他又让俺过去。蔓叶的言辞里还有一点夸耀，贵强说了，老屋翻盖得堂皇些，这叫挣面子。房子翻盖成三层楼，在这个庄子上，他家可是独一家。围墙都用砖垒上，贴上瓷砖，庭院四周和院子里栽上花草果树，庭院前面栽槐树，后院栽榆树。

蔓叶插进来的这些话和老捻的经历都没什么联系。老捻就问，妹子，我怎么会在渡口？蔓叶恍悟一般睁大了眼睛，你不是在渡口跌倒了？迷糊了？我在渡口发现了你，就和起早要搭渡船的几个人齐心把你抬回了屋。蔓叶说完，自己找到了答案，她说，哥，你怕是跌糊涂了！俺们抬你的时候，你睁开了眼睛，接着又昏睡了。俺跟贵强说了，贵强正往回赶呢，得赶快开车送你去医院查查。又补充说，贵强学会开车了。

去啥医院，我要去报案。老捻又一次起身下床，他的右腿又一次拖住了他。这回的疼痛更加剧烈，老捻的额头上冷汗直冒。蔓叶也看出了蹊跷，她说，哥，你怎么了？老捻撩起裤脚，不禁倒吸一口凉气，他的右腿肿得老高。

17

老捻在医院里待了一个月。这期间多亏了贵强和蔓叶。贵强那天及时赶到，开车载了老捻急急忙忙要送到医院。上车之前，老捻坚持要先到镇上报案，他指着伤腿说，我不是自己跌的，我是被人打的，有人暗地袭击我，我的伤就是有人采黑沙的证据，我豁出命，也不能让人在河里采黑沙。贵强就说，你的命就这么不值钱？老捻说，河好人就好。老捻的倔劲一上来没人劝得动，但他的腿拖住了他。贵强似笑非笑地对老捻说，先上车，上了车你才能想去哪到哪。上了车，贵强不由分说径直将老捻送到了县医院。上了手术台，老捻还企图挣脱。医生说，你这人咋这么不识数，你这腿骨折了，再耽误，你的腿就要截肢了。

给老捻手术的医生是县医院医术最好的医生，贵强找人打点了。手术很成功。老捻对贵强很感激，也不知该怎么报答。贵强在外面挣了钱，办事也麻利。手术的第三天，派出所就来取了证。是贵强去报的案。这两个警察不是镇上的，老捻看着眼生，就有些疑惑，贵强就解释说，你还要检查人警察证啊？人家是县里的。老捻便心生感动。当着警察和老捻的面，贵强替老捻恳求说，警察同志，一定要严惩这些采黑沙的不法分子啊。

老捻最惦记的当然是长河了，贵强也是个有心人，老捻住院期间他用手机录了像，老捻看到视频上长河面上恢复了平静。贵强说，放心吧，那些采黑沙的都被一网打尽了。老捻就夸贵强这个词用得好，夸贵强在外闯荡，到底见过世面。

冬至后，天冷了，但一直没下过雪，老捻就想着长河虽瘦了还没结冰。他拄着拐杖刚能下地就急着出院，他也不把贵强当外人，推心置腹地说，这手术费用都是你垫的，俺寻思着出院省点开销，还能去网点鱼卖钱，早点还上你的钱。贵强却不同意，他掏心掏肺地说，咱现在不缺这点钱。这边劝完了，那边老捻却不听劝，为了出院就拒绝用药。最后是蔓叶带回来一个惊人的消息，说服了老捻。蔓叶外出采购，在县城街上见到了美枝。

老捻直直地盯着蔓叶，直到确信蔓叶的每个字都是真真切切的。美枝在县城街头？还有呢？老捻巴望蔓叶说出更多的细节。没有了，我追上去，她一闪身就不见了，兴许是她躲了不愿见我。蔓叶遗憾地说。老捻却兴奋地猜测说，她是不是去了车站，买了票回村？要不然怎么会在县城？蔓叶否认了老捻的猜想，她像是闲逛哩，也不是在车站那条街上，也没拿行李。老捻急急地就要赶回庄上，像是美枝已经到家了，心慌意乱地说，家里这些天也没个家的样子了，美枝见了可咋办？又对蔓叶说，美枝编的那顶草帽完全散了架，还好我没扔。他说，蔓叶，幸亏有你的草帽，美枝她就待见我戴草帽的样子。有了美枝的消息，老捻精神焕发，蔓叶的脸上却没有任何欣喜之色。她说，美枝肯定没回咱庄上，咱还是要在县城找一找。蔓叶又说，就凭这，你也要待在县城，你离开医院去俺县城的家住着，权当帮俺看房子，又能方便治好你这腿，又能找美枝。

老捻的情绪高涨起来，他说，不回庄上也中，明天我先上街上去找，我这回住院，晕岸也治好了，啥地方我都能去。蔓叶的声音里透着焦虑，她说，那就好，咱出院，留在县上就在县城把

/九 珍/

她翻出来。

蔓叶，咱的命都和河连在一起。老捻的话听上去没头没脑，但蔓叶听懂了，她说，老捻哥，长河只有一条，咱也就认一个美枝，咱守着县城不怕找不到她。为消除老捻的顾虑，蔓叶还给贵强打电话，老屋翻盖工期到了关键时刻，贵强这阵子都在庄上。电话里，贵强听到这个消息也是万分欣喜。老捻听到他在电话里说，你们用心在县城找吧，我在咱庄守着，美枝嫂要是回来，我马上开车回去接你们。

贵强在电话里说，哥，你在县城那边盯着，我在庄上盯着，她要是让我瞧见，我保证不会让她跑掉。贵强的语气，老捻听着不受用，他说，你嫂子不是跑的，她就是出了趟远门。

老捻对蔓叶说，明天我上街，你在哪遇见的美枝，我就亲自从哪儿找起。

18

一早，蔓叶便和老捻来到了街口，人来人往的，看着眼花。老捻想念他的草帽，我要是戴上我的草帽，美枝在人群里兴许一眼就能看见我。老捻的注意力便转到了草帽，盘算着回庄上取了草帽戴上再到县里找美枝。蔓叶说，你腿脚不方便，守着县城这，我这就回去取。

蔓叶离开后，老捻也没闲着，他拄着拐杖在街上寻觅。县城变化很大，楼越盖越高，街道宽阔整齐，自是一番风景，老捻就想，难怪人都愿意往城里跑。老捻看每个人都是生面孔，来往的女人们见老捻投来的目光复杂，便以白眼还击，老捻遭遇了过多的白眼，看女人的目光便有些潦草。

县城有一条老街，在长河沿岸名气很大，其间有个古玩市场，老捻判断美枝到这里的可能性很小，心里犹豫，脚步却像是被牵引着，不由自主拐进了老街。刚进入第一家门面，老捻内心便油然升起亲切感，只见这家门面古香古色，红漆大门，石狮子扣环头，看着古朴厚实。跨进店铺，老捻的目光就被摆在屋里正中间的一对石头吸引了，一眼认出是渡口那两块看着他长大的石头。两块石头静默无声，却像也熟识老捻似的，周身都是话语，又水汪汪的，都是眼神。这时候，老捻才察觉，除了他，门边角落正坐了位精瘦男人静静地打量着他。老捻就问，这咋摆在这儿？那人起先不搭腔，见老捻问个没完就不耐烦地说，这是宝物，很值钱，是镇店之宝。老捻当下就有些恍惚。再看那两块石头，就像是开口责问他，它俩明明是庄上的，何以成了这里的值钱宝物，要值钱也是回到庄上才值当。老捻的心里装下了石头，沉重的几乎无法喘息。老捻就想赶快见到贵强，落实这两块石头的去处，一分钟也不能等。同时，老捻的脑海里不时响起长河哗哗的流水声，像是它一直就长在老捻的身体里，瞬间苏醒了。老捻想，我是离不开长河的，这石头怕也不该离开长河，我得找贵强弄明白，我得回到庄上，即使要找美枝，也该顺水去找。美枝是顺河而来，顺河而去的。老捻随即拄着拐杖，挪到了车站。

19

　　老捻拄着拐，双脚刚踏上村道，就感觉到了异样，整个庄子似乎都在震动，像是要翻个个，脚下的村道也已面目全非。老捻怀疑自己走错了道，可他一眼就看到了长河畔自己的渡船。那渡船悠悠地荡在岸边，有两个人偎在那上头，把缆绳绷得直直的。

老捻一瘸一拐奔到河边，忽然觉得天旋地转，河里一字排开的两艘采沙船，像是要把长河压垮了，河水也被压迫得毫无活力。老捻心里本来就塞进了石头一个劲地向下沉，现在目光里又是这些光天化日下的采沙船，老捻感觉整个身子都僵硬了，一步一步挪到了渡船边上。

渡船上坐着两个人，一男一女，紧紧地依偎着，那女人说话时，眼神一眨不眨地注视着男人。男人刚住了嘴，女人就嚷嚷道，说对我好都是虚的，要来真的就快拿钱。男人随手抽出一沓票子塞给女人，女人便娇嗔地拍打男人，打着打着，女人就滚到了男人的怀里。渡船随着两人摇晃起来，两人竟把老捻的渡船当成了他们的领地，恨不能穿透了彼此。老捻看着那男人，无法承受心脏的坠裂，整个人扑通摔倒在河滩上。听到动静，渡船上的男人和女人惊慌地站了起来。

男人见倒在地上的老捻直直地注视着他，浑身一颤，推开了身边的女子，结结巴巴问，老捻，你怎么跑回来了？说着跳上岸，搀扶老捻，老捻用力推开男人，咬着牙，指着河面上的采沙船一字一句地颤声问男人，贵强，这是咋回事？这是咋回事？

贵强咳了一声镇定下来，老捻哥，你听我说。老捻说，贵强，你还要继续骗我？让我听你说啥？老捻的心里空荡荡的，他什么都明白了，也什么都没有了，就像眼前的长河。风吹过来，呜呜咽咽的，老捻说，也好，咱也不用找证据了，你去报案，也算对得起长河。贵强先是忍着，到底是无法忍受了，跳起来说，老捻，要不是我出钱，你现在还在医院里呢，指不定早成了残废，你倒恩将仇报。说着拉起身边的女子准备离开，老捻劈手甩过了拐杖，横在他的面前说，你去不去？我问你，这采黑沙的船是不是你的？

当初那些船是不是也是你的？那晚是不是你指使人暗算我？贵强像是被人揭开了伤疤，吞吞吐吐地狡辩着，老捻，你别冤枉我。老捻接着问，我问你，渡口的两块石头，你是不是早就知道值钱？你把咱这土里长的最值钱的东西卖了，换了钱就为了回来祸害长河？贵强的脸红一阵白一阵，脖子一横道，那石头碍着你了？这河碍着你了？你看我挣钱眼红，那是你没本事，不懂市场。驳斥了老捻，贵强像是为自己壮声势，强硬地说，我采沙，我看谁敢去报案？我能摆平那么多人，就不信摆不平你个摆渡的老捻。说着一脚踢开了拐杖，硬是扶起了老捻。站起身的老捻伫立在岸边，像是雕塑，一动不动。

20

远远地，蔓叶抱着河妮急匆匆寻到了堤岸上，她怀里的河妮抓着老捻的草帽，一张笑脸，粉嘟嘟的。老捻哥，蔓叶老远就喊，你咋在这儿？我回来找了草帽，回了县城，没见你，到处找你。见蔓叶到场，贵强身边的女子便有些不自在，端正了身子站得笔直，贵强抢先介绍说，蔓叶，这是我才找的秘书，你看合适不？

蔓叶扫了一眼女子，撇撇嘴。她一步步走近老捻，颤声喊道，哥。老捻挥挥手，按着胸口，他不知道蔓叶会说啥，他的耳朵里都是轰隆声，震耳欲聋，这是从河底传来的呐喊，老捻捂住耳朵，但那声音无孔不入。老捻脸色越来越白，豆大的汗珠从额头上落下来，老捻咬着牙，一字一顿地说，不是河疯了，是人疯了！为了钱，想着法子要把长河逼疯。蔓叶，你们的良心被钱锈住了？你清楚贵强弄了假警察糊弄我？你压根就没见到桂枝，就是个幌子，就为把我拖在县城？你一直和贵强合伙蒙我？

蔓叶的脸腾地红了，慌乱地摇摇头喊道，哥，你这是咋啦，你听我说，俺跟你解释——不容蔓叶说出下文，只见一阵狂风袭来，河妮手中的草帽轻飘飘地随风落在河面上，河妮哇的一声大哭起来。孩子一哭，蔓叶更是心烦意乱，她哄着孩子在河堤上跟跟跄跄追起那草帽。

老捻脚下的土地就在这时不断地颤抖起来，节奏越来越紧凑。老捻惊恐地睁大了眼睛，拼着力气一瘸一拐几步追上了蔓叶，伸手一攘用力将蔓叶推向河岸边的麦田。快跑，崩岸了！随着老捻的喊声，老捻脚下的河堤裂开了一道口子，瞬间吞没了老捻最后的呼喊，也吞没了老捻。

作于 2018 年 7 月

原载《奔流》2019 年第 5 期，2020 年获得第三届奔流文学奖

镀金鱼钩

1

莫小鱼发现紧紧咬住他鞋底的金属钩环时，不禁打了个寒噤。他单脚站立，一只手托着鞋，一只手迟迟疑疑地抠，直到钩环锋利的、带有倒刺的钩尖彻底脱离了鞋底。灯光下，莫小鱼辨认出金属钩环是一枚鱼钩。鱼钩躺在莫小鱼的掌心里，闪着淡淡的金黄光晕，它的圆润与锋利同样令人惊异。鱼钩的身份扑朔迷离，来历也蹊跷。莫小鱼心有迷惑，却无心细究。认定那鱼钩遍身的金黄也是表镀的假象，扬手对着窗外用力一抛，随意处置了这只侵犯他鞋底的鱼钩。

你扔的是什么？莫小鱼听到音质苍浊的问话，惊慌地环顾四周，曾祖父躺在房间角落的雕花床上，正凝视着他，目光混沌而焦灼。我看到金光一闪，你扔的是什么？曾祖父追问道。一枚镀金鱼钩，险些刺伤了我的脚底。莫小鱼说着低头穿上鞋，借机躲避曾祖父的目光。

秋季以来，曾祖父精神萎靡，多数时间，他紧闭双眼静卧在屋角那张年代久远的雕花床上。与曾祖父的目光猝然相遇，莫小鱼感到莫名的胆怯。曾祖父面容枯槁，与他此时的目光极不相称。镀金鱼钩？什么样的镀金鱼钩？曾祖父陡然间洪亮的嗓音同样令

/ 九 珍 /

莫小鱼讶异。曾祖父卧床以来，整日沉默无语，与人勉强的对话也是气若游丝。莫小鱼抬起头，看见曾祖父的眼神中弥漫着前所未有的凌厉的光芒。曾祖父双手拍打着床板说，你怎么扔了？你快去，快去把它找回来，快去把镀金鱼钩找回来！莫小鱼斜睨窗外，夜色茫然与之对视。

无法违背曾祖父，莫小鱼不得不走出家门，他对自己抛弃鱼钩的举动懊悔不迭，同时对曾祖父的无理要求深感费解。莫小鱼站在窗台下狠狠地跺了下脚，心想，不过是镀金鱼钩，又不是真金。

窗外的风景是顺水街独有的。小沥河像是娇柔的女子，温情脉脉地流淌着，远远看去，地势偏高的河岸就像是保护着小沥河的武士，虎虎生威。事实上，如此娇柔的小沥河却沟通了河道宽阔、无遮无拦的池河和满河，多年前还曾是一个天然渔港。曾祖父曾经无数次描绘小沥河昔日的辉煌。他常常对着河岸指指点点，货运船只在这里停靠两岸。东桥口是装卸粮食的主码头，沿小沥河西岸还有几个小码头，那些码头也在他的眼前波动着，人影绰绰。尽管早已经停航，河边两岸的码头遗迹以及顺水街上一些老屋，一些台阶，依然见证着昔日的繁华。

莫小鱼站在屋外，脚下踩着莫名的杂物，除了残叶断枝还有几只痕迹可疑的脏纸袋，十步之遥是杂草遍布的河滩，一些不明来历的垃圾随着河水在河沿上下起伏，在这片局促的区域寻找鱼钩无异于大海捞针。莫小鱼望着小沥河出神。耳边传来曾祖父的抱怨，我让你找到它，你咋看着河水发呆！曾祖父咳了一声接着指责，你怎么能随便扔掉一只镀金鱼钩，它扎上你的鞋底，它就是你的，你怎么能把它扔掉！

曾祖父居然下了床，追到窗前，像换了个人似的容光焕发，他举着一把手电筒，痛心疾首地对莫小鱼说，你不该小看了一枚鱼钩。手电筒强烈的光芒照射到莫小鱼脚下，曾祖父语气焦灼，快点找，快把它找回来。

2

接连几天，为了躲避曾祖父，傍晚放学后，莫小鱼在新城街上闲逛，远离了古老的顺水街，莫小鱼总是被一些新鲜事物蛊惑着，宽阔的栽有绿植的街道，新近开张的网吧，手机体验店……他看上去神不守舍，眼睛里时时流露出迷茫。在学校里，他从不迟到早退，也不懈怠作业，是个让老师省心的学生。

踏入家门之前，莫小鱼沿着位于老城东的顺水街一路走到尽头。这里有个废弃的码头，凌乱的垃圾，隐约可见的台阶，历数岁月的沧桑。他站在码头边，眺望远处对岸的河滩，直到夜色替换了暮色，河滩上裹缠了雾气。

曾祖父曾经说过，地方志曾对县城名六河做出过解释，有池、满、洋、沐、浴、泥六河，故名。北宋以前，六河汇聚处，称六河口，位于县城东的小沥沟，后被称为小沥河。曾祖父还说，清末的《六河县志》记载，河本有六，而今存三。曾祖父不识字，对这些史料却烂熟于心。曾祖父最初和莫小鱼说这些时，莫小鱼刚满五岁，比当年初记县志的曾祖父小十岁。曾祖父念叨的内容，莫小鱼同样烂熟于心。莫小鱼从小在顺水街出生成长，多年来养成一种习惯，闭上眼睛，就给自己的想象插上了翅膀。尽管有县志记载，河本有六，而今存三，但莫小鱼的脑海里那六条河就像是六条卧于地面的笔直的铁轨，或者是六条昂首蓝天下的航线。

莫小鱼的脑海里像是有了烙印不可泯灭。

　　曾祖父常向他描述,当年街道伴随着码头,形成商铺林立的顺水街,每天热闹非凡。曾祖父说他最喜欢正月十五到顺水街来,他跟着父亲,也就是莫小鱼的太祖父,撑着自家的渔船或搭上运粮的货船沿长河而上。船舱里堆满了粮食,父子俩在船上吃些干粮充当晚饭。而正月十五这天,晚饭后的顺水街会上演撂火把、打秋千、舞狮子各种节目。顺河街每个商行都有自己的节目。码头箩行和口袋行各舞一条黄龙、一条青龙,鱼行表演舞狮子,摆渡工踩高跷,铁匠铺扮河蚌精,粮行扮大头娃娃,饭店玩旱船,旅店骑毛驴……顺水街上每个店面都会放爆竹。到了端午节龙舟大赛,四五条龙舟,十多个队参赛。两岸观众人山人海,不时为选手的精彩表演喝彩,一片欢腾。大赛结束时,还会有窜天珠、吞鸭蛋等表演。曾祖父说,顺水街当时由于商业繁华,外地商人称之为"小上海"。

　　莫小鱼无从想象顺水街昔日的繁华,只记得曾祖父追忆时光时熠熠生辉的目光。莫小鱼的父母在上海打工,他曾在暑假去过大上海,见识过南京路、淮海路的流光溢彩,远远仰望过金茂大厦和东方明珠电视塔。夜里,他和父亲的工友们挤在工棚里。闷热的活动板房让他渴望逃离,他成为上海匆匆的过客,而有关上海的记忆狭窄得如如缝隙,缝隙里贮满匆忙,和眼前慢生活的顺水街恍如两个世界。莫小鱼始终拒绝将今日的大上海与昔日的"小上海"联系在一起。他也无法让当年流连在顺水街的曾祖父和眼前的曾祖父产生关联。随着年龄的增长,他逐渐认可了自己的拒绝。

　　现在,他搜索的记忆中没有一丝有关镀金鱼钩的信息,他无法理解曾祖父的坚持。

昏暗的路灯照着脚下的路。踏入家门之前，莫小鱼仔细检查鞋底，鞋底与他默默对视，一副清清白白的模样。莫小鱼跨入家门，猛然见曾祖父端坐在堂屋的八仙桌旁，这位顺水街上年龄最长的老者，神情疲惫地说，你该趁着天亮回来，再找找！我又找了一天还是没找到那枚鱼钩。

一个雨天的傍晚，莫小鱼在秋雨的凉意中签收了在网上购买的镀金鱼钩，手心里攥着这枚崭新的镀金鱼钩，莫小鱼绕道家门，置身窗外，他隔着窗户诓骗，曾爷爷，我找到了，终于找到镀金鱼钩了。

房间里的曾祖父毫无惊喜之色，目光漠然扫过莫小鱼手中的鱼钩说，也是难为你了，花了这番心思。曾祖父说完便合上眼皮说，不早了，明天还要起早，早点吃晚饭，早点睡吧。莫小鱼无从领略曾祖父的目光，他伪装的惊喜的表情渐渐变得无比沮丧。回到房间，尽管曾祖父以漠然揭穿了他的把戏，他仍找了个透明的塑料袋，小心翼翼地装好那枚网上购买的鱼钩，在曾祖父的床头柜上物色了显眼的位置，安顿了这枚簇新的镀金鱼钩。

3

凌晨时分，莫小鱼忽然醒来，睁眼茫然地扫视室内，除了他，室内的一切都在沉睡之中，这让他对自己的苏醒有些无所适从。侧耳倾听，小沥河的低吟隐隐约约传来，却没有伴随曾祖父时断时续的咳嗽，这很反常，东厢房里静悄悄的。莫小鱼在凌晨的寂静中起身下床，摸索着穿过堂屋，推开东厢房咯吱作响的房门。

曾祖父的床铺空荡荡的。那枚装在塑料袋里的鱼钩安然与寂寥相伴。秋季以来，曾祖父听闻顺水街居民即将搬迁的消息便足不出户，此刻，却毫无征兆地突然走出房门。莫小鱼登时心慌意乱。他扑到窗边，推开窗户，冷风扑面而来，空寂的河面上，河水泛着幽暗的光芒。河对岸稀稀拉拉的灯光像是时间狡黠的目光。

莫小鱼带着满脸的惊疑慌里慌张踏出房门。前厢房祖父的房间及时亮起了灯，已近风烛残年的房檐过于低矮，灯光便有所收敛。祖父的身影在灯光中模模糊糊。

祖父退休前是县城机械厂的钳工，曾祖父常以有个钳工儿子为傲。祖父睡眼惺忪，面色憔悴，顶着一头花白的头发，站在房门前，他身后的房檐显得越发低矮，像是预见了莫小鱼的惊慌无措。祖父语调沉稳地说，小鱼，你不需要寻找曾祖父，他昨日告诉我，说是今天要出趟远门。莫小鱼急于知道曾祖父的行踪，紧张地问，天还没有亮，曾祖父一个人就出门了？他去哪儿？你怎么不跟着？祖父却自顾发出了感慨，不用担心，你曾祖父找到了镀金鱼钩，他是带着镀金鱼钩出门的，你曾祖父他终于要如愿！

镀金鱼钩？曾祖父找到了镀金鱼钩？莫小鱼惊讶地张大了嘴巴，祖父及时阻挡了他接踵而至的疑虑，说道，其余的你不要多问了，你曾祖父不愿让你们了解过多。说完，祖父闭紧了嘴巴，脸上的表情讳莫如深。

莫小鱼退回家门。缺少曾祖父身影的空间分外冷清，得知了曾祖父出走却不知曾祖父的去向令莫小鱼坐立不安。

天完全大亮时，莫小鱼再次走出了家门，这是个久雨初晴的星期日。腼腆露面的阳光照亮了所有的角落。顺水街狭窄的街道边，陈年的苔藓也透出了鲜亮。街道两边残朽的墙壁上爬满岁月的褶皱。

天气晴朗，顺水街上的人家都在忙于晾晒。有两个街坊站在斑驳的院墙下打探彼此拆迁的消息，这是自从传出顺水街拆迁消息后街坊们不可或缺的话题。

卖渔网的李老板正在店铺前晒太阳，而她那青瓦屋顶的店铺里，刺眼的日光灯正和门外的阳光相抗衡。她说，小鱼，天还没亮，我见到你曾祖父沿着小沥河，颤巍巍、急匆匆地干什么去了？是不是拆迁有了新消息？莫小鱼摇摇头，快步走过李老板低矮残破的门面。

莫小鱼去了东桥口。东桥口并没有桥，小沥河的水静静流着，码头的台阶上布满了青苔，隐约可见青条石的残骸。曾祖父说过，这里曾经有座桥叫抚民桥，乾隆年间，长河水泛滥将大桥冲垮，从此再也没有修复，只是以渡口代桥，人们把渡口一直叫东桥口。小沥河是天然良港，东桥口就是装卸粮食的主码头。西岸还有左巷，右巷，横布巷小码头。曾祖父当年就是从东桥口码头上岸的，他离开的那艘商船上装满了黄豆和小麦。

莫小鱼将他脑海里有关曾祖父的生活轨迹和顺水街有关联的都翻拣了出来，依然和镀金鱼钩没有任何关联。太阳照亮了眼前的所有景物，却没有照到莫小鱼最期待的角落，那是他曾祖父前往的地方。

莫小鱼记起了顺水街南边的渔具店，在一片低矮的门脸中，生意寥寥，但这些和曾祖父有什么关联呢？在莫小鱼的记忆中，曾祖父从未光顾过渔具店。

顺水街从南到北，几道小弯，街面不宽。曾祖父曾经说过早年间由青石板铺盖街面，中间铺设有下水道。青石板铺得错落有致，路面磨得光滑、光亮。莫小鱼注视着脚下的柏油路，路还是

　／九珍／

原来的路，青石板无处可寻，莫小鱼只依稀辨出曾祖父曾经留在那上面的脚步。

曾祖父曾在街角卖过烤馒头，先将馒头蒸熟后放凉，再用木炭温火在火盆上慢慢烤，直到四面烤得发黄。莫小鱼津津有味吃着烤馒头时，曾祖父就会回忆当年他在顺水街的热闹场景。曾祖父不说自己卖馒头的事，他说那些卖糖葫芦的，吹糖人的，卖小烧饼的。糖葫芦，糖葫芦，冰糖葫芦；油酥，糖酥，扑口酥，一连三酥的小烧饼。曾祖父学着当年的叫卖声，声音低低的，憨憨的。曾祖母在世时，曾祖父的叫卖声中夹杂着她的嗔怨，你当年从来不喊的，人家喊的倒记得清楚！莫小鱼吞着滚烫的烤馒头，曾祖父的回忆却并不新鲜，听得多了，就像陈年的挂历，毫无新意。

祖父还会衔接一些回忆。那年春天的一个上午，曾祖父正在烤馒头时，忽然听见人群里一阵惊呼。曾祖父循声望去，也霎时被惊呆了，春天的阳光也刹那间失去了暖意。一个孩子跌倒在街心，滚到了一头驴的蹄子边——驴是驮水的驴。

六河六条河，吃水靠人驮。新中国成立前，县城吃的大部分是长河水，肩挑车运，都要经过顺水街。小驴拉着水车，走在弯弯曲曲的青石板小道上，驴蹄踏石板发出有节奏的响声，嗒嗒嗒……那声音突然中断了。那头驴低头看着蹄下的孩子，它抬起的蹄子悬在空中。那孩子就是莫小鱼的祖父。

莫小鱼的祖父原本在天井里蹒跚挪步，他脱离了母亲的视线，循着市井的叫卖声，大胆地跨过了门槛。毛驴目光温柔，它迟疑着避开蹄下的小孩，此时，莫小鱼的曾祖父扔掉手里的馒头，冲到驴蹄下，扑通跪倒在青石板上，将孩子护在了怀里，目送驴小心翼翼地踏上行程。

　　曾祖父是个性格温和的人，他没有责怪曾祖母的疏忽。曾祖父呵护曾祖母像对待孩子，他嘱咐懵懂的祖父，千万别告诉你妈你差点被驴踢了，你妈不能受刺激。曾祖父当年宽厚地说，我一个大老爷们都受不了那个刺激，何况你妈一个大户人家的小姐。

　　莫小鱼的曾祖母嫁给曾祖父之前，是顺水街上粮行人家的大小姐。

　　一九三八年，年关将至，曾祖母一早起来，伴着顺水街嗒嗒的驴蹄声，还没有来得及向父母请安，先在梳妆台前用香粉扑面。曾祖母在裁缝铺里订制了皮袄，说好了一早过去取。她穿过店堂，又穿过中间小院，来到临河建的后堂，这个后堂加盖了观景台。观景台墙基从河边开始砌，四五米高才能平行于水平面，像三层小楼，离远看，很有气势。河水上涨，沿河家家建造的房子就好像一艘艘停在岸边的船。

　　曾祖母那天眼里的小沥河跟往日有些不同，河面上船只寥寥，河水也在不断地翻腾。曾祖母微皱着眉头，河面上吹来的冷风，有着诡异的血腥气。曾祖母的眼神里渐渐浮动着莫名的不安。就在她起身回屋之际，耳朵里传来前所未有的轰鸣，还未弄清这轰鸣来源何处，一颗炮弹便在顺水街炸裂。曾祖母眼见着自己家的粮行眨眼间化为灰烬，长号一声便晕厥了过去。而此刻莫小鱼的曾祖父刚实施了人生的第一次冒险计划，离开自家的渔船上了岸。莫小鱼的曾祖父计划这一天先去码头扛活，再借机打听怎么做学徒。他还打算学会踩高跷，从此脱离渔民生活。

　　日本人扔了炸弹！曾祖父在顺水街上左突右冲，码头上也是一片狼藉，那些水面上威风的货船只剩下一些残骸，鲜血染红了小沥河。

曾祖母醒来之后不仅忘记了观景台，甚至忘记了白天黑夜。昔日繁荣热闹的顺水镇一片狼藉。曾祖母的脸上挂着笑容，目光空洞，在街上游荡，累了就坐在路边断裂的青石板上。曾祖母已经不认识人了，她的家成了一片瓦砾，也没有家人来领她回家。但曾祖父认识她，曾祖父说，水草，我到处找你。曾祖父牵着曾祖母，于长河岸边寻找回归长河的渔船，茫茫河面上只有波涛呜咽。

两个人顺着长河岸，漫无目的地向前走，走着走着，曾祖父突然"哇"地发出一声撕心裂肺的长号，他抓紧曾祖母的手腕说，我找不到我家的渔船了，我回不到小渔村了。你不是水草，我也是个孤儿了。

4

莫小鱼在手机上打开地图，那上面出现的版图囊括了世界的各个角落，放大或者缩小，世界尽在手掌之间。曾祖父的故乡存在着，在莫小鱼眼里却如尘埃，如同曾祖父今晨踏上的征程无从寻找。

莫小鱼在长河边搭了条货船，沿长河而下。那货船并不阔大，船尾装着柴油机和船尾舵，船头较为宽敞，堆满了白色泡沫盒包装的货物，里头搭了几块木板，客串成座位。货船行了一段的水路，河面上的太阳就偏西了。

太阳的热力一减弱，初冬的寒气就渐渐浓了。宽宽的河面静悄悄的，枯苇在水道两边组成了绵延的苇墙。

货船船主的女儿和莫小鱼年龄相仿，穿了件大红色的羽绒服，像是一团热情的火焰。女孩子对莫小鱼的造访既不热情也不冷淡。她说，你找人，怎么不带张照片呢？手机上也没有吗？我们这船上来了去了的人太多了，除非要有什么特征才能记得住啊！

莫小鱼想不起来曾祖父有什么特征，在他眼里，曾祖父除了苍老，太普通也太平常，就是人海里一位普通的老人，就像眼前长河里的一滴水。镀金鱼钩！莫小鱼嘟嘟囔囔地说，都是因为那枚镀金鱼钩。

镀金鱼钩？你是说镀金鱼钩？女孩子惊叫起来。我曾祖母也经常念叨镀金鱼钩的。我的曾祖母说，总有一天会有人送给她一枚镀金鱼钩。接着，女孩凑近莫小鱼耳边低低地说，我猜是有人要送曾祖母一只耳环，像镀金鱼钩一样的耳环，这个人不会是我的曾祖父，而是我曾祖母当年的意中人。女孩的眼里流露出狡黠、憧憬的光芒。

货船在一片芦苇丛中荡出了一条水路，女孩望着渐渐远去的芦苇丛，眼里充满了伤感。她说，我曾祖母一辈子生活在渔船上，那个人一定是上岸了，上岸前一定是允诺要送给我曾祖母什么首饰，也许是金耳环。我曾祖母一定是说，我不要金耳环，我要金耳环一样的镀金鱼钩，钓住你。可是，他们一定是错过了，再也没有见面。

你曾祖母在哪里？莫小鱼诧异地问道。

女孩眼里涌上了泪水，她说，曾祖母去世了。莫小鱼心里一阵莫名的惶惑，他说，我的曾祖父和你的曾祖母说的不知是不是同一枚鱼钩，他们也许是彼此要找的人？女孩茫然地摇摇头，表示莫小鱼的困惑也是她的困惑。

女孩见莫小鱼拿着手机发愣便主动说，我们加个微信吧，这

/ 九 珍 /

样，等你高考结束，我去顺水街玩，请你做我的向导。莫小鱼见女孩的眼睛像是一潭湖水，而那湖水里游动着千姿百态的水族，莫小鱼的内心前所未有地涌起一丝情愫，他在女孩的目光里打捞了一丝羞涩。女孩涨红了脸说，你干吗一直盯着我，你看什么？

莫小鱼将目光慌乱地转向水面，渐渐的，那水面上的倒影现出清晰的画面，正是河岸上市井人家的倒影。

除此之外，莫小鱼的眼里还有滚滚不息的长河水。

作于 2018 年 7 月

原载《飞天》2022 年第 3 期

海洋的鱼

1

我是在无意之中发现我的同桌海洋的秘密的。那纯粹是一次世上无法预知的巧合。

下午上课前，匆匆赶来的海洋慢条斯理地拉开书包拉链，但他并没有急于取出课本，而是双手伸进书包一阵摸索，接着迅速地将他的秘密转移到课桌抽屉。尽管海洋的动作迅雷不及掩耳，然而，巧合的是，他的一系列动作被我尽收眼底。之后，我们的目光尴尬相遇了。我的目光是猎奇的，秘密被发现，海洋用焦灼的目光暗示我：别声张，别声张。我虽然读懂了海洋目光流露的台词，依然难掩内心的诧异，我瞪大了眼睛，嘴巴也张得很大，喉咙口的惊奇呼之欲出。情急之下，海洋敏捷地伸手捂住了我的嘴巴，贴近我的耳朵悄声说，这是我的秘密，求你替我保守秘密。面对当时出现在门外的班主任，我当然选择立刻成为同桌海洋的同谋。所以，当站在门外的班主任目光威严地扫视过来时，我立刻强作镇定，尽管额头上渗出了细密的汗珠，脸上却是一副若无其事的表情。

我为海洋保守秘密的同时，内心也浮现了一个渐渐膨胀的谜团——海洋的课桌抽屉里居然游动着一条鱼。有鱼就有水。海洋

/ 九 珍 /

居然将一只蓄满水的长形鱼缸悄悄掩藏在他的课桌里。此刻，他的课桌抽屉就像是流淌着一条飘然而至的河流，而那条鱼在水中畅游。海洋的举动，造成我在课堂上与一个鱼水情深的世界共处，恍如梦境。

班主任站在了讲台上，表情严肃，语气也是严厉的，授课之前，他的开场白依旧，同学们，今天距离上战场又接近了一天，希望大家争分夺秒，夺取各自人生的高地！接着，他边翻动手中的书本边说，请大家打开课本，我们开始上课。教室里响起了翻动书本的哗哗声，这声音却在我的脑海里汇聚成河水的喧哗，滔滔不绝。

我机械地翻动着课本，目光却溜向海洋的课桌，海洋课桌桌面上的书本铺天盖地，毫无破绽，那条暗藏生机的河流在这个局促的世界里掩藏得天衣无缝。我瞥了一眼同桌海洋，尽管是匆匆一瞥，海洋却敏捷地回应了我，眼神里都是讨好的意味。

2

课间，我脑海里的水声依然没有消退，甚至有越来越汹涌的趋势，这些前仆后继的水声不绝于耳，直接淹没了班主任的授课内容。好不容易下了课，班主任却不解风情，他并没有急于离开教室，而是走下讲台，背着手在课桌间来回巡视，还不时帮学生整理课桌上摆放凌乱的课本。

多数同学伏桌小憩，有几位同学聚在一起小声地讨论着习题。我和海洋纹丝不动地坐在座位上，不约而同埋头书本，貌似沉浸在课本的世界里。当班主任从我们身边踱过时，我甚至窥见他流露出赞赏的目光。终于，班主任走出了教室。

我和海洋相视一笑，彼此心照不宣。我内心的谜团铺天盖地，海洋设计的谜面，我自然迫不及待要他揭开谜底。怎么回事？我瞟了一眼课桌，内心似乎又被水声鼓动起来，那条鱼跃然于脑海。我央求海洋，让我看看那条鱼。不能看，会被别人发现的，我也是第一次带来教室。海洋压低声音拒绝了我。你到底想干什么？你从哪弄来的鱼？为什么要带到教室里？遭到拒绝，我不由提高了声调。一丝惶惑从海洋的脸上滑落下来。他贴近我耳语道，下午放学后，你跟我走，我都告诉你。

3

放学后，如同将这条鱼带进教室，海洋又将这条鱼悄然带出了教室。我俩背着书包随着潮水般的同学涌向校门。大家的书包里都是五花八门的课本，海洋背负的却是鲜活的生命，或者说海洋和这条鱼是融为一体的。一条鱼与河水诠释的另一种格局，深深打动着我。我和海洋保持步调一致，海洋走得很慢，步调平稳。仿佛河流在伴随着我们，而我们都是游动的鱼。

我们学校所处的小镇，地处淮北平原，南面淮河。像这片土地上星罗棋布的所有乡间小镇一样，历久弥新，是撑起这片大地的脊梁。而那河流便是贯穿其间的血脉，生生不息。

学校坐落于小镇老街中心的繁华地段，离开了校门，就远离了繁华。穿过人车纵横的杂乱街道，途经狭窄悠长的一条小巷，小镇便落寞地留在我们的身后。

镇外，一望无际的田野坦然敞露着广袤的胸襟，将我们的视野无限地放大。目光所及似乎到达了世界的边缘。初秋傍晚的平原，到处是丰收的景象，庄稼地里玉米、大豆丰收在望。远处的乡村公路上，一辆迟归的收割机正吃力地驶上柏油大道。近在眼前的一条小路仿佛是远离喧嚣尘世的一道帷幕，弯弯曲曲引领着我们走向田野深处。

越过一片花生地，又爬过一个土坡，海洋停住了脚步，指着近处的村落说，穿过了这个村子就可以看到淮河了。我家也在淮河岸边，我对海洋说，内心油然升起豪情，语气不免夸耀。长这么大我已经习惯这样介绍自己的家乡，而事实上对于居住在淮河岸边的人们来说，淮河占据在内心的分量远远胜过自己的家。你家就在这个村子里吗？我边问海洋边向远处张望着，薄暮之中村庄尽现寂静祥和，夕阳洒落其间像是天际流至人间的语言意味深长。

伫立于此，除了风，以及无语的田野，我们的世界天高地远，任何泄露的秘密都只能成为我和海洋的秘密，对于其他人始终还是个秘密。我迫不及待地说，你带我到这儿是解开谜底吧？海洋既不点头，也不摇头，仍然眯着眼睛望向远处。我追问道，你到底要干什么？海洋不回答，依然望着远处，像是在欣赏无尽的风景。看着天色渐晚，我催促道，你快说啊，你跑这么远，到底干吗，学校的晚饭就要没了，很快就要到夜自习的时间了。

海洋仍然没有回答我的问题，但他加快了脚步。走下坡地，沿着村道，我跟着海洋走进了村庄。这村庄我虽从未造访，却有似曾相识的亲切感。我们都在淮河边的村庄出生成长，还没有去过远方，村道，院落，大槐树，榆树……这是我们最熟悉的景致。穿过村庄，来到了淮河河滩上。虽已入秋，河滩上成片的青草仍然长势茂密。远处，淮河水缓缓流淌着，深沉，宽广。我说，这个村庄和我们庄没啥区别，你家在这吗？海洋却说，我是在这儿收留它的，我还是在这儿把它送回家。

谁？你说谁啊？一路上，海洋答非所问，讳莫如深，早就让我心烦意乱了。我想，这都怪我猎奇的心理，可我又无法摆脱内心的好奇。

鱼。海洋终于明确地回答道。但他的答案既像是揭晓了谜底又像是布置了谜面，令我疑惑顿生。你说什么？跑了这么远，你就是为了放生？内心惊疑，我的质疑声不免响亮。乡村的寂静也无形中提高了我的音调。回首望去，却见村庄里冷冷清清，多数人家关门闭户，院落前杂草丛生，少数有烟火气的人家也是一副寂寞表情。一时间，我觉得这个村子的寂寥也浸润到我的内心。既然要放生，学校校园里的池塘不就行了，何必又要藏在课桌里，又要跑这么远？我觉得海洋有些故弄玄虚。同时，对自己的好奇也懊悔不迭。

发了一通牢骚，我果断地说，不就是一条鱼吗，你自己到河边去放生吧，我先回学校了。

海洋没有挽留我，却代替他的鱼挽留了我。他说，这条鱼代表我们去探访淮河的心灵，你难道都不能与它郑重道别吗？说着，他蹲下身子取下书包，小心翼翼地捧出了鱼缸，将那鱼缸托在手掌之上，像托起稀世珍宝。一缕夕阳照射过来，水与光交相呼应，那条鱼浑身闪烁着金色的光芒，看上去奇妙绝伦。光与影的缠绵仿佛将我们带入了远离尘世的奇境。

它在水里也能活，我怎么会在泥土里发现了他？海洋端详着手中的鱼，像是自言自语，又像是痴人说梦。期待了这么久，我终于面对海洋的秘密了。此刻，它又不是秘密，它是呈现在眼前的一幅生动的画，画的内涵丰富复杂，人与鱼的亲情，人与河水的亲情，异常浓厚。一条来自河流的鱼，对人类的拜访仓促而友好，它携带的是一条河流淌的奔放情感。鱼既深谙河流的心灵，也洞悉了我们的内心，它的游姿优美，湿漉漉的眼睛流淌的目光温柔至极。顷刻之间，我理解了海洋，这难言的情愫确实无法割舍。

海洋小心翼翼地将鱼缸里的水慢慢倒在我们脚下的泥土里，随着鱼缸里水量的减少，那条鱼不再游动，它体态优雅地伏在缸底温情脉脉地与我们对视，表情平静。最后，它的嘴唇翕动了一下，像是与我们道别。摆摆鱼尾，纵身一跃，一道金光在我们眼前一闪。那条鱼竟然凭着自己的力量，轻盈地越过了缸沿，跃到了泥土之上。尽管不是投身于水，接近土壤，那条鱼依然游动自如，像是荣归故里，它的身姿摇曳，体态灵动，仿佛将我们也带到了水面之上，这是鱼的神奇，也是我们脚下土地的神奇。

海洋跪在地上，双手在泥层中不断地挖掘，他说，你看这底下的土层是湿润的，这下面一定连着淮河的水脉，我们找不到，鱼这种生灵却能轻易造访。说话间，那条鱼在我们眼前消失了，这里距离淮河水面还有一段距离，我不禁有些担心，我说，它能游到河边吗？海洋又一次答非所问，他说，我是在这里收留它的，我就把它送到这儿。若干年前，这里也许曾是它的家，只不过，现在土层覆盖了水。

海洋拿着鱼缸，注视着脚下的土地，青草生机盎然，覆盖了土壤，也掩藏了那条鱼的踪迹。见海洋脸上都是依依惜别的表情，我说，既然舍不得，干吗又要放了它？海洋说，我得尊重鱼的选择。起初带它走，是我个人的决定，我太草率了。你看，再带它回来选择，它果然选择了自由。

海洋说着，举起手中的鱼缸，他说，你等等我，我去取水。我得把鱼缸留在这儿，缸里蓄满河水，这是我留给它的家。说着，海洋迎着淮河跑去，金色的夕阳在他的身上跳跃，仿佛为他罩上绝世无双的铠甲。我望着奔向淮河的海洋，恍惚间觉得他也是游向河流深处的鱼。

4

海洋是今天中午在这里发现这条鱼的。

对海洋来说，今天是个特殊的日子。中午放学后，他急匆匆地赶回村庄。今天是爷爷的生日，他来探望爷爷。越接近村庄，他的脚步越缓慢，他来探望爷爷却不愿惊动爷爷。海洋指着脚下说，我走到这里腿就抬不起来了，像是被一种力量牵引着，我跪倒在地上。膝盖落地，身体亲近泥土，仿佛已回到了爷爷的身边。他将头埋在青草之间，这是在模仿爷爷的举动，爷爷种了一辈子地，对土地有着深厚的感情，每年丰收之际总是用如此的举动亲近土地。就在海洋脸颊贴近泥土时，他觉察到了异样。那条鱼伏在泥土上，在青草的缝隙间聚精会神地凝视着他。对视片刻，海洋轻轻拨开杂草，像是期待着一场重逢；仿佛和海洋拥有相同的夙愿，当海洋贴着地面面向鱼摊开手掌，鱼毫不犹豫地跃到了海洋的手掌上，用腹部紧紧贴着海洋的手掌，像是老朋友重逢后的拥抱。

安置了那只鱼缸，海洋还心存顾虑。海洋说，其实自从与它亲密接触，就觉得和它不可分割，后来我把它放在鱼缸里，它都是顺从的姿态。但是我还是想给它自由，尊重鱼儿自己的选择吧。海洋说得很郑重，他说，一条鱼陪伴我们的时光，应该由鱼来做

/ 九 珍 /

决定。也许这条鱼注定只该陪伴我半天时间。也许它愿意回到我的身边，还会回来找我的。

他说，明天这个时候，我再过来。海洋和鱼的约定，没有话语，却似乎交换了心灵，也交换了灵魂，在冥冥之中也打通了人与河流的通道，同时也打动了我。我说，我也来，我和它也有个约会。

出于礼貌，离开河滩之前我说，我去拜见一下你爷爷吧。海洋却摇摇头，指着远处一座孤零零的坟茔伤感地说，我爷爷年初去世了。海洋转向我，薄暮下，他的目光飘忽不定。

海洋的家，就在村庄的最东头。海洋中午打开的院门还敞开着，站在院门外一目了然，房间收拾得窗明几净，院子也打扫得干干净净，每一处细节都透露出日常生活的井井有条，但里里外外空寂无人。海洋将院门关紧，随手挂上锈迹斑斑的一把锁，解释说，我隔段时间就会回家打理一下。中午居然找到了小时候养鱼的鱼缸，这么多年了，它还完好无损，像是为这条鱼预备的。

我们回到大路上时，没有遇见人，却碰见了一只狗。尽管那只狗凝视我们的目光不怀好意，但海洋对它很友好，他根据狗的毛色很快给狗起了名字，凭着这个名字，狗也放下了戒备之心，一边享受着海洋的恭维，一边将我们带到了一户人家门外，轻轻一推，门便开了。爷，有没有晚饭，俺想讨口饭吃。海洋一边抚摸着那只狗，一边站在屋门外扯着嗓子喊道，那只狗也随声附和狂吠起来。我想，这应该是海洋熟悉的老邻居。

这家的院落不甚整齐，西边厢房的墙角堆着一张渔网，多情的蜘蛛在上面又结了几片蜘蛛网，颇有锦上添花的意味。门一开，跳出了一个男孩子，四五岁的样子。男孩好奇地打量着我们，一根筷子粗细的辫子甩来甩去的，萌态可掬。男孩身后是一位老大爷，很瘦，皮肤黝黑，他冲我们笑了一下，露出了一口赭黄色的牙齿，每一颗牙齿都历数烟熏火燎的岁月沧桑。

老人的手指间依然夹着烟，烟味很呛，但老人似乎对这浓烈的烟味还不满足，连着猛吸了两口，又连咳数声，最后吐出一口浓重的痰。他问道，你们两个娃不在学校里，跑出来干啥？

海洋抢先回答道，没啥，就是想吃屋里头蒸的馍。

老人接着吸烟，连着吸了几口。室内，电视屏幕上突然呈现了茫茫雪花，那男孩眼疾手快，奔上前很老练地拍了两下电视机，画面即刻清晰了。

渔网好久没用了，海洋指着那渔网道。老人不搭腔，想了想说，船搁置久了，也没法用了。我四下打量，并没有看到船的踪迹。老人将我们让进屋，端出了馍，满满一大盆。吃吧，新麦蒸的。说着他又从身后的箩筐里摸出了几根黄瓜，那黄瓜躺在他干枯的手掌之上，愈发清脆诱人。

家里来了生人，小男孩未露丝毫怯意反而欢天喜地。见我们吃起馍来狼吞虎咽，他咧着嘴咯咯笑了起来。我逗他说，你告诉我你几岁，我给你糖吃。他摇摇头，忽然又腼腆起来，收住了笑，一双眼睛仍然牢牢盯着我们，仿佛我们是动画片里的卡通人物，让他兴趣盎然。待我们离开时，他紧随我们出了院门，尾随我们走到村口，站在路边眼巴巴地看着我们远去。走出很远，我一直不忍回头，我的背影告诉我，那男孩的目光一直跟随着我们走进了茫茫暮色。回到镇上，已到了掌灯时分，稀稀落落的灯火，照耀着我们脚下的路。直到学校门口，海洋才开口说话，他说，小男孩的父母常年在外打工，我和这小孩一样是爷爷带大的，我知道他很孤单，不舍得我们。

不知为什么，回去的路上，海洋的书包空了，我们的心却未因此轻松，反而沉重起来。

<h1 style="text-align:center">5</h1>

夜自习，海洋的课桌抽屉里堆满了课本，我却感觉空荡荡的。海洋坐在座位上盯着课桌，神思恍惚。我拍拍他的肩膀，他像是突然从恍惚中醒来。他说，我没想到，我无法忘记它，那条鱼的命运不知怎样了？

终于熬到第二天下午放学，我和海洋迫不及待走出校园。

田野里，初秋的景致依然是精彩的。成片的玉米、大豆、棉花，扑面而至，这些庄稼的待客礼仪友好、诚恳、自然、周到，令人心怀感恩。夕阳一路随着我们的脚步跳跃，行走在淮河岸边，我和海洋也恰是一道风景。

走到村口时，昨天那只狗蹲守在一棵槐树下，像是守候多时，见到我和海洋立刻兴奋地叫了起来，我想这一定是只寂寞孤单的狗。

狗的狂吠并没有掀起多大的动静。村庄依然是安静的。而这静谧使我和海洋似乎也陷入了寂寥之中。

鱼缸还在原处。没有鱼，那其中的水面色平静。这该是预料之中的结局，海洋却面露沮丧，他说，我不该放了它的，这样也许会害了它。海洋蹲下身子，捧起鱼缸。就在他起身之际，我们眼前划过一道耀眼的金色光芒，一条鱼跃然进入鱼缸。一定是昨天的鱼，一定是海洋的鱼，它如约而至。有了鱼，那鱼缸在海洋的手中便生动起来。它所展现的画面，美轮美奂，让我和海洋恍如身处梦境之中，我们都无法相信眼前的现实，尽管这是我们期待的结果。

有了一次失而复得的经历，不可否认，这是一条神奇的鱼。

它是我的鱼，我是它的海洋。海洋兴奋地说。他亲昵地抚摸着那条鱼，鱼也在水中挺直了身子，嘴巴贴近海洋的手掌。

我们带着鱼离开村庄时，路过那户人家，院落里倾泻着温柔的灯光，海洋从口袋里掏出了一包水果糖悄悄放在院子里的小桌上，这次我们并没有耽搁，而是及时赶回学校吃晚饭。

6

和鱼儿结伴而归，我们的脚步轻快了很多，旷野一片寂静，仿佛在侧耳聆听我们的脚步声，风景依旧精致，一切都脉脉含情。

临近学校，我和海洋却迟疑了，不约而同停住了脚步，站在路边的暗处面面相觑。鱼在海洋的手心里，这毕竟是一个秘密。假如我们继续我们的喜悦，将这条鱼带到学校，一定会掀起轩然大波。虽然它是一条鱼，但同时它是个秘密。我们该如何掩藏我们的秘密？在这人世间，鱼的奇异有多少人能够懂得呢？

我和海洋物色了一处僻静处，将鱼缸小心翼翼地放进了他的书包。我看着海洋背着书包的背影不免忧心忡忡。显然这只是权宜之计，却不是长久之计。

我和海洋不仅是同桌，还同处一室。最初，这间房是我母亲千挑万选后租住下来的。我的家虽然在淮河岸边，但那历经几代人繁衍生息的老屋已闲置多年。我父母当年赤手空拳在城市打拼多年，终于时来运转，靠做建材生意发家之后，首先就是买房子，不仅在县城买，在省城也买。在县城买了房子之后，母亲对生活品质有了更高的追求。她感叹说，以前住在乡下，我最羡慕镇上的人了，现在，在我眼里，这镇上连个合适的居所也没有。父母搬离了家乡，因为户籍归属又因为我所在学校声名远扬的升学率，我仍然留在这儿读书。母亲替我租下这房子后，我便成了名副其实的寄宿在家乡的过客。而父母对我的期待就是考个高分，比他们走得更高更远。海洋和我情况相近，所不同的是，他的父母在外谋生经济收入有限，父亲做瓦工住在建筑工地，母亲做家政住在雇主家里。由于我拒绝母亲陪读，出于善意，也出于私心，我母亲同意海洋与我做伴。海洋俨然也是寄居在家乡的过客。

既是过客，又在何处寻觅到鱼儿的居所，或者在我们在朝夕相处的人群中，如何物色到一双欣赏这条鱼的慧眼，让鱼儿居有定所？

由于学校不断扩张，爆棚的生源令学生寝室紧张，小镇上的多数居民，凭着得天独厚的优越条件，将家里的房子出租，成了备战高考学子的房东。我们的房东黄姐，丈夫在县城经营着一个水果摊，女儿卫校毕业后远在广东谋职。她将家里的房间打断间隔，又在院子里也加盖了活动板房，悉数出租。

我母亲第一次带我来见房东时，说房东是我的远房姨妈，后来我发现租户都称她黄姐，她答应得清脆而爽快，包括海洋，我便也入乡随俗喊她黄姐，这个称呼确实很亲切。但称呼上的亲切，并不代表实质关系的亲密。事实证明，房东黄姐不仅不接纳一条鱼，甚至都没法接受一把门锁。

鱼儿到来的第二天，我们出租屋的房门上了锁。去学校前锁门时，鱼儿留在室内，落锁的刹那，我们忽然有了离开家的感觉，家的感觉其实很简单，一方空间，你走时留下期待，归来时感受温馨。但我们放学回来时，方寸大乱。

远远的，就见房门洞开，室内灯火通明，黄姐正跷腿坐在小屋门口。见了我们，她站起身伸了一个懒腰讥讽道，有我把守，你们俩还锁门，有什么用？我用斧头一砸一推就打开了门。我以为屋里有什么值钱货，什么都没有，锁门弄啥？海洋推开理直气壮的黄姐，赶紧进屋，见他的鱼安然无恙，才长舒一口气。海洋瓮声瓮气地说，我们屋里有鱼，当然锁门。黄姐笑得花枝颤动，她说，为了鱼更不必锁门了，我们这儿从来没出过贼，何况有我在，租户这么多，回头都要锁门，我得花一大笔钱买锁的。

那天夜里，我和海洋执意锁门。半夜时却闻听屋外传来猫的叫声，透过玻璃就见一只猫围着我们的出租屋跃跃欲试，鱼儿对于猫的诱惑凡人无法想象，鱼儿所面临的危险也触手可及。

海洋决定带着鱼儿上学，或者说让鱼儿陪伴他上学。海洋说，不仅是因为来自猫的威胁。还有责任。海洋做出这个决定时，鱼儿沉默不语。它的身份扑朔迷离，一条脱离河流委身海洋的鱼，也许它背叛了河水，也许被河水驱逐出门，这其中一定有难言之隐，或者它肩负使命，承载着河水的重托。鱼与水的关系，我们无法细究，鱼与海洋的不解之缘更是无从探究。

但鱼儿既然信赖海洋，海洋就无法辜负鱼儿。这条鱼的命运就握在海洋的手中，海洋责任重大。让海洋做出这个决定还有一个原因，与鱼儿短暂相处的这段时间，海洋强烈感受到鱼儿给他带来的内心的宁静。海洋说，自从鱼儿到来之后，他总是能够联想到河流，河流深谙时光的流逝，却从容地面对，河流的广阔和深邃让他敬重，而世间没有人能漂过时间的长河。心怀敬重，他的心就安静下来了。只有心静下来，海洋才能亲近那些课本上的

/ 九 珍 /

知识。这样一来，鱼儿的命运似乎又决定了海洋的命运。

鱼畅游在鱼缸里，活力无限却又沉默无言。它像是深谙自身的地位。鱼儿一定清楚自身所带来的寓意，它所体现的生命的价值无以言表。

与一条鱼亲密接触之后产生的触动，海洋一定比我更加深刻，这段时间，海洋的成绩突飞猛进。阶段考试，海洋荣登榜首，我虽然屈居第二，但也有了很大的进步。

鱼儿的世界我们不懂，但是我们似乎领悟了鱼儿与水的窃窃私语。它带给我们的是一个明晃晃的世界。与鱼儿相守的时时刻刻，我们仿佛是在和鱼儿安宁、纯净的灵魂相处，也是在和河流的灵魂相处。

我和海洋常去淮河边为鱼儿换水。鱼儿和我们形成了默契，去往河边的路上，鱼儿就会发出奇妙的声音，像是鱼儿唱出的欢歌，而那奇妙的声音总是让人精神焕发。

这期间，我们常和这村里的村民照面，多是些老人和孩子，都是海洋的老邻居，有的还是本家亲戚，他们很羡慕海洋和这条鱼的奇缘。那位老者还特意问我们，为什么不再去俺那里吃馍，是俺家的馍不好吃吗？他看我们的眼神流露出深深的惋惜。他凑近鱼缸眯着眼睛看了好一会儿，遗憾地说，我老了，鱼认得我，我却不认得鱼了。你们可得好好待它，可不能伤到它。他一再叮嘱我们。

海洋因此总结说，这鱼儿应该是大家的鱼儿，是淮河的鱼儿，鱼儿离不开淮河，恰如它不应该被遗忘。自从与鱼儿为伴，海洋变得善于思索也变得深刻了。

　　月考之后，学校难得放了半天假，我和海洋还有鱼儿又一次离开小镇来到了田野。这一次，我们延长了行走的路线。穿过海洋家所在的村庄，沿着河堤乡村大道一直向前。沿途所见村庄几乎是一模一样的格局，我想若是异乡人定会迷路的。但我们不会，在我们的眼里，每个村庄都有自己的秉性和姓名。河边的乡村公路和旷野一片寂静，却又处处都是生机，河流伴随着我们流淌得缓慢而从容，走了这么远，有鱼相伴，我和海洋也像是对河流进行了一次探访。我们伴着淮河长大，却忽略了这样的探访。海洋说，总有一天，我们会追踪溯源，触及河的灵魂，这才是真正的成长。这也算是对淮河的回馈。我想，这是鱼儿带给我们的提示。

　　经过一片树林时，海洋停住了脚步。他眯着眼睛注视着树林间躺着的一条坚实的小路，像是遇见了久违的亲人，嘴里边自言自语，小路还是没有变，小路还是通往那个方向。我挤到海洋的前面，想用自己的视线取代海洋的视线，海洋不由分说推开了我，像是投入向往已久的怀抱，他捧着鱼儿迎着小路迈开了脚步，路面狭窄我只好尾随在海洋的身后。一踏上这条小路，海洋便加快了脚步。我们去探访的是小路尽头的一户人家，这户人家院门紧锁，院前有一棵高大的槐树。槐树下积满了落叶。海洋将鱼缸交给我，不由分说翻墙进了院子。我没有海洋那么急迫，但对海洋的急迫很好奇，我原本想从门缝里猎奇，不想，那门上的锁到了弱不禁风的风烛残年，贴近大门，锈迹斑斑的它自行脱落了。

　　海洋进了西厢房。显然这曾是一个女孩的闺房。斑驳的墙壁上挂着一面小镜子，紧挨着镜子的是几枚铁钉，有一根铁钉上还缠绕着女孩使用的发带，褪了色，像是枯萎的花朵。墙角躺着一张床，裸露着床板。窗下有一张三屉桌，桌上堆着厚厚的尘土，窗子很高，室内光线暗淡，似乎在断断续续诉说着昨日的往事。海洋拉开一个抽屉，翻出一些照片，那些照片画面已模模糊糊，其中有一张是一个女孩的单人照，霉斑腐蚀了她的身子，她的一张脸却安然无恙，尤其是那脸上的笑容，依然鲜明生动。海洋端详着那张照片，指着女孩说，她是这间房屋的主人，我们都叫她黑牡丹。

我打趣道，是你的女朋友吧，要不就是你的暗恋对象。

海洋点点头，坦然道，她很漂亮，初中时，我们班的男生都喜欢她。

追她啊，这么漂亮。我羡慕地说。

海洋摇摇头，追不上，初中毕业那年，她就去了省城打工。

海洋牢牢盯着那张照片，像是要用目光索取女孩的全部。我到现在都喜欢她。海洋看了我一眼，自嘲地笑笑，深情地说，明明知道不可能，还是会经常想起她。

向她表白啊。我怂恿道。

海洋慢慢转过身，将视线移到对面墙上一扇很窄小的窗户，窗外迟暮的亮光模模糊糊。谁知道她后来又去了哪儿？海洋坐到那张床上，保持着一个姿势闷头坐着。一阵沉默之后，海洋逐一浏览房间的每个角落，目光惆怅。

再次踏上那条小道时，我回头望去，院落完全沉浸在暮霭中，像是漂泊在汪洋中的一条船。

天还没有黑尽，月亮已经升起来了，淡淡的月光洒在田野上，也洒向淮河，那水面上的波光便有了光与水的交相辉映。海洋指着河面说，那是淮河凝望我们的目光，它每时每刻都在注视着我们人类。

灰白的路面躺在我们的脚下，这路面上也像是落满了月光的脚印。海洋指着河滩说，我和黑牡丹从小玩到大，小时候我们在那边成过好多次亲。初升的月亮躲在了云层里，河滩上的月光便显出了矜持，仿佛也掩藏了一个少年的心事。

听说黑牡丹挺能赚钱的，她就更不会回来了吧？海洋认真地问我。我不是黑牡丹，一个陌生女孩的谋生历程我无从知晓。我说，高考结束，你去找她呗，向她表白。海洋的目光亮了一下，随即他垂下了眼皮说，我没有理由。我也没有理由说服海洋，只好缄默不语。

景色很美，却只有我们两人在欣赏。太寂静了，静得让人心里面住不进风景，相反涌进来无尽的寂寞。

一阵风过后，淮河水拍岸的声音传来，后浪拍着前浪饱含激情。海洋注视着淮河，侧耳倾听。这样的环境对鱼是最好的天堂。我不明白，它为什么还是要回到鱼缸里，跟着我们走。许久，海洋嘀咕道，语气里有一种说不清的困惑。像是为海洋答疑解惑，一直趴在缸底的鱼儿突然在鱼缸里上下游动起来，动作幅度很大，激起的水花纷纷跌落在我们脚下。海洋停住脚步，端详着手中的鱼儿，许久，像是豁然领悟了不可言传的真谛，海洋郑重地说，鱼儿忍辱负重，无疑肩负着河流的某种使命。海洋说完，鱼儿便沉到缸底，凝视着我们，它的眼睛里流动着河流。将来无论去哪儿，我想我会回来的。海洋最后说。

/ 九 珍 /

8

自从带着鱼儿来上课，为确保严守秘密，我们从不同时离开课桌。这种无声的陪伴，我是不知不觉加入进来的，我坚信这是鱼儿的魅力。这天下了课，我和海洋轮流去了洗手间。双双坐定，班主任便怒容满面地出现在我们的眼前。不由分说，将我俩从课桌边拽了起来，然后用力拉开课桌，班主任的力气很大，撞翻了前一排的课桌，跌落的书本砸在前排女生的脚上，那女生尖叫了一声，随后就咬紧了嘴巴，胆怯地让到了墙角。

班主任搜出了那条鱼！他将鱼儿紧紧抓在手上。海洋见状首先怒声向围观的同学问道，谁告的密？而我想的是谁泄了密，除了我和海洋还有第三个人知晓了这鱼的存在？教室里的气氛瞬间紧张起来。

放下我的鱼！海洋的声音很大，我们谁也未曾这样冒犯过班主任。

班主任非但没有放下鱼，而是抖动着手中的鱼，神色悲戚，都什么时候了，你还搞这些？你到底要怎么样？他手里那条无辜的鱼，惨遭劫持，此刻全身黯淡无光，一张嘴不断地翕动着，像是发出无声的求助。

把我的鱼放到鱼缸里。海洋不回答班主任的责问，却倔强地拿起鱼缸，举到班主任眼前。

我们的时间是宝贵的，不能因为你耽误大家的时间。班主任命令海洋，你站到后面去听课。这是班主任一贯惩罚违纪学生的手法，执行至今未见学生违背。海洋站在原处一动不动，他说，让鱼回到鱼缸里。遭到了海洋的违抗，班主任的脸涨得通红。僵持间，上课铃声突然响了，任课老师来到了教室，得知了事情的原委。他斜眼打量着那条鱼，当然咨啬观赏的目光，面露百思不得其解的表情，挑剔地说，不过是条普通的鱼啊？

他边教训海洋边打圆场，取下班主任手中的鱼说，你们这些学生为什么将自己的前途当儿戏，居然会为一条鱼自毁前程。

它是与众不同的生命。它信任我，我要对它负责，我有责任保护它，它还负有使命。海洋试图阐述这条鱼的来历与神奇。我也想上前帮腔，还未张嘴，班主任便冲我怒喝道，闭嘴！任课老师也怒气冲冲地说，你一个高考生不对自己的前途负责，却为一条鱼负责，荒唐。莫名去信任一条鱼，我看你这是愚蠢至极。任课老师的这句话，仿佛让那条鱼受到了侮辱。

话音刚落，只见任课老师双手颤抖，连声惊叫，像是受到来自神秘力量的刺激，那条鱼在他手中剧烈抖动起来，频率很快，令人目不暇接，只见一道刺目的光芒划出了绚烂的色彩，任课老师不由得松开了双手。接着，那鱼儿纵身一跃，跌落在教室的水泥地面上，鱼在地面上摆动着身躯，一副倨傲的姿态，接着便艰难地游动起来。在场的人都呆呆地看着眼前的一幕。没有谁忍心打断一条没有腿的鱼的行程，也无法借它翱翔的翅膀。教室的水泥地面很粗糙，不一会儿，那鱼鳞下的血迹隐约可见，我的心不由得揪紧了，鱼儿忍辱负重的境遇一定触痛了海洋的内心。

扑通一声，海洋双膝着地，扑向了鱼，他双手捧起了鱼，对不起，我没有保护好你，海洋的声音里带着哭腔。一时间，教室里萦绕着凄恻的气氛。两位老师也面面相觑。海洋——我边喊边伸手用力去拉海洋，海洋的双膝却牢牢地粘在地面上纹丝不动，像是一尊雕塑。我只好就势将椅子拉到海洋的腿边，将海洋按坐在椅子上，海洋旁若无人抚摸着那条鱼，动作轻柔，他一点点抹去鱼儿身上的丝丝血迹。教室里静寂无声，仿佛整个空间只有海洋与鱼，而时间也如停滞一般。许久，任课老师醒悟过来，他语气低沉地说，这是上课时间啊，耽误不得。先上课吧。班主任无奈地点点头，抖抖双手，双腿僵硬地走出了教室。

9

海洋的父亲是第二天下午赶到学校的。

父子相见，默默无语。显然海洋的父亲也没有任何主意，或者对这状况有些措手不及。这个精瘦的中年男人，肤色黝黑，满脸疲惫。他问海洋，你不好好念书，也像我这样卖苦力讨生活？父亲自毁形象，一句话说出了无尽的辛酸与无奈。海洋显然深有感触，他看了一眼父亲，眼圈红了。少顷，海洋父亲又说，要不你就不上了，你哥哥念书少在外面也赚了钱，我也没那么重的负担了。海洋不回答，那天后他变得沉默寡言。

夜里，海洋的父亲在我们的出租屋打了地铺。他坚决不肯与我们调换，坚持说，学生娃太辛苦，身子单薄，不能睡在地上。争执之后，海洋倒头躺在床上，房间里传出他压低的哽咽之声。那条鱼在夜色里和我们一同守着月光，月光之下，它的世界闪动着光晕。

我感到非常伤感，这世界的光芒永远不会消失，一条鱼的光芒又该如何破解？这样胡思乱想，直到天亮时才昏昏睡去。但很快又被一阵响声惊醒了，我睁开眼睛，只见狭窄的空间里，海洋父子正在进行一场较量。海洋的父亲一手举着明晃晃的一把刀，一手抓紧了那条鱼。他的两只手腕又被海洋紧紧钳制着。那条鱼在海洋父亲紧握的手心里急促地抽动着尾巴。

　　杀了，炖着吃了，不就啥都解决了。海洋的父亲扭动着双手生硬地说。话音刚落，他手中的菜刀便被海洋夺了过来。夺过了菜刀，海洋的脸色却瞬间暗淡无光，他举起菜刀狠狠地向自己的手腕一抹，刀锋与手腕擦肩而过，海洋将左手中指割开了一道血口子。瞬间，海洋眼里的泪水与指尖的鲜血倾泻而出。

　　海洋高高举着手指，面对着鱼儿像是举着宣讲誓言的旗子，殷红的血液顺着海洋的手指一滴滴，融入鱼缸里，顷刻间，那条鱼像是来自海洋的身体，它和海洋血脉相连。

　　血液同样冲击了海洋的父亲，这个中年男人脸上也布满了血色。他慌忙扯下一条毛巾，上前紧紧捂住海洋的手指，怒声斥责道，难不成为了条鱼要搭上自己的命？海洋说，鱼也是生命，是我从黄庄带回来的生命。他父亲听到黄庄这个地名，身体陡然一振，挺直了佝偻的腰板说，黄庄的？咱们黄庄的？待海洋包扎好手指，海洋的父亲端详着鱼儿，脸上露出了向往之色，他说，我一直没回去，你能常回去很不错，你是个懂事的孩子。得到了父亲的褒奖，海洋并不领情。他梗着脖子说，我那天是为爷爷回去的，我也是为你回去的，我也是为鱼回去的。父亲抬眼看海洋，眼神诧异。海洋说，爸，我五岁起你就去城里了，我要把咱家守得像个家。咱黄庄的鱼就是淮河的鱼，鱼离不开淮河，咱也离不开淮河，我要守住淮河的鱼。

10

　　这天下了夜自习，我和海洋走在昏暗的路灯下，街上的人家都关门闭户。入冬后，天气陡然寒冷了起来，海洋戴了手套捧着鱼缸。海洋父亲离开后，学校并未对海洋做任何处理，这个违纪行为甚至得到了纵容，学校允许海洋与鱼儿结伴读书。也许，学校在意的是海洋优异的成绩。

在街角拐弯处，有个中年男人立在墙角吸烟，如果不是那忽明忽暗的烟火，他的一身黑衣足以让他淹没在黑夜里。我和海洋路过那黑衣人时，他便尾随了上来。这引起了我和海洋的警觉，我俩在黑暗里交换了眼神，加快了脚步，那黑衣人也随之加快了脚步。

就在我们进入院子时，黑衣人捷足先登，一脚跨在门槛上，拦住了我们的去路，他说，给俺瞧瞧那条鱼。海洋本能地将鱼缸收到了怀里。男人搓搓手，哈了一口热气在手上，似乎预备表示下隆重的态度。海洋果断地说，没什么看的，俺们也不认识你。

我都听说了，学校不让养，你给俺养吧。

海洋警觉地问道，学校里的事你怎么知道的？男人搓搓手，这是啥鱼？白天你们学校不让我进。男人凑近鱼缸，嘴里嘀咕着，晚上看不清啊。

多少钱？我买了，不能让你受委屈也不能让鱼受委屈。男人的出发点似乎令人动容，但也令人生疑。

哥——黄姐的喊声在空中炸开，嗓音很脆。冷死个人咧，你买那鱼干啥？黄姐站在走廊上冲着我们喊道。男人听到黄姐"喔"一声又关上了门，便急急地上楼，一边走，一边奚落我们，不卖给我？我还不一定买呢！也许就是草鱼，万一失手，得不偿失，不让我看就算了。言毕，闪身钻进了黄姐的房间。我们刚打开房门，他又探出头来确认道，小伙子，你是黄庄的吧，我猜你这鱼该是在黄庄一带逮的。

值不值钱，我都不会出卖这条鱼的。我出卖它，就等于出卖我的灵魂。进了房间，海洋坚定地对我说。灯光下，他的目光熠熠生辉。

这鱼到底是什么品种？我问。

不知道。它只有一个身份，是我们的鱼。海洋坚定地说。

寒假的前一天，海洋突然很严肃地问我，你愿意带着鱼回家过年吗？与这条鱼共处，对于我不啻奢侈的时光，我当然愿意。但这意味着海洋与鱼的分离，我内心一阵感动，却也不愿夺人所爱。我说，还是让鱼儿陪伴你吧。海洋却无奈地摇摇头。海洋告诉我，他哥哥在县城买了房子，他们一家在哥哥的新家过团圆年。我真不愿去我哥那儿，我想在黄庄过年。海洋无奈地说，我哥不同意，我父母让我理解他，你说，我怎么理解他？海洋抬头注视着我。

海洋说，我不能辜负鱼儿对我的信任，我哥说了，把鱼带过去炖了吃，否则拿去卖钱。你知道这鱼儿给我们带来的是金钱都无法买到的。听了海洋的话，我意识到，鱼儿从来没有给我们带来过伤害，相反，它身处人类的世界里却危机四伏。我油然升起一股豪情，许诺说，放心，我会待它亲如兄弟。海洋信任地说，交给你我也就放心了。总有一天，我会给鱼儿足够的尊严的。

我和海洋在校门口告别时，海洋恋恋不舍，我想他最牵挂的应该是这条鱼。放心吧，我会为它换水的。我向海洋承诺。我县城的家虽不在淮河岸边，但有一条淮河的支流流经县城。

11

我父母未必重视一条鱼，但他们敬畏神奇的生灵。

这条鱼成了我们家的贵客。但它似乎无法承受这份厚爱。鱼儿到来的当天晚上，我母亲便发现了异常。她忧心忡忡地说，这鱼自进了家门，一直都没有吃东西。我和海洋在学校都是喂它馒头，为沿袭它的口味，母亲特意去超市买了馒头。鱼儿趴在缸底一动不动，我敲打鱼缸，但只有鱼缸徒劳地震动，荡起了一圈圈水波。鱼儿的目光疲惫，略显惆怅，我想它是在想念海洋。没有食欲，也就没有精力游动，它的精彩也敛声匿迹。

就这样过了两天，到了给它换水的日子。父亲提前去支流取了水。鱼儿终于游动了起来，甚至还吞咽了两口漂浮在水面上的馒头。它在鱼缸里游来游去，母亲随着它摇曳的身姿发出阵阵惊呼，鱼儿显然也受到了鼓舞，身姿越发动人。正当我们为它焕发的活力喜笑颜开时，鱼儿突然跃出了鱼缸，啪的一声重重地摔在了地板上。我们都惊呆了，好半天才反应过来。我敏捷地抓住了它，但它用力挣扎着，像是要逃生一样，挣脱了我的手掌，它昂着头，试图游动起来，地面太过光滑，鱼儿不断地在原地打着转。我将鱼缸搬到它的面前，鱼儿却视而不见。

它为什么这么拼命地逃离鱼缸呢？鱼缸毫无破绽，那只能是水了。我终于明白了，它其实是在逃离这鱼缸里的水，那么它要投奔的仍然是水啊，毕竟它是一条鱼，它所有的疲惫和焦虑皆来自对水的背离。同时，它所有的期待和希望也来自对水的向往。

鱼儿已经感受到了河水最细微的变化，它无法接受来自支流的河水。

更何况，鱼所向往的不仅是水，还有河滩，河岸，它们贯穿一体的气魄不可征服。人类正在逐步征服太空，但人类何以征服水？鱼的挣扎正说明了一个简单的道理，我们却轻而易举忽略了。

我的推测得到了父母的认同，也让父母连连称奇，我们当下决定，驱车前往家乡，父亲因此感慨说，这条鱼是淮河的代言。每条河流都有自己独特的鱼，每条河流都有自己独特的秉性。

一路上，父亲驾驶着汽车，若有所思。鱼儿在缸底一动不动。与其说我们陪着它去探访淮河，不如说是它带着我们这些淮河岸边的人去拜访淮河。车子途经学校时，鱼儿忽然在鱼缸里游动起来，整个身姿都在传递喜悦。而它的喜悦也感染了我们。越接近淮河，鱼儿越活跃。父亲说，鱼儿闻到了淮河岸边田野的气息。

将车子停放在村口，我们徒步走向淮河岸边。寒风凛冽，但鱼儿焕发的活力足以抵御严寒。节日的村庄里，很多人家张贴了鲜红夺目的对联，天空中时时响起爆竹炸裂的声音。

将鱼缸里蓄满淮河水之后，那鱼儿将头探出了缸沿，它的一双眼睛湿漉漉的，亮闪闪地凝视着我们，鱼儿的言语在它的身姿里，在它的流水里，此刻它的言语在它的目光里。父亲，母亲以及我都被它的话语打动了，我相信，最初海洋也是领会了鱼儿如此的凝视。

那天，我们留在了家乡，直到开学。

父亲说，这条鱼带着他们回到了家乡，只有来自淮河的鱼才有这样的魅力，也只有生长在淮河岸边的人才能领略这鱼儿的魅力。父亲深有感触，他说，故土难离，有时候我们不如一条鱼。

开学后，我并未向海洋提及这段回乡插曲。海洋回到学校时却和我提到了他的父亲。海洋说，父亲责怪我没有带着鱼儿去哥哥家过年，他最终会接受我的鱼是因为这是来自家乡的鱼，实际上他惦记的是自己的家乡。海洋惭愧地说，可惜，我现在还没有能力改变父母的生活，相反他们还得为我筹备学费。我及时向他

/九 珍/

表白说，这是一条珍贵的鱼，我们一家都受到了触动，我们都热爱鱼儿。我的这些话与其说是向海洋表白，不如说是对鱼儿的表白。

12

小满过后，田野里的麦子渐渐地熟了，收割的日子一过，转眼便到了我们上战场的时候。

高考前三天，学校放假。一早，鱼儿便在鱼缸里上下翻腾，溅起的水花像它透明的言语，海洋和我很快领悟了这些话语的含义。

海洋和我带着鱼儿来到最初与鱼儿相遇的河滩。所有的环节都是初次放生的复制。我们没有说话，但我们心心相印。海洋将鱼缸放在草地上，鱼儿湿漉漉的眼睛凝视我们片刻，轻轻一跃，便消失在我们眼前。

第二天，我们如约而至。只有鱼缸安然守在原地。我们静坐在淮河岸边，直等到月儿升起也未见鱼儿现身。我说，鱼回家了。海洋温和地笑笑说，一切都是天意，整个宇宙都是鱼的家。

河水不说话，河里的鱼四处游弋。隐隐约约，我们看见色彩瑰丽的一条线，在水中粼光闪闪，这水中的美景像是鱼儿与我们的下一个约定，毫无疑问，鱼儿是淮河的使者。它肩负的使命只有真情才能领悟，任何妄加揣测都是对自然的亵渎。海洋无疑成就了鱼儿。

回去的路上，海洋告诉我，黑牡丹曾打电话向他讨要那条鱼，被他拒绝了。

那一年，高考成绩公布，海洋夺得我们地区的高考状元。一时间，海洋以及海洋的鱼成了街头巷尾的谈资。传说，海洋竭力保护的这条鱼是淮河流域失传许久的名贵鱼种，就在我们高考期间，这种鱼开始频繁出没在淮河。还有一种传说，海洋的成绩归功于海洋的鱼。

关于海洋和海洋的鱼，最初只是传说，后来演变成一个传奇。我亲眼见证了鱼与海洋的不解之缘，我坚信，海洋的鱼与海洋的血脉相连不是故事，他们自然也不是故事里的主人公。

作于 2019 年 7 月

原载《奔流》2020 年第 9 期

原生态之旅

1

女孩子的惊叹打破了车内的沉闷气氛。她的惊叹声有些夸张却不令人讨厌，听得出那饱含深情的感叹词更多是源于赞叹，她是被车窗外的美景所震惊。随着她的赞叹，大家也将视线纷纷投向窗外。不知何时，我们所乘坐的商务车已经驶上了一条盘山公路，车窗外的景色不再是司空见惯的高楼、高速公路，而是蜿蜒起伏的、郁郁葱葱的群山。那些绿扑面而来，生机勃勃又不失沉稳、庄重，那些绵延的山的曲线类似于自然的语言，绵长而深情。离城市越远，那些语言也越来越丰富。

我向那女孩投去一瞥，说实在话，相比于窗外的景色更触动我的是她的声音，清脆、响亮，可谓天籁，与此情此景非常和谐。也是这声脱口而出的感叹将她的率真暴露无遗。女孩一直侧身专注于窗外的美景，她的侧影简洁、纯净，令人赏心悦目。或许是我的注视惊动了女孩，她将视线转向我，是那种收敛又略带羞涩的目光，我友好地向女孩点头微笑，女孩脸色微红，同时回报我赧然一笑。

到达这组连绵群山的腹地，汽车终于停了下来。此刻，刚才在车上与我们遥遥相望的群山清晰地耸立在我们眼前，微风轻摇枝杈，飞鸟栖落枝头。这些山距离城市并不遥远，却是自然与人类亲密的另一种表达，它以庄严的姿态，如此真切地成为一道天然屏障，轻易将尘世的喧嚣与世隔绝，它是自然的完美写照。我们俨然来到了世外桃源。

下了车，山里清冽的空气扑面而来，沁人心脾，我不由得内心又是一番感叹。连着吸气吐气，舒展筋骨的同时舒畅心肺。这时候，那在车上发出惊叹的女孩款款向我走来，她礼貌地伸出手并主动介绍自己，您好，徐总，我叫刘青，很荣幸认识您。我有些受宠若惊，忙伸出手握了一下她的手，虽是匆匆掠过，她手心的硬茧却触动了我。见到我和女孩寒暄，我身旁的老刘颔首微笑，女孩子转身瞥见老刘脸上的笑容，脸上的表情变换得让人惊叹，可以这样形容，刚才她脸上流淌的表情还是平稳的细流，此刻，那细流仿佛与疾风相遇，顷刻碧波荡漾。女孩的笑容内容丰富，刘总脸上的笑容同样风生水起，他指着女孩说，介绍介绍，刘青，我女儿。女孩的脸腾地红了，显然，刘总的介绍让女孩稍显窘迫，而我更是愕然瞪大了眼睛。

除了司机，我们此行一共四人，我们三人寒暄的时候，同行的另一位，一位戴眼镜的女士，正不断地按动手中的相机快门捕捉美景。趁刘青不备，我向老刘求证女士的身份，老刘却表情莫测，避重就轻，他说，这次原生态之旅一定会有收获的。

我之所以来到这处世外桃源，还是应该感谢老刘。

我辞职离开公司后，往日那些请示、汇报的电话同时也销声匿迹了。我虽然享受了难得的清静，也同时像一个被生活遗忘的弃儿，尽情领略了孤独和迷惘。只有老刘主动联系了我。在电话里，老刘对我说，徐总，你若不嫌弃，我喊你一声兄弟，公司这些高层中我最佩服你。我虽然在电话里沉默着，但老刘的话像是一股甘泉滋润了我焦躁的内心。老刘还热心地询问了我的住所，得知我还住在原处，老刘在电话里感叹，居住在都市中，时常让人有一种发自内心的无力感，感觉自己被生活物质化了。他说，粉饰的、雕琢的、虚假的，同时又是喧嚣的都市情感缺乏真情。最后，他提议道，我们去亲近亲近自然，欣赏原生态的风景，我来组织一次原生态之旅，咱们放松放松。我欣然接纳了老刘的提议。坦白说，回归自然，领略自然，是荡涤内心的最佳选择，对我不啻黯然夜色中的一盏明灯。我的情绪消沉，不仅因为我辞了职，还因为我同时失去了婚姻。

接到老刘电话时，我正站在嘈杂的街头，内心焦躁不堪。我原本在茶楼约见了一个朋友，这个朋友是朋友的朋友引荐的，擅长发掘人类内心深处的弱点，换句话说，他可以将你内心深处的弱点变得更弱。而他所采用的方式主要就是面对面交流。这位朋友偏爱饮茶，因此我们将治疗内心伤痛的地点选在了茶楼。

我们选定的这家茶楼，颇有仿古风格，门楼是别具一格的木雕。木雕虽匠心独具，其内容却主题宽泛。我每次光临茶楼都以琢磨木雕的主题为消遣，以此安抚我内心的繁杂。据说，这茶楼的前身是百年民居，拆迁时未留下痕迹，再建时为留有古韵便全凭模仿。

我的目光还没有与木雕衔接，却在茶楼外意外遭遇了前妻。短短几天，不过几十个小时，我和这个曾经海誓山盟的女人形同陌路。前妻对我的怨恨显然还处在水深火热之中，四目相对的刹那，唇齿也迎来了一次交锋。在前妻强势的语言攻击下，转瞬之间，我由一名商业精英演变成她眼中的废物，兼具无赖下流的秉性。无论我如何解释，前妻的无理取闹还是吓跑了在场的朋友。我不记得警察是如何规劝了这个疯狂的女人，只清楚我当时的境地很狼狈，我无暇顾及周围一道道陌生审视的目光，只是埋头整理着凌乱的上衣，擦拭着脸上的丝丝血迹，借以强压心头的怒火。这时候，我渴望一个温暖的眼神或者一个微笑。这个女人，一口咬定我在离婚时做了手脚，转移了多数财产，以至于她到现在欠了赌债没法还。她当然不会说欠了赌债，她精明地说，她的生活没有了保障。她指责我对她不负责任，对家庭不负责任，对社会不负责任。前妻的指责像是一把利器将我伤得体无完肤。我审视她的脸，审视我自己，世界在我眼中是如此陌生和冷酷。

　　我做梦也不会想到，一个曾和你肌肤相亲，浑身都散发爱意的女人，转眼间会如此冷漠和刻薄，凭着一张嘴轻易塑造了另一个我，她的污蔑我无心洗刷，我也不屑佐证我的清白。联想到前妻得知我辞职后立刻提出离婚的行为，我感到悲观又绝望。连着喝了两瓶矿泉水，我心头的怒火还是残存着微弱的光芒，我抱着头，蹲下身子，孤独地痛苦地蹲在喧嚣的街头，双眼注视着脚下，希望能寻找到一条缝隙，希望那缝隙是通往另一个世界的入口。老刘的电话就是这个时候打进来的，他的电话亲切而温暖，像是一股甘泉浸入心肺，熄灭了我心头的所有火苗，同时一扫我心中的阴霾。我的眼前呈现了原生态的美景，天空一定是湛蓝的，河水一定是清澈的，田野里生机盎然，山林间郁郁葱葱。这些脑海中频频闪现的景致让我超脱，又让我陶醉。

2

　　商务车停靠的这处山间腹地也是公路的尽头。老刘说，要到达目的地我们还要步行一段山路，卸下简单的行李，老刘便吩咐司机开车原路返回。沿着山路，我们尾随着老刘徒步向前。

现在我们走进群山了，拥抱坚硬和强悍的同时，也是在呈现自己的渺小和脆弱，裸露自己其实是需要勇气的，这时，眼前和身后的群山成了我坦承自己的后盾，我不得不承认，群山已经征服了我。山呈现在眼前的是纯粹的自然，绿色、微风，以及鸟鸣，还有山的气息，厚重、清冽。面对纯粹的自然，人类的所有情绪似乎都被淹没了。因而攀缘山道，我没有沉重的感觉，相反觉得轻松和解脱。就这样感受着新奇，不知不觉我们翻过了一个山头。眼前豁然开阔，回首我们走过的路，刚刚翻过的山，却像是进入群山地界的一道门，翻过它，我们等于是跨过了群山的门槛。过了这道门槛，在群山的开阔地带，安静的小山村依偎在群山的怀抱里，率性地呈现在我们的眼前。曲折的小路，篱笆墙，农舍，流水，偶尔一两只小鸟悠闲地跑到路边的草丛里，又忽然振翅飞上了树枝，放眼望去，耸立在山村后的群山更加巍峨和壮观。

据老刘介绍说，这里是他当年插队生活过的地方。他在这里度过了美好的青春岁月，在这里抛洒过激情和汗水。老刘说，这一带的风貌数十年没有改变。当年，这一片群山里有数个生产队，零星地掩映在山林间。老刘当年所在的生产队队部就设在前面不远处。我们跟着老刘探访多年前的踪迹。走着走着，一排东倒西歪的土坯房呈现在我们的眼前，东头第一间貌似完好，门窗还在，中间那几间完全坍塌了，西头那间却只剩下半扇墙，房梁和门窗早已不见踪迹，无数棵杂草见缝插针，长势茂盛。看着眼前久无人烟的景况，老刘似乎陷入了回忆，他眯着眼睛，久久不曾言语。我们也都沉默着，似乎沿着老刘的思绪在追忆。尽管我们的追忆有些乏力。而今，城市里日新月异，带有记忆的建筑越来越难觅踪迹，我们这些久居城市的人，恐怕也只有深入群山，在这些原封未动的土坯房前才能够引起些许追忆。许久，老刘感慨地说，回忆都是美好的。老刘的感叹言辞简单，却意味深长。我们纷纷点头附和。这时，那位女士显然受到老刘情绪的感染，说话带着颤音，她说，青春是人生最美好的年华。

这时我才留意到，这女士肤色白净，气质文雅，声音也很温婉。

得到了女士的附和，老刘的脸上露出了得意之色。看得出，老刘对这位女士很在意。老刘秘而不宣，对于女人的身份我不好妄加判断。老刘离异后一直单身，前面交的几个女友年轻貌美，这一位却略显成熟，我猜测这是他钟情的红颜知己之一。况且，有刘青在场，既然不避讳女儿，可见他们的关系很亲密。这时，我才察觉刘青正站在远处低头摆弄手机，对于我们的感慨，置若罔闻。我不禁想，毕竟是年轻人，吸引他们的不是过往而是未来。少顷，那女人嗔怪老刘道，跟你网上描述的还是有出入，我们没有看到炊烟。提到炊烟，赶了一下午的路，我们都有些饿了。

像是得到了女人提问的暗示，离开队伍刚走了几步，就见我们的正前方升起了一缕青烟。循着那袅袅青烟望去，翠林绿树间隐约可见青瓦白墙。有了这缕青烟，自然与人类的关系看上去亲密而和谐，我们眼前的群山似乎也显得更让人亲近了。大家发出一阵惊呼，老刘不无得意地说，蓝天，青山，绿水，人家，炊烟。我们眼前呈现的情景也是人间仙境。水呢，水在哪里？女人娇嗔着提出了质疑。老刘安慰说，别着急，跟我走。

于是继续向前，刚走了几步路，便见一条小溪横在眼前，溪流宽阔，溪水喧哗，水质清冽，它像是这座山的生命线，突兀地出现在我们的眼前。女人提出了疑问，小溪是从哪里来，流到哪里去？老刘打趣道，这个简单，从山上来到山下去。女人显然不满意这个答案，坚持顺溪而上，追踪溯源。不料却遭到老刘父女的反对。我没有发言，内心却颇有感触，面对这条小溪，我认为我与时光相遇，流逝的和未知的，那些快乐的，烦恼的都与我坦诚相见，然后宁静地与我挥手告别。因而，我果断地跨过了小溪，不再回首过往，只展望未来，我想这就是此行的目的，原生态的境地其实就是保持这份心境。我的举动也带动了大家，跨过小溪，一直遥遥相对的院落便在眼前了。

3

走进院落，环顾四下，大家才发现，其实这个小山村地处山间，因地势复杂，每家每户都相隔甚远，遥遥相对，而且每一家都是院落冷清，鲜有人迹。我们到访的这家也像久无人烟的样子，门楣和窗台上都积满了灰尘，蛛网结满了窗户。却见院落里站着一位消瘦的老者。老者见我们到来也不与我们寒暄，只微微点头便径直领我们去了西厢房。推开房门，扑面而来的是一股呛人的霉味和满目的尘埃。女人突然发出一声惊呼，逃到门外。循着她刚刚的视线定睛望去，只见墙壁上一只壁虎正虎视眈眈。房间里没有家具，只有一张床孤零零地摆在墙角，那床上单薄的床单下铺了厚厚的稻草。老刘指着东面房门说，那间房条件好些，用的是席梦思。今晚我们就在此留宿。女人瞪大了眼睛，她惶惑的神态看上去像个懵懂少女，脸上出现了大片的红晕，他们两个在眉目传情，我也有自知之明。率先进了西厢房，扑倒在稻草上，植物的清香很快淹没了我，我陶醉了。我说，我不管你们，我就睡在稻草上。

院落里还有一间披厦，是一间厨房，灶台很宽大，砖砌得也很规整，烟囱直直地伸向房顶，我们之前所见，充满诗情画意的炊烟正是拜它所赐。老者拎出一袋山芋，示意锅里正煮着山芋，余下的也留给我们，接受了我们的谢意，老者便挥手告辞了。老刘解释说，老人常年住在山外的镇上，听说我们来了，主动把家里的老房子借给我们。说着老刘便开始准备晚餐。

晚餐却是出人意料丰盛，不仅有烤鸡还有卤鸭，那几个山芋也透出了特有的魅力。女人眉宇间透着愉悦，她一直帮老刘打下手，忙得不亦乐乎，先是一惊一乍地在溪水边洗菜，又在大灶点火做饭。现在她正协助老刘一样样取出老刘事先备好的菜肴。最后，老刘掏出了两瓶酒，那酒瓶是瓷质的，造型古朴，却见酒瓶上既没有标签也没有文字。酒瓶彰显了神秘，女人发出了惊呼。老刘的举动，无疑她是热爱的，她的眼神也是热烈的。怎么还有酒？我诧异道，是什么酒？老刘也不多言，表情高深莫测，兀自打开瓶盖。顷刻间，一股奇特的清香弥漫在我们周围，这清香沁人心脾，似清水，似微风，似细语，似华章，恰是人间甘露，涤荡着每个人的内心。真香啊！在场的人都发出了赞叹，包括一直沉浸在手机世界的刘青。老刘说，这是我的藏品，我一直留着没舍得喝。今天我们一醉方休。

细细品味这清香，我的五脏六腑像是接受了一次洗礼，身心焕然一新。我闭上眼睛，这清香在我的体内蜿蜒前行，我身体的每一寸无不舒展熨帖。这清香无声无息地打动着我，渐渐的，我的灵魂似乎被身体的这感觉唤醒，不禁眼眶泛潮。睁开眼睛，我

/ 九　珍 /

握住了老刘的手，动情地说，老刘，谢谢你。我的谢意老刘却不以为意。他说，不过是两瓶酒，至于吗？略一停顿，我又郑重摇摇老刘的手道，这酒太贵重了，不能喝。老刘闻言稍一愣怔，马上追问道，你说这酒贵在何处？在场的人都好奇地注视着我。许久，见我欲言又止，老刘说，你也闻出来了，这是公司的第一代产品。我肯定地点点头。得到我的认同，老刘的神情兴奋起来。他说，看来我不枉此行。老刘的话让我满是狐疑。他说，徐总，真人面前不说假话，你一定也清楚公司现在生产的酒和这酒有天壤之别。听了老刘的话，我暗暗吃惊，却故意随意说道，酒一样是酒。老刘闻言摇摇头，看我的眼神却意味深长，他若有所思道，问题到底出在哪里？我摇摇头，不语。见我没有答疑解惑，老刘开始循循善诱。他说，公司的机密都由你掌握着，只有你知道其中的奥秘。大家都在传，你掌握了第一代产品的秘方，现在的秘方是改过的。

我摇摇头，坚决否定了传言，肯定地说，秘方只有一个而且沿用至今。老刘对我的回答明显不满，没找到心仪的答案，他转换了角度，摇晃着手中的酒反问说，既然一样，这第一代产品何谈贵重？见我沉默不语，老刘接着说，当年第一代产品卖到脱销，现在呢？仓库里滞销的产品堆成了山。老刘沉重地叹了一口气，徐总，你有才能，另谋高就，我们这些干销售的能指望什么？

这时，老刘拿出杯子斟酒。我再一次阻拦，还是留着吧，这是绝品。老刘闻言，手不禁一抖，僵住了。

短暂的沉默之后，老刘像是得到了验证，下了结论，他说，绝在何处？看来传言是真的？徐总是不打算将秘方外传？

听了老刘的话，我心里很不是滋味，显然，老刘的酒是在试探我，这酒是老刘的试金石。我又一次强调，传言是无中生有，配方始终就是那个配方，即使我有配方，我也不可能再生产出这种酒，即使我开了酒厂也生产不出这种酒。说完这些话，我的内心禁不住一阵悲凉。但老刘没有体会我的悲凉，他依然穷追不舍，为什么？这个疑问显然是让老刘困惑已久的谜团，揭开谜底是他长久的期待。提出疑问后，他的额头甚至出汗了。遗憾的是，我的回答让他很失望。

答案显而易见。我说。

听了我的话，老刘有些悻悻然，一时间大家都沉默了。刘青和那位女士也面面相觑。最终，是老刘打破了沉寂，像是经过深思熟虑，老刘说话慢条斯理，徐总，你刚才的意思是酒味已经变了，是不是？是的。我点点头，肯定地说。听了我的话，老刘的眼里又燃起了火苗，喜形于色，他说，看来，我跟你跟对了。说着，老刘不顾我的阻拦，将酒斟到酒杯里。刹那间，更浓郁的酒香弥漫了整个房间。老刘豪爽地说，先干为敬，你不告诉我配方，没关系，我可以理解。你另起炉灶，让我跟着你讨口饭吃总行吧。说着，他将杯中酒一饮而尽，然后，双眼炯炯有神地注视着我面前的酒杯。酒还没有到嘴里，酒香已经让我沉醉了，那透明的液体每一滴都在对我窃窃私语，想念你，我们想念你。端起酒杯，我也一饮而尽。

那酒行走在我的腹腔里，所到之处无不唤起了生命的另一种激情，这情绪非常纯粹，直至达到完美境界。

对这次的原生态之旅我还是感激的，因而再次斟酒，我主动端起酒杯，由衷地对刘总说，感谢你这一次筹划的原生态旅游。刘总将目光转向我，眼神里都是咄咄逼人，他说，你肯来就是我莫大的荣幸，只是不知你可满意？刘总观察着我的表情，话语里还有弦外之音。回避了弦外之音，我点头赞叹道，这里太美了，太好了，世外桃源。刘总喝光了杯中酒，借着酒劲，他感慨道，原生态，什么原生态，就是太穷了。等我们赚了钱，可以到这里开发，可以养鸡，养羊。等路修好了，就可以开发旅游。老刘规划的美好蓝图，我也很向往，但我听懂了他的弦外之音，我说，对不起，老刘，真的没有什么其他秘方。

老刘，我也希望这样的口感源远流长。借着酒意我由衷地对老刘表达我真实的内心，但老刘不以为意。

我红着眼睛又一次对老刘强调说，它很纯，你懂吗？我做梦都希望这样的口感能源远流长。几杯酒下肚，我显出了醉态。老刘却有些悻悻的，他说，徐总，话说到这个份上，彼此也不要勉强。我是真的很无奈，我极力摇头辩解。老刘只是浅浅一笑，不再回应。接着，他便和那位女士对饮起来。我只好独自连喝两杯闷酒。见局面有些尴尬，一直埋头吃饭的刘青主动说道，我来唱歌助兴吧。女儿主动请缨，老刘点头赞许，他吩咐道，刘青，你唱一首山歌，原生态的，为大家消愁吧。

刘青的歌声清幽婉转，恰似一条小溪缓缓向前，溪水清冽。聆听歌声，我们像是沿着溪水寻找它的源头，那源头永远掩藏在山林深处。我赫然发现旅途使我们完成了一次穿越，就像鱼儿荣归河流，发出愉快的欢呼。眼前的原生态，人和景色，让我产生了幻觉，似乎穿越了时光到达完美境界。循着隐隐约约的歌声，我看见眼前跳跃的阳光，时而草丛，时而林间，我仿佛回到了童年，阳光在伴我玩耍，只有黑夜来临它才会消失，这纯真的阳光，金色的阳光，令我感动。近处的树木和远处的山林都呈现出或柔和或坚硬的色调，我惊异于景色的变化，也惊异于植物带给我的震撼。那歌声和着风声渐渐演变成景色的合唱，原来山也会歌唱，树也会歌唱，它们的生命力穿透了岁月。我无法停止沉醉的脚步。歌声时断时续，似乎没有尽头。

我何时在刘青的歌声里进入梦乡，我并不清楚，只是醒来时，觉得内心很纯净，现实的情景和梦境相吻合。

这是一个令人陶醉的美妙时刻。我安静地睁开眼睛，内心一片宁静。心安静了，世界就很安静。没有人声的喧哗，没有汽笛声，没有灯光，只有月光。我看着月光，月光很静，但它在和我交流，它在我的身上流淌，与我对视，与我拥抱，走进我的内心。我和整个宇宙对视，我和整个宇宙交流，没有任何打扰。和宇宙交流后，我的世界清晰起来，稻草清香偶尔顺风而过，我可以听到风的喃喃细语，山林的窃窃私语，我在黑暗里，倾听一切，看清了一切风景，包括人生的风景。我跌倒了，但我又站了起来，我手握月光，我的岁月如此富有。我喜欢这种感受，我喜欢这种交流；我需要这种感受，我需要这种交流。

我安静地躺着，设想月光是水，水势平缓，我顺水而行。脑海里是交替的风景，那些风景都是我人生里愉悦的时光，这种遐想令我惬意。突然，眼前出现了一团阴影，这个阴影令我惊疑，稍一停顿，我看清了女人的目光，那目光惶怵焦灼。老刘去哪儿了？你看见老刘了吗？女人站在床边，从下往上看，俨然一团阴云，我的脑海里訇然一声巨响，月光离我远去了，它无声地离去却震撼我的内心。

老刘能去哪儿？我问，从草堆上爬起来，有两根稻草多情地挂在身上。

/ 九 珍 /

他没和你在一起？我们俩同时问对方，答案自然不言而喻。环顾四周，黑暗挤压着我们，我无法辨别方向。凭直觉，我借着手机的光芒来到了屋外，女人跟在我的身后，边走边抱怨说，也不知什么时候停的电。女人每一步都走得小心翼翼，她身上的衣服发出窸窣的声响，她的身子一定在颤抖，我回转身想拉住她的手表示关照，女人却敏捷地躲开了。

刘青站在院子里，双手环抱在胸前，这让她看上去很单薄，给人无依无靠的感觉。她仰头望着夜空，月亮躲到了云层深处，天空和黑暗没有了分界点，她一定看得很累。我不由自主地走到刘青身边，我们三个在院子里站定。我今天怎么喝了酒？女人懊恼地说，我不知怎么就睡着了。少顷，女人欲言又止。我也努力回忆喝酒后的情形，怎奈大脑一片空白，我无奈地看着女人，女人的脸部轮廓很柔和，此时却透着重重焦虑。

老——刘——我将双手握成喇叭形对着四周的群山高声喊道。山谷中传来阵阵回音，却未闻老刘应答，黑暗岿然不动。群山在黑夜里显出很浓重的黑，比黑夜更黑。老刘——女人也对着远方呼唤道。她的声音很短促，刚停下来，女人又连连喊道，老刘，老刘——

仅仅一瞬间，我体味到呼喊的酣畅淋漓，胸腔内堆积了太多呼喊的欲望，此刻找到了排遣的渠道，汹涌而至。我于是对着四周，对着天空，对着脚下，竭力喊道，老刘，老刘，老刘——我这样一喊，内心横七竖八的往事便理顺了。我辞职离开时，我想对着公司喊；老婆离开我时，我久久盯着她的背影，我期望她回转身，眼看着她的身影越来越远，声音抵在舌尖，我也没有喊出声。我太喜欢呼喊了，我太渴望呼喊了。老刘，老刘——我毫无方向，用尽了力气一阵狂喊，到最后演变成一种对生活的呐喊。

　　老刘的去向我并不担心，他熟悉地形，很有可能见我们睡得香甜，不忍打扰。我安慰身旁的两个女人。刚才用力过猛，我的嗓音有些嘶哑。听了我的话，刘青无动于衷。在黑暗的掩饰下，这女孩身上散发的委屈和不满隐约可见，这里面还包含了些许敌意。她将脸对着女人，有一丝倔强和审视。女人是领会了刘青的审视的，但是她并不打算展开自己的内心接受审视。毕竟是同伴，总要说一声的。女人很含蓄地拒绝了审视，抱怨道。四周归于沉寂。他做事一贯是这样的风格吗？女人问我。她也像刘青一样抱紧了双肩，我和刘青都睡着了，以为他和你在一起，我和他不是很熟。女人低低加了一句，似乎要撇清某种猜测。

　　刘青似乎对女人这句话不满意，她脸上的表情无法辨别，却清晰地轻蔑地哼了一声。刘青摇着肩膀走到一边去了，似乎为了宣泄不满，她用力踢了一下脚下的石头。

　　我们三个都在摆弄手机，山区信号微弱，此刻甚至杳无踪迹。起风了，山区的风很凉，我们被黑暗与凉意双重包裹着。风一来，山林的动静便起来了，并且愈演愈烈，这很奇特。凉风令我们感到不安，但我还是故作镇定。女人却不镇定了，老刘一个人，我要去找他。女人说着便挪动脚步，我已经没有迟疑的余地便率先挪动脚步，走到女人前面。到哪里去找呢？哪个方向？我征询女人的意见。同时我喊道，刘青，你跟我们一起，我们不要分开。刘青依然在和手机较劲，头也未抬答道，我不去，我就在这里等。他能有什么事？

　　天边有了一丝光亮，是黎明到来的前奏。我征询女人的意见，天就要亮了，要么我们等到天亮，也许刘总自己会回来的。

女人却没有回旋的余地，她率先迈开脚步，头也不回地出了院门。我只好尾随追去，脚步很重，却不容停留。刚走了几步，刘青便跟了上来。

只有来时的路是熟悉的，我们也认为这是唯一的出路。看准了刘青跟上来后，女人的脚步便更坚定了，她每走一步，便高喊一声，我也附和着。我们的动静惊动了山林的飞鸟，周围响起一阵又一阵鸟儿展翅的声音，女人并不在意。她说，这山里没有野生动物，比都市好得多。进了山林，更浓的黑暗接踵而至，女人却毫不畏惧。

那条小溪在夜色下泛着清冷的光芒，女人找到这里，脚步便停留了。刘青却没好气地催促道，要走赶快走，这山林里说不准有动物，它们喜欢夜间来喝水。女人浑身一震，警觉地向四周看看，我想她什么也看不见，这种寻找很徒劳，手机快没电了，光线也越来越微弱。这时候恐惧包围了我。我提议说，算了，我们还是到院子周围去找找，也许老刘只是去方便了。女人立刻反驳说，那些地方，我都找遍了。一不留神，女人脚下一滑，大家虚惊一场。刘青忽然就发怒了，她说，我坚决不找了，我还是去等着。女人毫不客气责怪道，他是你父亲，你怎么这个态度？刘青显然被激怒了，她三步两步冲上来，试图拽回女人，她说，你就是个傻子。刘青的不敬显然让女人很受辱，她一时找不到合适的词回应，便用谴责语气命令刘青，你说我什么，你再说一遍。同时，她推搡着刘青。女人的力气很大，也许是焦虑让她失去了理智，她哭喊道，老刘不是这样的人，他为什么丢下我？刘青没好气地回敬道，不是你，是丢下我们。

这句话给了女人提醒，女人更坚定了她的判断，她求证道，所以，你爸爸不是走掉的，他一定出了意外，这可怎么好？女人就势拉住刘青的手臂摇晃着，这个亲昵的动作让她俩很像是一对母女。

我们的动静很大，如果老刘在附近就会听到声音。几乎可以断定老刘并不在这附近，因为没有回应。被失望和焦灼包围的女人又开始哭泣。这次，刘青忍着没有发作，这女孩子的淡定也令我暗暗吃惊。

4

我走在前面，女人主动断后，刘青意识到我们在保护她，坚持要和女人并排走，两个人互相谦让，拉拉扯扯，惊醒了树上夜宿的鸟儿，鸟儿振翅的声音在夜晚的山林间异常诡异。女人惊恐地尖叫起来，刘青倒是很镇定，她趁机说，这有什么害怕的，更恐怖的你还没见过。夜晚的山林湿气很重，露水遍布，很快打湿了裤脚。走着走着，女人忽然又有了新的寻找方向，她说，白天时我们看到的东面那户人家好像有人，不如去看看。刘青说，你这哪是在寻找，你这分明是在监视。女人的脸色是否发红我不知道，但是她不再作声了。抢白了女人，刘青又主动示好，她说，那户人家也是人去楼空了。也许是猜测，也许是宽慰，我和女人都没有回应。除了风声便是我们的脚步声，脚步与土地接触的声音听上去亲切又异样。

猝不及防，我的身后忽然传来刘青的惊呼，紧接着是沉闷的坠落声。我在惊慌中感觉先是女人脚下一滑摔了下去，刘青伸手去拉，却被女人在慌乱中拽了下去。

那下面是什么，我无法辨清，我试图往上拉她们，眼前却一团漆黑。此时，我是世界上最孤单的人，但她们两个更加无助。先是女人的哭泣声，接着女人一遍遍呼唤刘青的名字，来不及多想，我就近折断了一棵小树，一边安慰她们，一边试探地将树枝向下方她们所处位置伸过去，同时也向黑暗伸去。直到树枝触到了底部，我长吁一口气，还好，深度大约两米。我紧张地在脑海中搜索救援的方法，无奈信息匮乏。这时候，女人的呼喊声越来越急切。刘青，刘青，你快醒醒。刘青怎么了？我对着暗处焦急地问道。女人并不回答我，只是一遍遍呼唤，刘青，刘青，你要醒过来。刘青，你要坚强。女人的喊声越来越凄厉。不容多想，我沿着黑暗试探地贴近她们，很快，一个趔趄，我也向下摔去。更浓的黑暗挤压过来，我们在黑暗中用声音摸索对方，抱成一团。这时，刘青先是轻微地应答了一声，接着便传来了一阵阵的呻吟。刘青受伤了，顺着声音，我先是摸到了她的手，接着摸到了她的脚，脚腕处似乎肿了起来。

女人开始哭泣。见刘青无法挪步，我蹲下身子，刘青很顺从地伏在我的背上，她的气息在我的后背上蔓延，像是有力的鼓舞，我忽然力气倍增。背起了刘青，我才发现我们无路可走，我们处在广袤的山间，属于我们的空间却很局促。找不到方向，我慢慢蹲下身子摸索着，地面很潮湿，表层似乎都是苔藓，苔藓遍布的痕迹很快刺痛了我。我想，我们跌落在山洞里了。我不能说出这个现实，身旁的女人在瑟瑟发抖，我的举动会引起更大的恐惧，这恐惧会扩张我们的险情，也许包围我们的是巨大的危险，我决定原地不动。即使寸步难行，光明是永远的前途，等待黎明的到来是我们的希望。我背起刘青开始行走，女人紧随其后，走了几步，女人轻轻说，你知道这是山洞，我们要保存体力。女人温存地戳穿了我的把戏，在黑暗里却紧紧地拥抱了我们，我们三个抱成了一团，形成了一个强悍的整体。惊慌和恐惧散去后，在这处绝境中温情占了主导，这是世界上最温暖的空间了。我发现刘青在哭，我没有惊动她的眼泪，陪她站在原地。彼此陪伴使黑夜并不漫长。

天已经蒙蒙亮了。借着微弱的晨光，仔细观察周围的环境，发现我们这山洞深有两米左右，我和女人观察地形的时候，刘青却很安静，她侧身坐在地上，重心压在完好的左腿上，仰头望着洞口微弱的光芒，一副忧心忡忡的表情。我想她一定在担心老刘，腿上的伤痛一定抵不过她心里的担忧，我能感觉到那担忧的分量，毕竟父女连心。我安慰刘青说，你父亲一定会没事的，我们出去就会与他汇合，我们安全他才会放心的。刘青收回目光，冷冷地说，他不是我父亲，从来就不是我父亲。模糊的晨光中，刘青的面庞上有一层发青的光晕，她的面部表情也很僵硬。

女人身体摇晃了一下，也许被刘青的冷酷击中了。也许是突如其来的晕眩，她就势坐在刘青身旁，伸出手搭在刘青的肩头。也许是女人身体的灼热缓解了刘青的冷漠，刘青对女人莞尔一笑，她没有躲避而是将脸颊贴近了女人的脸颊，她突破了心理的防线，先以人格做保证，她说，我不骗你们，我是刘总雇来的，扮演他的女儿。

老刘雇佣刘青的理由听上去理所当然，为客人演唱原生态歌曲。这原本是刘青所在的原生态酒店的一项服务内容。老刘提出演出地点有变化，他指着窗外的青山说，地点就在这座山后。刘青诧异地睁大了眼睛，同时很警惕。她说，我是山里长大的，这一带我最熟悉，那山后就是农户，住户也越来越少，哪有什么酒店？老刘很有耐性，拿出手机调出了一张女人的照片，他说，这个女人是我女朋友，有她在，你怕什么？我女朋友就是要去这样的原汁原味的地方感受原生态的生活。老刘带着女朋友前往，刘青反而放心了。防线一松懈，老刘见机抛出了更大的诱惑，他说，你唱不唱歌随便，带着客人过一过你从前的苦日子，我给你的工钱是平时的五倍。老刘形容她成长的时光是苦日子，刘青心有抵触却又找不到反驳的理由。砍柴，烧大灶，饮山泉，采野菜，拾菌子，山野的生活很古朴，也很清贫。刘青细细回味，一些快乐回来了，一些记忆回来了。最致命的，五倍的工钱，刘青太需要钱了。她的生活里有许多漏洞需要金钱去填堵，奶奶的白内障手术需要钱，妹妹上学需要钱，打工的父母三个月也挣不到这五倍的工钱。刘青不仅心动，她的表情也动了起来，表情有些不情愿却是伪装的。老刘一眼就识破了，他说，都是江湖老手，你就别装了。我还可以给你八倍的工钱。

刘青毫不掩饰自己的惊讶，老刘也不掩藏自己的隐情。他说，丫头，你还要帮我一个忙。你扮演我女儿，我那女朋友就不提防我了，你去做她的护身符。不过是进一次山，却有这么多顾虑，这些顾虑还来自老刘在乎的人。刘青认为老刘一定很善良，不仅善良还很讲义气。他说，我做这些其实都是为了我那个辞职的上司，虽然他不是我的领导了，我还是很敬重他，我想让他出来散散心。

5

老刘的这些权宜之计，听上去都是善意的谎言。他的身影渐渐在我的脑海里清晰起来。同事多年，我与老刘只是泛泛之交，

／原生态之旅／

最亲密的两次接触还是我为公事应酬醉酒，老刘送我回家。一次他第二天细心地带来了解酒汤，一次他陪我至黎明。那一次我在晨光中醒来，见老刘依然蜷缩在沙发上，老刘的陪伴让我心生感动。

其实我辞职后，和老刘的这次接触远远超出了亲密，其中的滋味需要今后细细品味。现在，弄清老刘的去向和安危是当务之急。天已经完全亮了，山洞里的光线很微弱却依稀能看清彼此的疲惫。刘青毕竟年轻，卸掉了伪装，露出了率真的本性，她说，你们城里人不如我这个山里人，我是主人，我做主解决困难。坐得太久，刘青起身费了很大力气，她咬牙忍着疼痛倚靠在女人身上，像是一棵软藤缠绕着大树。软藤很坚强，顽强地将目光投向洞口，仔细观察了一番，刘青惊叫起来，她说，这里怎么会有山洞？我们是落入了陷阱！刘青伸出手仔细辨别洞壁上的痕迹，再一次确定了自己的判断，她说，这是一处陷阱。洞口，风声萧萧，洞内的阴谋更加阴森。有谁会在这里设置陷阱呢？设置陷阱的目的又是什么？一股恐惧的暗流又向我们袭来。

有人吗？有人吗？女人和我对着洞口呼喊，回答我们的除了鸟鸣就是风声。来人啊，来人啊！女人的声音突然就沙哑了，还有浓郁的沧桑感，女人发出了哽咽之声。

呼救徒劳无益，只好展开自救。

我第一个念头就是攀爬，刚试了一次，因为找不到支撑点重重地摔了一跤。我的狼狈引发了刘青的哈哈大笑，她的笑声和女人的哽咽之声形成了鲜明的对比。收住笑，她说，有我这个山里人在，你们怕什么？老刘也许就是让我保护你们的。她无意的一句话听上去像是有更深的含义。刘青似乎也恍然大悟，她说，你

/ 九 珍 /

们到底是老刘的什么人啊，他是恨你们还是爱你们啊，我可真倒霉啊。

不管是什么人，我们深陷困境，解困的招数却在洞口，出不了洞，也许会有更大的困境等着我们。这样一想，我惊出一身冷汗。有什么办法，你快说。我催促刘青。

搭人梯啊。刘青脱口而出。

女人踩着我的肩膀第一个出了洞口。她牢记刘青交代的要领，整个过程并没有费周折。她一出去我们都长长地舒了一口气。她一出去就成了我们的救星。按照刘青的指挥，女人很快放下了一根绳子，她趴在洞口上气不接下气地说，刘青，你说得没错，我们就在住处附近。她还说，幸亏住处有绳子啊。

我们三人狼狈不堪地回到住处。依然不见老刘的身影，我们对着四周呼喊，山林间传来阵阵回音，那回音不绝于耳，渐渐凝结成重重的阴影，压迫得我们喘不过气来。我们三人已经疲惫不堪。刘青的右腿伤口已经结痂，脚踝处却肿得更高了。女人焦急地摇着手机，祈求奇迹发生摇出信号。刘青倒是很乐观，她说，我在这守着，你们去找刘总，我这腿没关系的。她又指导女人在屋外的草丛间扯了些野草，揉出了汁液敷在伤处。

刘青的无私打动了女人，她的脸上流露出赞许之色，她说，你真是个好孩子，我们不放心你一个人待在这里。刘青叫了起来，山里天黑得早啊，不能耽误时间的。再说，她是你男人啊。女人的脸腾地红了，她的男人，含义有些暧昧，她不接受。她低头看着自己的脚尖，雪白的登山鞋已经面目全非，赭黄的泥土，绿色的汁液混合在鞋面上，一只蚂蚁不知深浅，在鞋面上跃跃欲试。山里的蚂蚁咬人的。我提醒女人。女人踩踩脚，蚂蚁识趣地离开了。他不是我男人，我们只是普通的网友。女人的声音很轻，却字字清晰。

女人推了推鼻梁上的眼镜，她说，我和老刘在网上相识有一年了，这一次也是第一次见面。说来话长，我们还是先找到他。

短暂的休息之后，困意和倦意已经被撵走了，头脑渐渐清醒。我也有了决定，这个决定不容置疑，我说，你们在这里等着，我徒步出山，一来可以通过手机联系，二来也可以找到帮手，我们自己寻找老刘力量是有限的。

徒步出山是需要力气的，饥饿不断地提醒我，我才想起行李箱里还有一些食品。打开行李箱，我不禁大吃一惊。

有人翻动了我的行李箱！潦草恢复的原样保留着侵犯的痕迹。钱包还在，相机还在，此外那些五颜六色的食品也安然无恙，它们透露出的气息依然是香甜的，却纠缠着丝丝不安。拿出食品，我将手伸进行李箱暗侧口袋，家门钥匙果然不在了。我懊丧地躺在草垛上，裸露的房梁见证了钥匙被窃那个诡秘的时刻，它静静与我对视，秘而不宣。一只蜘蛛悠悠地织着网，这是世间一个安静的角落，我有幸欣赏蜘蛛的怡然自得，它在暗示我，心安静下来，世界就美好了。有了这个暗示，我强打精神来到她俩面前，对钥匙失窃只字未提。

我们三个围在一起享用食品时，我对女人说，说说你和老刘的相识吧。女人正在打开食品包装袋，她说，你还要赶路呢，这个今后可以让老刘告诉你，也不是什么秘密。

说吧，也许你还没有说完，老刘就已经回来了。我胸有成竹地说。

老刘有消息了？他没事吧？女人惊喜地喊道。

／九 珍／

刘青紧跟着问，你怎么知道老刘的下落的？

我看看女人，像是抛出了一个谜语，我说，既然不是什么秘密，你就快说吧。我想听你说你和老刘的故事。女人的目光里满是疑虑，但无疑她是敏锐的，她一定嗅到了行李箱隐约飘出的不安。她说，你知道老刘的去向了？我点点头，如实奉告，他悄悄拿走了我家的钥匙，一定是连夜去了我家。女人和刘青惊讶地瞪大了眼睛。吃惊之余，刘青机警地说，马上报警吧，他瞒着我们溜走就是去你家行窃。眼珠一转，刘青很快又有了判断，她说，他是去偷秘方了，你家里有秘方吗？我摇摇头，刘青便嘻嘻一笑，脸上是幸灾乐祸的表情，狠狠吐出两个字，活该。许久，女人喃喃道，说到底，他只为一个财字，什么都不顾了。谢天谢地，幸亏徐总你是个好人。

6

女人有个很婉约的名字——徐曼。也是因为这个名字，她和老刘在网上相识了。老刘主动添加她为 QQ 好友。他说，他喜欢她的名字。网友主动搭讪，徐曼是戒备的。她立刻撒谎说，这个名字是网名，并不是本名。老刘却执着地说，你若不嫌弃，我如实告诉你我的本名。徐曼当即下了线。下了线的徐曼是惆怅的，还有一点淡淡的失落。她是个曾经拥有爱情的单身女人。多年前，她的爱情因为一场车祸，永远离她而去。她赶到现场时，空中还弥漫着浓烈的血腥味，她晕倒在地上，手里紧紧拽着一根黑色的纱线，这是她的他在这世上留给她的唯一的牵挂，她被人搀扶起来时那根纱线倏忽消失得无影无踪，她泪眼婆娑地四处寻找，几乎要掘地三尺。围观的人群里，一位老者不忍她继续疯狂，怜爱地说，傻姑娘，那是他的魂啊，他不放心你，你的魂跟他在一起，你应该开心啊。听了老者的话，她混沌的世界里一下就安静了。她安安静静地工作，安安静静地生活。她在世间的表情是麻木的，她的灵魂却在天堂。

她的业余时间多数都在 QQ 上，冥冥之中，那个有着无数错综复杂信息的世界里，她总能找到那根黑纱线的痕迹，时浓时淡，填满了她的生活。

老刘第二次和徐曼在网上聊天，没有再提到名字。他送了一篮子玫瑰花问候徐曼，他说，我这一生最想做的事就是送给一位女士九十九朵玫瑰。玫瑰并没有打动徐曼，她躲在玫瑰花的后面张望。

那天，老刘一直在线，他的坚持打动了徐曼。最后，徐曼告诉老刘自己是个麻木的人。老刘很快回话了，他说，你的灵魂像天上的白云一样，很纯洁。很多年了，徐曼自己的身体都不懂她的灵魂，老刘却似乎鉴赏了她的灵魂，他说她的灵魂是纯洁的。他是第一个跟徐曼谈灵魂的人，徐曼至此难以割舍这份来自虚拟世界的友情了。

他们的友情断断续续维持着，直到前不久老刘在 QQ 里提出了见面的请求。徐曼第一反应是拒绝。她怎么会亲自动手击碎自己的梦呢？她几乎遗忘了现实中的老刘。虚拟世界的老刘说出了在现实社会的困境。他说，我欠了很多钱，无力承受，还不起债，现实世界就没有我的容身之处，我还能去哪儿呢？

徐曼说，你不要威胁我，你要自杀，你只能下地狱。这与和我见面没有任何关系。过了两天，老刘忽然说，他在现实社会里发现了一处像天堂一样的地方。他邀请徐曼前往。他说，到了那里，也许我的一切烦恼都会迎刃而解。

彼此的好意最终打动了徐曼。

讲述自己的经历，徐曼的表情却是平静的。她的眼睛里没有流动的波光，她说，老刘还是打碎了我的梦。她将目光投向我，她说，其实我很清楚，老刘编织了谎言，他的这次原生态之旅与我们的初衷大相径庭。

女人无疑是睿智的，我却情愿维护初衷。因而，当徐曼追问我老刘在现实中的真实身份时，我说，我们每个人都是追求灵魂纯洁的人。老刘，他最终会明白的。

其实，这里倒不失为一个好去处，我很享受这里的生活。我曾经一直向往这样的生活，远离喧嚣，享受安静，陪伴在身旁的只有阳光雨露，空气里飘荡着自然的清香。这样想着，我的心便安静下来。我很喜欢这样在阳光下劳作和采摘。徐曼望着门外感慨道。

太阳升起，是个明媚的日子。这样的日子，蓝天、白云、青山、微风，总是令人神清气爽。

7

这时，门外山道上出现了一个身影，是老刘。慢慢走近后，他脸上的笑容很局促，他看着女人，对我们三个解释说，对不起，我临时有事，一早赶山路，没打招呼是怕惊扰了你们的好梦。刘青眯着眼睛，像是在辨别什么。女人直视着老刘，脸上却面无表情。我们三人都没有戳穿老刘的谎言，心思似乎也是一致的，我们昨晚经历了一次意外的原生态的野外探索，这是一次难忘的经历，我们彼此珍惜，不容老刘分享。

怎么样，你们昨晚睡得好吗？对了，这座山翻过去是一个规划后的生态园，那里虽然收费但条件要好得多，今天我们去那边玩玩。老刘边说边向我们逐一投去征询的目光。

那你要赔本的。刘青不失时机地嘲讽道。老刘并不生气，他亲昵地说，这孩子，怎么这样说话。刘青腿上的伤裸露着，老刘却始终没有提及。好在那草药疗效显著，伤处已经明显消肿了。接下来便是沉默，这沉默我们各自懂得。

我们的衣衫凌乱，老刘神色疲惫，除了互相打量，缺少了嘘寒问暖，彼此像陌生人一样生疏。此刻，这里也许容纳着世界上最苍白的友情。

我站起身打破了僵局，对老刘说，我们去林间走走吧。

我和老刘沿着林间小路缓缓向前，老刘掏出香烟递给我，我摆摆手，示意这是在森林里，不宜烟火。老刘遂将香烟放回到烟盒里。老刘走在前面，几次站住，欲言又止的模样。我说，我很喜欢在林间漫步，这是一种回归，每一次都像是踏上回乡的路，我们经历了一次心灵的回归，而今我们的故乡都装在心里了。能拥有这种体会和感受皆源于这次原生态之旅，因而我还是感激你，老刘，谢谢你。我这样一说，老刘突然停住了脚步，他慢慢转过身，他身后的世界也和他一同转了过来，他肩头的一抹阳光留给他一个局促的世界。徐总，你别谢我，是我对不起你，我向你隐瞒了真相，是公司授意我盯着你。老刘无奈地说，脸上也是愧疚之色。我知道。我平静地回答他。老刘满脸通红，吞吞吐吐地说，我也是为了讨口饭吃。老刘的歉疚其实很无力，只是掩盖实质的一张薄纸，轻轻一触便不堪一击。我接着说道，公司安排你跟踪我的行踪，没有授意你拿走我的钥匙，又潜入我家，打开我的电

/九 珍/

脑。我将手掌摊开在老刘的面前，直言不讳地说，把我的钥匙还给我。我无心谴责老刘，老刘的脸色却越来越白，脸色发白的老刘像是换了一个人，面目猥琐。被人揭开了真相，他辩解说，徐总，那钥匙也是我捡到的。给我吧。我打断他的狡辩，接着叮嘱他说，回去禀告公司，我不会出卖公司的任何资料，我虽然离开了公司，但我仍然会维护公司的利益。

老刘将我的钥匙紧紧抓在手上，像是抓住了无尽的财富，面露贪婪。他说，徐总，我承认我用佳酿诱惑你，又让两个美女拖住你，一计不成又生一计，为防万一，我还设了陷阱，可是我没有伤害你啊！老刘的不打自招其实是为了开脱自己。见他毫无歉意，我郑重地警告他，老刘，你已经违法了，非法入室，但念在你我同事一场，我不追究你。

老刘对我的忠告却不屑一顾，他说，你不仁难道还要我讲义气？我去你家不过是去拿佳酿的配方，你明明知道家里没有，却故意让我取走了钥匙。老刘倒打一耙，见我不曾反驳，不免语气有了缓和，他低声下气地说，徐总，我这样做也是你逼的，你有佳酿秘方却不肯帮兄弟一把。你既然说了自己不再染指，高价卖给我难道不行吗？或者你带着兄弟我另起炉灶不行吗？

我见识了老刘的善变，又领教了他的固执，对与之交流也失去了耐心。我都说过了，没有额外的秘方。佳酿口感有变，不是配方的问题，主要应该是水质。老刘的脸上现出了愤怒之色，他说，徐总，你当我是傻子，这样敷衍我。他将钥匙甩给了我，转身要离开。我对着他的背影喊道，我知道你欠了赌债，多少钱，我可以帮上你。

老刘慢慢转过身，脸上露出了吃惊的表情。他向远处望去，徐曼和刘青正在院子里采野花，两人也像花朵一般。

徐曼说的？老刘向我求证。我摇摇头，她只说你欠了钱，但我猜是赌债。老刘的面目突然狰狞起来，他说，你们交过心了？你看不起我，这么多年，你高高在上，从来都没有帮兄弟一把，却打探我的隐私。说着，他转过身，恼羞成怒地向院子奔去。徐曼见老刘直奔自己，惊慌失措地站在原地，这给老刘制造了绝佳的机会，不容徐曼反应，老刘反手勒住了徐曼的脖子，接着，他从口袋里掏出了一把匕首。

老刘气急败坏地对怀里的徐曼吼道，你不是要去天堂吗？现在就让你去！我尾随着老刘刚闯进院子就见刘青跛着脚冲了过来，一边嚷着，放下徐曼，一边扑向老刘。为防刘青再遭不测，我眼疾手快拦腰抱住了刘青，刘青在我怀里不断挣扎。徐曼被老刘无端劫持却很平静，她没有一丝一毫的挣扎，只是注视着我，我第一次迎接了徐曼目光里的微笑，那微笑平和沉静，却透着无限的生机。

你放下徐曼，我告诉你秘方。我盯着老刘手中的匕首，说出第二句话。我的内心凛然一惊，那匕首散发着寒光，时时逼近徐曼，而我内心的绝望带着凉意在迅速蔓延。我不善于说谎，依赖谎言结尾我也是迫不得已。

老刘脸上露出了狡黠，他说，骗我上当？你先说出秘方。空气凝固了，僵持对徐曼不利，拖延也许会激怒老刘。仰望蓝天，环顾青山，阳光温情脉脉，世界静好，我的内心忽然就安静了。刘青焦急地催促道，你快说啊！

我说，秘方还是原来的秘方，是水质改变了。

老刘气急败坏，他将匕首压在徐曼的脖子上，冷笑道，徐总，

/ 九 珍 /

傻子都知道佳酿一直用的是碧池的水，你糊弄我。我这匕首是昨晚带着防身的，我也不想在这派上用场，你别逼我！

老刘接着说道，自从碧池所在的上游开发以后，水质就变了，公司里每次做水质监测，我难道不会看一看，想一想吗？打开天窗说亮话，你应该知道我需要什么。说着老刘稍一用力，徐曼发出了一声尖叫。

老刘——我高声喊道，你放了徐曼，我束手就擒。说着，我将两只脚上的鞋带解开，又交叉系上，寸步难行的诚意让老刘放松了警惕。他松开手，放开了徐曼。险情化解了，徐曼却脸上僵僵的，站在原地一动不动。倒是老刘半推半就，垂下了胳膊，匕首哐啷掉在地上。老刘敏捷地捡起匕首，转而逼近直抵我的胸口，他说，碧池就要干涸了，你应该知道我需要什么？我点点头，如实回答，你需要第一代产品的水质数据。老刘的嘴角挂着戏谑的笑容，他说，不愧是徐总，聪明。接着，老刘逼迫道，快说，为了那些数据，难道命都不想要了？

是，数据没有，贱命一条。我凛然回答。为什么？老刘将信将疑，精明地表明自己的立场，我不要你的命，我只要数据，有了数据寻找下一个水源，生产出第一代产品，我就彻底脱贫了！我只要钱，你懂不懂？

我点点头诚恳地说，老刘，这个我懂，但我没法成全你，你看看这些山，品品这里的原汁原味，我伸出手像是拥抱了自然，我这样做就是为了保住下一个碧池不会干涸。最后，我加重了语气，我还要告诉你，我辞职是因为我想念第一代佳酿，我想得太累了。

老刘一定体会过这种想念的感觉，并且这种感觉适时侵袭了他的全身，我的话音刚落，老刘便懊恼地将匕首对着脚下的泥土狠狠地刺了下去，接着他把自己扔在地上，仰望苍天发出撕心裂肺的号叫，我不是人啊！我财迷心窍啊！

<h1 style="text-align:center">8</h1>

回去的路上，我们一直默默无语。汽车渐渐驶离群山，高楼，人流，车流，扑面而来，像是来到了另一个世界。回首山村，却像是在另一个星球了。一进入市区，老刘就率先下了车，很快汇入了熙熙攘攘的人流中。

我们继续向前，临近终点，徐曼问我，既然找到水质匹配的水源就能生产出第一代佳酿，你为什么说那两瓶酒是绝品？我摇摇头，遗憾地说，不可能的，谁也生产不出来了，即使有好的水源。

为什么？徐曼愕然睁大了眼睛追问道。

我接着说道，我一直不忍心告诉老刘，因为第一代产品的酿造食材实心果是五年才结果，当年，为了扩大生产，拔苗助长，改良成了一年结果。几年下来，实心果的种子再也不是原来的种子了。徐曼听罢，喟然长叹。

到了家门口，徐曼也尾随我下了车。她说，我想跟你在一起。

作于 2016 年 7 月
原载《清明》2017 年增刊

蓝 山

1

刘稼禾搭救过梁平峰。

那年刘稼禾十二岁，专门放东家的三头水牛。他喜欢在水牛闷头吃草时，爬到塘边的老榆树上向远处张望。有时，去山坡上放牧，他喜欢登高时极目远眺的感觉，但他收回的目光最终会落在牛身上，他不能离开牛，牛比他重要。

那天，梁家少爷梁平峰是如何接近水牛，为什么惊扰水牛，成了他心中的一个谜。当时，刘稼禾在山顶，远眺的目光落在牛身上时，只见梁平峰直接用麻绳勒紧水牛的腹部，绳子勒得越来越紧，水牛眼看着就要被激怒了，甩着尾巴，晃着脑袋，梁平峰带着恶作剧得逞的喜悦跳开，沿着山坡向上攀爬，显然他打算攀到山崖边俯视水牛如何横冲直撞地发泄怒火。幸亏刘稼禾及时安抚了水牛。将水牛从愤怒中拯救出来后，他才顾得上追讨梁少爷，四处寻摸，却见梁平峰整个人面朝下扑倒在山坡上，一块昂首的山石终止了他的狂妄。刘稼禾扑到梁平峰身边，见梁平峰下巴磕在石角上，鲜血肆意流到土地上，其眼神游离出瞬间的悔意和恐惧，不一会儿便晕厥了过去。

刘稼禾背起梁平峰，代替梁平峰和时间赛跑，为了尽快见到镇上的郎中，他跑丢了自己的草鞋。

事后，郎中说，如果不是及时止血医治，梁少爷的命就交待了。

梁平峰痊愈后，梁老爷特意设宴答谢了刘稼禾的东家，东家和梁家都是柳镇体面的乡绅。宴席摆在柳镇最气派的饭馆。那天，塘边牧牛的刘稼禾闻到了飘扬的菜香。东家也给了他褒奖，夸他跑得快。刘稼禾听说，伤口愈合后，梁平峰的下巴上留下了一道疤瘌，形如蚕豆。

后来，刘稼禾在塘边割草时见过梁平峰，隔着水塘，他没能看清梁平峰下巴上的那块疤瘌，与他同岁的梁平峰穿着缎子夹袍，瞟了他一眼，梁平峰看他的眼神比以往平和了些，淡淡的，像是看一件物品。梁平峰对他的审视的、隔着距离的表情固定下来，留在刘稼禾的脑海里。

这种眼神令刘稼禾很不自在，像是扰乱了他的心的方向。

十七岁那年，东家过寿，宣州城里请来的伙夫在伙房里操练的架势迷住了帮工刘稼禾。寿宴结束后，刘稼禾当着伙夫的面给东家跪下了，直跪到东家点头答应他拜师伙夫。

三年满师，刘稼禾成了宣州饭店的伙夫，但这已经不重要了。伙夫的身份只是一种掩护，他秘密为游击队工作，完成了几次出色的任务，一九四二年加入了中国共产党，同时成长为一名优秀的情报工作者。

这一年，梁平峰在国军驻扎的柳镇兵站升任为站长，带了一个连的兵分管子弹库。开春后，国民党组织了境内围剿，费尽了心机，却没有剿到一名游击队员。几次围剿游击队失败后，梁平峰联合柳镇乡公所对周边的游击队活动区域进行了封锁，企图扼

／九 珍／

杀游击武装。游击队多次与其交锋，两次偷袭乡公所。一次正要靠近时，乡公所大门紧闭，楼上机枪向游击队猛烈扫射，碉堡里国军一齐开火，双方激战三小时。又一次，游击队从雍村出发，辗转榆村与国军周旋，甩开国军后，袭击柳镇乡公所，又遭到碉堡火力压制，游击队再次撤退。

得知游击队正计划第三次袭击，刘稼禾向组织上建议由他出面在柳镇开饭馆，设法接近梁平峰，在这个兵站站长身上找到突破点，以便突袭成功。组织上给出了肯定的答复后，刘稼禾立刻辞去宣州饭店伙夫的行当，由宣州城赶回柳镇。途中，他还执行了一项传递情报的任务。

几经物色，敲定柳镇东头的那间堂屋后，刘稼禾以十担米钱将其盘租下来。招来的两个伙计中，一个是刘稼禾带的徒弟，算是自己人，一个是和大厨一道的帮工。沿街的两扇榆木薄门改换成一块一块的铺板，铺板上方的横匾上请人裱了四个大字：柳镇饭馆。堂屋里摆放四张木桌，桌上码放了竹筷篓和酒壶，沿墙码了两个簇新的、宽腹平底的黑釉大罐，罐底铸了日期——民国三十二年。

柳镇的街坊间流传，刘稼禾得到东家赏识，不仅在宣州城学了厨艺，当上了伙夫，还回到柳镇开了饭馆，一半赞誉乡绅慈善，一半钦羡孤儿刘稼禾交了好运。刘稼禾心里清楚，饭馆的招牌下，掩护的是他真实的身份，如同大门外张挂的两个随风摇摆的红灯笼，有着另一种暗语。

有打点的银圆铺路，身为饭馆掌柜的刘稼禾，与柳镇的乡长和保长轻松而迅捷地建立起更亲密的联系。梁平峰高踞在兵站前的碉堡里，很少现身，碉堡外的人只能仰望到碉堡上含有杀意的射孔，碉堡里的人却能在暗处将碉堡外一览无余。

　　开张吉日的请柬写好后，刘稼禾请乡长出面邀请梁平峰，乡长却拒绝了。乡长说，他这人疑心重，我替你请他，定以为我拿了你的好处。再者，我去请他，他比我面子大吗？刘稼禾委屈地说，这个梁站长终日守在碉堡里，怕是难请。乡长登时有些不快，你去请，就说已请下我，我看他来不来！刘稼禾当下备了一桌好菜款待乡长。饭后，刘稼禾挽留乡长赌钱，他说，乡长，赌资算我的，你是准赢的。

　　刘稼禾备了一扇鲜猪肉、部分黑布以及食盐一同前往碉堡。准备这些物品时，他心里憋着一股劲儿，浑身不痛快。请哨兵通报时，刘稼禾请哨兵传达乡长的原话，同时暗暗将一枚银圆拍在这小个子哨兵的掌心里。刘稼禾从乡长那里得知，这小个子的哨兵是最得梁平峰赏识的警卫，不久前却因私自搜刮村民暂时贬到门外站岗。碉堡下站个哨兵，看上去有些滑稽。刘稼禾从哨兵毫不掩饰的目光里看到了贪婪。

　　哨兵进门通报，刘稼禾站在碉堡小门五米开外的平地上仰头向上望，望到一个人的身影贴近石墙上的射孔俯视，刘稼禾眯眼盯紧那个身影，沿着环形石墙挪了两步，那身影换了一处射孔继续向下看。刘稼禾站在原地任其打量，出门前，他特意齐整了仪容，没有穿长袍罩衫，上身是件蓝布褂，下身是条土布裤子，腰间束一条宽布带，脚下换了一双簇新的厚底布鞋。

　　柳镇三面环山，蓝山居中，山外的风经过山林的遮挡，抵达柳镇自然带有了山野的气息，粗犷的风声里传来哨兵和梁平峰的对话。刘稼禾听到哨兵汇报说，柳镇饭馆的掌柜刘稼禾说他特意邀您赏光开业宴。听得出来，哨兵还夸赞了那扇上好的猪肉。梁平峰的话音里似有风声作祟，含混而沙哑，他吩咐说，东西收下，让他先回去。梁平峰用的是敷衍的语气，像是打发一个令他嫌恶的人。

乡公所原本是柳镇祠堂，二百米外遥遥相对的碉堡建在山包上，风声从耳边划过，刘稼禾环顾四周，看见饭馆门前的两盏红灯笼随风摇摆，距饭馆五十米开外的乡公所，门外站了两个一身黑衣的哨兵，像是并不协调的摆设。

刘稼禾想起前些时，游击队迟迟没有袭击成功，多半因为梁平峰在碉堡里的火力，突袭两次，伤了两个队员，牺牲了一个。刘稼禾脚下的地面夯实过，泥土与泥土营造了平整的表面，不动声色地面对碉堡上的射孔透过来的杀机。

山风撩起刘稼禾的衣襟，天气明显转热了。刘稼禾想到有几支游击队遭到了国军的封锁，战友们被围困在山林里，活动区域封锁逼得游击队还穿着破烂的棉衣，断了粮食只得吃草根，而他开饭馆的十担米钱还是自己出面赊欠的，不由感到焦躁，同时一直伴随的紧迫感更强烈了。

刘稼禾离开时，一只从碉堡里放出来的黑犬一路尾随着他。刘稼禾后来得知这只浑身油光闪亮的牲畜是碉堡里豢养的。出门之前，梁平峰削了一块柳镇饭馆送来的猪肉扔给它，见黑犬吞了生肉，越发欢实，梁平峰才吩咐把那肉煮了分给弟兄们。这些是小个子哨兵学给他听的，而那黑犬被从碉堡里放出来时，摇头晃脑的得意劲似乎也印证了这种说法。为此，刘稼禾塞给哨兵两块大洋，哨兵立刻道出了另一层实情，梁站长其实早就派人暗查了你的底细，他应该放心了。刘稼禾并不感到惊讶，他把口袋里的那枚子弹壳掏出来，交给哨兵说，这是梁站长扔下的，我一直收着，念个旧情，你替我交给他。开业那天他来不来，都没关系，别让他为难。事实上，刘稼禾留下子弹壳并非念及旧情，他是想暗示梁平峰懂点人情世故。

子弹壳可以说是梁平峰留给刘稼禾的，也可以说是刘稼禾留给梁平峰的。

拜师伙夫后，有一次，刘稼禾由柳镇前往宣州饭店的路上，迎面碰上一支队伍。队伍里被麻绳捆住双手的人都垂头丧气，刘稼禾只瞥了一眼便明白遇上了抓壮丁。不容荷枪的士兵反应过来，刘稼禾已沿着田埂猫腰跑向稻田边的蓝山，蓝山上全是曲折的石坎路，他熟悉这些，石坎路也会关照他。果然，山道上的追兵陆续甩脱，最后只剩下一个顽兵，刘稼禾"哧溜"爬上了一棵栾树，等追兵赶到树下，他从树叶间发觉此兵竟然是梁平峰。刘稼禾不再躲避，待梁平峰越过栾树，便从树上迅速滑下，从背后悄悄包抄了梁平峰，反手夺下他的步枪。贴得近，刘稼禾看清了梁平峰下巴上的疤瘌，不大不小。刘稼禾夺下了那把枪，他并不想定夺生死，而是想嘲弄或者惩罚梁平峰。他对着梁平峰喊道，当年是我救下了你，救下了你！他喊出这句话时才发现这超越了生，超越了死，是为了命喊的，他一直在等着这个呐喊的机会！

喊完了这些，刘稼禾气呼呼的，他举着步枪对准梁平峰，你说，是不是我扣一下，你就没命了？双手上举的梁平峰开始发抖，脸色发白，嘴唇哆嗦着，下巴上的疤瘌一同在哆嗦，是肉眼可见的颤抖。他说，我刚参军，想表现，我不是成心要抓你。刘稼禾将枪口对着前方的一棵树，他说，你别抖了，你告诉我怎么弄，我把子弹放空了，就松开你，免得你拿着枪追我。放枪后，刘稼禾留下了一枚子弹壳。当时，子弹壳的灼热给刘稼禾留下了深刻的印象。

　　三年未见，刘稼禾想知道，梁平峰下巴上的那块疤瘌是否还保持着原样。

　　刘稼禾很清楚，他一到柳镇，梁平峰就派人暗中调查自己。他在饭馆当学徒时，见识了各色食客，知道怎么填饱乡长这类人的肠胃，同时掏出一些隐情。自己从小是个孤儿，被拐到柳镇卖给东家放牛，东家就没让他穿过补丁衣服。回柳镇前，他在宣州城里做伙夫，这都是明摆着的。他曾逃脱抓壮丁这事没有被调查出来。

　　开业前几天，刘稼禾亲自烹烧拿手菜，感谢乡长道出了隐情，借机请乡长出面邀约周边的体面人。不过，柳镇是积、宁、清之间的中心要道，自古兵家相争之地，想做生意难免要和兵家打交道，刘稼禾对乡长说，我巴结梁平峰也在情理之中，可我巴结不上。乡长没说什么，吃了一口菜，喝了一杯酒，酒水、佳肴仿佛发号了施令，乡长翻出了一些旧事。刘稼禾的东家是镇上有名望的乡绅，前年冬天晾的腊肉夜里丢失过，有人怀疑其贼喊抓贼，暗地和游击队勾结，一度展开暗查。这次，乡长不失时机地将那次暗查转嫁给了梁平峰。乡长说，梁平峰这个人，前几次和游击队交锋他出了力是不假，但他硬说我们乡公所全靠他庇护就扯淡了，他既不跟我们喝酒，也不跟我们搓麻，他除了乱猜疑，还知道什么？你要想在柳镇做生意，还得靠我们，他梁站长也不能一手遮天！这样，我差遣人去知会他一声，到开业宴那天，梁平峰出席是人之常情；他不出席，难看的并非你刘稼禾。

2

柳镇饭馆开业摆宴这天，梁平峰在宾客渐满时现身，这时间恰到好处。在场的人都看到他缓缓就座于上席。

刘稼禾首先注意到他下巴上那块疤癞并没有长大，只是颜色更加暗淡一些。刘稼禾向梁平峰作揖时，梁平峰脸上的表情仍然是淡淡的，这表情有了年头，却仍然鲜明。

刘稼禾留意到梁平峰旁边的乡长未对梁平峰表现出应有的礼貌，只草率地向梁平峰挥挥手。梁平峰同样没有表现出同盟间的情意，他处处都表现出格格不入的警惕之风。宾客觥筹交错之际，他还不忘嘱咐警卫去周边巡视，而他本人滴酒未沾，对其他人始终是淡淡的表情。刘稼禾还识别出梁平峰对待他人的两种傲慢，一种是对刘稼禾，一种是对乡长，前者深入骨髓，后者涉及皮肉。

一层鸡、一层鸭、一层肉、一层油豆腐，点缀的蛋饺铺满了锅沿，柳镇饭馆准备的一品锅，料足味美。乡长端起了酒杯说，梁站长，这么好的菜，你既然来了就喝杯酒吧！梁平峰并未端起酒杯，缓缓地说，我写得一手好字，也打得一手好枪，我就看不上喝酒！他吃了一口臭鳜鱼说，我来也是冲你乡长来的，我不是为喝酒来的，我是问你给兵站的粮草准备得怎么样了？乡长吐了一口口水，像是把回话都吐到了地面上，仰头喝光了半杯酒，说道，兵站暂时断了粮草，我借给你也是情分，但现在我不说给，粮草就在乡公所的粮库里，你总不能像游击队一样来抢吧？

梁平峰是最早离席的，他脸上始终盘踞着淡淡的表情。刘稼禾送客到街口，梁平峰回头打量刘稼禾，表情里的淡漠多了一层意味，并没有笑意，显然他还没有从乡长的挑衅中走出来。你混出人样了！右手摩挲着下巴上的疤癞，梁平峰说。刘稼禾挠头"嘿嘿"笑，梁平峰丢下一丝轻蔑的表情，兀自向前走了两步，突然站住，你跟这些人是朋友？他抛过一句冷冷的问话，同时他的左手扯开枪套掏出手枪，猛然对准了刘稼禾的脑门。刘稼禾没有动，他死死盯着梁平峰，他在等，等他挪开他的手枪！枪口在扳动扣机的瞬间挪开了，梁平峰挥手向空中发了一枪，一只山雀惊落在稻田里。刘稼禾没有挪开目光，他没有武器，但他在进行一种无畏的较量。梁平峰吹了下枪口，瞟了一眼柳镇饭馆的热闹，冷冷地说，别以为你当了掌柜，就是个人物了，我也让你见识下我如今的枪法，我这个站长可不是好算计的！

乡长听到枪响追到了门外，看着远处的山峰，脸上似笑非笑，像是挑战空枪的冲击力。梁平峰射出的空枪并没有留下任何震慑，他离开后，乡长和乡队副召集了两个心腹开始赌钱，上次有刘稼禾提供赌资，乡长果然始终是赢家。何况有梁平峰坚守在碉堡里放哨，给他们平添了保障。半夜，刘稼禾还亲自下厨张罗了夜宵，偶尔，他瞟一眼窗外，碉堡摇曳的灯火在夜幕中像是漂泊的孤舟。

3

柳镇饭馆窗下的饭桌，是刘稼禾青睐的位置，稍一空闲，他就坐在条凳上。他坐在角落里，貌似毫不在意，实际上刘稼禾就是为这个角落租下这间堂屋的，不偏不倚，能透过这扇窗户看尽碉堡。一抹挤进室内的霞光流露着清早的寒意，伴随着刘稼禾。观察了半个时辰，他清楚地看到梁平峰也在碉堡上望了半个时辰，刘稼禾揣摩着进入梁平峰视线的景致，远处是古庙、稻田，越过一道田埂，仍是稻田。

刘稼禾起身踱到店门外，碉堡、古庙，以及绿油油的稻田相继扑入眼中，稻田留有创伤，是上次游击队和乡公所交火时留下的痕迹，凌乱不堪，而这并没有影响春天的生命力和万物的生长。田间有人戴草帽在摸螺蛳，腰间的竹篓看上去分量十足。清明前，是柳镇田螺呈现美味的时节。作为拥有厨艺的伙夫，刘稼禾清楚时令食材的优势。恰到好处的食材能够熨平心中的褶皱。刘稼禾远远地望着远处山间的桃花，一片涌动的粉色。他还看清了梁平峰惆怅的光和影。

　　梁平峰加入国军之前，师范毕业后曾在柳镇小学任教，日本人轰炸柳镇时，日本人炸平了梁家祖宅，其父母因此病倒先后离世，亲情的痕迹是一剂良药，也是一味苦药。成了孤儿的梁平峰，再也无法安心教书，他弃笔从戎时想的是家国情怀，还是只想把离别的痛苦情绪转化到战场上，只有他心里清楚，但刘稼禾认为，自己和梁平峰都失去了家，他失去得更早，这一点，也许会使他们走得近一些——一段刚刚好的，他需要的分寸。

　　一个轻轻的、鲜活的微笑在刘稼禾的嘴角泛起。

　　刘稼禾吩咐伙计去田边买回螺蛳，收拾、烹烧后，刘稼禾拎着盛着炒螺蛳的竹篮，有些不相称也很别扭，但他强迫自己坚持走近碉堡。他想这样做并没有失去面子，反而他会拥有更多。这次，梁平峰允许他进了碉堡，小个子哨兵亲自为刘稼禾引路时悄声对他说，多亏我美言，你才能进来，我这次就要几个铜板。刘稼禾还是大方地给了他一枚银圆，他注意到哨兵的鞋底有湿润的泥土，蓝山上赭色的泥土。

　　碉堡里光线很暗，刘稼禾将目光压在鞋面上，闭了下眼睛才适应局促的亮光，组织上曾交给他一位内线绘制的碉堡内部结构

／九　珍／

图，后来这位内线莫名失去了联络，刘稼禾突然想到这一点，心里揪了一下。梁平峰坐在角落里打量他，一盏煤油灯挂在他身后的墙壁上，让刘稼禾看清了梁平峰，还是那面无表情的样子。

我们之间能有什么旧情？隔着铺着柳镇作战图的木桌，梁平峰嗓音低沉地问，他抛出了那枚子弹壳。子弹壳落在作战图上，看上去像冰冷的利刃。梁平峰示意刘稼禾放下竹篮，起身走近刘稼禾，他像是急于剥夺刘稼禾叙旧的机会，出其不意地扳过刘稼禾的手掌，摊开，最靠近手掌的那节指肚圆润，掌纹清晰，梁平峰没有看到有厚度的老茧，一个拥有厨艺的掌柜，手指和手掌的表皮有操劳的倦怠，软软的，并没有硬度，而手掌和刘稼禾达成了默契，没有泄露为了消除老茧，刘稼禾如何与浮石、钝刀反复纠缠。展现在梁平峰眼前的手掌，并没有握枪生成的硬茧。

一种强烈的轻松落在两人之间，隔着桌子，刘稼禾看到梁平峰眼中不可捉摸的意味，游离而模糊，刘稼禾审视这目光，他心里有一种扼杀这目光的冲动，但他极力克制着，脸上带着十二岁时的单纯和盲从。现在，他当年的表情派上了用场，被他当作了一种伪装，一件利器。他说，梁少爷，我是孤儿，知道那种孤单。梁平峰不耐烦地打断他，行了，你知道什么，你一个叫花子出身，跟我攀什么孤儿之缘？显然，在梁平峰眼里，即使他们在世间都没有亲人，他们也是不平等的。刘稼禾不再说什么，也不看梁平峰，他低着头，心里想着怎样让自己在这里待的时间更长，他想动手把菜盘端出竹篮，螺蛳、红烧肉……他亲自做这些时，想象这些食物就是他的武器。他说，站长，您若嫌弃这鲜货，我就给乡长送去了，他打了招呼要吃螺蛳，我还没给他弄呢。梁平峰打破自设的缄默说，这样，要吃螺蛳去饭馆吧。他吩咐小个子哨兵，你去喊来乡长，兵站粮草快供不上了，我再和他们商议商议。他语气里的一丝沮丧和落寞让刘稼禾发现了，开业那天梁平峰的孤傲已被妥协取代。

梁平峰和刘稼禾走在柳镇的街道上，一前一后。街道上有年岁的青石板路显然清楚刘稼禾滞后的脚步，他明显在营造谦卑的假象，让梁平峰很受用。

柳镇的日杂铺子老板远远看见梁平峰，忙出来作揖，这个瘦高的男人垂着眼睑，语气慌乱，梁站长，听说兵站里缺少副食品，警卫要的那些货都是我拱手相送的，我不收钱，拿着用吧。梁平峰不说话，目光掠过跟在身后的小个子哨兵。哨兵耷拉着眼皮说，没给补上钱的，我可都送回来了。话音里有些怨气。梁平峰并不理睬怨气，对日杂铺子老板喝道，谁说我们缺少副食品了？谁说的？今后谁拿了东西，你向我汇报。不汇报，你就别开铺子了。国军也有国军的纪律！梁平峰的嗓门很大，他像是以此在树立威严。刘稼禾始终站在梁平峰身后，低着头，看上去他像个谦卑的局外人。

闻声走出乡公所的乡长站在台阶上，远远地撇了一下嘴。刘稼禾听说，自从乡长的胞弟曾被梁平峰错抓过壮丁，乡长一直心怀不满，总伺机贬低梁平峰。果然，乡长咬着嘴唇轻轻吐出嘲讽，梁站长，你这做派，要不是亲眼看你和游击队开火，真让人怀疑你是共产党。

这顿饭，几进几出大门的螺蛳注定不是主角。乡长提出了个条件，兵站派一个班保卫乡公所，乡公所打游击的功劳不能记在兵站的功劳簿上。乡公所在调配到来之前会供应粮草给兵站。乡长说，我给的粮食不记账，让梁站长这回多吃些肉。乡长得意地笑着，抖搂自己言下之意的慷慨，没想到梁平峰拒绝了他的条件，

/ 九 珍 /

还警告他再带着手下的乡丁整天搜刮乡民，他也不客气。梁平峰说，我带的兵分管的子弹库，是国军的重要物资，我的兵凭什么由你调配？

不派兵也可以，乡长掏出一把银圆摆在桌子上，挑衅道，梁站长，你和我喝个酒，赌一把，赢了这些钱，再拿来买我的粮食吧。要不然，你就等着调配吧。

乡长和保长喝酒时，梁平峰只草草扒拉两口饭便急着回碉堡。出门时，他对仍在喝酒的乡长说，你去帮我找两个推独轮车的民夫，我要运送子弹。乡长不说话，缓缓端起一杯酒闭眼呷着。

听到"运送子弹"，刘稼禾心里一惊，他做出起身恭送梁平峰的姿态，站在梁平峰身后。梁平峰面无表情地看着乡长，刘稼禾也看着，乡长在他们眼中是不同的，虽然是同一个人。在门外台阶上，梁平峰对刘稼禾说，你去帮我找几个民夫，要有独轮车的。刘稼禾心里整理着线索，故作惊讶地说，你不让乡长找人啦？梁平峰说，他摆谱，我现在不信任他。你是不是顾忌乡长不敢去？梁平峰逼视着他。我听你的，你让我干什么我就干什么。刘稼禾说。

喊来两个亲信在柳镇饭馆赌了一天一夜，乡长赢了钱，更加认定柳镇饭店是他的福地，而提供赌资的刘稼禾俨然是他的福星。乡长越发不肯挪步离开，刘稼禾毫无怨言，还亲自下厨做了两锅一品锅。乡长赌到第二天时，刘稼禾做好了一品锅，悄悄出门送给梁平峰。他给小个子哨兵也备了一份亲自送去。同样的菜，分成了几份，刘稼禾觉得他的"武器"俨然火力十足。

刘稼禾没有将国军兵站运送子弹的情报汇报给组织，尽管他清楚想要打胜仗，既要支援兄弟游击队，又要保卫上级机关，游击队太需要子弹了。但梁平峰和乡长赌气交给他的差事带有偶然性，并非代表信任，没有弄清楚梁平峰的动机，他不能贸然传递情报。

兵站背倚蓝山，蓝山上有通往镇外的主干道，为方便车夫运送武器弹药，国军已将其改筑成专门的推车道。刘稼禾找来的民夫一辆连着一辆推起独轮车上路，每辆车上都覆盖了厚厚的稻草，刘稼禾无法看到真实的内容，他以顺从的姿势站在路边，心里一次次被撞击，每一下他都默默记了下来。梁平峰派了一个班的士兵押送，这些士兵一部分在队伍前面开路，一部分押后，吆喝着推车的民夫。刘稼禾不动声色地想，如果设下埋伏，包围圈并不大。

小个子哨兵刚刚接岗，刘稼禾看到他脚底仍沾满了新鲜的泥土，蓝山上的土质有黏性，淡淡的赭色泥土，带着山林常年的潮湿气，每一个进入山林的人都会留下痕迹，国军也因此将蓝山的通道利用了起来。哨兵这次态度并不友好，半推半就收下刘稼禾塞给他的银圆，斜睨他的眼神有一丝警惕，他说，站长让你找人运送武器，你可别当真，也许和运送石头差不多，你攀上梁站长的旧情了，他还是要考验你。我知道得太多了，我会不会完蛋了？哨兵显得很疲惫，说的话也含含糊糊，他耷拉着头，缺少了作为一个哨兵的高度警觉的姿态。我什么都知道，我看他也不敢把我怎么样。小个子哨兵最后说。

打烊后，刘稼禾坐在角落里那张条凳上，月光下的碉堡像是被拯救了，缺少了日光下的霸道。

碉堡上的哨兵身影在月光下似一道剪影，能看见隐约有人站在碉堡的射孔后向下张望。

/ 九 珍 /

月亮上来后，刘稼禾起身走出饭馆，他腋下夹了一双崭新的布鞋，他为这双鞋量身打造了两种出路，要么送给小个子哨兵，要么充当道具。从哨兵鞋底泥土的成色，他已判断出哨兵夜里曾进入蓝山。这双鞋身负重任，会是突破口，也会是柔软的刀刃。

　　独自走在柳镇大街上，月光冷冷地投在街面上。绕过兵站碉堡，刘稼禾依然向前走，渐渐背离了柳镇，一路上他始终没有回头，他的步伐不紧不慢，从碉堡上看，他是个不大不小的目标。蓝山就在眼前了，夜色下，它立在刘稼禾的目光里，变成令人困惑的一种回望的眼神。小个子哨兵此时并未守在碉堡下。刘稼禾感觉得到碉堡上的目光追随着他，他决定继续走，以便牵动出目光的主人，他已判断出这目光的主人是谁，他决心与之进行一场较量。

　　夜风掠过刘稼禾，随即接纳了他身后迟疑的脚步声，他明知身后有人尾随，但他并没有回头。刘稼禾一边走，一边掂量着身后的脚步声，走着走着，刘稼禾在黑暗中哈哈大笑起来，梁站长，你跟着我干什么？你离开了，兵站怎么办？兵站里的枪支弹药怎么办？

　　其实是你挡了我的路。你在这儿干什么？身后回答他的果然是梁平峰。刘稼禾做惊讶状，慌忙跳到路边，站在草丛间，梁站长，我知道现在到处封锁游击队，我不会去封锁圈的，我只是走走。他将布鞋掂了一下。梁平峰从他眼前直直地走了过去，突然回身伸手扯出布鞋，抖了抖，逼问说，这鞋怎么回事？刘稼禾吞吞吐吐地说，我是顺便拿给哨兵的，他说夜里上山，费鞋。梁平峰厉声问道，他跟你说他夜里上山了？刘稼禾借着夜色含糊地摇摇头又点点头，梁平峰并没有较真他的态度，而是切齿骂道，这个不上路的东西！刘稼禾清楚地听见梁平峰牙齿间碾出的愤怒。宣泄了愤恨，梁平峰仰头面向夜空，腔调提在上面，语气流出来像是一种恩赐，明晚是满月，月光不错，你陪我去山里走一趟！梁平峰低下头，拍拍腰间的手枪，仍然用一种命令的语气压低了声音说，记住，不许声张！

4

这天一早，刘稼禾差遣徒弟去宣州城里购买山货。徒弟一早出门，他去的不是封锁区，并不令人生疑，何况柳镇饭馆款待乡长现在已经不需要任何理由。徒弟回来时还带回了山泉水酿造的麻姑酒。

夜里，刘稼禾走出柳镇饭馆时，乡长和保长因畅饮麻姑酒仍醉得不省人事。

出门前，刘稼禾拍拍徒弟的肩膀，徒弟帮刘稼禾仔细整理了腰带，最后握住刘稼禾的双手，两人的道别无声而郑重。谁都清楚，形势叵测，也许这是最后的告别。徒弟一早辗转送出了刘稼禾夜里和梁平峰前往蓝山的情报，也带回了组织的指示：游击队对柳镇的第三次突袭定在今天夜里。

夜色下，松枝火把的光芒极其微弱，刘稼禾无法看清梁平峰的表情，但他的声音很爽朗，像是换了一副嗓子，而他走路的姿势也摒弃了警惕，因放松和自由反而有些生动，刘稼禾跟上他，以一种放松的步伐。小个子哨兵跟在最后，在自己的长官面前，哨兵对刘稼禾不理不睬。刘稼禾空着两只手，夹在两人之间，夹在两杆枪之间。刘稼禾熟悉脚下的山路，延伸到蓝山西侧，山顶是高达百余丈的悬崖峭壁，悬崖底竹木葱郁，遮天蔽日，一条打

/ 九 珍 /

柴挖草药的山民走出的羊肠小道蜿蜒其间，成群结队的黄山猕猴会在此地安家。

接近半山腰时，梁平峰转过身来，忽然像受到了启发似的，对刘稼禾说，你走前面，哨兵跟上，你来探路。听上去梁平峰并非把自己的路交给他，而是让刘稼禾把自己的命交给脚下的路。梁平峰说，万一有什么陷阱，我可不能掉下去。刘稼禾始终没有询问上山的缘由，事实上，只要梁平峰远离碉堡和兵站，他的目的就达到了，其余的他并不在意。

夜色下，有些植物发出不可思议的幽光。

刘稼禾向前走，现在，在他的脚下是一条陌生的路，像是蓝山留给夜晚的路，仅仅留给夜晚。刘稼禾边走边想，他不能停下来，也许在相反的方向，有着隐蔽的东西，他身后的脚步声成了唯一的线索。接近山顶时，刘稼禾猛然停住了脚步转过身，他听出了某种警告。月光下，随着一声闷闷的枪响，小个子哨兵戛然停止了脚步，直挺挺地倒在山路中间。

夜的寂静在山林里没有边际，再没有其他异常出现。你比哨兵诚实，梁平峰说，上次运送武器，其实送的是石头，是对你的考验。没有人劫道。你可以跟着我。他评判刘稼禾的忠诚，但并不交出自己的真诚，他命令刘稼禾，把哨兵扔到悬崖下面。

一枪毙命，哨兵毫无声息，梁平峰仍上前踢了他一脚。他知道得太多了，他不该活着。梁平峰冷冷地说，你来接替他，你不是兵，不会威胁我。刘稼禾惊恐地后退了两步，他现在必须是这样的表情，只要和梁平峰在一起，他必须是这样茫然的、顺从的、恐惧的表情，这表情是他目前唯一能亮出的武器，但夜色遮蔽了他的表情，像是梁平峰的帮凶。刘稼禾丢下火把，慢慢蹲下身，举起双手，没有听到突袭枪声之前，他必须拖住梁平峰留在山上，必要时结果了他，这是组织在这次突袭行动中部署给他的任务。他说，梁站长，我听你的。他的嗓音颤颤的，像是滑出无尽的恐惧。山林突然安静下来，之前穿行其间的风声以及猫头鹰的叫声消失了。

梁平峰举着驳壳枪，枪口对准刘稼禾，除了这个，你知道我为什么带你上山吗？刘稼禾用力摇摇头。为防节外生枝，他必须让梁平峰看到他在夜色中的顺从，直到听到突袭的枪声。以后万一出现意外，你得陪着我，哪怕去死，你必须服从我。梁平峰晃了晃手中的枪说，我有武器！刘稼禾说，我听你的。

柳镇传来枪声时，刘稼禾正在悬崖下掩埋一箱子弹，这是梁平峰掩藏的。梁平峰指定的一块山石后，有梁平峰陆续私藏的军火，不仅有子弹，还有手榴弹、步枪。有了梁平峰的信任，刘稼禾取代小个子哨兵执行掩藏工作。梁平峰说，这是我的退路，今后你只要听我的，就不会是哨兵的下场，还会过上好日子。梁平峰站在岩石上俯视着刘稼禾，说，在我眼里，听话的，就是自己人。你知道我为什么要告诉你吗？梁平峰问。刘稼禾说，你想让我过上好日子。梁平峰冷笑道，不是，我担心万一有突发情况，我一个人死在这林子里或者遇上埋伏，太孤单。刘稼禾清楚地意识到，梁平峰始终没有平等地对待他，尽管自己是他的救命恩人，这是不可改变的事实。

柳镇传来的枪声起初是零星的，划破了夜的寂静，也讽刺地打断了梁平峰的"肺腑"之言。听到枪声，梁平峰迅速卧倒在地，他将枪口对准了刘稼禾，你出卖我？刘稼禾伫立着，终于听到了突袭的枪声，他心里没有慌乱，反而感到踏实，他在心里告诫自己，为了把梁平峰掩藏的武器交给组织，他必须活着。此刻，战胜梁平峰需要的是另一种武器而不是正面交锋。刘稼禾这样想着连连摇摇头，慢慢靠近梁平峰，对着枪口举起了双手，梁少爷，你现在冤枉我，我也没办法，但你现在不能让我去死，我现在让你看看我对你的心！枪口抖了一下，刘稼禾捕捉到了枪口闪出的森冷之光，也看明白了梁平峰的傲慢在慌张中不堪一击，这让他鄙视。山下的枪声骤然密集，接着，天地间又笼罩了诡异的安静。

梁平峰在安静中镇静下来，他撇下刘稼禾向山下跑了几步，又站住，迅速扑灭了若明若暗的火把，夜色瞬间变得密不可穿。他将枪口抵住刘稼禾的眉心，你说，你对我什么心？刘稼禾说，你说过的，你不能孤单，让我跟着你，当然是忠心。梁平峰嚷道，少废话！也许不是游击队突袭，会不会是乡长欺负我的兄弟？

刘稼禾抓住了梁平峰片刻的犹疑，突然说，快脱！脱下你的衣服！梁平峰从犹疑中缓过神，立刻明白了刘稼禾的意图，语气有了缓和，这是让我假扮成你？刘稼禾顶着枪口点点头，是我扮成你。梁平峰像是悟透了刘稼禾的忠心，腾出一只手松开腰间的皮带，但他一只手仍握紧了手枪。柳镇的安静持续着，并不长，但山上的两人像是经历了漫长的煎熬。黑暗中再次传来枪声时，梁平峰加快了动作，他急急地扯着衣扣说，你先下山弄清情况，要是游击队，你把游击队引开；要是乡长欺负我的弟兄，你先稳住乡长。跟着我，日后我不会亏待你。

刘稼禾心里清楚，从所处这条道的出口往西北三四里是一个名叫背雾的地方，组织已经设了埋伏。梁平峰很快脱掉了军装，但他的姿势并没有改变，他依然站在刘稼禾的对面举着枪，充满了敌意和强迫，快点，把你的裤子脱给我！刘稼禾动手解开腰带，缠在腰带上的麻绳绳头有隐藏的匕首，杀伤力并不比枪支逊色，他触摸到匕首传递的硬度，却暗暗将麻绳打成个死结，他对梁平峰说，我心里发慌，腰带打了死结，我得找个石头磨磨，他额头上顶着枪，慌乱地蹲下身，辨清了那块突兀的鹰嘴一般的山崖。从这里折向西北走七八里，都是人迹罕至的山坞野径，只要能顺利穿行过去，就可以到达鹰山山脚。按照计划，他将在那里与游击队汇合。

有枪声和嘈杂声再次穿过密林传过来，能看到柳镇的灯火忽明忽暗，柳镇饭馆的两盏红灯笼变成了四盏。刘稼禾明白，此刻，突袭的队友已在饭馆拿下了醉酒的乡长。按照设计的埋伏，他和梁平峰已经被包围了，"自己人"包围"自己人"！是时候让梁平峰去他该去的地方了，刘稼禾一边想着，一边慢慢松动着腰带，打开了麻绳结。

作于 2021 年 10 月

收录于《喇叭花开》（安徽文艺出版社 2022 年 9 月版）

【点评】

《蓝山》短评

短篇小说《蓝山》，文字讲究，火候到位。这篇小说无论是布局、叙事节奏、人物刻画、闲笔的运用都有较好的表现。

简单说来，这其实是两个男人之间的故事。小说开篇，刘稼禾搭救过梁平峰。多少事就从这一句话开始。

/ 九 珍 /

在我看来，这个小说的好，首先是好在腔调。小说和散文一样，必须有腔调。有腔调才有味道。柳敬亭说书，故事不论，一开口便知是柳敬亭。小说，我想特点是它的小，它不是"大说"。小是什么呢，当然不只是说蝇头小事，它是人与人之间的区别，不同地域与生活界限之下的分别与特征。再有，小说的落脚点应该是说天下事。张嘴有天地，开口见乾坤。《蓝山》这个小说的腔调不是闺阁密语，也不是江湖黑话，它是长河落日圆，是大江东去浪淘尽。它的口气是大的，大刀阔斧，天大的事却也在一枚细长的绣花针上。马洪鸣的小说有一股金戈铁马的气味，一字一句都是金属味。《蓝山》是铁打的，《蓝山》是雄心勃勃的文本。

其次，我觉得马洪鸣写小说很较劲。她是真把小说当小说写的。她处处都在讲小说的纪律。不难看出，《蓝山》在故事情节设置方面是花了不少心血的。刘稼禾和梁平峰，生长在皖南大地上的两个普通人，这中间不知道是因为命运还是别的什么，两人最终走上了不同的道路。本来人各有志，也没有什么好说的，然而巧的是，这两个人却在路上相撞，于是里面就有了故事，有了惊心动魄与生离死别。马洪鸣在讲故事的同时也在绘图。她的小说具有很强的方位感。柳镇三面环山。柳镇饭馆、碉堡、乡公所。此处，彼处，不仅是地理方位上的，也是人心与叙事逻辑上的。马洪鸣一方面写人，但也没有忘记造景写物，尤其是在物的层面，她煞费苦心，对于物的部分近于痴狂的书写，让那个遥远的年代瞬间回到我们眼前。另外，马洪鸣善于描写人物的内心世界，但又不是硬写，她通过闲笔的运用，让人物的心境得以呈现。

朱强（《百花洲》执行主编）

绿皮火车

1

周五下午，加班通知的信息弹出后，孤零零地挂在微信工作群里。谁都明白，表面上风平浪静，潜水的却是一片怨言，这是常态，但无人打破。

工作群里，周维和大伙儿打成了一片，无声无息潜游在底部。但在现实场景中，周维几乎和信息同时从椅座上弹了起来，他突兀地立在格子间中，任凭含义各异的目光穿过玻璃，将他扫描成异类。周维走向总监室。鞋底在塑胶地面上挪动，毫无声息。

隔着办公桌，总监头靠高高的椅背，目光不满地跳向周维头顶的天花板。周维低声说，领导，我得赶火车，请批准我准时下班。

这算什么事？总监的话音俯冲下来。周维不看总监，盯着总监身后的墙壁，白色乳胶漆面的墙壁上，盘踞着一条细细的裂纹，像是墙壁撕裂的尊严。

总监说，公司不养闲人，年终业绩不达标，要主动辞职的，你不想为了赶火车丢饭碗吧？总监的目光从顶处落回来，直接落在电脑上，他打发周维，语气却并不潦草，出去工作吧，除了手头的工作，记住，对启东要多花精力。

周维站着没动，他盯着总监领口处一道浅浅的褶皱，押了押自己的衣襟说，我准时下班是要去探望一位老人！总监打断周维，目光凝聚到周维的脸上，带着锋芒，语气里宣泄着怒气：别跟我提婆婆妈妈的事，有那时间，你琢磨琢磨尽快让启东成为我们的客户。周维清清喉咙，一字一句地说，老人是启东的父亲！

　　总监脸上的表情顷刻间交替着惊讶和惊喜，他揣测道，曲线行动？周维既不肯定也不否定，一脸淡定。和启东他家人热络，以此打动启东？这想法高明！那你赶快动身！总监自圆其说，兴奋地拍了下桌子催促道。

　　周维走出格子间时，收到总监发来的微信：对启东这样的大客户，出手要大方。周维撇了下嘴。不到两分钟，总监那条微信及时撤回了。

2

　　周维在下班时间准时离开了办公室。晚高峰时段，地铁口通道，人流更加密集，时时像是有人怀抱着一团迷茫逆向冲过来。在自己生活的城市，即便遵循正确的方向，仍然无法避免和逆行者打照面，周维习惯了错乱与拥挤，双脚机械地随着人流挪动，感觉一切都在快节奏地奔向终点，铁轨、人、叠加的脚步……这种感觉一直延续到进入城东火车站。相比于城南新站，城东火车站设施落后，褪色的候车椅与天花板的长管荧光灯虽自惭形秽，但火车站客流并不逊色。密集再次向周维挤压过来。安检、检票、进站，直到在列车上坐定。周维长长舒了口气，车厢将他与外界分离成两个世界，列车尚未启动，他坐在车厢一隅，内心安宁得有如已到达终点。

手机铃声像是一枚子弹，射中了周维的轻松，他深深地吸了口气。接通的瞬间，女朋友林莉的声音便覆盖过来，压住了他的喘息。林莉直接问，你在哪儿？周维告诉林莉，我出远门了，在车上。怎么这么突然？林莉接着问，去哪里？周维并未报出终点站，似乎目的地小到只能留在心底。林莉抱怨说，眼前的启东不抓住，却跑到外地去。周维听着林莉的怨言，沉默着。但周遭的嘈杂正沿着手机听筒爬过来。林莉提高了音调，她说，你不是在逃避吧？周维心里清楚，林莉的奚落一直等在那里，越积越厚，抛洒出来便铺天盖地。车厢仍处于短暂停站的忙乱中，很多旅客在寻找座位，有人念叨着，对号入座。周维下意识地看了眼座位号，他不明白，椅套为什么是浅蓝色，而座位号却是难以辨清的深蓝色。

　　你为什么要逃避？林莉仍在追问，她不明白这不是问题，至少不是周维愿意回答的问题。但他不会再向她明说这一点。

　　车厢遍布的杂音像是帮周维解围。林莉的语气忽然烦躁起来，太吵了，你不想说，是吧？就这样吧！她果断地挂断了电话。周维摆弄着手机，发送了一条信息：车厢太吵了，别介意。林莉并未回复。

　　周维可以断定，倘若面对林莉，流淌在他们之间的语言，是有棱角的。尽管过去几天了，这棱角却越来越尖锐。棱角初现端倪，是林莉察觉了他对启东的慢怠，这出乎她的预想，她还翻出了他留在钱包夹层的银行卡，银行卡里有原本预计送给启东的十万元钱。为什么没有送出去？林莉追问，你去见启东为什么不给他？她当时站在水槽边，忽然解下了围裙，用力掷向他，围裙像是失去血肉的皮囊，无声无息地坠落在地板上，林莉伸出双手捂住自己的脸。水管里哗哗地流着水，拥堵在下水口，打着漩，没人关上水龙头。那天他喝了酒，冷风吹了一路，回到住处，脑袋微微疼，什么也不想说，他们被浓重的失落和不安围困着，都在等待。

列车启动后，周维匆匆扫视车厢，行李架、座椅……及至每张陌生面孔，浓缩了疲倦和漠然、从容和热情的面孔……像是部分无法逃避的现实生活尾随着登上了列车。

邻座是个粗壮的男人，整个人摊开，侵占了多半座位，脸上却挂着不可侵犯的神情。对面的年轻小伙戴着耳机，一直微闭双眼。周维打消了和这位同龄人攀谈的念头。科技时代，人们似乎更乐于在虚拟空间寻找共鸣。周维也戴上耳机，点开收藏的钢琴曲。业余时间，周维喜欢收听无歌词的纯音乐。

在缓慢悠扬的音乐中，周维望向窗外，列车正穿过一片平原，田野里成片即将越冬的小麦、油菜……坐落在田野间的农家二层楼房，或白墙灰瓦或红瓦灰墙，都成为与黄昏共处的风景，安然静谧，周维觉得自己乘坐的火车也是风景的一部分。车速并不快，是可以回味的速度。一抹夕阳沿着车窗挤了进来，带有暖意。

3

公司拓展客户时，总监将启东列为客户资源，并分派给周维跟进。怎么会是启东？周维诧异。总监强调说，这个信息都没有，我怎么做你的总监？这次招聘时，我查了你的简历，发现你和启东是同乡还是中学校友。周维迟疑了一下说，我得换个客户。总监不容置疑，这由不得你！你得利用你们的关系，争取把启东要签给 M 公司的单子抢过来，还要将他发展成公司的长久客户。

周维联系启东，是个阴雨蒙蒙的日子。电话一接通，启东响亮的大嗓门便传了过来：哥也正想找你呢！周维望着窗外的天空，一抹低低的阴云正在天际散开。

见面地点仍在窄巷，沿着高低不平的青石板路向深处走，窄巷越走越宽，巷道尽头的"好来坞"饭庄，世外桃源般的前后两进庭院，清一色的青砖黛瓦，石板台阶，木雕装饰，门廊上挂着红灯笼。他和启东见面基本都会选这里。这次周维特意来得早些，不想启东来得更早。

周维在包间外先听到了启东一声接一声，爸！你看到我了吧！启东正和父亲视频。周维一凑过去，启东父亲便喊了一声，老二！这声呼唤，亲切到令周维鼻尖发酸，他笑脸面对镜头，喊了一声"干爸"。视频那端，启东父亲已经穿了秋衣，这一端，包间里的空调输送着习习凉风，北方小镇先期到达的秋意，隔着距离。老二，八天后是我大寿的正日子，你回来吧？周维其实忘记了老人的生日，听着"干爸"的问话，喉咙发紧，对着镜头用力点头。

今天喊你特意商量一下，咱们提前一天回去，你没有其他安排吧？启东盯着他问。周维摇摇头，看着服务员送上来的一杯茶，茶杯是青色陶瓷，飘着袅袅升起的水汽。启东向来关照周维，他掏出电话吩咐秘书订两张机票。这天我和 M 公司签个约，结束后我们一起乘飞机，说到这里，启东盯紧了周维说，这个项目很重要，不能改时间，幸好和下午航班时间不冲突。周维心里打了个激灵，启东和 M 公司签约的日子只有七天了，这个消息让他有些意外。他端起茶杯，浅浅啜了一口，说道，我们可以早点回去，回来后你再签约，我耳朵不太舒服，咱们不乘飞机！周维琢磨着打乱启东的行程，为自己争取点时间。

/ 九 珍 /

不乘飞机，开车吗？启东略一斟酌，目光灼灼的，老二，你有心事？还是那句老话，别把哥当外人，有什么难处，直说。启东总是这样为他着想，周维突然觉得自己并不想把任何难处丢给启东，如果说目前公司交代的工作算是个难处。他说，我没心事，再说，跟你怎么会见外呢，开车太辛苦，坐火车吧，等以后通了高铁，绿皮火车坐一次少一次了，坐火车还可以去给干爸买双手工棉鞋。后面这条是周维突然想到的理由，他觉得是自己的真心，这让他坦然。他和启东都清楚，乘坐火车，到达终点站，出了站台，沿着县城路面斑驳的水泥路，向东直走，水泥路尽头便是"足行天下"制鞋手工作坊。启东拍了拍周维的肩膀。这个动作像是个赞赏，启东说，我爸没白认你这个干儿子，咱爸就中意那手工的棉鞋，你还惦记着。启东的触动，也感染了周维，乘坐列车到达那家手工制鞋作坊，购买一双手工纳底的棉鞋送给干爸，这个念头忽然变得很强烈，顷刻间遮蔽了一切杂念。启东略一沉吟说，我和 M 公司的项目，不能节外生枝，这样，你有时间你坐火车，我还是那天上午签约下午飞。周维再次端起茶杯，呷了一口，点点头说，今天还像往常一样，咱们俩喝个痛快，其余的都抛开。

在周维的鞋柜里，也有一双手工纳底的棉鞋，旧了，却被他珍藏着。冬季，江南无雪，北方的雪却停不住。高三那年，启东父亲打工回来，给周维和启东都买了双手工纳底棉鞋。

收到棉鞋的那天，周维留在启东家吃了酸菜肉馅饺子，怀里始终抱着那双棉鞋。吃完饺子，启东的父亲亲眼见他换上新鞋，摸着他的头说，孩子，你爹没了，还有我这个干爸呢，你从此是我们家老二。那天干爸送他出门，拐过村边的小路，穿过一片落尽枯叶的桦树林，打开紧闭的院门，他进屋时，身后那道亮光转过弯消失了，是干爸熄灭了举着的手电筒。而那温暖的光亮在他的内心深处从未熄灭，他一直保留着，原封不动。

这天回去的路上，周维和启东并肩步行，喝了酒，都有醉态，他们在夜风拂面的街头却步调一致。启东说，弟，我感觉你像是有话说，有难处哥会帮你的，你直说。周维站住，像是被启东的熨帖拽住了。启东也停住脚步，掏出口袋里的香烟，点燃，吐出长长的烟圈，说吧，谁让我是你哥呢！周维也抽出香烟，点燃，猛吸了一口，摇摇头说，我没难处！我是你弟，我挺愧的，差点忘了干爸的生日。午夜时分，街道上很空旷，他们两个人的道路越走越宽。

第二天，周维刚到公司，总监便跟了过来，他打量着周维酒醒后略显苍白的面孔，昨天和启东喝酒了？周维不置可否，总监却兀自发挥说，你有启东这层关系太有利了，看来凭这点招你进来是对的，抓紧拿下他。周维当时撇下总监奔进洗手间，对着水池一阵干呕，像是被总监留在耳边的话呛住了。

下午，周维犹豫着是否再次联系启东，却接到了启东的电话。启东说，哥找你一起吃个饭，你下班后来新发酒店。放下电话，周维便开始酝酿，他第一次发现他和启东之间还有难以启齿的话题，和启东谈业务分明是个难题，自己公司的产品质量明显不能与M公司抗衡，而他一直想着把这个难题丢给启东，他觉得自己太过低劣。出门前，周维将一张存有十万元的银行卡放在钱包里，这是他全部的积蓄，也是林莉的主意，她说，把这个给他，不用多说什么，大家心知肚明，对我们大家是双赢。她鼓励周维，你会突破的，抓住启东，他带来的提成会让我们很快发财的，至少，你得证明我选择嫁给你是有眼光的。仿佛她嫁的基础是潜藏的财

/ 九 珍 /

富，不是周维。周维却感到不安，觉得这张卡掩藏的狡黠让他失去而非得到。

一共四位客，启东最后到席，主宾的位置留给他，却高低不肯就座。启东自谦小弟，在场的几位却不肯以兄长自居，论资排辈间，启东倒是痛快，他直接对其中两位介绍周维，这是我弟，他是来监督我喝酒的，明白人不必揣糊涂，你们不必灌我酒，直接说产品吧，我就当现在加班。那两位显然有备而来，介绍了产品的功能，使用原理，选用材质。周维留意到，两位客人不时瞟他一眼，暗示他是个局外人，但周维端坐在启东身边，一只手在桌布下，被启东紧紧按住，像是他正濒临险境，而周维是他的救星。

启东的表情却是专注的，看得认真，听得也仔细。结束时还助兴般鼓了掌，大家在掌声里举起杯，酒过三巡，启东起身去洗手间，紧接着周维的手机响了，是启东的来电。周维起身出门，启东站在酒店的走廊里，像是一直就等在那里。启东笑着，却难掩疲惫，他翻着手掌说，这些人想撬M公司的单，给我的好处费是这个数！启东翻翻手掌，在灯光下眯着眼，嘴角浮起嘲谑的苦笑。怎么？嫌少吗？周维问，侥幸自己预备了十万元。但他很快意识到自己问了个愚蠢的问题。

你觉得哥的信誉值多少钱？启东反问他。显然，启东也不需要答案，启东指了指包厢说，不管多少，你觉得哥能要这钱吗？他们明知自己的产品质量无法和M公司相比，不改进产品却来收买我，如同在把我推向悬崖，我要是贪图小利，我就跳进了深渊，不仅毁了M公司，我们公司也受损，我也会在行业里没法抬头，他们低看我了，我只对有品质的公司致敬。拿我的信誉讨价还价，简直是对我的侮辱。启东的脸涨得通红，周维却觉得自己脸皮发烫。多亏有你时刻在，他们没法得手。启东像是得到安慰，拍了拍周维的肩膀，他们望着包厢，像是望着不属于他们的远方。这些共进晚餐的人，抛开业务，其实都是陌生人，而在这城市里，同事、上司又何尝能掏出心里话呢？启东点燃香烟，吸了一口，吐出个袅娜的烟圈，接着说，哥这些心里话，只能说给你听，整天和这些人周旋，你知道哥有多累，你来，我就踏实多了。

启东为周维点燃香烟，看着周维吸了一口说，哥谢你赶来。周维摇摇头，也吐出个飘浮的烟圈，他正被内心的欣慰征服着，启东的苦楚转换成他周维的苦楚，但被他们共同化解了。你不说，我也猜得到，你们公司虽然不如 M 公司，但一定让你来发展我，你从没跟我提过，哥知道，你体谅我。启东低声说。长廊上，时有觥筹交错的回音隐隐传来。周维望着尽头，像是那拐弯处潜伏着危机，随时会截断流淌在他们之间的暖意。其实我……周维吞吞吐吐的，话也不利落了。启东理顺了周维的吞吐，你让我明白，真正的亲人之间，没有买卖，也没有利用。启东说完掐灭香烟，转身走进包间，周维跟进去，依然坐在启东身边，装有银行卡的钱包揣在裤袋里，像是不甘寂寞似的长出了锋利的牙齿，啃噬着他的肌肤，灼痛难当。

那天周维带着那张银行卡回到住处，林莉显然很失望，看着那张银行卡，像是看空了一切。她最后弯腰捡起了地上的围裙，头发垂下来，挂在额前，遮挡了眼睛和嘴巴，像是一个陌生人。周维描述了见面的经过，表达了真实的想法，也做了决定，他不能去撬单，也不会让启东成为他的客户，利用情义和启东讨价还价，这样低劣的想法很让他感到羞耻。林莉却直接道出了结局，她逼视着他，嘴唇打着战，就是说，你被启东清出局了，你被他的演技打动了。林莉掂着银行卡，她说，什么情义，是启东的借口，他在暗示你，他要得更多！情义，在当今能值几个钱，发现不了核心问题这才是你脆弱的地方。林莉将他独自留在出租屋里。他突然十分清醒地意识到，他和林莉之间关系正在发生改变，改变他和林莉之间关系的是贪欲，这贪欲会吞噬情义。他觉得林莉的说法并没有将他围困起来，而他和林莉同时被生活围困着。

4

微信群里，同事们终于下班了。总监祝大家周末愉快，像是恩赐。周维端详着手机页面，原本只想清空对话内容的，手指随着列车的节奏，只轻轻一滑便退出了工作群。他对自己的手滑竟然心存感激，索性摘下耳机收起了手机。天已经完全黑了，窗外有零星的灯光，透着暖意。

列车停靠在一个小站时，周维身旁的男人忽然站起身从座位下掏出个硕大的编织袋，夹在腋下磕磕碰碰，像是夹带着肆意的蛮横下了车。

从车窗望过去，在夜色中，男人落地的站台孤零零的，冷清的灯光，枯守的站台，只有他一个人，仿佛他是被列车抛弃，被世界遗落于此。

林莉出现在微信里，她发出的那条信息，像是一条隐形的纽带。她问：我联系了你们总监，你对总监说是去探望启东的父亲？周维稍做犹豫，回复：是的。林莉的信息兴致盎然地跟了进来：这样就对了。打动他父亲帮你说服启东，最后成功签单。周维不再回信，握着手机。这样，启东带来的提成，很快会使我们成为富人了，我们就能付清买婚房的首付了。林莉再次输送的信息并无新意。

林莉问他有没有吃晚饭，他回答说，吃了。这句平常的关心，林莉对他吝啬很久了。回复了微信，周维心里发空，便起身向列车餐厅走去。林莉接着问道，吃了什么？他随口报了几样菜，他很珍惜两人之间不紧不慢的交流，缓缓的平稳的，像是日子，这让他感动且留恋。他第一次在超市收银台见到她，就被她淡淡的笑容打动了，他觉得他们都是普通人，能够一同踏实过日子。列车正拉开距离，而手机传递的信息，使林莉正一点点接近他，接近最初。

说点我和你之间……他小心翼翼地试探。餐厅几乎被无座乘客坐满了，他买了一份带有红烧肉的套餐，边寻找餐位边向林莉发出信息。林莉却不愿扯开话题，她发来信息：我理解你这样做的意义。林莉紧接着说道，感情投资，付出会有回报的。这不是他倾心的话题，但她坚持强调。

周维终于坐下打开了餐盒，红烧肉色泽暗淡，素炒芹菜也蔫蔫的，这让他顿失食欲。手机里，林莉的热情涨了起来，挡也挡不住，她说，你要抓住你的希望。周维挤进去一句话，林莉，我想没有启东，我一样会争取到大客户。林莉立刻打断了他，但现在有啊。他越来越觉得，和林莉对话，像是彼此在自言自语。

列车停靠在一个站台上，接着又启动。窗外，那些守在远处的建筑，仿佛触手可及又在渐渐远离。

5

十年前，村里仅有他和启东考上了县城的重点高中。每到周末返家时，很多接学生的私家车堵在校门口，启东带着他绕过这些汽车，像是冲出误闯的困境。不舍得花十元钱乘坐班车回乡下，他俩沿着县城路面斑驳的柏油路赶往火车站，当时仅每周末有一列货运火车经过。货车停靠五分钟，他们总是在火车启动的最后时刻迅速翻过红砖院墙，猫腰接近铁轨，悄悄爬上货车。货运列车穿过一个隧道后，他们会准确地跳到隧道出口旁的一处沙堆上。跳下沙堆，穿过一片麦地，就到家了。黑色的游动的货车继续向前，无数次在他们眼里渐渐变小，直至消失。

父亲去世后的一段时间，周维变得敏感而迟钝，一个雪天的周末，他俩爬上一辆运煤的货车，呼啸的西北风肆意掠夺两人身上的热量。接近沙堆时，周维恍惚觉得到处是白皑皑的一片，他缩着身子，双腿僵硬得无法挪动，眼见要错过沙堆，启东紧紧搂着他，纵身一跳，两个人跌落在洁白的雪地上，周维在上，启东在下。那一次跳车造成启东腰椎骨折。周维为此歉疚了很长时间，启东是为了护着他，才让自己垫在他的身下的。他发誓，自己绝不会忘记启东的恩情。

启东骨伤痊愈后，他们再也没有扒过货运火车，但他们仍会赶往火车站，沿着铁轨，目送奔向远方的火车，直到车站增停了客运绿皮火车，视线之内留给他们的，始终是脚下的枕木、铁轨……仿佛没有尽头。

整个高中阶段，看火车成为他和启东的秘密，也成了最美好的人生记忆。

6

总监的电话来了，周维看着手机屏，任其成了未接来电。紧接着，林莉的电话跟了进来，周维，启东和 M 公司签约了！周维松了口气，断定启东会准时赶上航班，在家里与自己会合。你现在下车，改变方向还来得及，别去浪费感情，林莉这话说得突兀，意味也变了。他没有回答。接着，林莉的声音便炸了起来，你到底在哪儿？你怎么不接总监电话？为什么退出了工作群？

周维说，我在火车上，绿皮火车。林莉显然很吃惊，她像是怀疑自己的听觉，她说，我是不是听错了？我不明白你为什么不坐高铁，不乘飞机，却登上绿皮火车。从一开始你就在撒谎，你到底去哪里？去干什么？周维不回答，沉默让他做回了自己的主人。

就近下车。遭遇沉默，林莉不依不饶地发过来四个字，她在安排他的行程，毫无余地。然后是长久的空白。比这空白更长的是周维的沉默。

你撒谎，有没有想过我的感受？林莉接着发来的这条信息，就像是她坐在他的身边，她的诘问锋利无比。林莉说，你到底要怎样？周维望向窗外，一切都被夜色包围着，他却和车厢里的灯光友好相处，他和这光明一同奔向前方。启东和我同一个方向。他回复说，我在绿皮火车上，他乘飞机，我们将到达相同的终点站。

这怎么可能？你现在还去找启东干什么？周维不知道该如何阐明他和"干爸"的关系，也不知道林莉还会不会给他当面解释的机会。他不回话，林莉却下了结论，她发来一连串的信息，像是密集的子弹，每一句都带有杀伤力：你们总监打来了电话，马上回来弥补；要保住工作，你必须向总监解释，是启东背叛、出卖了你，你不能做即将被淘汰的绿皮火车。周维想，林莉不明白，

/ 九 珍 /

谎言和背叛不会成为伴随他们人生行程的行李。

最终，周维关闭了手机。林莉的喋喋不休湮没在无声的夜色中。

作于 2019 年 7 月

原载《天津文学》2020 年第 9 期

异 地

1

火车到站时，是上午九点。

李励下车后虽不记得旅客出口的方向，但随着拥挤的人流，不知不觉便出了站台。出了站台，李励并没有急着赶往约定见面的地点。

他站在站前广场，回首打量"已城火车站"这五个大字。这么多年了，它们依然红艳艳地屹立在原处，包括候车室这座四四方方的建筑也依然没有任何改变，李励不禁心生感慨。环顾四周，李励进一步发现，历经多年，那辆通往约定地点的公交车站台居然还在老位置，李励不禁心头一热，忙走近站牌，仔细查看沿途停靠的站点，除了增加了两个并不陌生的站点，多年来，这路公交车依然没有改变路线，终点站仍然直抵他们约定见面的地点。

李励看了一下手表，时间是上午九点一刻。他抬头向远处张望，就见那辆公交车徐徐驶入了站台，像是专程迎接李励似的，车刚停稳。车门便对着李励霍地洞开了，李励不由自主抬脚上车，刚一站稳，一个悦耳的声音传了过来，"投币一元，不找零钱"。李励在自己居住的城市虽很多年没有乘坐公交车了，但这一次出行，他在来时的路上早就计划好，要经历一次纯粹的回归，乘火

　　　　　/ 九 珍 /

车去已城，下火车后要乘坐公交车，到达约定地点。为此，他特意预备了零钱。现在，他从容地掏出一元硬币。

来已城之前，他有过一丝顾虑，担心多年来已城发生了翻天覆地的变化，自己会迷失方向。现在，沿着公交车行驶的路线，看着车窗外依次闪过的熟悉的风景，李励内心封存多年的记忆瞬间复苏了，同时，他的顾虑也彻底消除了。

车窗外，他曾经最迷恋的已城新华书店，换了门脸，但那两扇大门还是稳稳地掩在梧桐树树荫里，魁梧的梧桐树依然站满了这座城市的主干道两侧。新华书店过去，人民影院露出了屋顶、檐角，接下来是人民医院，李励注意到人民医院虽然还在旧址上，但已经翻盖了新楼房，很高，梧桐树挡住了视线，李励看不到它的楼顶，门诊楼前停满了轿车，行人几乎无法落脚，这一点同李励现在居住的发达沿海城市非常相像。看到医院门前的熟悉的景致，他疲倦地闭上了眼睛。

再一次睁开眼睛，李励的眼里全是碧波荡漾的湖水，这座城市最著名的明湖跃然眼底。湖边，李励曾经傍湖而憩的石凳，现在都换成了质朴的木制双人长椅。

一路上，李励故地重游，在这些并不陌生的景致里，他终于到达这路公交车的终点站。终点站位于这座城市最著名的景区，景区以山得名，依山而建。山间优美环境依旧，林间偶有鸟鸣穿梭。李励沿着台阶拾级而上，很快来到了山顶的观景亭，这里便是约定见面的地点，然而，亭内空无一人。

李励的内心并没有失望，他看了一下腕上的手表，十点半。确切地说，他们当初约定了见面的日期，对于见面的时间却很笼统，但有一点可以肯定，是在下午。时间尚早，他有耐心等待下去，在这样不受尘嚣干扰的环境里，等待着一场约定，李励甚至认为等待的过程也是一种享受。他期待中的心灵的安逸与宁静正款款走来。

坐在观景台的石凳上，仔细品味周围的美景，抬眼望去，郁郁葱葱的绿像是排山倒海的山的语言，偶有微风伴着悦耳的鸟鸣，时过境迁，但景色如故，一切恍如二十年前。李励心底尘封的激情不可遏制地爆发了，他不禁热泪盈眶。这么多年，这么多天，李励时时地渴望自己被这种纯净的激情燃烧，仿佛只有这样才会让自己身心涤荡，全身心得到彻底的放松，一切的烦恼都被置之度外，还原一个自然诚恳的自己。

心情放松，李励的回忆便有些绵长。二十年前这一天，李励作为已城中学高二的一名学生，他和班上另外四位同学在这一天受到学校的表扬，他们被表扬的原因各不相同，有成绩优异的，有拾金不昧的，有见义勇为的。表扬大会后，下午，他们五个相约来到这里，到达时，天是晴朗的，站在山上俯瞰，整个已城尽收眼底。五个人冲破了学习的束缚，身体里被禁锢的玩心和野性便释放出来。五个风华正茂的少男少女，一些情愫都是懵懵懂懂的，他们几个都抒发了自己的情怀，并且表达了自己的愿望，最后不约而同约定二十年后的今天，在这里，这个下午，聚会一次，让他们的美好年华再次相聚。他记得当时的美好憧憬让他们个个红光满面。

李励记得当时说出聚会这个决定时，他身体里的血液欢腾上冲，而肖璐的脸也腾地红了，他们两个迅速地交换了眼神。五个人里共有两名女生，李励记得那一天肖璐的一举一动，却记不起另外那位女生的名字。另外两位男生，现在，李励分别称呼他们

/ 九 珍 /

老路和老一。

实际上，那次下山之后，他们又投入了紧张的学习生活，偶尔课余，他会不经意地将目光投向肖璐，但肖璐再也没有迎接过他的凝视，她总是那样矜持而美丽。落寞的李励时时想表达内心的情怀，却一次又一次用面临高考的紧张和压抑克制自己。他在自己的笔记本上记下了那次上山的日期，学习累的时候，他会把那个日期无意识地描一描，描的时候，他的脑海里就会闪现肖璐那张甜美的笑脸。

那段时期，他患得患失，内心有很多期待，却只是独自感叹。直到高考结束，他终于按捺不住自己的躁动，在等待发榜的日子里，他在肖璐家门口的那条街上走来走去。终于，他和肖璐不期而遇。他的手心里全是汗，眼睛盯着肖璐，太多的话想对肖璐说，却不知从哪一句说起。望着他不知所措的样子，肖璐咧嘴笑了。她疑惑不解地问，你怎么在这儿？李励的心狂跳不止，他结结巴巴地说，我拿到录取通知书后就来告诉你。然后，他低着头匆匆跑开，他是怀着期待幸福地跑开的。然而，当他拿着录取通知书一路小跑到达肖璐家时，才知道肖璐虽然高考落榜，却已经被已城的银行招为职员去外地培训去了。第二年，他暑假时回到已城，肖璐已经有了男朋友。此后，随着父母工作的调离，他再也没有来过已城。如今，包括肖璐在内的四位同学却依然生活在已城。

李励和肖璐的关系虽然没有任何实质的发展，甚至他都未曾表白，但肖璐给他留下的美好一直驻扎在他的内心深处。没有具体的表象，但李励一厢情愿地把肖璐视为自己青春的初恋，他的青春因为有了肖璐变得有些伤感，有些完美，在回忆里分外纯真而美好。甚至，在李励看来，他们今天的约定实际是与美好、与纯真相约。

二十年过去了，他想问一问她，这些年过得好不好？他也期望肖璐问一问他，这些年过得好不好？在不知不觉的岁月流逝中，有这样一个日子，能让自己关心一下曾经爱慕的人，是一件值得期待和幸福的事情。

另外两位男生偶尔和他还会联系，也只是逢年过节彼此问候。走动少，自然没有机会提起这次约定。出发之前，他也有过提醒大家的念头，转念一想，还是保留一份惊喜与期待，这样的举动也许会有意想不到的效果，觉得心里怀着一丝期待启程会更有意义。现在，触景生情，他的期待越来越浓烈。

游人很少，这让李励拥有了足够的空间享受美景，不知不觉间便陶醉了，进而渐渐地进入了梦境。

在美景中享受梦境，李励的梦同样非常美，他梦见自己在绿色中不断地遨游，与之相伴的是如约而至的肖璐。李励醒来后仔细回味具体的细节，却只留下腾云驾雾的感觉，除此之外，山风渐凉，日落西山，李励没有等来当初的约定者，只等来了渐渐覆盖的夜幕。

随着夜色的逐渐加重，李励仿佛听到无声之中的有声，这有声便是心底堆积的落寞的叹息。他理智地告诉自己等待下去也是徒劳。李励站起身打开了手机。在这之前，关闭手机对于李励是不可思议的行为，但现在他轻而易举便做到了。关闭手机，其实是关闭了纷繁纠葛，却打开了心灵的安逸和恬静。他是怀着与世隔绝的心态打开手机的，像是一名昨天生活的过客或是旁观者。不出所料，一连串的未接来电、未读短信。面对着手机，李励发现关闭手机同时也会体验一种新的生活，缓慢的安静生活。李励读到妻子的短信，你在哪儿？我很牵挂。李励本想置之不理，又有些于心不忍，想了一下还是回道，我身处异地，求得安宁，别担心，休息两天就会回去。发出短信，李励料定妻子会很快跟进电话，他果断地又一次关闭了手机，长长地吐了口气。

他的这次出行，虽是履行学生时代的美好约定，也可以算是现实生活的一次逃避。

就在五天前，他发现，公司的一家服装加工分厂将他在年前订购的一批原料由一等品变成了二等品，并且，这些二等品已经悄悄地流淌在生产线上，这是一批为某企业加工的厂服，合同上清清楚楚地标明面料为一等品。起初，他以为是供货方出了纰漏，一路追查下去，结果却出人意料，始作俑者却是他的妻子。

生产方擅自改动原材料，他担心妻子造成的这种局面会使他的企业陷入一场困境。大学毕业后，他只身来到这个发达的沿海城市，他从一名小小的服装设计师做起，二十年来，渐渐地拥有了自己的企业，在服装界拥有了一定的声望，他见过太多的商场变换，也经历过大大小小的挫折，这一次，打倒他的是他的妻子。他通过明察暗访发现，他的妻子这样做的目的无非是获取更大的利益，居然瞒着他买通了订货方的验收负责人，最终受到伤害的只会是那些日夜在生产一线操作的岗位职工。订货企业是一家钢铁企业，大多数岗位属于高温作业，对工作服的面料要求很严格，含纤面料实际是违反安全规程的。而一等品与二等品虽然在色泽、手感和柔软度上一致，材质上一等品是全棉面料，二等品却是含纤面料。

周末晚上，妻子宴请订货厂家的负责人，那是个清瘦的男人，酒量大得惊人。同时，贪欲也大得惊人。这一次，这位负责人和妻子配合默契，大家都很愉快。他闷闷地坐在桌边看着妻子周旋着，忽然觉得这个打扮端庄、服饰华丽的女人让他陌生。妻子这些年跟着他操劳，已经得心应手，所以这一次她可以不动声色地偷梁换柱。生意场上不偷不抢是原则，利益总是第一位的，但他不想破坏对待客户都要以诚相待的原则，这样下去，他二十年在业界建立的口碑会毁在自己的手里。他感到胸口发闷，压抑得几乎喘不上气来，相对于自身的不适，他却看到了妻子眼里太多的贪婪和焦灼。

回来的路上，他做出了换料返工的决定。

你不知道公司扩大经营还有很大的缺口？这样做我们的损失太大了。妻子用温存却坚决的口吻回绝他。现有公司每年利润逐年增长，他觉得已经足够了，自己明知故犯当然要付出代价。况且，我们也该享受一下安稳的生活，他委婉地提醒妻子，妻子却像看一个陌生人一样看了他很久，一言未发。他希望妻子的目光能够触摸到他的内心深处，然而，妻子最后却留给他一个冷冷的背影。

这些年，他一直在追逐成功，或者说在追逐金钱，他忽视了很多东西，包括自己的身体，他抱紧了自己身体，神色黯然，他知道妻子阴沉着脸冷冷地离开了。他感到胸闷，手脚冰凉，就快要坚持不住了，他觉得这些来自身体内部的痉挛都是生活给他的一个提醒。他和妻子外表风光的同时，正在慢慢地缺失一种他无法言说的情怀，而这种情怀是贪婪的天敌。他妻子一直觉得自己赚得不够多。但无论如何他不愿拿自己的信誉做本钱。

此后的两天，他试探着与妻子沟通，但妻子每一次都会冷冷地质问他，两人的工厂为什么她不能做决定？他不知该怎样让妻子更理性些，一个人静静地坐在书房里，听着妻子狂躁的脚步声，从楼上到楼下，从主卧到次卧，来来回回地走动，不停地拨打电话。

终于，他的生活恢复了平静。供货方源源不断地送来了一等品原料。但他知道妻子没有向他妥协，她已经通过其他途径寻找新厂址，另外，转移了部分订单，这一次她要独立经营。她发现她首要的对手会是自己的丈夫，他却发现他们共同的对手是他们自己。

他把自己关在书房里，整理了一下自己的生活。他反反复复地摩挲孩子的照片，他们很小便住校，接着就去国外留学，脑海里可供他回味的美好时光非常有限，他很想让他们回到身边和自己亲昵亲昵。他也整理了一下自己的过去，首先他就想到了那张发黄的纸，纸上是当年被他描过无数遍的日子。眼看着，这个日子就来到了眼前。他忽然被自己忽略过的美好感动了，也许是来自心灵的召唤，他期待着这一天，没有办法停止自己的脚步，在他特别需要关怀的时候，他为这次约会付出了行动，他在心里把这次赴约叫作寻觅之旅——寻觅的内容很广泛，美好年华，真诚，或者人与人之间传递的温情，让心中对美好的怀念、岁月的感慨得到释放。出发的前一天晚上，他给妻子打电话，希望她早些回来，他想争取解开两人的纠结，互相体谅，然后轻松出发。但妻子还是一如既往地留在了工厂里，她抱歉地打回来电话说，我真的抽不出时间对付你的任性。

2

李励下山以后找了一处公用电话，电话打给了当年的其中一位男同学老一。

学生时代的老一，学习优异，真诚实在。他当年为了纠正李励浮躁的学习态度，一度和李励结为一对一的对子。一次，李励的一篇作文得到了老师的表扬，老一却当场对作文中的一句话提出了质疑，并且强调文章要实事求是，作文的原话是：满天的繁星簇拥着清亮的月亮。老一举手后，严肃地纠正道，这句话没法解释"月朗星稀"的现象。戴眼镜的语文老师当时就表扬了老一，老一却真诚地对满脸通红的李励道，请原谅我的坦诚，这样对你会有帮助。老一学习态度严谨，他对李励确实有很大的帮助。高考时李励考取了本科学校，老一却很意外地只考取了一所专科学校，毕业后老一回到已城，先是在一家市级企业干技术员，后又经历了下岗，再就业，他带领了一批老同事，创办了一家机械加工厂，多年来也算是小有成就。老一在电话里听到他的声音，似乎有些意外，言语里却饱含热情，没有一点生疏。老一说他正在外地出差，明天就回来了，他在电话里一再嘱咐李励务必等他回来，以尽地主之谊。李励举着话筒，被老一的热情感染，很快便为这位同学的失约找到了理由。老一在电话里还表达了对李励的牵挂，并且还说了要去探望他的打算，这让李励有些受宠若惊。他很想知道这位同学是否记得今天的约定，略一犹豫，李励还是放下电话。夜色渐渐浓了，几乎要将李励完全吞噬。

李励站在夜色里，像是在逃避将要抓住他的孤独，他又一次拿起电话。这一次他将电话打给另外一位男同学老路。学生时代的老路为人豪爽，正直。当年，已城中学虽有多年的建校史，但因为住校女生多，吸引了一部分校外的闲散青年常来滋事，一群小混混总是趁老师不在时纠缠学校的女生。老陆便联合学校的部分男生组成了男生纠察队，专门对付这些小混混。当年，他凭着一身少年武术功夫，协助老师和公安立了不少功。毕业后，他虽未考上大学，却是早早下海经商，在李励的印象里，他卖过服装，倒过钢材，做过小工，也当过老板，现在似乎又在经营建材，因为前一段时间，他曾经打过电话向李励推销一种瓷砖和浴缸。老一所处的环境似乎很嘈杂，话筒里的声音夹杂着各式各样的声音，李励对着话筒吼了半天，老路总算得知李励的到来，很是惊喜，问清了李励的所在位置，很快便兴冲冲地驱车到来。

他们两个在山脚下见了面，老同学显然纳闷李励为什么会突然来这里，但是他的疑问只是礼貌地留在眼神里，李励读懂了他的眼神，却也不提。虽是很好的老同学，因为长时间的分离，自然缺少共同的话题，但彼此相见的欣喜还是显而易见。

老路同学显然对李励的境况了如指掌，他说，听说你们公司最近要扩大经营，选建分厂，是要建立什么性质的分厂？李励因为不想触动这根神经，他很担心他的脆弱被老路发现，况且他的思绪还留在那个未曾实现的约定里，便避开话题，问道，你最近在忙什么？老路显然领会了李励的回避，悻悻地回道，没忙什么，我可不像你们这些企业家，我忙也是瞎忙，有赚钱的机会你可别忘了我。李励接着问，今天忙吗？他其实在暗示老路今天是个特殊的日子。这一次，老路干脆直接问道，李总你如此低调出行，一定有缘由，不建分厂，是打算回来投资其他项目吗？你的公司打算多项经营吗？既不带秘书，也不带相好，你是来会情人？见李励面露迟疑，他接着热情建议道，你回已城建分厂很合适的，天时，地利，人和。我最近看好了几个项目，或者到农村去承包土地搞农产品产业化生产。老路滔滔不绝，似乎天下的生意投资后都会是一本万利。这让李励的内心很焦躁。他觉得在老路面前，自己是因为经营才有了价值。他和老路很快会被另一种潜在的关系笼罩，果真如此，他的这次出行会变了味，这让李励心里很不是滋味。他为了阻止老路源源不断的臆想便递给老陆一支香烟。他自己却下意识地咳了几声，他感到胸口发闷，刚才在山上通体舒畅的感觉已经荡然无存。

李励看着老路点燃了香烟，忽然感到了发自内心的疲惫。他看着眼前的路灯，发现夜色似乎越来越浓，灯光却一如既往昏暗。老路猛吸了几口香烟，接着说道，我在已城这么多年，路子非常熟，有用到老同学的地方打声招呼。李励似乎感受到学生时代老路的豪爽，心里觉得很亲切，他伸出手亲热地拍了拍老路的肩膀。这个举动似乎让老路受到鼓舞，他接着说，这些年，我虽有眼光，但机遇不佳，今天我左眼皮一直在跳，这可是跳财啊，一接到你的电话，我就知道财神到了。老路这样说，李励非常诧异，忙说，我算哪路财神？老路却一脸神往，自顾接着话题道，你要建分厂或者多种经营，就应该回已城。你的钱就该拿出来生更多的钱，发财的机会你还不留给老同学吗？我跟着你干也算是招商引资，我一直想换一辆车呢！顷刻间，他换车愿望的实现似乎就握在李励的手上。李励被他的逻辑弄得哭笑不得，将目光转向停在两人面前的轿车上，老路忙抱歉地说，不好意思，我这车接你委屈你了。李励的目光匆匆在车上收回来说道，挺好的，起码要二十几万，我还是坐公交车来的。老路边打开车门边做了个请的姿势道，我发现，你们这些有钱人都很风趣。上了车，老路并没有专心开车，他马上自作主张为李励安排了第二天的行程。

他并没有征询李励的意见，而是直接热情地说，明天，我喊几个同学和我的朋友过来，大家聚一聚，为你接风，我在来的路上就已经通知了几个，其中老于的生意做得很大，你可以首选他。李励已经后悔打电话喊来了老路，他发现，他从一张网里逃到另一张网里，他在老路的眼里因为他的生意或钱财升值了。老路的性格一点没变，还是那样心无城府，但又有不达目的不罢休的劲头。现在李励为自己突然到此的行为感到幼稚，这样的理由说出口会令别人尴尬。李励打算连夜离开，但是他也并不打算回家去。明天，我就离开了。李励这样回答，心里满是失落，他淡淡地笑着，心里想着，下一站该去哪里？

老路闻言，猛地踩住刹车，焦急地喊道，这怎么行？看不上老同学了？见李励抱歉地笑笑，态度缓和，他将车子又开起来，有些气鼓鼓的。李励无声地苦笑了一下，他不知该如何解释。好在老路的气愤消失得很快，他马上关切地问道，你是什么时候来的已城？今天才到吗？见李励点点头，他边开车边拿出手机，不由分说，又打出了几个电话，电话的内容都是向对方报告李励到达已城的消息。李励虽有些不情愿但也不好制止，更何况这其中他听到了肖璐的名字。肖璐还好吧？老路见李励特意提到肖璐，眼睛亮了，夸张地说道，肖璐还像当年一样漂亮，身材还是那么苗条。她可不是个简单的女人。李励道，这么说她很幸福了？老路却说，我已经通知了肖璐，她也想见见你，说好了明天过来。老路这样说，李励深感意外。他明天打算离开已城的决定很快动摇了。老路将李励带到一家宾馆，刚停好车，服务员便周到地先将他们引到餐厅，李励正纳闷，老路解释道，我来的路上猜你没吃晚饭，提前预订的。

夜里，李励睡在已城的宾馆里，居然没有失眠，而且睡得很踏实。

早晨，李励刚刚洗漱完毕便听到轻轻的敲门声，打开门，他看见门口站了两位老同学，是昨夜未谋面的老一和接待他的老路。李励想，这两位都是当年一起做约定的，看他们的神情，已经彻底忘却了，但现在他们丝毫没有违约的遗憾，而是满脸挂着相见的喜悦。李励转念又想，他们都在已城生活经常见面，可能认为若是正儿八经地爬上观景台，是很幼稚的举动，暗暗提醒自己此行的目的就缄默在心里，从此不提。

他们仔细打量李励，齐声夸赞着李励的好气色，李励心中暗暗苦笑，脸上却也透着高兴。然后两位老同学又簇拥着李励先去用早餐。他们的热情感染了李励，但他还是没有太多说话的欲望，心想，到底是老同学，还是亲切，也就决定今天不离开这个让他有些伤感和失落的城市。这样一想，李励内心便对一天的活动有了安排，虽然他在已城已没有亲人，但这里毕竟是他出生、成长的地方，应该说这里是他熟悉的故乡，他内心里萌生出重温旧梦的热切，他打算去梨园看看。

李总，我们今天先陪你去梨园看看。老路像是洞穿了他的内心，与他的思路不谋而合，他们不禁会心一笑，丢下碗筷后，即刻启程。

老路今天开车很专心，话也说得非常少。更多的时候，是老一在说，很明显，老一不仅具备学生时代的沉稳，多年的历练使他看上去阅历丰富，谈吐也很是稳健。他先是问了李励到达已城的时间，当得知李励是坐火车到达已城的，他马上嗔怪道，怎么不早些告诉我，这样我可以安排人去接站。他倒是没有对李励出行乘坐火车表示奇怪，而且他还表示理解，已城这个小地方也只有坐火车才能够直达，过段时间，省城机场的卫星港建好就更方便了。接着，他又对李励说，你到了已城，其实就是到家了，有什么吩咐不必客气。李励忙说，岂敢岂敢。紧接着，老一责怪道，你一大早到了已城，却到晚上才想起老同学，有些见外了。这时候，老路插话道，有好事不想着老同学太不应该了。李励明白老路还没有断了昨天他的那些念头，他想声明一下这次回来的缘由，又担心引来老同学尴尬，况且他又不能打击他人的积极性，他知道老路这些年在社会上闯荡，一直想找到好的投资渠道，他虽然帮不上但也没有理由打消他的积极性。只能敷衍道，我见到你们就是一件大好事。老一便赞许地笑了笑，说，你来已城办事应该很方便的。老一胸有成竹道，老练在已城，你早就应该回来发展发展。李励前不久确实听老练提过要调动，但他调来已城，这让李励很意外。不禁吃惊地问道，老练来已城了？

老练是李励的大学同学，这几年仕途坦荡，前途无量，李励大学时和他交往密切，毕业后也常有联系，但他从未向老一提起过他和老练的关系，老一这样说，似乎对他和老练的关系很了解，李励虽然不解却也没有追问。李励的脑海里浮现出老练上学时勤学苦读的情景。

老一似乎没料到李励的惊讶和意外，便加重了语气肯定道，老练已经上任一个星期了。此刻的李励却只是淡淡地"哦"了一声。我们已城的本地新闻节目里常常能看见他。他现在主管工业和城建。见李励反应淡漠，老一热心地补充道。

已城虽是座小城，马路上跑的车却也不少，一路上李励发现几乎每个路口都会堵车。在他的印象里，从景区到梨园，走路也不过半个小时，上学时，他常常去景区的山上锻炼身体，再跑步回家。现在，他们从景区宾馆出发，一路堵车，居然过了一个小时才到梨园。

李励没有想到梨园的变化如此触目惊心。

整片小区凌乱不堪，到处是残垣剩壁，偶尔突兀的残壁上，醒目地立着大大的"拆"字。走在这片废墟之中，看着面目全非的梨园，李励像是一位地道的怀旧者。他凭着记忆来到自己家曾经的旧址，门前的小路还在，当年小路的左侧有一棵高大的槐树，现在地面上却只有一个大大的黑洞残留于此，像是无神的眼睛，冷漠地藐视着苍穹。李励凭着记忆回味着槐树花的清香，他是伴着槐树长大的。夏天的早晨，爸爸总是让他在树下晨读，他也愿意待在树下，家里房屋低矮，太闷热，整个夏天，他在槐树下写作业，纳凉，躺在凉席上数星星。难熬的冬天，屋外冰冷刺骨，老槐树掉光了叶子，他常常爬上去玩耍。有一次，他在学校里闯了祸，不敢回家，躲在老槐树的树上，低头看着爸爸进进出出焦急地找他，起初觉得好玩，后来，看见爸爸痛苦地蹲在树下，抱着头，他的内心第一次感受到来自父亲深沉的爱。也是从那时起，他发誓发奋读书，使自己成为爸爸心目中上进、勤奋的人。

当时这一片都是低矮的平房，他最大的愿望就是能搬离这里，住上宽敞明亮的楼房。现在想来，这里虽然破落，却承载了他人生里许多美好的时光。一阵风过来，空气里夹杂着灰尘，挥之不去的浑浊让李励无法呼吸，在老路的催促下，他们快步离开，谁也没再回头。

李励对陪伴他的两位同学由衷感谢。今天，不来看一下，恐怕今生就找不到从前生活的影子了，他很怕自己流露得太多，就又一次用力握握两位老同学的手。老路和老一也是会心一笑。其实已城变化很大，景区和梨园当年都是已城最热闹最繁华的地方，现在这里是老城区，已经跟不上时代发展的速度。李总若有兴趣，我们去已城新区看一看。老一介绍说。老路却指着一片废墟的梨园对李励介绍说，这一片的建筑垃圾回收还是可以做的，因为都是老建筑，还是有些货的，说着，他随手捡起一块水泥板，三两下便敲出一截钢筋。

别叫我李总，我们是多年的同学，像亲人一样，我非常感谢你们。李励说着，情绪有些激动。他想，与老同学故地重游，缅怀逝去的美好时光，虽然不是在山上的观景亭，却是在这里找到了曾经生活的影子，意义也很非凡，何况对于他来说，一路看下来，也算是收获不浅，不同地点的缅怀却有异曲同工的妙处。见到李励兴趣饱满，两位老同学也是情绪高涨，便力邀李励前往已城新区。李励也毫不推辞痛快地点着头。三人上车，径直开往已城新区。

老路开着车，很快将梨园抛在身后，这时候过了高峰期，公路上的车子明显少了，那些昨天还引起李励无限回忆和感慨的风景很快便留在身后，这让李励感到遗憾，他本想路过时和老同学一起回味一番，当年坐在明湖边上的那条石凳上，他们还一起探讨过未来。

已城新区对于在已城长大的李励来说，完全是陌生的。

车子上了新建的环城公路，速度明显快了起来，环城公路笔直宽阔，延伸下去，已城新区便呈现在眼前，一幢幢规划整齐的高层建筑，全然没有老城区的破旧和凌乱，当然也缺少厚重。城区宽敞，马路笔直，俨然一座新的城市，到处是显眼的建筑，恢宏又气派，有的建筑还采用了欧式风格，这让李励有回到沿海城市的感觉。陪伴他的两位同学也是兴致勃勃，他们的自豪也是不言而喻。在一幢具有欧式建筑风格的建筑前，李励又一次看到了"已城火车站"这五个大字，所不同的是，这五个大字苍劲有力，与后面的玻璃幕墙浑然一体，阳光一照，熠熠生辉。老一介绍这是已城建成的新火车站，年底将要投入使用。紧接着，他们还游览了已城影视城，这影视城规模庞大，是集娱乐、观影、餐饮、购物于一体的休闲所在，老一介绍说其中 3D 放映厅就有九个。

不知不觉已到了中午，李励提议大家去吃这个城市特有的小刀面，面是次要的，面上的干丝也是这个城市特有的美食，李励想着的时候，嘴里似乎就有了咀嚼的快感，但是两位同学不置可否。车子沿着开发区一路向城市的东面开去，在李励的记忆里，城市的东面是一望无际的农田，除此之外便是座座青山。然而，他很快就发现公路穿山而过，城市的东面俨然又是一座新城，发展的速度令他称奇，这是始料未及的。一上午走下来，李励觉得自己熟悉的已城只能定格在记忆中了，而眼前的已城对于他是一座新城。

车子停在一家气派的酒店前，如此别有洞天之处，可见同学对自己的诚意，李励惋惜错过小刀面的同时又心生感激。

进入店内，打开包厢的门，李励惊奇地发现，包厢里已经有许多老同学在翘首等待，这让他深感意外，同时又被老同学的情谊深深地打动。实际上，二十年后的聚会应该就是这样的场面，他的心里不禁一热。眼角便有些湿润。在座的有些同学还有少时的模样，有些人脸上写着岁月的痕迹。包厢里一时人声鼎沸，热闹非凡。将热闹推向高潮的是肖璐的到来。

/ 九 珍 /

3

肖璐的变化并不大，依然体态婀娜，那双眼睛还像先前一样
清澈，眼角浅浅的鱼尾纹反而增添了韵味。她与李励四目相对的
一刹那，李励的脸颊便有些微微地发热，他恍惚回到学生时代，
内心的波动微妙地传遍全身，这种久违的、来自心底的激情正是
他苦苦追寻的。我以为我会麻木了，看到你我已经复苏了。他抑
制不住激动地对肖璐说，甚至有些失态地抓住了肖璐的手，在座
的人便齐声起哄。肖璐却很大方，她为两人斟满酒杯，亮晶晶的
眼睛盯紧了李励道，李总，二十年了，你可是越来越有魅力了！
李励脑门一热，觉得已经回到了二十年前，借着酒意，他兴奋异
常，大声道，肖璐，我喜欢你。满座哗然。肖璐嘻嘻哈哈地笑着，
轻飘飘地回应道，地球人却都喜欢你。李励在这欢声笑语里听到
自己心底的一声无奈的叹息。

记不清这场宴会是何时结束的，李励清醒过来时，已是华灯
初上，房间里灯火朦胧。但李励很快便捕捉到来自肖璐的气息，
他从床上刚一坐起，便撞上肖璐的目光。你醒了？肖璐显然一直
守在床边，见他起身，忙关切地问道。李励近距离地看着肖璐的
脸，灯光卜，肖璐面色温柔，肤色白皙，浑身上下散发着温暖的
气息。李励想，这多么像妻子对丈夫的关心啊。肖璐见他怔怔的，
便转身为他倒了一杯水。

李励喝光了杯子里的水，两人相视一笑。一时间都想用语言
打破沉寂，却又不知该说些什么。总有些事情要发生的，李励想
拉住肖璐的手，但现在酒劲已经过去，他也没有了饭桌上的勇气。
闷了一会儿，肖璐起身踱到窗前，看着窗外的万家灯火。李励四

处看看知道这是昨夜的房间，最后他把目光停留在肖璐的背影上，显然，眼前的肖璐和现在的他，他们之间是陌生的。

晚上，老路专门宴请你。肖璐率先打破了沉寂，却依然把背影留给他。你中午喝多了，老路委托我照顾你。见你睡得沉，我就没有叫醒你，他们现在恐怕等急了。谢谢你照顾我。李励抱歉道。我不能再喝了，我就是怕喝酒才想回来寻找清静的。他长长叹了口气，他很想就这样和肖璐安静地待一会儿，直到她坚持离去，或者他会向她提起那个约定，耐心地回味一下二十年前纯真美好的记忆。李励起身轻轻走到肖璐的身旁，肖璐没有搭腔，他看到肖璐的脸上挂满了泪水。

这么多年，他们还是第一次单独在一起。在李励的心里，曾经无数次想象和肖璐待在一起，两人相偎的身影，在李励的心里挥之不去，两人一直幸福地生活着。现在，心中的情景鲜活起来，他如愿和肖璐并肩站在一起，他很想就这样站下去。

还是去吧，去见见大家，哪怕不喝酒。肖璐拭掉脸上的泪水劝道。见肖璐流泪了，他的内心更是波澜起伏，他不知道该怎样安慰她，但她的泪水打动了他。我只想和你安静地待一会儿。肖璐听到他这样说，诧异地睁大了眼睛，急忙擦净脸上的泪水解释道，对不起，我失态了，你知道吗？你突然回来，我刚才就想起了我父亲，当年他每次期末考过试都会问我，李励又是你们班的第一吗？我父亲两年前去世了，我忽然想到他，想到他我就会流泪，我经常这样。

李励记得肖璐的父亲是已城一家银行的行长，当时很有威望。现在，他不知该怎样安慰她了，两个人又一次陷入了沉默。肖璐的话，让他的心里有些失望和凄凉。

手机响了，当然是肖璐的，李励的手机一直关着。肖璐看了一下手机，恳求道，还是去吧，他们又在催了。

出门的时候，他忽然有些迟疑，不知道该对肖璐说些什么，他很想说些什么，他绝望地想道，也许现在不说，以后就没有机会了。但是，他稍一犹豫还是不动声色地关上门，两人默默地下楼。

肖璐自嘲道，你看，你回来后，好多不见面的同学突然就出现了，今天中午就是老于安排的饭局。李励对学生时代的老于没有印象，在中午的饭桌上，听同学介绍，他知道老于在已城现在算是首富，生意做得风生水起。老路干吗这么客气，中午不是聚过了？李励纳闷地问道。他一想到老于在中午的饭桌上的霸气，不由分说就让他投资生意，就有些喘不过气来。你不知道？肖璐有些意外地说，你回来了，他们当然要宴请你，只怕我们这些平民他平时是看不上眼吧。肖璐虽然说得尖酸，李励却觉得亲切，李励很想向肖璐一吐为快，倾吐衷肠，说一说这次回来的真实原因。但肖璐走在前面，步伐很快。

两人下了楼，刚在路边站定，一辆通体锃亮的轿车便滑了过来，肖璐很熟练地为李励打开车门，请吧，李总。随后，她又指着开车的中年男人介绍道，这是我老公，老宋。肖璐的介绍令李励深感意外，但他马上客气地向老宋伸出手，紧紧地握住，连声道，幸会，幸会。老宋看上去精神抖擞的样子，一双眼睛似乎能看穿对方的心灵深处。他也紧紧握住李励的手，两个人像是老相识。肖璐让她老公在楼下候着，让李励觉得有些别扭，觉得自己被别人防备着。好在上了车以后，肖璐便解释说，我老公听说我有你这么成功的同学，也想和你交个朋友。这样一说，李励有些羞愧不安，忙谦虚道，承蒙看得起我，我算什么成功，互相学习，互相帮助。肖璐夫妻两人只是笑笑，他们的笑容带着恭维，越发让李励感到心虚，便看着窗外的风景掩饰这种心虚，窗外的风景看第二遍便乏味了。

肖璐坐在副驾驶的位置上，问老宋，晚上你弄什么给妞妞吃的？李励想，妞妞一定是他们的女儿，自己耽误肖璐照顾女儿了。老宋答道，还是那几样，它也不挑剔。他们夫妻的对话平平淡淡的，却透着温馨和睦的气息。李励的心头便有些莫名的失落，同时又庆幸刚才和肖璐的对话没有深入，李励心想明天离开这个城市，他对肖璐的情愫会永远埋在心里，这一次见到她也就感到欣慰了。

车上出现了短暂的沉默后，李励问道，你们的妞妞多大了？是个女孩吗？肖璐扑哧笑道，妞妞是我们养的一条宠物狗。

4

他们三个人出现在餐厅时，在座的各位出现了短暂的沉默。李励发现大家的目光都盯紧了老宋，显然多数人对他感到陌生。老宋却毫不生分，依然是精神抖擞的样子。肖璐拉着他的手，大方地介绍道，这是老宋，我现在的老公。然后，她又将大家一一介绍给老宋。

晚上这顿饭，还是中午那些同学，因为有了中午的铺垫，大家谈话的内容便丰富了许多，但是，这些内容很快便令李励感到紧张和乏味，大家似乎已经不再热衷于追忆过去的美好时光，而是都在讨论如何能赚到更多的钱，他们都有很多投资计划，股票或者房市的行情，老于似乎更得心应手，不时地，他还会就自己的观点征求李励的意见。这让李励感到很惶惑，他不想让单纯的同学情谊掺杂其他杂念，他看着眼前的一张张面孔，他们的眼神里透出的渴望和挣扎让他感到胆战。大家的条件虽不是大富大贵，但到了这个年龄，打拼多年也都是有房有车，生活小康。但他们的眼神里透出的贪婪让李励感到恐惧，这同时也让他感到不安和孤独。

无论如何，为了感谢大家的盛情，李励执意由他款待大家，并且借机向大家告辞。他端着酒杯向在座的每一位敬酒，一圈下来，他有了微微的醉意，看得出来，他有些伤感。轮到肖璐时，肖璐主动说，我敬你，但是，你不能走。肖璐带头挽留，在座的便又齐声附和，热情洋溢，场面很感人。尤其是老一和老路，对他的挽留更是情真意切。李励只是摇头，这些热情洋溢的话语，他实在不好拒绝，便用抑制不住的咳嗽来掩饰，并且向在座的解释这一阵他总是咳嗽，痰多。大家体谅地点着头，等他面色平静又开始吃菜，劝酒。李励不知该如何解释这次回到已城的原因，也不想过多解释。他很担心自己会被这些千丝万缕的关系系住，他发现解释得越多，别人的疑惑就会越多，尤其不能解释这次来已城和赚钱没关系。

席间，肖璐不时和老宋旁若无人地耳语，时时发出低低的笑声。这组恩爱的镜头让在座的都显尴尬。老路悄悄对李励道，肖璐知道你回来，说有事找你，一定要见你，下午她对你说了什么？他这样问话，让李励很不舒服，刚刚吃下去的食物一个劲地向上翻。我一直在睡觉，她什么也没对我说。李励想，不是你委托她照顾我的吗？她会有什么事要找我呢？他把目光投向又在窃窃私语的肖璐和老宋。

老路也顺着他的目光看过去，意味深长地悄悄说，她找你还不是为了她的这个姘头。老路脸上露出的鄙夷让李励很反感，同时，他的话又让李励愕然。

　　老路悄声告诉李励，肖璐真正的丈夫前些年出国留学了，一直没回来。前两年，肖璐的父亲去世后，不知什么原因肖璐居然挪用了公款。事发后为了还款，肖璐辞了工作，学做生意。但生意似乎赔得厉害，找老宋借了一笔钱，却把自己也借给老宋了。当初，她找许多同学借过钱，包括找我借的那两万。老路感慨道，她要面子，事事攀比，老公不回国，她拼命挣钱也把女儿送出了国，她一个女人也真不容易，再不容易也要洁身自好啊，那个老宋的老婆也蛮年轻的。老路一副恨铁不成钢的惋惜。

　　李励没想到，外表柔弱的肖璐这么多年的生活经历如此复杂。这个时候，他看肖璐的目光便多了些另外的内容，恰巧肖璐也对他嫣然一笑，又一次对李励道，李总，明天我和我们老宋为你准备了薄酒，到时一定赏光啊！

　　李励看着肖璐脸上的笑容，觉得这是难解的笑容，他想既然是老同学，如果真的有事相求，是不用浪费口舌和酒水做铺垫的，况且他对肖璐的事情确实很关心，他很想帮助一下这个自己曾经暗暗喜欢过的女人，尽管她的变化出人意料，他希望自己能让她改变生活态度。自己又能帮助她什么呢？于是，他主动问道，听说你有事找我？肖璐听他这样问，脸上的笑容便暴露得更多了。饭桌也瞬间安静下来，似乎大家都关心肖璐的难处。不找你帮忙，就不能请你吃饭吗？肖璐反问道，继而又娇嗔道，老路一定说了我的坏话。老路马上连连讨饶，饭桌上的气氛很快又活跃起来。

　　李励看着饭桌上的同学，发现当年在山顶约定相聚的五位同

／九　珍／

学终于都聚齐了，那个女同学，他现在记起来了，她的名字叫李红，名字很响亮，人却是个安安静静的人。现在，她也是安安静静地坐在那里，偶尔抿着嘴吃一口菜，间或恬静地笑一下。李励发现，别人大谈对金钱的向往，她却一直缄默不语，她听着别人的高谈阔论，眼神里透着落寞。老路间或会招呼她吃菜，她也只是淡淡地回应。

李励幡然醒悟，现在人人都非常忙碌，谁还会记得二十年前的那次约定？他们用今天的成熟否定了当初的幼稚，既然幼稚又何足挂齿或付诸行动呢？他们对自己的现状都不满足，都想把时间换成金钱，都想实实在在地抓住任何发财的机会。

李励这样想着，心里便有些黯然。

喝过酒，李励的眼睛里就只有黑色的，房屋马路，笔直的道路，这些都不动声色地在黑夜中看着他。

散席过后，老路抢着付了饭钱，又要请大家去歌厅。李励这才发现夜幕下的已城新区，到处流光溢彩，霓虹灯闪烁，他记忆中的安静与朴实早已荡然无存，置身其中，李励仿佛回到了发达的沿海城市。歌厅的装潢也是富丽堂皇。老路径直去吧台，点了几个小姐，其中一位异常妖艳，显然和老路是老相识，见到老路便亲热地贴了过来，老路也不避讳，很响亮地亲了亲她的脸颊。

见此情景，李励不禁内心焦躁，老一见状便说，你不喜欢唱歌，我陪你走走？老一的体贴让李励内心熨帖，他点点头道，我要先回去了，明天一早要赶回去。老一闻言，面露疑惑，问道，老路不是说你要办事，你这次回来事情办完了？李励有些纳闷但也不想过多解释，便点点头。不想，老一听罢，像是受了启发道，看来有熟人就是好办事，我有一件事一直想找你帮忙，正好你来已城了。

老一说着便陪李励悄悄出了歌厅，夜风习习吹来，两人的精神都为之一振。李励此时内心平静。好友相伴，漫步街头，他一直想寻找的就是这种感觉，他很感激老一的提议，两人沿着人行道缓缓向前。李励此时觉得一切都是身外之物，包括言语。

但老一像是不能放过与他单独说话的机会，老一说的是他们机械厂搬迁的事，他们的机械厂，原来建在市郊，出了厂区，百米之外，四周都是农田。但随着已城的规模在不断地扩大，机械厂四周建起了诸多居民小区。市城建动员机械厂整体搬迁。

李励说，这也不是什么坏事，我能帮你什么忙呢？

老一热情地握住李励的手，激动地说，这么大的事，限我两个月，我哪能搬完呢？而且手头的订单总要完成吧？李励点点头，表示能够理解老一的苦衷，老一对自己的企业也确实很有感情，他动情地说，我其实不是个贪财的人，但跟我出来混饭吃的弟兄哪个不是家里的顶梁柱？这一动起码要有个过程吧？李励相信老一是个做事周密的人，但他不明白自己能帮上老一什么忙。老一见李励一脸疑惑，便无奈地说，老同学，你帮我找老练求求情吧，再缓缓，还有动迁费用的补偿总要让我给弟兄们一个满意的交代吧。李励一听，心里咯噔一下，他虽然不情愿麻烦老练，但老一的境遇确实也让人同情。老一见李励神情有些严肃，便悻悻地说，如果你为难也就算了，毕竟你和老练也分开许多年了，我也是多方打听才知道你和老练的关系。老一这样体谅自己，李励反而不便推辞，便下了决心说，你抽空把详细情况告诉我，我想现在是个讲理的社会，事情会有个圆满答案的。老一喜出望外，进一步向李励求证道，你肯帮我？他见李励点头，脸上的表情马上轻松

/ 九 珍 /

起来，向李励诉苦道，不瞒你说，我为这事常常整夜失眠。

　　两人这样边说边聊着，不知不觉便来到宾馆，这座宾馆是老路选的，装潢考究，服务也很到位。现在，老一提出要帮李励换一家，换成四星级的，在已城算是最高档的，但李励拒绝了，他觉得没必要铺张浪费，况且他担心老路会因此不高兴。果然，老路人在歌厅，电话却跟了来。当他知道李励已回宾馆，连呼自己失职，还嘱咐老一照顾李励，似乎李励是他的重点保护对象。不一会儿，老路便由歌厅赶到宾馆，跟老路一起来的还有老于。一进房间，老于便迫不及待地问李励对他的投资意向考虑得怎么样了，这让李励有些莫名其妙，便敷衍道，饭桌上的意向太多了，他记不清了。老于显然有些不满，他霍地拉开椅子，以一种咄咄逼人的气势坐下，语重心长地说，你不要以为已城不够开放，已城可赚钱的机会很多。接下来，他分析了交通，环境，物流，诸多有利投资的因素，平心而论，老于说得很有条理也很有道理，但没有办法打动现在的李励。李励也不想说出真实的想法，虽然他很想掏出心窝和眼前的老同学说说心里话，但很显然，他不知该从何说起，说了他们也未必感兴趣。而他们说的所谓投资，兴许是酒精作祟，他的确没有印象，他见老于一直满是疑虑盯着他，充满期待的样子，便答应考虑考虑，接着大家都陷入了沉默。老于耐不住这种沉默，又因事务繁多，便站起身先告辞了。

　　老于离开后，李励问老路，你知道老于手头有多少资金？老路摇摇头。李励又问，那你怎么跟他说我要投资呢？老一这时开口道，事成后老于答应给你多少提成？显然，老一对老路是有成见的，他站在李励的角度提醒老路道，你虽然在帮老于，但你应该多和李励商量。李励听了老一的话，有些莫名其妙，但毕竟商场打拼多年，他很快明白包括老一都认为自己是回来投资的。他意识到从给老路打电话就是错误的开始，老路想当然认为自己回来是投资的，便为他张罗。他想毕竟是老同学，算是好心吧，便对老路道，提成是多少？老路推辞道，算了，算了，老于现在有些财大气粗，他准备在已城的梨园建一个什么基地，但他个人没有资金了，上次他的那个养猪场贷款拖欠，银行里他贷不到钱了。李励愕然道，如果我投资生意赔了，老于那部分怎么算呢？老路摇摇头，这个我没想过，老于肯定会有办法。我只负责促成你们见面，带你去梨园考察。你回已城不为赚钱，还会为了什么？还有什么值得你花时间？老路最后的话令李励语塞。

三个人一时无语，都抽着手上的香烟，一时间房间内烟雾腾腾。

5

第二天，李励刚一睁开眼，肖璐的电话便打进来。听着话筒里这个女人温柔体贴的问候，他的反应却很平淡。他再也没有和她交流的欲望了。肖璐似乎也领会了他的冷漠，但她还是坚持挽留他。最后，她在电话里说，你把门打开，我就在你的门外。李励放下电话，却没有打开房门，他现在有些反感肖璐的贸然举动，他不想和她单独共处一室，他固执地拒绝眼前的肖璐，想要保留一点美好的回忆，但肖璐不停地敲门，很执着。

最后，肖璐的执着打动了李励，李励打开了房门。

肖璐的脸上没有一丝恼怒，反而抱歉道，我打扰你了。李励摇摇头，面对肖璐，他心里建立起来的坚硬正一点一点地动摇着。你找我有事吗？他问肖璐，想着昨天老路的话，觉得这个女人让

／九 珍／

人难以琢磨。她今天打扮得很精致，李励虽然没有细赏，但是闻出她身上若隐若现的香水味，和妻子用的是同一个牌子，这种香水价格昂贵却讨女人喜欢。

我有事，你会帮我吗？肖璐反问道。他发现肖璐很喜欢用反问回答问题。我又能帮你什么呢？他心里想，找我的人都是来让我的钱财再生钱，大家都没有停下脚步享受生活的意思，我现在的方向和大家是背道而驰，我都表明我的态度了，我能帮你什么呢？老路说你不打算在已城投资了。肖璐开门见山。李励纠正道，我压根就没这个打算也没这份精力。他这样说着，语气不由得软了下来，他希望肖璐能够觉察到他的脆弱与无助，给他一丝温暖的关怀。但是，肖璐盯着李励的眼睛恳求道，看在你当年喜欢我的分上，你不帮别人，但帮帮我吧。李励惊讶地睁大了眼睛，他很慌乱也很紧张。肖璐却依然不管不顾地说，老路都告诉我了，他说你这次回来投资，主要是想看看我，可现在我和老宋"搭档"。言下之意，如果没有和老宋"搭档"，她是可以和李励"搭档"的。她的这种态度让李励非常别扭，接着，肖璐又不失时机地说，我们想接收梨园小区废旧建筑物回收，办一个回收公司。稍一停顿，肖璐又加重语气道，你投资一部分，给你的回报却很高。我希望你投一部分进来，我们就可以帮你撤开老路，撤开老路是正确的，老路这个人虽然义气却是很贪的。肖璐的眼睛亮亮的。李励似乎找到了肖璐当年的影子，以及她身上具备的那种带有感召的力量。

李励的心绪渐渐恢复了平静，他郑重地告诉肖璐，他这次回来，跟他的投资一点关系都没有。怎么会这样？肖璐这样说着，眼睛里便蒙上了一层淡淡的失望。老宋和我既想投资卖建材又想办回收公司，回收公司本来因为没有资金打算放弃了，但是，老路说你委托他帮助我们做，你如果投资就能做起来，我还可以给你比给老路多一个点的提成。显然，肖璐是经过深思熟虑的，而且，高于老路的报酬对她也是不小的割舍，李励见她势在必得的气势，觉得非常可笑。

李励猜测肖璐生活中一定有许多难处，但是，并不是所有的难处都需要用金钱去解决。如果欲望没有止境，内心就无法平静。李励明显感受到肖璐的焦躁。果然，肖璐皱紧了眉头，自怨自怜地说，我一心要靠自己过上优越的生活，到头来却背了一身的债，千方百计把女儿送出国，她却总是打电话找我要钱。我现在做梦都想发财啊！这样的话发自肖璐的肺腑，她的形象在李励的心目中又一次打了折。无论如何，肖璐对他的信任还是令他感动，一股力量冲击着他，但他只是给肖璐一个无奈的苦笑。你知道我为什么突然回来吗？稍一沉默，他问肖璐。不是回来投资吗？你是觉得我们的项目都很小，看不上这点小钱？肖璐固执地反问道。他摇摇头，你果然爱用反问句回答问题。他咧嘴一笑，意味深长地说，怀念一座城，往往是因为怀念一种情怀和一个人。肖璐却没有看见他眼里的深情，俨然对他这句话毫无领会，目光黯然道，你不想帮我？我不值得你帮吗？她这样问，李励心里一揪，脸上却再无表情。

房间的窗帘遮挡了窗外的光线，阳光探头探脑的，街上的嘈杂却汹涌地挤进来。你知道我为什么突然回来吗？他又一次问肖璐，这一次声音很低，几乎是自言自语。肖璐茫然地看着他，反问道，为什么？他并没有回答，起身哗地拉开了窗帘，光亮挤进来，却没有想象中热烈。他在肖璐的身上找不到当年的一点影子了，从前的肖璐善良而且善解人意，他记得当年肖璐在上学的路上捡到过一个布包，布包里是大额的人民币，她不声不响把钱交到派出所，老师在班上表扬她，她却只是淡然一笑，但当她得知失主的钱是用来给家里老人救命的，她才开心地流下了泪水。当年肖璐这些不经意的举动，在李励的脑海里一直无法泯灭。肖璐的变化真大啊！他看了一眼肖璐，坚决道，我今天肯定要回去了。肖璐挪了下身子，她一直坐在床头，这让她看上去很忧伤，但她的忧伤没有打动他。

你不相信老路是对的，老路经常这样空手套白狼，而且，老于这个人也很复杂的。可是你为什么又不肯帮我了呢？肖璐幽幽地说道。李励想提醒肖璐，既然知道老路不能相信，为什么还要轻信他，认定自己要帮她投资呢？如果要帮她，何必要通过老路？

他知道这样的善意提醒会让肖璐的内心受到伤害，他也只能保持沉默，不动声色地拍拍肖璐的肩膀。这样一拍，肖璐像被惊吓到一样，突然跳了起来，一双眼睛陌生地看着他，这让他的心里揪了一下。他终于问道，这些年，你过得好不好？除了想发财没想过别的？肖璐没有回答，她紧锁眉头，似乎被他的问话难住了。

我知道你过得也不容易。我——他忽然就停顿了。起初听了肖璐的境遇他心里的疼已经没有了，却涌上来更多的同情。他从包里拿出了五万元递给肖璐，这个给你吧，他想卡上还有五十万，干脆就算是给她投资吧，回不回报也无所谓，但这个打算没有说出口。肖璐吃惊地瞪着钱，稍一犹豫，还是接过来道，我给你打张借条吧？他悲哀地想到，这么多年他们从未联系对方，今后她会因为五万元主动联系他吗？他摇摇头体贴道，钱太少，抱歉。

拿着钱的肖璐，并没有说感谢，若有所思。只是对着李励叮嘱道，你不相信老路是对的，他前一阵被人追着打，据说他做生意赔了钱，在外面借了不少债，在已城很多人都躲着他。他由衷地说道，谢谢。肖璐却反问道，为什么对我这么客气？他依然客气道，应该的。他感到胸口有些堵，浑身疲惫。两人闷了一会儿，肖璐打破了沉默道，我请你吃顿饭吧。他的心里疼了一下，这么多年了，他一直想请肖璐吃一顿饭，但一直留在心里的愿望，今天被肖璐说出来，却是索然无味，他有气无力地摇摇头。

你去我公司转转吧，今天建材店开业，哪怕不吃饭。肖璐进一步恳求道，我对我的合伙人说，你会出资的，他才肯让我入伙的，接下来我们打算做建材，卖建材肯定赚钱的。他的心里一怔，原来肖璐邀请他吃的这顿饭带有强烈的目的性。他的内心剧烈地震动了一下。你不出钱，但实力还是有啊，你出现在现场就是我的招牌呢！肖璐见他默不作声又讨好地补充道。他看见肖璐的眼神一跳一跳的，兴奋让她的眼里又有了光彩，他的心里却一点一点暗淡下来。

他摇摇头，肖璐有些泄气，显然对自己的魅力失去了信心，礼貌地站了起来，走到门口，忽然有些焦躁地说，我还有些事，走了啊！她没有等到李励的挽留，悄悄地打开门，径直出了门。听着渐渐远去的脚步声，李励定定地站着，看着窗外。不知道过了多久，四周异常安静，他决定离开了，这时候他看见那五万元原封不动地摆在包上，显然，这点钱对于肖璐是杯水车薪。他的包里是这次出门唯一的行李——那张泛黄的纸，纸上是被他描过无数遍的日子。

李励像是被这五万元牢牢地定住了，呆呆地盯着钱看了很久。

／九 珍／

肖璐走后，李励的情绪虽很低落，但对昨晚答应老一的事还是放在心上。他虽然有老练的手机号码，而且这个号码知道的人也非常有限，但他轻易不会打搅老练，一般都是老练打进来。老练打进来时他们也是切磋棋艺，他和老练从大学就是围棋对手，虽然彼此棋艺有限，但切磋棋艺成了他们友情的纽带。

　　打开手机，李励没有理会一连串的未接来电和短信，稍一犹豫，将电话打入了已城市政府热线，他将老一的问题反映后，又强调说，我们希望政府能够体谅企业的难处。热线很快给了答复，对方说，据我们所知，搬迁通知已下达了将近两年，两个月前又下达了一次通知，但该企业没有一丝搬迁的迹象，而且提了许多无理的补偿要求。李励手中的手机险些跌落，他的脸腾地红到了耳根，他匆忙地挂掉了手机，无奈地叹了口气。

6

　　李励打算尽快离开，犹豫着如何向老同学告别，在前台结账的时候，老路却打来电话，他在电话里大呼小叫地让李励等着他和老一，他们马上来接他。李励猜测老一的目的没有达到，想必不会善罢甘休的，他很后悔昨天听信老一的话，揽下他的事情。他想知道，在这个商品化的时代还会有真诚的友情吗？但李励做人的风格是答应别人的事，还是要给对方一个交代，也就安心等待两位的到来。

　　老路、老一很快就到了，还是急匆匆的样子。现在，李励看老路，还真像有人在赶着追他。肖璐打电话给我哭哭啼啼的，让我留住你，怎么回事？肖璐欺负你了？肖璐跟你的故事还没完吗？这个女人她总有办法留住你。老路挤眉弄眼的，嘴里也喋喋不休，我就知道，你今天走不了，不然，你干吗回来？你甩掉我和老于，你还会舍得甩掉肖璐？老路一副心无城府的样子，得意地催促道，上车，上车，老一带路，中午又有饭局了。不由分说，他们将李励拽上了车，这一次，老路又换了一辆座驾，这款车价格不菲，老路开起来很风光的样子。

老一还是很老成的样子，一路上，他的话也不多，李励见他一直旁若无人地在打电话，知道他又遇到了棘手的问题。李励想，他如果问我找老练的事，我该怎样回绝呢？奇怪的是，老一若无其事，闭口不提此事。一路都是老路在说，把他这些年的经历概括了一下，一会儿一个版本。李励听得云里雾里的，还是忍不住问道，你这生意拆东墙补西墙也不是个事，该做个长远的打算。老路不屑道，老同学，你看不上我就算了，我自己会想办法。李励也并不介意老路错怪自己，依然善意提醒道，你每一次这样，欠了钱不怕被别人追吗？老路理直气壮地说，追什么？我又没抢，又没盗。

老一对他们的对话也不插言，似乎对老路的风格习以为常。

路上，老一要提前给肖璐打电话，被李励制止了。他忽然被一种情绪感染了，要给肖璐一个惊喜。心想，索性成人之美吧，当招牌就招牌吧。

车子一路开下去，让李励意外的是，肖璐今天所说开业的建材店，距离他最初到达的聚会地并不远，在景区那山的南面，是一处庞大的建材市场。李励不禁感慨，时过境迁。当年，他们在山顶鸟瞰，除了有限的部分城区，极目所致四周皆是长势喜人的农田，现在几乎是一个新的城市，对于他来说，是一个陌生的异乡。李励仔细回忆到已城登上观景亭后看到的景色，蓦然发现当时自己脑海里都是遐想，并未留意四周景色。

肖璐看见他们到来，虽然高兴，但是也并没有表现出太大的惊喜，似乎受了之前李励的打击，她刻意与李励拉开距离。李励也发现，老一其实还是通知了肖璐，肖璐也做了迎接的准备，一直站在店边张望，见到他们停好了车，便将他们领到主宾的位置，并不时地对大家介绍李励说，这就是李总。其余的话也不多说，李励在众多的陌生面孔前，迎接各种审视的眼神，很不自在，呼吸都有些困难。他想，也许这就是肖璐央求他到场的理由，肖璐因为他在这些目光中升值了，而他的价值在于他对金钱的拥有。他没有想到他会和肖璐产生这样微妙的关系，这让他心里很不是滋味。

肖璐很忙碌，今天是开业的日子，来宾很多，她跟着老宋不停地张罗，显得麻利又干练。很明显，几个合伙人里，老宋是核心人物，而肖璐在这种场合是他的得力干将。李励看着肖璐忙碌的身影，他很想单独和肖璐谈谈，他现在想借给肖璐五十万，既然自己无法阻止肖璐对金钱的追逐，不如助她一臂之力，而且，肖璐表面兴高采烈，但他认为自己看到了肖璐内心的疲惫。一个女人如果没有足够的金钱作为后盾，在生意场上打拼该会有多难，他不禁为肖璐感到担忧，但他的担忧或许只能放到层面上了。他瞅准了一个空当，将肖璐叫到僻静处，用生意人之间的口吻刻板地说道，我可以借给你五十万，你自己当个小老板吧。肖璐瞪大了眼睛吃惊地看着他，对他突如其来的热情有些纳闷，稍一迟疑还是惋惜地说，太迟了，老宋给我的期限是今天找你谈过之后。我拿不出钱，老宋又想了别的办法。那你今后怎么办？李励不由得担心道。没事儿，我还有老宋呢！肖璐凄凉一笑，笑容让李励感到心酸。

老路很快和大家打成了一片，他也不停地向大家介绍李励，吹嘘李励如何经营有道，如何成为服装界的大亨，他说得有根有据，李励却浑身不自在，觉得老路嘴里的李励让自己陌生。老宋抽空过来和他们三个打了招呼，目光却只是浅浅一瞥，紧接着便不停地吩咐肖璐应酬来宾，场面嘈杂，让李励感到疲倦。

老一到了这种场合话也多了起来，他也像老路一样，招呼应接不暇，看到老于进来他远远地迎上去，老于显然看到了李励，也只是客气地寒暄两句并无二话。李励像是陌生的异乡人，身处喧闹却与他无关。

店面开业剪彩仪式简单又不失隆重，看得出老宋是个做事有章法的人。肖璐设宴的地点就在不远处，这时候，她也没有再特意过来关照，只是抽空过来对李励真诚地道谢，谢谢你能来，让我们沾点你的财气，今后发大财。你来就是给我面子了，谢谢你来捧场。李励还想解释，她摆摆手，急匆匆地留下了一个背影。李励无限怅惘地想，这或许会是永远的背影。

7

散席以后，肖璐招呼大家娱乐助兴。

老一和李励像是心有灵犀，他们脱离了闹哄哄的人群，信步来到山下，自然而然，两人缓缓地沿着石阶上山，过去了两天，李励重游故地，似乎没有了寻找净土的雅兴，老一是个沉稳的人，这时候，他依然能沉得住气，两个人说着闲话，老一似乎已经忘记了他最棘手的事。他只是忍不住问李励，你这次回来是什么原因，已城有什么大的项目能赚钱？李励默不作声，他的思绪还留在肖璐的背影里。他其实只是想借这次已城相聚对肖璐表示感谢，感谢当年她的自然率真带给他的情愫，对她说出那种情愫的珍贵。遗憾的是这个小小的愿望却没有合适的机会来实现，他的内心万般惆怅，对李励的疑问置若罔闻。

风景还是原来的风景，偶尔的鸟鸣似乎是前天的鸟鸣，但李励听不出它的悦耳。很快，他们来到了观景亭，眼下的风景尽收眼底，从亭子的四个角度看过去，似乎都有独到之处又浑然一体。然而，经过两天的游历，李励知道风景远远不止这些，他不知该理解为是自己的目光太局限，还是这世界变化太大。

见李励心事重重又缄默不语，老一便不再追问。他掏出手机，不停地在打电话，看得出来老一也很忙，他的这个劲头让李励很羡慕，但他还是善意地提醒老一，别太操劳，差不多就行了。

老一无奈地说，没办法，开弓没有回头箭，手下这么多人要吃饭啊！听老一这样说，李励非常感动，心想老一到底是个性情中人，他能做到这一步看来机遇应该不错的。李励的思路也就到此为止，李励想，如果想下去他会把自己伤得很重的。李励远眺的时候，发现站在亭子上，视线其实是能够翻越山峦，看见山后的景色的，只不过要再上一层台阶。他把这个发现惊喜地告诉老一，但老一却反应平淡，他说，一直都能够看见的，是山下的景色发生了变化，现在农田没有了。李励恍然大悟。觉得老一还是很高明，二十年前，他其实就看到了山的对面。李励用若无其事的口气问道，你经常上山吗？老一摇摇头。李励追问道，最近呢？老一依然摇摇头，补充说，我有时打打高尔夫。李励知道，已城并没有高尔夫球场，老一更多的时间待在毗邻已城的邻省省会。

老一一直没有提起老练，李励反而想主动挑起这个话题，但老一的电话不断，非常忙碌。

下山的时候，李励说道，我最近常常回忆我们的学生时代，老一笑笑似乎没有太大的触动，李励看着老一的笑容，心里忽然特别空，他知道老一不会问原因，便自嘲道，可能我老了。老一还是笑笑，低着头，一边看手里的手机，一边看脚下的路。

他们下山以后，肖璐的宴席也接近尾声，老路已经和新认识的朋友称兄道弟了，并且约好了去打麻将。他草草地挥挥手算是跟李励告别，便一头钻进新朋友的车里扬长而去。李励很想跟肖璐郑重道别，但肖璐一直在忙着，她在人群里周旋着，若隐若现。

李励便和老一道别，或许因为他一直没有机会对老一的疑问发表任何意见，两个人便显得有些生疏，但毕竟是多年的同学，老一作风一向扎实，他还是想支持一下老一，便和老一拥抱表示情深义重。老一说，我送你去车站吧！李励摇摇头，忙你的吧。老一笑笑，我也是瞎忙，上次出差接了一个大单子，开工后会更忙。钱总这个人有点小气。李励点点头表示理解，心想，钱总可能是他的搭档。挺好的，这个行当有单肯定赚钱。老一笑笑，掏出手机通知司机过来接他。李励也觉得无趣，既然好，自己为什么不直言不讳呢？他忍了忍也不想做太多解释。老一上车后，他站在车外，向他挥着手，老一车开得很快，转眼便消失了。

李励一个人站在已城的街头，看着陌生的面孔和远处簇新的建筑，一个人的时候，才有时间抒发内心的感触，他觉得对他而言，已城俨然是一处异地了，陌生的建筑和街道，理不清头绪的关系，而自己是个贫瘠的异乡人，除了疲惫的身体和受伤的心，他一无所有。

李励不禁心生悲凉，但他还没有缓过神来，老一的车子又在

/ 九 珍 /

他眼前停了下来，老一摇下窗子催促道，快上车，老路有麻烦了。李励来不及询问，迅速钻进车子。

老一接了李励，车速明显慢了下来。李励上车后，老一一边数落老路的浮躁，一边担心牵连李励。他也不知为什么就要找你，你电话关机了？老一问李励，同时解释说，老路一定让我喊上你，我也弄不清你们是怎么回事。李励一听心里也很焦急，连忙问，老路会有什么事？老一摇摇头，吩咐司机把车开得稳点。

到了地点，李励和老一刚下车，几个人便将他俩团团围住，脸上也是杀气腾腾。李励见都是刚才肖璐宴席上的熟面孔，表情就很淡定。

原来，老路和他新结识的朋友玩麻将，玩着玩着，他便看出了眉目，三个人显然在玩老千，这时候老路已经输了五万。老路掀了桌子，对方却不干了，扣住老路，老路只好打电话找李励。

李励问清原委，从口袋里摸出香烟，是那种很昂贵的香烟，几个人马上便被香烟吸引了，但脸上依然是怒色。其中一个显然不好吞云吐雾，他将香烟夹在耳朵上，空出嘴巴问道，你还老路的钱带来没有？李励明白，老路欠了钱，无缘无故把他推来接招。他并没有看老路，却猜得出老路的眼里都是求救的信号。多少？他装作不屑地问。五万！对方横着脖子喊道。李励闻言不动声色地说，我欠了老路十万，今天来得匆忙，口袋里只有两万。说着，掏出两万元递给老路，老路数都没数，马上趾高气扬地说，我说明天还的，你们不给我面子，看看，李总都欠我钱，我会没钱？几个人接了钱，脸上的怒色稍有缓和，也不接老路的话茬。又回到麻将桌边。老路为余下的三万写了欠条，脱身出来，尾随李励和老一，三个人一路无话，老一并没有征求李励的意见，径直吩咐司机将车子开到了火车站。

现在，李励也没有心情逗留。老路一路没话，下了车便跑向车站的一家土特产店。老一介绍说，那家店的店主是李红，她是老路的前妻。李励闻言，很是惊讶。一会儿，果然看见李红笑眯眯地从店里走了出来，老路跟在后面，手里拎了几盒土特产。

这就回去了？李红温和地问道，很惋惜地说，应该多待几天，这边变化很大的。李励客气地说，事情太多，有时间再回来。李红赞许地点点头。忽然问道，去观景亭感受如何？今天又去了吗？李励忙说，去了去了，刚和老一顺便去了。今天细看李红，他发现李红的变化很小，岁月在她的身上似乎没有留下任何痕迹，他看着眼前的李红，二十年前她的容貌清晰起来。你一来就去了观景亭，我知道，去了就好，我经常想起二十年前我们的约定。那时候我们个个雄心勃勃的。李红瞟了一眼老路，眼神里似乎有很多怨言，她的这种神态使她显得很单纯。李励心里一惊，李红居然记得那个约定，这让他深感意外，但脸上还是轻描淡写的笑容，是啊是啊！他见老一和老路无动于衷，内心震动不小，表面也只好这样附和着。

8

老一和老路走后，李励并没有上火车，他在李红的小店里逗留了很久。作为老同学，他们好像是第一次这样正儿八经地单独在一起谈话，他们共同的话题就是回忆学生时代的许多往事。李励读书时在班上表现很出色，李红居然会记得他当年的许多生动细节，她举了许多例子，有些李励记得，有些却没有一点印象，他看着李红绘声绘色地描绘着，心里为老路惋惜，这么好的女人该得到疼爱的，老路却不知道珍惜，他不明白老路怎么舍得和这么善良又善解人意的女人离婚呢？

李红问李励，你这次回来是不是因为那次的约定？李励不想向她隐瞒，便点点头。李红的眼里便夹杂了些许泪花，其实，你一下车我便看见你了。听李红这样说，李励惊奇地瞪大了眼睛。李红的脸上出现了羞涩的红晕，但她很大方地说，你不知道，当年我悄悄地喜欢你，我很盼望也很想知道二十年后你会是什么样子。这么多年我知道你很成功的。看见你活得健健康康的就好，大家都活得健健康康的就好。李红很满足地说，那天下午我也去了观景亭，发现你在打瞌睡，我就悄悄离开了。李励怔怔的，他不知该怎样表达他的吃惊。

你是为了肖璐回来的吗？李红又问。李励点点头，又摇摇头，我也想出来散散心。李励声音低低的，我还是忘不掉那些年大家的情谊。此刻，他感到他和李红之间流淌着人与人之间的温情，他把话音压得很低，生怕惊走了这份温情，在这个商品经济时代，他寻找的这份互相关心，互相体贴，互相帮助，真心坦诚的温情，就在自己的身边，却很难觉察，他感到温暖，渴望让这种气息长久地包裹着自己。

有人来买东西，李红便去迎接，那人选中了己城的一种茶干，还没有问价钱，便要求便宜些，李红一直笑盈盈的，最后，李红才告知对方只收成本价，那人觉得难以置信又买了五盒。李励看着李红小巧的身材，发现她身上的纯棉小褂是被妻子嗤之以鼻的地摊货，妻子一件褂子的价格，可以买这种地摊货上百件，但是，李励看着眼前的李红，却觉得李红虽然穿着低廉却很温婉优雅。送走顾客，她又来到李励身边，就像是一束芬芳游了过来。

成本价，你赚得太少了。李励提醒道。没关系，厂家会按量付钱的，我不想让外地人感到我们已城的人太贪婪。李红想了想又说，大家都说你身价过亿了，赚这么多钱得多累啊！我看你总是心事重重的样子，人对金钱看得淡些，自己也会轻松些。依我看，你这样注重情谊，老远地回到已城，跟身价没关系，你身上最让人敬重的东西用钱怎么衡量得出？他们却体会不了。李红这些真诚的话，听着很贴心。李励听着觉得愧对李红的坦诚，不由得脱口而出，我的肺部有个阴影，我不知该怎么办，我只想什么都放下，过些安静的日子。压在李励心头的这句话终于说了出来，他这段时间的矛盾、痛苦、忧虑一下子变得轻飘飘的，李励很感激李红给了他勇气，他像是找到了无穷的动力打败他的脆弱。他观察到李红的眉毛急促地跳了一下，紧张地问他，去复查了？他无力地摇摇头。

起初只是有些发烧，家庭医生给他吃了消炎药，烧退了，但他一直感到肺部不适，胸口乏力，太激动时呼吸困难。他一个人悄悄去了医院拍了胸片，医生很坦诚地对他说，你的肺部有个阴影，需要进一步治疗，下次带你的家属来确诊吧。那是个面色温和的医生，看着他失魂落魄的样子，轻松地安慰他，别担心，问题不大。他是从医院走回家的，他想多看看街景，却什么也看不进去，他加快了脚步想赶快回家去，他已经很久没有和妻子温存了，他急切地想让妻子把他搂在怀里。到了家，他才想起来妻子这些天一直在加工厂，他想赶到妻子身边去，才想起来他把车丢在医院了。

从医院开往加工厂的路上，他开始慢慢清醒并且冷静下来，决定一个人慢慢咀嚼，如果好消化就当虚惊一场，如果难消化，他也要自己承受。他将车子直接开到了工作服加工厂，他特别想看到妻子，和她多待一会儿，然后，一起回家，他甚至想找个什么理由把孩子从国外接回来。妻子见到他突然到来，忽然很慌乱，他顺着妻子的慌乱发现了生产线上流淌着二等品的原材料。

他一直逃避现实对他的打击，现在面对李红，他忽然有了倾诉的愿望，他轻描淡写地说着，他是如何和妻子为生产线上的面料等级各持己见，如何想让胸口的这个阴影悄无声息地躲在暗处。李红却很焦急，脸色也越来越凝重。回去赶快去复查吧！你一定要健健康康的，不然，我就没有盼头了。李励见李红的眼睛里含了泪水，疑惑地问道，什么盼头？李红索性说道，我一个人带着孩子，泄气的时候就会想到一些自己牵挂的人，心想我活得好好的，实际上会让大家都感到平淡又幸福，我牵挂的人里其中就有你。这句话，让李励感动欣慰，他不仅看到了李红的价值，也看到了自己的价值。他答应李红，回去马上复查。尽管这样，李红还是叮嘱道，一定和你妻子一起去啊！有人来买东西，她不肯去接待，进一步劝慰道，回去和你爱人谈谈，如果把钱看得淡些，你们得到的岂不是更多，你们多让人羡慕啊！

和李红一番谈话后，李励的心情陡然轻松了，觉得这次来已城终于有了个圆满的结局。他的心里闪现了一个念头，迫不及待对李红道，明年的今天我们聚一次吧！李红诧异地睁大了眼睛，惊呼道，你怎么和我想的一样啊！

无论怎样，先回家去，妻子找不到你会着急的。她这样说着，也并没有等着他的回答，走到挂在墙上的挂历前，用笔在挂历上当天的日子做了记号，又重重地描了描。这样一个简单的动作对李励的触动很大，李红的脸又起了红晕，她说，唉，当年我在本子上记下我们约定的日子，没事的时候就会描一描。李励猜测她当时的心境，郑重地对李红道，记得明年的这一天迎接我们。你不来我会去找你的。李红认真地回答道，似乎有些焦急催促道，快打电话给你妻子让她安排医院检查。李红迫不及待的样子让李励感到非常亲切，便顺从地打开了手机。一开机，电话便跟进来，居然是老练。

老练在电话里问他人在哪里，他撒谎道，在家里。老练电话里疑惑道，不对啊，你托老同学送的棋谱，我还没看，你却离开已城了？李励也不想深究，坚持道，我确实在家，我的老同学送的棋谱你千万别打开，原封不动退给他。怎么样，你最近棋艺有长进了吗？老练叹了口气，唉，我就觉得蹊跷，你怎么偏偏会找机械厂的人送棋谱，这些人真是无孔不入啊！李励听出了老练的些许无奈，体谅地说，你在已城，要多保重。我在已城和任何人都没有联系，记住啊。老练在电话里由衷地说道，谢谢，没来就好。遂挂了电话。李励现在明白为何老一在他面前缄口不提工厂动迁的事情了。

挂了电话，李励一脸的平静，他对李红说，我明年来的时候，你要请我吃小刀面。李红郑重地点点头，眼睛亮亮的。

车站的人很多，熙熙攘攘的，李励已经很多年没有这样等火车了，通常情况下，都是他的秘书买好机票，安排好一切。火车站的场面很接地气，李励在闹哄哄的人群里忽然觉得很温暖，他将目光投向李红的特产店，见李红依旧站在门口张望着，心里涌过了一股暖流。他的目光在人群里逡巡，猛然间他发现了一个熟悉的身影，分明是他的妻子，但很快他的目光没有抓住她的身影。他慌忙掏出手机，手机却没电了。他跑到电话亭去拨打妻子的手

／九 珍／

机，妻子的手机却怎么也打不通。

在这个李励熟悉又陌生的异地，李励想，妻子没有他人的帮助又怎么会找到自己呢？而帮助她的又会是谁呢？不过，李励又接着揣测妻子到已城的真正原因。

作于 2014 年 1 月

原载《诗城文学》2014 年第 3 辑

留　言

1

　　钱斌收到一条令他惊异的申请——四十年未联系的中学同学葛姝，申请添加为他的微信好友！

　　这天早晨，钱斌一觉睡到自然醒。睡眠悄然离去后，他睁大双眼注视着天花板。跳过吸顶灯盘踞的区域，天花板空荡荡的，一夜无梦，他却感到身体里的倦怠像是无法弥合的创伤。

　　妻子申丽的手臂裸露在棉被外，搭在他的胸前，像是在阻拦他，又像要打破什么。

　　钱斌小心翼翼地挪开申丽的手臂，从床头柜上摸到手机，先是看了一下时间，接着点开了微信，那条令他惊异的微信信息跳了出来。

　　钱斌紧握手机，起身，双脚伸进拖鞋，拖鞋一只大，一只小，但他并未调换，妻子申丽在他身后含含糊糊喊了一声，他也不搭理，一头钻进洗手间，随即按下门锁。紧握手机，钱斌如同抓住生命里的重要时刻。

　　申丽在门外，边敲门边喊，你穿了我的一只拖鞋！钱斌并未理会，而是拧开了水龙头，水哗哗地流着，落在陶瓷水池边的水珠不断地被击碎。见镜子照见自己倦怠中夹杂的兴奋表情，他随

／九　珍／

手抹了把镜面。微信显示，对方通过手机通讯录添加，这令钱斌诧异。

中学时，葛姝随父母突然调往外地，他和葛姝之间便彻底断了联系。葛姝是什么时候拥有了自己的联系方式？通过什么途径？她为什么突然联系自己？钱斌觉得有些事实隐含某种意味，像是生活留给自己的启示：他们都到了不算老也不算年轻的年龄，生活留给他们彼此错过的时间越来越少了。

手机屏闪出的光亮滑过他的脸。钱斌注视着微信联系人肩膀上小小的加号，并未触及。

洗漱后，钱斌面色平静地走出洗手间，将手机搁在核桃色原木桌面上，与空茶杯并排，手机安安静静的，丝毫未受触动。申丽递给钱斌一个剥壳的煮鸡蛋，他接过来，怔怔地注视着申丽。快点吃啊，要迟到了！申丽嗔怪道，随即去卧室抱出一床轻巧的蚕丝被，印有大朵蓝色妖姬的被套被她簇拥入怀，像是在某种仪式上手捧鲜花。她去阳台晒被子。明知蚕丝被不适合暴晒，钱斌并不阻止。入秋以来，秋城一直未见秋雨光临，空气中，从早到晚浮动着不合时宜的燥热。申丽在阳台上拉开折叠晒衣杆时，钱斌迅速换下家居服，抓起手机，闪出家门。房门"吧嗒"一声，留给申丽一个无辜表情。

招了辆出租车，钱斌没有直接去单位，而是先绕道贯穿老市区的前进路。数次拓宽的前进路街道上，机动车道和人行道间排列着半米高的白色塑钢栏杆，一条界线一条路，人行道上铺设了醒目的黄色地砖的盲道。平坦的沥青路面，并未泄露丝毫有关这条道路周边的历史。

当年，前进路两边的家属区，都是统一成排的灰瓦红砖的平房。家家户户布局、摆设雷同，里外间，大衣橱、五斗橱、高低床……披厦隔出的厨房都拥有灶台、水泥案板、水泥水池。单位为名的子弟学校坐落平房之间，教学楼是突兀的四层楼。放学时，成群的学生追逐嬉闹，但当他们规规矩矩坐在教室里，操场上空无一人，阳光倾泻而至，琅琅的读书声传出，家属区的居民从校门外经过，都会放慢脚步。工人电影院、工人剧场、五一旅社、邮电局、第一百货商店与学校隔路相望。而今，只偶尔在一个角落里容留了一段当年的台阶。沿着公路铺设的店铺早已改换了门庭，超市、电竞酒店、手机店、大药房、美甲店……这些店铺的经营内容，浅显地印证了人们在生活中无法缺失的物质欲望。当年，钱斌和葛姝并不明白这些，只在意收藏的玻璃糖纸，将糖纸展平压在图书内或者玻璃板下，给予糖纸上的彩图无尽的尊严。

路边的法国梧桐树，已换成了香樟树，一栋接一栋的楼房，或高或矮，独立或者肩并肩站立，均与蓝天为邻。车流已取代了浩浩荡荡的自行车队。多年以来，道路的方向没有改变，更远更深的憧憬始终在延伸。

钱斌记得学校会组织学生们排着整齐的队伍，前往工人电影院观看电影。电影散场后，他和葛姝悄悄远离人群，翻过前进路边居民区的院墙，落在成熟的稻田间，只留有他们两人的金色空间，单纯的、无忧无虑的世界。他们和前进路居民区长大的孩子一样，莫名地将田野间的物溪村当成游玩的目的地，仿佛前往物溪村就是前往远方、前往未来。这里是他们认为的整个世界。他们会和田野中的一些植物相认，借以掩饰彼此不可言传的羞怯，喇叭花、狗尾巴草……不断地带来惊喜，葛姝走在前面，偶尔停住脚步，回过身面对他，风掠过稻田，掠过每一粒饱满的期待，

／九　珍／

掠过他们相望的视线，掠过被纯粹的快乐，以及坦诚占据的世界。葛姝常穿一件蓝色的毛衣，下摆是起伏的白色浪花，纯净的蓝与白的交织给她带来骄傲，一种无法从她身上脱落的美，唤醒了钱斌对美最初的感觉。而这些都定格在记忆之中，她留给他独一无二的美好记忆。

回忆使钱斌觉得他和她之间的距离只有昨天和今天的距离。

钱斌掏出手机，终于添加了葛姝，发信息问候：你好，老同学。手指触摸手机屏时微微发抖，似乎他发出的每个字都在传递震颤，都拥有思想。添加后，钱斌翻看葛姝的朋友圈，设置了三天可见，而昨天所展示的是一条唇膏的彩图，图中的模特脸部在暗处，明处是殷红的嘴唇，既像是广告，又像是诱惑。

来到单位办公室时，钱斌收到了葛姝的回信：你好，我们的同学吴昕给了我你的手机号码，才添加上微信。吴昕也是两人的老同学，从事保险业务员的工作。年前，钱斌购买了她上门推荐的险种。葛姝的回话，没有流露惊喜，没有流露亲切。钱斌站在窗前，注意到厂区公路沿途更换了单臂节能路灯，簇新的灯杆看着来来去去的行人与车辆，像是始终在清点着灯火的灵魂。

当年前往物溪村途经一段铁路，葛姝喜欢踮脚踩在铁轨上数着枕木，每当数到九时，就会转过身，回望她数过的枕木。钱斌还记得，她的一双粉色塑料凉鞋招引了蝴蝶，一路蹁跹而至，单纯的、美丽的蝴蝶。而今那些枕木，有的已经老化，有的已置换成水泥钢筋浇筑的，铁轨还在延伸着。他问，你还记得前往物溪村途经的那些枕木吗？

葛姝记得那些枕木，以及铁轨。但她并未忆起，当年她数枕木数到九就会停顿，低头欣赏起她的粉色塑料凉鞋。她记得自己会站在铁轨上，不断失足落在路基上，那些路基遍布碎石。

接着，他们没有牵出新的话题。钱斌感觉他的某句话像是某种告白，而她以沉默拒绝了。

钱斌想直接告诉葛姝，他娶的女人与当年的她长相酷似，换句话说，当年他对妻子一见钟情，就是因为妻子的相貌神似葛姝。这种苍老的表白不便编辑成文字推送给葛姝，他便送出去一种隐晦的表达——发送了一张申丽的近照。葛姝回复了笑脸，她说，挺漂亮的，是你妻子吧？钱斌没有正面回答，他说，你仔细看看。不认识！葛姝回复。这个回复令钱斌顿感失落，似乎葛姝忽略了她本人。她是故意这样说的，他想。我妻子，她有抑郁症，我很痛苦。钱斌很想将这句话发送出去，但是他不能把自己的痛苦传递过去，让葛姝因为他的痛苦而痛苦，同时，这会驱逐他们之间美好的记忆。他发了句适宜的问话，你怎么样？葛姝回答，我还好。钱斌注视着很家常的三个字，怅然一笑。也许她想展示一些同时隐蔽一些，并未提及她的境况。她问钱斌，你还好吧？钱斌回答说，挺好的，工作、成家、抚养教育孩子。他说这些话时，最想表露的内心便隐藏了，这好像是生活的一点智慧。他们似乎绕过了核心问题。

钱斌回忆起中学时在物溪村的池塘边，用一些柳枝编织成柳条帽戴在头上，扮演他们心目中的英雄形象，而他们没有成为英雄，他们都是普通人。他还想起，因为音乐老师批评自己将风琴说成了钢琴，并且驳斥了葛姝的指正，他配合葛姝逃了一次课。而他记忆深刻的是，高二的那天早晨，早自习后，教室里葛姝的座位依然空着，他暗自揣测葛姝缺课的原因时，老师却在上课前调换了座位，葛姝的座位被别人坐了！老师说，葛姝随父母调动转学了。他心里一抖，眼角微微发潮，掩饰着扭过头望向窗外，失落于再也无法悄悄地欣赏、观察葛姝了。放学后，他在葛姝家门前徘徊，假装路过，内心惴惴地期待离别前的一次邂逅。街灯一盏盏亮了，葛姝家的窗口没有亮起灯，他不得不接受现实。那段时期，他学会了独自品尝思念。中学毕业十年后的同学聚会，葛姝并未到场，有人提到她，钱斌的心立时被拎了起来。他在七嘴八舌的议论声中竭力保持镇静，有同学说葛姝遭遇了车祸，双腿受伤，面临截肢的处境……钱斌在议论声中站起来，他当时觉得自己遭到了重创，被意外击打得不再完整。那次聚会他提前离席，以后再也没有参加过同学聚会。他承认当年自己缺乏勇气直面现实，而他被另一种现实生活裹挟。尽管内心一度认为她遭遇的不幸是自己的不幸。现在，她没有把自己的不幸传递过来，而使自己的不幸成为他的悲伤。钱斌轻轻舒了一口气，一时也不知该说什么。也许他们都清楚，生活的不堪一旦呈现出来，谁都无法成为旁观者。况且，多年来，他们都过着各自的生活。

办公室与生产现场为邻，现场钢材与盖板的撞击声、运货车的汽笛声时时传来，钱斌忽然有一种压迫感，尽管作为一名从业多年的轧钢厂的质检员，他熟知冰冷的钢材的禀性。瞥了一眼墙角横陈的钢材样品，他忽然发现自己和它们其实格格不入。也许是环境不对，钱斌想，与葛姝时隔多年的对话需要一种合适的氛围。

钱斌一时想不出有意义的句子。而葛姝同样沉默着。他们谁都没有提出来视频，似乎对相貌的变化漠不关心。戴上安全帽，走出办公室，钱斌想以此化解多年后初次聊天的尴尬，他觉得应该说些什么，毕竟是一次重逢，尽管是在虚拟空间，但追忆是真实的，况且她留给他不曾瓦解的美好。但他只是礼貌地回复说，有点忙，下次再聊。葛姝并未回复。

来到轧钢生产现场的冷床区，注视着矫直机，回味刚才的聊天内容，一丝怅惘将钱斌包裹起来。矫直机保持着铿锵节奏，一部分钢材等待着矫直，而一部分已经经过矫直口，只剩下钢材最后的模样。不远处，冷锯正在切割钢材，带着令钢铁断裂的力量，尖锐、刺耳。钱斌被包围着，但他又是个局外人。

2

钱斌回到家时，申丽正在厨房里忙碌，自从确诊为轻微的抑郁症，她辞去了超市导购的工作，表达对生活的忠贞似的醉心于厨艺。与年轻时相比，她仍保持着纤瘦、坚韧的身形。

你今天早晨怎么走得那么快？申丽抱怨道。我后来追到停车场，你今天怎么没有开车上班？晚饭伴随着一连串的追问。钱斌耐心地解释，开车总是堵车，所以没有开车。申丽面前的饭碗是空的，她只吃糖分低的水果，她的晚饭只是一种形式。

晚饭时夫妻二人看着电视，节目是《第一现场》。多数内容都是会议召开现场。偶尔，会有一两条出人意料的社会新闻，比如某小区高层住户的玻璃突然坠落，比如潜逃多年的嫌犯落网。新闻发生在身边，牵连了生活，申丽因为那条高层玻璃坠落的新闻，检查了家里所有的窗户，她还和钱斌商量是不是也加装窗锁扣。她状态平稳时，心思依然缜密。

晚饭后，钱斌数好药片，倒好一杯水递给申丽。申丽吃药时，他瞥了一眼无声无息的手机。

申丽入睡后，钱斌穿过客厅，来到阳台上。远处，高楼上的灯光不时变换着图案。秋风习习，他的额头上却布满细密的汗珠，突出的阳台让他拥有了悬空的感觉，凌驾于现实之外。靠在栏杆上，手机屏的亮光照亮了脸庞，是他所拥有的光。

楼下的合欢树开满了粉色的花朵，灯光下又赐予其一层魔幻般的昏黄的光晕。秋虫的啁啾，时远时近。这是钱斌熟悉的秋，他从未离开过这座城市，因而熟知了这座城的禀性，包括秋进入清凉和安静的意图。

手里握着手机，钱斌仿佛邀约了秋的意味。一轮圆月温和地悬挂在空中，处于他的视线之中，仿佛处于世界之外。同时，秋夜的凉意越过毫无生命力的拉门，渗透在房间的各个角落，申丽睡相安详，她所服用的白色药片，说明书上隐含着一种安稳的字眼：服药后嗜睡。

钱斌主动给葛姝发过去一条问候。葛姝很快便回复说，我正想联系你，很忙吧？还没有休息？她关切的语气，像是要丢弃自己而走进包围他的现实生活。是忙了点，时间像是太快了。钱斌回复。灯光在他的身上投注了光芒。俯瞰楼下，休闲空地的草坪上，空无一人。钱斌每天看到的景致，延伸在他的生活之中，像是生活不可缺少的形式。

钱斌想，他和葛姝之间跨越时间，跨越距离，他们也许还需要一种合适的方式相见，以便合情合理，而并非语言。他有了白发，皱纹更深了，而身材也不再挺拔。葛姝也长了皱纹，她曾受过伤，不知是否借助轮椅，蜷坐在轮椅上的身躯会是瘦小的、柔弱的？他们都曾经错过了，但剩下的时光还在那里等待着被审视，被定夺。这是无法逃避的现实，也是无法拒绝的现实。

钱斌下定了决心终于说道，葛姝，分别多年，我们的友情还在，我会像小时候一样帮助你，假如你需要帮助。

葛姝倒是很坦诚，她回复，是有件事想让你帮个忙，也算是互相帮助吧，语音方便吗？

透过玻璃拉门，钱斌望向室内，手机在瞬间黑屏了，一种坦然的、安静的、放弃连接虚拟和现实的神态。葛姝和他像是在默契地遵循某种不被混淆的秩序，悄无声息。申丽显然已睡熟了，她状态平稳时与正常人无异。他们衣食无忧，但她总是无端怀疑钱斌怀有不可告人的秘密，常常自言自语。婚后察觉症状至今，他都不明白她轻微抑郁的原因，医生同样未给出答案。

收回目光，钱斌点开了语音键。钱斌，你好！是温婉的、陌生的声音，撞击在时间的壁廊上，带有回音。钱斌无法判断自己的声音对葛姝的冲击，但是他确定自己是真诚的。这么多年了，你还好吧？亲近在对话之间渐渐形成。

我还好，你也还好吧？钱斌问道，同时辨别出楼下合欢树下栽种的是几棵天竺。

葛姝所处的环境，是幽静的？绿意盎然的？他揣测着说道，添加了微信，常联系。他感觉他们在竭力兜起一个圆，想再说些什么，突破这个圆，但他所有的生活内容是如此琐碎而庸常，这对葛姝来说毫无新意，而他一时也找不出更有意义的话题。没有人提出视频，钱斌觉得葛姝在等待，而他愿意陪她等待。钱斌不希望话筒里的声音消失，即使是记忆中的犹疑和怯意已褪尽，是完全陌生、成熟的嗓音。

物溪村拆迁开发，听说你在那购买了一套商品房，啊，是物溪村啊！葛姝说道。钱斌长长地舒了一口气，觉得终于突破了那个圆，抓住了她的感叹。他很感激曾经存在，而今存在于想象中的物溪村让他们避免沉默，毕竟在物溪村，留有他们的记忆中相同的部分。

当年那次逃课，是山坡提供了庇护场所，他们在山坡眺望视线最遥远的边缘，存在于他们所处世界之外的村庄。

物溪村有农舍、池塘、向上攀升的曲折村道，村舍边的猪圈散发出难闻的味道。葛姝的声音中，一种连接着美好、亲切、纯真、坦诚的时光降临了。钱斌不希望转换话题，但似乎有关物溪村的回忆单薄到无法承受现实。尽管他们都留有记忆，而更多的共同的记忆是琐碎的，钱斌懊恼自己没有准备更多的有关物溪村的信息。尽管要借以在想象中复原，而真实地曾存在于他们的世界中的物溪村已夷为平地，但他希望留住这样倾听与倾诉的时间。他很想确认她说话时嘴角是否露出梨涡，梨涡里藏有笑意。

她说，你购买的商品房是全款吗？不是，虽然有压力还是贷了款，现在住的房子太小了，算是改善住房，钱斌回答。他看了一眼手机上显示的时间，在他们之间，不会凝滞的时间，正悄悄地冷静地走动着。

哦，还贷款应该有压力，我可以帮你的。葛姝直接说。

不能，应该我帮助你。钱斌急忙说。葛姝在那边笑了起来，她童年的笑声逃远了，而留下来的是清脆的余味，略带枯涩。那就互相帮助吧，如果你有意向啊。葛姝强调说。

钱斌意识到她所说的并非怀念的内容，但他希望能够对她有所帮助。他愿意通过帮助她而使自己更有价值。

葛姝痛快地说，你如果感兴趣，我邀请你加入一个微信群。她邀他入群，也许是走进她的生活。钱斌听出她的嗓音有些粗哑，取代了一部分清脆。钱斌想，时隔多年，素未谋面的葛姝会有怎

/ 留 言 /

样的生活圈？他在现实中揣测时，已被葛姝邀请加入了一个人数近百人的、标注炒股群的微信群。

葛姝在群聊之外私信与他对话，这给他诡秘之感。葛姝说，你要装作和我是很好的朋友，就是不会坑害的那种。我们确实是好朋友啊，钱斌说。他感觉有些东西变得危险，不可预测，他想弄清楚。他还听出葛姝粗哑的嗓音里，留有生命的钝痕。紧接着，他看到刚刚进入的炒股群里，邀约之后葛姝对他报以热烈的欢迎，一连串的礼花、鲜花、拥抱的图片。接受了欢迎。钱斌私信葛姝，我并不买股票的。

你答应帮助我的。葛姝说道。这是她现在的语气，有一点矫情，有一点任性，钱斌想。

葛姝接着发来一段私信：我们是有友情基础的，这有利于挣钱，我最信任你，加你，就为拉人集资炒股，我们是双赢，最核心的一条是，你刚好买房，一定需要钱！何况，没有谁会拒绝财富。这是自他们有了联系以来，葛姝发送过来的最多的文字，这些文字没有使他们之间的友情离去，没有使关心黯然，也道出了彼此生活中最核心的命题。钱斌却无法接纳这些文字，这条信息坦然躺在他的手机里，每一个文字都令他产生怪异之感。

他私信葛姝：你的父母也还好吧？

他们都不在了。葛姝迅速回答，不像是提起她的至亲，也不像是提起有关她的永远的离别。他们之间的对话，忽然停顿了，仿佛这次对话的使命已经完成，但有些更复杂，更烦琐的内容，并非语音对话能表达和解决的。钱斌情愿相信是伤感或者等待，葛姝一直等待着最信赖的朋友，提起她轻易不流露的伤感。尽管她没有坦述她的窘境。

深邃的目光，安静的眼神，柔软的烫有波浪的长发，束发的绣花手绢上有淡黄色的花朵，瘦削的脸颊，抿着嘴，神色忧郁。当年葛姝母亲的形象在钱斌的脑海里清晰起来。他将葛姝与当年她母亲重叠在一起。他想，现在的葛姝应该很像她母亲当年的模样。只是她车祸受过伤，也许行动受限。这个现实，让钱斌的内心一阵疼痛，而他的头发已经花白了。如果在路上相逢，彼此会是陌生人。他承认眼下他已混淆了当年，而他正在试图瓦解这种混淆。

　　炒股群里，葛姝向群友们坦诚：酒是陈的香，朋友是老的好。还说，历经四十年的友情牢不可破，不存在背叛和欺骗！她以多年前的友情佐证她的诚信。同时，她私信钱斌：钱斌，你在群里附和我啊，捧个场，不要冷场啊。这次，她的语气是亲昵的，没有任何疏离。他们的友情无疑存在着，在虚拟的空间里，没有人质疑他们的友情，她发给他的文字很难道出真相，他和她都不会否认他们之间的友情。

　　钱斌在群里含糊地发了一条信息：老朋友介绍的股票，我当然相信。几乎就在同时，葛姝私信发来了笑脸，他们对话的内容改变了，不是目光对着目光，不是语言承接语言，更不是心灵映着心灵，那些都太过久远，并不是手机剥夺了那些古老的友情，也不是只存在于虚拟空间，而是有一个核心命题，是葛姝牵出的开端。

　　钱斌，谢谢你帮我说好话啊。葛姝私信感谢他。在私聊和群聊间，两人像是进入了一场双簧表演，钱斌一时有些恍惚，分不清戏里戏外，也辨别不清自己。

　　聊天结束时，葛姝像多年前向他展示秘密时压低语调，带着隐秘的兴奋语气，她说，我提供你一个号码，你可以找这人拆借一部分资金，有一只股票很快就会涨。

除此之外，葛姝沉默了。而她的沉默恰到好处，房间里，响起申丽踢踢踏踏的脚步声，钱斌有一种强烈的身体遭受挤压的感觉。

3

两天后，钱斌收到来自葛姝的转账。橘色的带有暖意的转账提醒挂在两人之间的微信记录里，钱斌并未接收。葛姝留言说，是答谢你在群里捧场的酬劳。还留言说，现在高铁很方便的，欢迎你来我这里做客。

她通过微信发来的定位，有图、有标志，而历尽岁月的友情、怀念……都被葛姝轻轻地一带而过，但仍然在钱斌的想象之中。他总觉得缺少点什么，需要他踏上旅途。希望帮助她更多，弥补上当年没帮的遗憾，当年的爱慕转化为友情，长久地保留下去。

钱斌对妻子谎称出差，带着探望朋友的珍贵的感觉启程，还带着那些被怀念的，因为不被眼前的世界怀念，而成了被遗忘的，没有被友情期待的感觉，以及他终于拾起的勇气。

动车车厢里，每一扇窗户上都有出风口，座位中间的扶手可以拉起放下，在每一个座位下方都有脚踏，都有插座，每一扇窗户都有遮阳的窗帘，一位乘客一个座位，每个人都拥有可以自己享用的待遇。这些都与飞快的列车一同奔跑，但并不仅仅是这些征服了当年的绿皮火车。

到达目的地，开门迎接钱斌的竟然是吴昕。吴昕引他穿过一片草坪，欧式田园风格的独栋别墅像是在坦言：它不仅是居所，还是演示如何享受生活的道具。这些代替葛姝迎接他。钱斌只瞥见门厅欧式的吊灯和墙上的油画，像是一张效果图。跟着吴昕沿着屋檐下的长廊，又来到了后院。院子里有个穿着蓝色大褂的师傅，正在修剪一排冬青树。吴昕精致面庞上的笑容是真诚的，她说，多数老同学都联系了，你是葛姝最后联系的。吴昕指着草坪外的长廊说，你看，她在那里。

钱斌看到了一个女人的背影，坐在藤椅上正和两个人交谈。时间就此凝滞了一般，钱斌脚步停滞，眼前的一切都不是他想象中的画面。吴昕说，葛总邀约的来客都是有发展潜力的，跟所有来客谈论的核心就是集资，你不属于这个圈子，但你是老朋友，就凭这一点可以证明她有诚信。钱斌注视着那个女人的背影，像是注视着一个陌生人的背影。他突然被一种恐惧抓住了心，他唯恐那背影转身面对他，同时面对震惊和失落。

钱斌对吴昕居高临下的态度心生反感，问道，你怎么也在这儿？吴昕笑了起来，她说，我可是跟葛姝一直有联系的。葛总曾经也是卖保险的，我们还是一个级别的。

钱斌问道，那她发生车祸时……吴昕打断钱斌，压低声音说，哪有什么车祸？葛姝当年为了筹钱，打过很多幌子，车祸只是其中之一。现在不用了，她可是有钱人了，你看——吴昕伸手在空中画了一个圈，这都是她的，是不是贫穷限制了我们的想象？

葛姝依然没有转过身来，她与对方的交流似乎没完没了。钱斌忽然觉得面对葛姝的背影，是这次远行的最大收获，是一种真实的存在。他以一种令自己吃惊的直觉意识到，他必须马上离开这里，否则，他和葛姝曾共同度过的时光将会支离破碎。

吴昕说，你不也是因为有钱赚才来的吗？不是的话，这么多年怎么不主动联系葛姝？钱斌一时无言以对，像是任何说辞都是谎言，欺骗的是自己的心。而那个多年前的心事，仅属于心灵的自白。

吴昕一副心知肚明的神态说，你也看到了，相信葛姝，会赚得更多，很多人都亲自上门请葛总指路拆借，然后赚钱的，我们看你是同学，想着大家双赢才拉你，你只要帮着证明葛总是值得信赖的，你就能赚到。钱斌忽然觉得对这次出行的目的，自己也感到困惑，尽管他和葛姝拥有世间独一无二的回忆。

吴昕忙于接待时，钱斌独自绕过别墅，找到后花园的侧门，而那扇门窄窄的，仅容一人通过，像是为孤独的人预留于此。

归途，钱斌在微信里给葛姝留言：我来过了，走了！他想，他也只能留下这句话，再无其他。

作于 2023 年 1 月

／九 珍／

奶　汁

1

连着两日，一向乖巧的孙儿总是哭闹，蔡张氏特地用红布做了辟邪的护身符。村里的郎中看了孩子的舌苔，提笔蘸墨写下：奶汁！落款：民国三十二年四月十六。蔡张氏不识字。郎中解释说，丝瓜衣、通草煎水。她琢磨良久，恍悟，这是催奶的方子！蔡张氏心里顿时疑虑丛生。她确信方子没错，错的是人！

拿到方子的第二天一早，西厢房里刚传出婴儿的号啕声，蔡张氏便"哐当"一声推开了房门，见孙儿埋头在儿媳金莲怀里拱，金莲眼圈红着，前襟却系得严严实实。娃是饿了，你为什么不奶娃？蔡张氏厉声问，逼视着金莲的前襟，金莲胸脯鼓鼓的，粗布前襟上有道浅浅的水渍。奶水不多了，金莲说着背过身，腾出右手在粗瓷碗里舀了一勺米汤，米汤在搪瓷勺里晃悠着流进娃的小嘴巴。哄我！要是不当面揭穿你，你还要瞒多久？我不信奶水不足了？你奶他一下，我看看！蔡张氏上前劈手夺下搪瓷勺，不承想，金莲一闪身，左手托着的孩子就势落到了蔡张氏的怀里，蔡张氏接住孩子的瞬间，金莲已借机拎了竹篮敏捷地跑出了门。

金莲匆忙的身影披着一缕晨光，伴着孩子的哭声穿过稻田，眼见着踏上羊肠山道，最后消失在南山的密林间。金莲的身影在山林间消失后，追至石阶上的蔡张氏一步步退回家门，蔡张氏放弃眺望的同时也舍弃了对媳妇的期望。她懊恼自己一双小脚，步伐碎，没能拦下金莲出门，也没能追回她。抬脚跨过门槛时，她狠狠地拍了一巴掌老榆木门板，嘴里嘟囔着，三个月的婴儿喝不到亲妈的奶水，这是造孽！

孙子的哭腔里，最后的尾音细细长长的，像是悬着的念想，土坯墙上一只飞虫没头没脑地撞来撞去，蔡张氏无奈给孙儿喂尽米汤，竭尽哭闹的孙儿转眼睡熟了，嘴角残留着委屈的米糊，一张瘦巴巴的小脸，稚嫩的五官摆明了无法面对世间的一切，蔡张氏的疼惜无处安放，接着替孙儿鸣屈，亲妈不给亲儿哺奶，简直是造孽！

儿子根生成家后在山外打短工，原本半个月就会回家一次，这阵子却两个月也没见回，也没个音讯，蔡张氏终日怀揣隐隐的不安。金莲起初到处打听根生的下落，也宽慰她。渐渐地，金莲就变了，整日拎着篮子往外跑，说是采野菜，却也没什么收获，对根生也没流露出惦记。这两天，忽然不奶孩子了。蔡张氏认定金莲隐瞒了什么，媳妇不喂孩子是想断了孩子的念想，一个亲娘有了什么念头才会狠心断了亲生骨肉的念想？蔡张氏越想越张皇，根生不在，她也没有主张。只能提醒自己得替根生多留个心眼。

蔡张氏留意到，金莲每次出门都悄悄地去了南山。南山能有什么？蔡村二十多户人家，坐于环山之间，面向南山。依着南山是连绵的北山、东山、西山，平日里村民上山劈柴、挖野菜、采蘑菇、烧炭……南山并不受待见，主要是南山的中间腰，遍布山洞，有深有浅。蔡张氏从未去过那些山洞，她固执地认为那些山洞是老天造下遮人耳目的，既遮人耳目，那洞里掩藏的要么珍贵

／九 珍／

无比，要么见不得人。金莲独自出门，回来背的木材见少，山货也没有什么收获，难道南山的那些山洞有金莲的秘密？恼怒、愤慨之外，蔡张氏难免心有悲戚。

金莲去年春天嫁过来时，成婚那日，雇不起花轿、青布小轿，她是坐着独轮手推车被迎进村里的，当时几个保安团的混在送亲队伍里盘问，人人都觉得憋闷。进家门时，金莲的步子在麻布袋上迈得大，像是毫不在意她的大脚，也毫不在意保安团。秤杆只轻轻伸出，她就一把捏住了秤杆上的准星，引起了哄笑，金莲毫无新嫁娘的羞怯，也露着白牙欢笑，她咧着嘴，丝毫不介意打量她的眼神的机灵劲，留给蔡张氏深刻的印象。

门外响起踢踢踏踏的脚步声，蔡张氏听出是保安团又来巡查，不由得皱起眉头。最近听说有共产党的地下组织进了山，国民党派来的保安团不时地闹腾清剿。这伙人在村里折腾，白天巡逻，夜里值守，反复闯进庄户人家搜查，根生上次从山外打短工带回的一块银圆就被搜刮了，那块银圆是家里仅有的钱财，就是那次离家后，蔡张氏再没收到儿子的音讯。

保安团的头目原本就是本村财主蔡家的三公子歪嘴蔡，平日里在城里上学，最近回来穿了一身黑衣服，整个人都变了。即便如此，他的嘴还是歪的，像是注定从心眼里带出来的邪乎劲。他借机盘查，还带人上门搜查。前些日，金莲为避免盘问竟主动把她给根生纳的厚底新鞋送给歪嘴蔡，蔡张氏一想起来仍感到心疼，她为了阻止金莲，想把那双鞋藏在房梁顶，爬高时还跌破了头皮。

歪嘴蔡一进门就追问金莲的去向。她还能干什么？没有饭吃，野菜总要吃吧，上山采野菜了。蔡张氏纵然有万般疑惑仍不愿在歪嘴蔡面前数落金莲。她抱起孩子站在八仙桌旁。桌角下埋着瓦罐，瓦罐里还有一升米。她脸上冷冷的，挂着因饥饿略显迟钝的表情，她戒备地问，村上好多人上山，你为啥单找金莲？歪嘴蔡诡秘地笑了一下，做出不屑泄露机密的表情，他俯身看着娃，这娃吃得不瘦！金莲的奶水味道不错吧？蔡张氏心里泛起酸楚，但她闭紧了嘴巴轻轻拍着婴儿。孩子却抗议似的哭了起来，哭声有气无力的，上一声与下一声并不连贯，闹得人心慌。歪嘴蔡在哭声中退到院子里，嘴里扫兴地吐出一口痰，蔡张氏看到鞋底踩在浓痰上，心里又是一阵翻腾。她认出了鞋后襟上金莲绣的小小的黑线标记，蔡张氏眼巴巴地看着那双鞋被歪嘴蔡的臭脚踩躏，恨不能伸手解救那双鞋。她是我们家的媳妇，我说过了，她上山了，能怎么样？她再次给金莲做了证明，带着一种有冲击力的力量对着歪嘴蔡喊，喊完脸涨得通红。

你喊什么？歪嘴蔡奸笑道，我找金莲，自然是对她特殊关照。蔡张氏听了歪嘴蔡的这句话，心里有如乱麻绞在一起，不由得跟出门追问，你这是什么话？歪嘴蔡不回话挥了下手，带着两个跟班急匆匆地奔去了南山。

2

金莲是踩着煤油灯光进屋的，灯光迎着她倒像是她带回家的光芒。竹篮里躺着几颗野山栗和一撮野蕨，金莲对着小腿击打，两条山蚂蟥不情不愿地落在地上，金莲惊惶地跳开。蔡张氏讥嘲道，你还会怕山蚂蟥？这半天莫不是山蚂蟥阻拦你没找到啥野菜？金莲咧了下嘴无声地回应婆婆的挖苦，她的嗓子像是无法发声，她的眼睛里却闪着光。为了省油压低灯芯的煤油灯光，依然照亮了她。金莲拎起稻草壳护着的水壶灌了一通，俯下身子看孩子。

/九 珍/

刚一贴近，孩子忽然睁开了眼睛，显然她身上的气息吸引了孩子。蔡张氏看到金莲的眼圈登时红了，孩子在她的怀里拱着，她紧紧地盯着金莲，这回你该奶孩子了吧？这句话丢出去，蔡张氏不想再说话，生怕被打断。金莲接下来的动作也让蔡张氏长长地舒了一口气，只见金莲接过孩子撩起了前襟，孩子的嘴巴精确地咬准了乳头。房间里很静，灯火摇了摇，像是寻找自身的光明。眨眼工夫，孩子哇地大声哭了起来，显然，吮吸并未让他满足，反而激起了压抑的委屈和失望。金莲一边哄孩子，一边歉疚地对孩子说，妈妈对不住你，没让你喝上奶。蔡张氏留意到金莲发红的眼圈里蓄了泪，嗓音里有哽咽之声，她注意到，金莲的胸襟前有浅浅的渍印，立起了嗓子问，你这么久都没喂他，你的奶水呢，长腿跑了？奶水没有腿，会跑什么？金莲悠悠地回敬她，抹了一把滴落的泪水，像替那些被追问的奶水抱屈，而那些奶水显然是忧伤的。

金莲怀抱着啼哭的孩子，哀戚戚地掀开锅盖，一口空锅坦然与她相对，她的眼里同样空空的，神情显出了疲惫。我也想安安生生地坐在家里给孩子喂奶，她说，妈，我们为什么穷得连饭都没得吃？蔡张氏不愿岔开话题，她接着问，你的奶水哪里去了？金莲盖上锅盖，从蔡张氏面前挪到西厢房，她走路拖拖拉拉的，像是拎着沉甸甸的委屈，这令蔡张氏恼火，但她只是摇摇头，没有力气再发作。

这天，婆媳两个都没有吃晚饭。同时，婆媳间也放弃了追问和辩白。入春以来，家里已经不是第一次断炊了。喝了米糊的孩子哼哼唧唧的，婆媳二人守着各自饱受饥饿折磨的身体，一同沉入夜色之中。蔡张氏说，歪嘴蔡找你，也去了南山。像是揭露什么又像是掩盖什么，她在等，心里在等，等金莲能说出什么。金莲却淡淡地说，我知道，不是为了躲他我早到家了。蔡张氏在黑暗中瞪着眼睛，不知该说什么，夜色在沉默中愈发深沉。

3

天蒙蒙亮时，金莲从瓦罐里掏出一把米，顺势将瓦罐转移到柴草垛里，为了躲避搜查，瓦罐不断地被移来移去，她也记不清瓦罐是否在草垛掩藏过。金莲将淘米水烧开了，盛了一碗摆在饭桌上，留给婆婆，又煮了野蕨菜独自嚼咽。淘净的米兑了一瓢水，慢慢熬着，米粒在沸水里翻腾着，炫人的眼，舍不得米香白白飘散，金莲连连吸气，直吸到恍惚，觉得过着日日吃饱的日子。备好了婆婆和儿子的饭食。金莲轻手轻脚推开芦秆院门，却见婆婆赫然坐在院外的石槽上，牲口都被保安团收缴了，石槽闲置久了，槽底边簇拥着青苔。金莲顺势摸了一把镰刀，妈，我去稻田里拔稗子草。

金莲嫁过来前，为给根生爹治病，蔡家的二亩薄田已抵给了财主歪嘴蔡的父亲，但仍由蔡家打理以便换得两斗米，这让蔡张氏有被剥离的痛，根生父亲前年已病逝。二亩薄田和一条人命原本是她的天，薄田还处在失去的张皇之中，根生又多日没有音讯，但现在她连眼前的金莲都快抓捕不住了。她说，东家没来催活，急什么？她想到歪嘴蔡的德行，又是一阵翻胃。你不要出门，世道太乱，要去也是我去！她踮起脚，证明自己虽是小脚，除了步子慢，力气并不逊色。我要看着你在家奶了孩子！蔡张氏一字一句近乎哀求地说，根生没了消息，你就是想丢下娃，也得再喂喂他。

妈！你想哪儿去了？金莲喊道，我熬了米汤。金莲低下头，目光落在双乳上，她面对自己身体的一部分像是面对谎言，脸腾地红了，这使得她显出一种健康的、本色的、稍纵即逝的美。

不奶孩子，你不能出门！我看你拔草是幌子，是又要上南山！蔡张氏提高了声调，惊动了飞鸟，是那只她们相识的山麻雀，常常光顾小院，金莲总是担心鸟儿会被乱枪打落，可这只羽毛艳丽的山麻雀侥幸活着，飞鸟掠过给院子带来的生机，总是能缓解压抑。此刻，婆媳二人听闻鸟鸣猛然觉醒了，时光走在颠颠簸簸之途，整座村庄处在不安之中，她们的对话显出了前所未有的动静。果然，就见歪嘴蔡的整张脸在财主蔡家宅院的房西若隐若现。金莲连忙扶起蔡张氏退回堂屋里，随手关上了房门。蔡张氏背靠门板，老榆木房门是整座草坯房里最值钱的物件，也是最具有抵抗力的依赖，婆媳对视着，适才的你一言我一语带着惊慌被丢弃了，两人在彼此的眼神中支撑胆量。

门外响起一声鸟鸣，是她们熟悉的鸣叫，划过空中不留痕迹。门缝并不严实，身影和嚷叫一同挤进来，蔡金莲，你今天上山不？昨天都捞到什么了？歪嘴蔡是闲聊的语气，但婆媳两个人都没有回应。村里两个村民就是因与歪嘴蔡闲聊过，莫名丢掉了性命，从他歪嘴里吐出的话，都是杀人不见血的刀子。

门板拍得噼里啪啦响，金莲端起米汤藏进灶洞，迅速钻进了西厢房。

蔡张氏敞开大门，刚一松脚，歪嘴蔡便闯了进来，身后跟着两个探头探脑的跟班。歪嘴蔡双眼直勾勾逼视着蔡张氏，金莲呢？蔡张氏稳住了身子嘟囔，还能去哪儿呢？她望了望门外在晨雾缭绕中连绵的群山。山林淹没一个人的行踪不动声色，山林是村民们稳固的靠山。歪嘴蔡伸长脖颈斜睨着蔡张氏，蔡张氏慢慢挪着步站定在桌角边，她对这个位置的青睐吸引了歪嘴蔡的注意力，歪嘴蔡狡黠地斜斜眼睛，他说，你脚底下是什么？我昨天就发现了，你就喜欢站在这里。紧接着挥手吩咐，刨开！

土壤散落着，刨出的坑洞，空空的，像是土地的眼睛，眼神惺忪，目空一切。一无所获的歪嘴蔡沮丧地转身一脚踹向西厢房的房门。金莲正背对着门搂着婴儿，显然在奶孩子。听到响声猛地掩住衣襟转过身，孩子哭了起来，毫无杂念的哭声不啻一种带有天意的呵斥。歪嘴蔡鄙夷地撇了一下嘴，不无揶揄地说，你今天这奶舍得给自己的娃了？他退后一步陡然提高了声调，都给我小心着点，别跟我打马虎眼！他一张嘴整张脸看上去更加狰狞，仿佛他面对的贫穷与饥饿是对方的罪恶。

你这说的啥话？我的奶当然奶我的娃了。金莲毫不示弱回击道。歪嘴蔡顿顿脚像是动了心思，摆出有顾忌又关照的姿态。他指了指脚上的鞋说，金莲，念在这份交情上，你别上山采山货，免得我们弟兄也辛苦。金莲反问道，为什么我就不能上山？歪嘴蔡说，少废话，喂奶的我们都得盯着！顿了顿，他放缓了语气，我给你出一条生财之道——又提高了声调像施舍赏赐，提供地下党线索，奖励大洋！有了钱，你想吃什么有什么。是个好路数，你再告诉我线索到底在哪儿，你们都找不到，戏耍我啊！金莲脸上显出神往之色说，我倒是正想问你要线索呢。金莲很认真，像是无法舍弃甜蜜的诱惑。歪嘴蔡恨恨地啐了一口浓痰。

4

你跟他哪来那么多话？蔡张氏压低着嗓音，怒视着歪嘴蔡几人的背影，手指却划过金莲的前襟，奶汁正沿着一种令人着迷的线路纷纷出逃。为什么歪嘴蔡也过问你的奶水？蔡张氏带着一种绝望追问，你不给娃吃饱奶水你安的什么心？你对得起根生吗？你不说出来，今天休想出门！金莲望望日头，太阳升起来了，云雾正在山林间散去，白云间镶嵌着金色的光芒，像是天空的密语。金莲跺了一下脚，拍了下巴掌，做出坚决抖出底细的姿态，但她随即悄悄说，妈，我的奶水去了哪儿，是根生不让我说的。蔡张氏瞪大眼睛注视着金莲，仿佛金莲的奶水迸发出惊人的力量，有根生的消息了？金莲点点头，用眼神祈求婆婆，别问了，我不能说！这跟奶水有什么关系，别诓我！蔡张氏不满地说。我就是不能说，金莲摇摇头。金莲的坚决和奶水的下落显然令蔡张氏震惊又迷惑，她摇晃着身子瘫坐在地上。

　　妈，你放心，我就是心里有根生，有这个家，才不能说，你放心啊！金莲祈求婆婆。蔡张氏慢慢从地上站起身，隐隐地明白了，但又不能挑明，只是怔怔地凝视着金莲。

　　金莲生育后，只吃过山洞里逮到的两只土鼠补元气，她单薄的身体立在身边像一张剪纸。苦苦生产的粮食被苛捐杂税都刮光了，儿媳妇就凭着身体里的奶水能去干什么？蔡张氏心里揪了一下。金莲的话也暖心，蔡张氏松了口，柔声叮嘱金莲，娃喝了奶，你去把米汤喝下去，才有力气出门做事。说着她挪到门口张望。歪嘴蔡已蹚进了自家院门，他的两个跟班在墙根打盹。歪嘴蔡家的宅院，砖木结构，两进六间，围墙、屏风、雕花楼阁，据说还有个书房，他待在宅院里时，看不到远处，更看不到通往山间的道路，更何况路有无数条。蔡张氏的目光凝聚在襁褓里的孙儿身上，你还去南山？金莲摇摇头说，奶水既然奶了娃了，白天就不上山了，歪嘴蔡既然盯上了我，我就要等晚上再上南山！金莲语气里流露出急迫的较量，像是南山掩藏着她酝酿已久的预谋。蔡张氏晃了晃身子，不由得再次瘫坐在地上。

5

夜色刚一落下帷幕，蔡张氏刮尽了缸底的面粉拌了榆树叶子炕了菜饼，饼里撒了收藏的细盐，婆媳破天荒吃了晚饭。吃晚饭时，蔡张氏再次问，你晚上上山干什么？歪嘴蔡盯着你，你还要上山？金莲莞尔一笑，就是要这样！她神秘地眨眨眼，妈，你晚上就带着娃，在东厢房别出来，过了今晚，我保证天天奶娃。

金莲说着感到身体里涌起无数支细细的暖流，汇聚到她的胸怀，无声无息的奶水浸润着她，她抱起儿子贴近双乳。吃饱喝足的儿子交给婆婆后，金莲站在窗前。月亮悄悄爬上了山，窗格间的糊纸将月光均匀地分开，每一簇都很友善。隔着窗纸，南山的轮廓有些模糊。

云彩遮挡住月亮时，金莲心里踏实了一些。金莲自小怕黑，此刻，她却祈求云层厚一些，盖住月光。不一会儿，她离开窗户，坐在床沿边揪扯着薄褥下的稻草。狗吠传来时，她的心蓦地拎了起来，那是歪嘴蔡家豢养的狗，面相凶狠，叫声总带给人不祥之感，令人心里发瘆。

狗吠越来越密集，房头的村道上时而传来脚步声，保安团开始夜间巡逻了。金莲将耳朵贴在门边上，脚步声走近又走远了，她从门边挪到窗边，又从窗边走到床边，一抹异样的光插进月光挤进房间里倏忽又消失了，而这道光带来的惊惧却从头到脚裹住了金莲，她判断出那是火把的光。东厢房里，蔡张氏趴在窗缝间，

/九　珍/

看见影影绰绰几个扁的身影，晃晃悠悠地。

金莲抓起一只碗撩起衣襟挤奶，手指颤颤的，奶水涓涓地流了出来，打着战，带有暗示性。出门前，金莲端详着碗里的奶水，目光流连。

带着松木出了门，置身夜色，金莲深吸了一口气，远远的，巡逻的几个身影在夜色里比夜色更黑，而月光下的南山亲切、温暖，稳稳地端详着她。金莲对着南山粲然一笑，猫腰跑进了黑压压的稻田，山蚂蟥立刻吸附到她的脚腕上吸血。金莲开始奔跑，深一脚浅一脚的脚步声敲打着月光下的田埂。察觉那几个黑影并没有注意到她，金莲点燃了一截松枝，火苗像金色的花朵，在月光下的田野间倏忽绽放又熄灭。夜风携手相助，一团小小的火苗仿佛是奔跑的精灵。那几个黑影定在夜色中。

金莲不断地在田野间匍匐、跳跃，那几个黑影随即猫腰向她包抄过来。钻进北山时，金莲回首看了一眼南山，南山岿然不动，与她遥遥相望。追赶的脚步接近时，北山慷慨地接纳了金莲，为她指明她脚下的道路通向远方。

6

蔡庄迎来晨曦时，阳光坦然地落在田野、村道、稻草垛、土坯房上，落在这世间的任何角落里。阳光同样毫不吝啬地落在北山悬崖下，杂乱的灌木丛里，歪嘴蔡和他的几个弟兄僵卧着，一动不动。

西厢房里，金莲睁开了眼睛，她看见她顶欢喜的明亮的阳光缓缓地穿过肌肤向胸前的乳汁汇聚，没羞没臊地张开金色嘴巴吮吸着。

蔡张氏守在院门外，天亮后，村子里一直在闹腾。歪嘴蔡中了埋伏，不仅没抓住潜伏在南山的共产党，还在北山送了命。村民们都悄悄议论，设埋伏的都是厉害角色，带着牺牲战友的娃，令人唏嘘的是，保安团连那个娃都没抓到，保安团却中了埋伏，设埋伏的已经转移了。蔡张氏在人堆里站着，她表情很淡漠，什么也不说，也不打听。

作于 2021 年 7 月

原载《作家天地》2022 年第 9 期

二维码

1

　　察觉专门用来收款的二维码标牌不见了，张生连忙丢下油锅里正在煎炸的肉丸，侧身贴近货柜，透明的台面玻璃、锃亮的不锈钢骨架，同时向他袒露着疑惑的表情。标牌怎么不见了？张生嘴里嘀咕着，又猫腰察看了货柜底部，来回挪动支撑货柜的四只万向轮。万向轮一动，只见货柜中的各式肉丸、鱼丸蠢蠢欲动，仍不见二维码标牌现身。

　　急等付款的顾客建议说，你把手机掏出来，扫手机。张生摊开油腻腻的双手，我老婆她负责管账，都是付到她的手机上的！顾客饶有兴味地笑了笑，老板，付到你的手机上不是一样吗？张生挠挠头咧嘴一笑，笑容犹犹豫豫的，有点发涩。张生挥了下手仍未掏出手机，而是大度地说，下次还照顾我生意，这次先拿去吃好了！顾客犹疑着摇摇头，并未领受张生带点矫情的好意，而是双手倒拎食品袋，任由圆溜溜的鱼丸纷纷跌回大号汤盆，惊起汤汁一阵惊颤。

　　眼睁睁看着顾客离开后，张生懊丧地转身关闭了煤气灶。油锅里，忍受煎熬的肉丸登时得以解脱。

张生经营的鱼丸店铺，在寸土寸金的宏远农贸市场，面朝主街，摆放着长一米、高一米、宽半米的货柜，货柜隔成两层，上层钢化玻璃材质，鱼丸、肉丸、蛋饺依次排开，下层不锈钢材质，摆放着各种调料、器皿。支撑货柜身躯的是四只轻型尼龙万向轮，万向轮价格不高，实用价值却不菲。货柜还兼职店门。货柜正面开有玻璃拉门，上方台面上摆有电子秤，顾客可自行动手挑选后称量，充分体现了自主购物的经营理念。整间店铺布局都是张生老婆周良勤的创意。周良勤还特意将二维码标牌镶嵌在 L 型的透明塑料卡牌里，安顿在电子秤一侧。傲然竖立的二维码标牌不索工钱，只管收钱。店铺的每一笔交易都同步显示在周良勤的手机上，有些顾客付钱时随口念出蜜蜜，蜜蜜是周良勤的网名，甜腻腻的。周良勤霸道地认为，由她掌管鱼丸店铺的收支，是爱赋予她的权利！鱼丸店里，她现身或隐身不重要，重要的是要随时体现她的权利的存在。

　　找遍了货柜的角落，仍然未见标牌，张生沮丧地认为自己几乎找遍了他所拥有的全部。

　　望着店铺外来来往往的每一张面庞，张生微蹙眉头，断定标牌不具备自毁前程的能力。张生还看到刚才那位拒绝他特惠的顾客，在对面"冤家"的店铺里购买了鱼丸，这让他的内心遭受了猛烈的一击。

　　一些真实的情景浮现在张生的脑海里。一早，他骑着三轮车到达市场，拉开卷闸门摆摊时，对面的"冤家"曾来寒暄。"冤家"嘛，顾名思义，也是做餐饮的同行，却具体到张生做鱼丸，他也做鱼丸，张生出售蛋饺，他也售卖蛋饺。张生店铺的格局由玻璃货柜充当门户，"冤家"的店铺也是如此布局。"冤家"的店

　　　　　／九　珍／

铺是先前出售卤鸭的刘老板转租而来。刘老板在宏远农贸市场撤离未显征兆，"冤家"的进驻同样毫无预兆。一夜之间，"冤家"打破了张生在宏远农贸市场独家经营鱼丸生意的局面，这是张生不情愿看到的。张生固执地认为，同行复制了他的经营模式，他鄙视这种复制行为，内心将这个同行打上剽窃标签，同时心底蔑视地称其为"冤家"！

"冤家"偕同他的翻版，每天晃悠在眼前，张生却无法驱逐，成了生活带给他的某种嘲谑和威胁。

张生回忆起，今天一早，"冤家"照例来打招呼。张生对他只是点点头。"冤家"没话找话地说，今天天气有点冷了，绞肉蛮费力气。鸡蛋这两天掉价了，天冷了可以囤点。张生记得很清楚，当时，"冤家"俯身趴在货架上，不停地抖动左腿，捎带着货架轻微地颤动。张生还记得搬货时的一段插曲："冤家"主动伸手替他稳定了打滑的三轮车。"冤家"身材魁梧，个头高出自己半个头，一出手，就控制了滑脱的车轮，"冤家"的这个举动令他当时心里流过了微妙的暖流，对"冤家"露出了稍纵即逝的笑容。张生对那丝流露的笑容印象深刻，尽管和气生财、见人就笑是他经营小本生意信奉的理念，但他的笑容对"冤家"是吝啬的。今早，这丝笑容像是鼓励了"冤家"，张生记得，领受了笑容款待的"冤家"得寸进尺，接着是俯身在玻璃柜台面上絮叨叨的。张生完全可以肯定当时自己是背对着"冤家"的，除了故意冷落，还因为他正在搅拌放在肉糜中的葱花和姜末。"冤家"当时还问他，为什么绞肉时不一同绞了香葱和生姜，他不想过多泄露其中的秘诀，只是加快了搅拌的节奏，边搅拌边话里带话地说，你不要总是问我，也不能总是学我，你不要在这儿弄得我的货架抖啊抖的。抛出这些话时，他的语气很凌厉，既是为了打击"冤家"的兴致，也是在下逐客令。张生确定，"冤家"是领会了逐客令的，他清楚地记得，话音落地，"冤家"才悻悻离开。张生始终以背影款待"冤家"，背影没长眼睛，"冤家"是否顺走标牌的真相就留在背影里了。张生想着想着懊恼地捶了一下后背。

2

菜市场里渐渐人声鼎沸，买菜的人接二连三地滑过张生的眼帘，讨价还价的声音此起彼伏，张生店铺对面的肉摊、菜摊、家禽摊……各个的二维码标牌都在默默地配合摊主，那些黑白相间的图形看上去都淡然自若。

张生"啪"地打开了煤气炉，火苗迅速舔热锅底，油锅里的肉丸子再次翻动着，个个表情愁苦。

来了位老主顾，不待张生招呼，熟门熟路地拿起叉子边挑选鱼丸，边好心提醒张生，张老板，煎肉丸当心溅到热油。老主顾称好鱼丸付钱时，张生像是抱怨一个无故脱岗的伙计说，二维码标牌不见了！老主顾举着手机，愣愣的：哦，那怎么付款？我没带现金的。张生不得不再次冷落油锅里的肉丸。这次，他犹豫了下，拿出手机，点开，屏保上周良勤的笑脸对着他嫣然绽放。张生很麻利地打开了自己手机微信的收款码。老主顾付款后，张生站在货柜前，目光直直地盯着"冤家"的货柜，那上面醒目的二维码标牌格外刺眼，也切割着他和老主顾维系的隐秘的关联。

张生打通了周良勤的电话，还未开口，周良勤像是洞悉了某种真相，厉声说，张生，我的手机上，今天到现在没有一笔生意入账，你都收到你的手机里了是不是？不想让我管钱是吧，你变心了是不？张生额头上渗出了细密的汗珠，等周良勤歇口气的工夫急忙道清原委，催促说，你快点发张二维码照片过来，不然生意都跑了。周良勤不再直接质疑张生，她说，张生，生意能跑到哪里去？张生，你耍心眼，以为我没收到钱，以为没有生意就吓到我了？你就是防着我接济我弟弟！张生，你不该去卖丸子，你该去做导演，教别人怎样演戏！周良勤块头大，嗓门也不低，她一开口就没有留给张生张嘴的余地，显然借机要把窝藏在心窝里的愤慨一股脑丢给张生。张生咽了咽口水，擦了下额头的汗水，他的手掌油腻腻的，在脸上留下了闪亮的擦拭的痕迹。他说，我怕你多心，我开始都没用我的手机收款，你是相信二维码牌子丢了，还是相信我这个人？他其实问的是同一个问题，周良勤没有做出选择，她在电话里恨恨地"哼"了一声，接着延续了早晨的话题，你是不是不想帮我弟弟？周良勤道出了一些隔年旧事，她说，我昨晚又梦到我弟弟变成了从前的模样，又瘦又小。我那时候没有办法帮助他，只能心疼他，谁让我们姐弟俩从小就没有父母呢。张生举着电话，眉头越皱越紧，他和周良勤经人介绍结婚一年，她的这些过往已听过数遍，现在他没心情辩解也没空陪着周良勤回味。他打断周良勤，抢过话头说，没人不让你心疼弟弟，你发张二维码照片给我，你要么不要做小时工先过来，要么快点去做个标牌，快点！上午的生意不能让别人抢了。停顿了一下，张生说，你要是做不到，就不要怪我用我的二维码收款了。周良勤的嗓门仍然很响亮，她的数落像利落的冰雹，张生，你明知收钱的牌子重要，你就拿牌子说事？你的借口谁会信？我不发二维码照片，我成全你！你把钱收着吧！周良勤越说越激动，不忘将话题进行到底。她说，我做家政也讲良心，不能提前走的，你早晨就不让我把话说完，我偏要说，你要是挂断电话，我跟你没完。周良勤的威胁显然触怒了张生，他不仅挂断了电话，还将手机扔到角落里油腻腻的抹布上。

3

今天早晨，张生是被手机闹铃叫醒的，一睁开眼，他就披了件外套下床。住处局促，是房东院子里一间暂未列入违章建筑的批厦，依仗楼房的主墙，采光的玻璃镶嵌在天花板上，总给人下坠的感觉。张生拉上外套拉链，揉了揉眼睛，这个动作让他叫醒了自己的身体。张生经营鱼丸生意，同时兼营炸肉丸，包蛋饺。他每天起床后，将沥过水的肉块绞成肉糜，绞肉机转动的同时，煤气灶打到微火煎蛋皮。周良勤从来不用闹钟，天花板上，那块充当天窗的玻璃迎来了晨光，她就起床了，边套外套边说，我晚上做了个梦。这时，张生关闭了炉灶，从角落推出车辖辘锈迹斑斑的二手三轮车，他只是点点头。周良勤身材高大，张生由床到达厨具需要六步，她却只需要五步。她边揉眼睛边将绞肉机口残留的肉糜刮尽，将保鲜膜覆盖在盛满肉糜的盆面上。然后协助张生将肉糜以及冒着热气的蛋皮、新鲜的鱼丸搬到三轮车上。

周良勤在张生脚踩脚踏时追上来抱怨说，你晚上睡得沉，我被梦惊醒了，你都不知道！张生急着赶路，敷衍地"哦"了一声，他领教过周良清的絮叨，生怕絮叨不尽的话题一旦从她打开的话匣子出来就会源源不断。周良勤说，梦见我弟弟小时候挨饿，我和弟弟要不是孤儿就不会这样了，我们得对我弟弟好一点。张生点点头，他不明白她为什么要反复说，但他没有打断周良勤。周良勤接着说，我弟弟昨天打电话说要买台电脑，我想帮他买。她说着说着拉住张生的衣襟，要详细地重温一遍梦境，她说，小时候我们太苦了！我弟弟在我的梦里，哭着哭着变成了小时候的样子，他一米八的大个子缩成了一团。周良勤的眼圈红了，嗓音里有了啜泣之声，你个闷葫芦，你倒是说个话啊。张生见过两次小舅子，一次是他和周良勤相亲，一次是婚礼。他和周良勤经人介绍后，约会几次就登记领了证。张生记起两个月前的婚礼上，小舅子是周良勤唯一到场的娘家人，孤单单的。张生拍了拍周良勤的肩膀说，我得快点，早市不能耽搁。借着周良勤揉眼睛的机会，猛然脚下用力滑离了家门，只留周良勤孤零零地立在屋门外。她追到大路上对着张生的背影喊，你同意不同意我都要帮他买电脑的！他大学刚毕业，还要还助学贷款，我不帮助我弟弟我心不安啊！疾驰的几辆车碾碎了周良勤的喊声。

张生到达市场时，天已经完全亮了，一抹晨光穿过栋栋楼房落在张生破旧的三轮车上。

宏远农贸市场地处闹市，属于封闭式市场，建筑外考究的防水瓷砖将市场包装起来，像是生活中无处不在的假象。市场内部，上下两层规范管理，大理石地面，楼梯台阶都铺了考究的防滑地砖，敞开式摊位和门面都贴了白色墙砖。

开门营业的步骤，每天遵循相同的章法，先是打开卷闸门，拉出橱柜，接着依次摆放不锈钢碟子、装鱼丸的面盆。张生进入店铺，再将货柜归位，最后的步骤是摆上电子秤和二维码标牌。电子秤、二维码牌子都是带回家的。张生仔细回想，二维码标牌却不在回忆之列，他想不起来那张不会说话的二维码标牌何时脱离了他，也想不出它是否会现身。

点燃煤气灶，热油，搅拌肉糜，将肉糜中拌入葱花、姜末，炸肉丸。张生通常边炸肉丸边售鱼丸，肉丸的香气袅袅升起，不仅打开了局面，还是一种无声的广告。隔着货柜，他和买菜的人便成了卖与买的关系。张生回忆起，今早，香气吸引来的第一位顾客，是老主顾吴妈，吴妈付的现金。第二位顾客是匆忙赶来的陌生女子，她身上的香气盖过了鱼丸的香味，张生注意到这位女顾客付钱时，举着钞票的手臂白皙如藕，他是在女顾客经久不散的香气中继续煎炸肉丸的。这些细节里都没有二维码标牌的影子。张生再次拿起了手机，打开微信视频连接周良勤，周良勤却不接，发过来一句语音：张生，我不想听你编排，你不让我收钱，我做家政有收入照样帮我弟弟！

4

早市一过，菜市场在忙碌嘈杂中渐渐冷清下来，零星的顾客在寻摸商贩们最后兜售的残货。张生的鱼丸店素来以新鲜著称，一向疏于招待捡漏的顾客。生意好时，张生会利用早市的尾声清理店面，在抹布上滴上洗涤剂，浇上清水，把那些摆放货品的碟子、盛馅的盆子清洗干净。边洗边惬意地端详空荡荡的货架。

货架里还剩下一半的鱼丸，秤盘上残留的汤汁白腻腻的，面对着滞销的货品，张生沉着脸，那些圆滚滚的鱼丸、肉丸堆积在眼前，堵着他的心。抹布上，手机无声无息，周良勤不仅没发来二维码图片，她本人也像是放弃了倾诉的愿望无影无踪。张生发了张自己手机微信账单截屏，账单上收入这一栏清爽得令他堵心，他发给周良勤的截屏像是付出真心的告白，周良勤仍没有回复。

街口经营早餐铺的三胖，将一碗三鲜面托盘轻轻放在台面上，这是张生预定的，也是他惬意生活的一部分。张生计划着等到他拥有了一套新居所，他对自己的犒劳会升级为一碗肉丝面。张生伸手推开三鲜面说，今天吃不下，端走！面汤上漂着的油花，一阵晃动。

张生抓起手机，又扔下。他盯着无声无息的手机，揉搓着自己的手指，慢慢绞净手上的油腻，指尖皲裂的手指，个个神情懈怠。张生抬眼瞥见"冤家"的货架上，不锈钢的碟子闪着空幽幽的光芒。张生伸手将货柜挪开一条缝，货架堆满了货，沉甸甸的，他挪动万向轮时，货柜底部乍然响起一声轮轴的尖叫。这声尖叫有如在张生的心口扎上了一把尖刀。张生就是带着心口的疼痛，痛苦地侧身挪动货柜，慢慢挤出门店。"冤家"店铺的二维码标牌，抢先进入他的视线，毫无规矩的黑色线条刺痛了他的眼睛。

即便接近早市尾声，"冤家"的店铺前还有几位顾客，与张生门前的冷清，形成了鲜明的对比，张生紧盯着这张标牌，它被里外二层透明胶粘在台面上，它无疑是属于"冤家"的。

稀客啊！"冤家"很热情，张生鄙夷"冤家"的做作，以白眼回敬。他注意到，"冤家"的鱼丸、肉丸、蛋饺基本卖空了，而那些跟着各位主顾踏入家家户户来到餐桌上的食物，在宏远市场，原本是张生专供的。张生的目光严峻地直视着"冤家"，嗓门和怨恨陡然提高了，粗声粗气地道明了现实，我的二维码牌子不见了。"冤家"惊讶地"咦"了一声说，怎么会不见了，去印一张啊。今天早晨，你故意添乱，在我那儿拿了我二维码标牌，快点，还给我！像是索要丢失的一条命，张生喊得声嘶力竭。"冤家"脸上的笑容僵住了。

还给你什么？我又不欠你什么的，我怎么会拿了你的牌子，这个玩笑开不得。"冤家"辩白，接着提醒张生，你仔细想想，会不会不小心掉在哪里！你也像我一样固定在台面上就好了。张生却并不接受提醒，怒声嚷道，你跑到这来，抢了我的生意还不知足。这句话似乎还不足以表达内心的怒火，张生索性动用了力气，"嘭"的一声，一巴掌拍在台面上，我要搜搜！我不能让我老婆冤枉我！张生说着将"冤家"的货柜斜拉出来，进入了"冤家"的领地。

"冤家"挡在张生面前，拦住张生的进一步入侵，有什么事出去说，这里不方便，你不能这样污蔑我的，你老婆冤枉你，你找我干什么？"冤家"的辩解显然触怒了张生，他击打着货架的玻璃台面说，你为了拉生意，做了手脚，我的生意被你分了去，你就是个贼！你就是坑人！

"冤家"的脸上呈现愠怒之色，他说，你嫌我抢了你的生意，你就明说，但你不能找碴侮辱人。两个人怒目相向，挤满了空间。置身核心的货架招架不住，万向轮首先做出让步，随着张生移动了位置，这种错位使张生得以全身侵入了"冤家"的领地。

菜市场的摊主们正在打包撤摊，张生和"冤家"上演的较量，夹杂着经久不散的蔬菜和家禽的气味。"冤家"拉扯着张生的衣襟，试图将张生推出摊位，他说，话要说清楚，调看市场监控也可以的，你不能在这破坏我的名声，我是个清白人。张生被老婆冤枉该有体会的，但他不愿同情"冤家"，却提高了声调喊道，我忍你很久了，你就是个贼，不仅抢了我的生意，还想抢光我的生意。"冤家"的脸腾地红了，脖子上涨起了青筋，但他松开了张生的衣襟说，我不跟你争，我们去看监控，还我个清白。张生却不依不饶，他一把扯住"冤家"的衣襟。空间小，肢体有了触碰，却无法施展，两人的围裙扭在身上，"冤家"的白色衣服变成了五

　　　／九　珍／

彩的，张生身上的深色外套，一时间颜色复杂，分不清是油污还是泥垢，而店铺里的炉灶、货架纷纷被胁迫着进入了搏斗，一阵哐当作响，"冤家"的店铺登时七零八落。摧毁，正在侵入"冤家"的店铺，也倾入两人之间。

"冤家"的境地让张生感到畅快，他的脸上出现了笑容。

"冤家"撇下张生，踩着货柜的支架，跳到店铺之外，像是要逃离张生的笑容，又像是要摆脱张生的入侵。"冤家"不还手，掏出了手机，他说，我报警！张生冲上去打掉了"冤家"的手机。"冤家"不捡手机，而是后退一步，猛地撞向了张生的店铺货柜，登时，货柜摇晃着，散了架，货柜里滞销的鱼丸、肉丸像是突然找到了出路纷纷出逃，一时间，张生的店铺被自己的货品包围了，混杂在食用油、碎玻璃之间的鱼丸、肉丸彼此混淆，像是因刺伤而全部失去了灵魂。

见"冤家"毁坏了自己的领地，张生凝聚的怒气再次点燃，他冲上去，双手紧紧箍住"冤家"的后腰，他的怒火爆发出惊人的冲击力，张生抡起"冤家"，两人叠加着又重重摔在地上，身体的撞击还在发出令人恐怖的声响，张生迅速利用自己居上的优势，敏捷地将"冤家"的两只手往后扳，躬身抵住"冤家"的双腿，随时预备着"冤家"的反击。受到钳制的"冤家"挣扎了两下却没了动静。地面上，"冤家"脑后鲜红的血液缓缓地渗出来，扭动着的诡异的红色曲线，像是勾勒出一张二维码图案。嘈杂的菜市场突然安静下来，像是另一个世界。

张生在一片错愕的表情中，慢慢抬起头，他看见不知何时赶来的周良勤，站在那辆车轱辘锈迹斑斑的二手三轮车旁，一只手吃惊地捂紧了嘴巴，一只手上捏着轻飘飘的两张二维码标牌。她说，我回家在床底下找到了二维码标牌，你把它们丢在家里，你存心不让我收钱就算了，还在这惹事！张生张嘴大口喘气，嗓子里呼哧呼哧发出嘶鸣。

一群人围了上来，那些起起伏伏的脑袋，交错着闪现的一张张面孔，像是构成了一张有一定规律的二维码图案，又像是一团乱麻。张生看见身材高大的周良勤，在他的眼前一点点瘫软下去，她喊出的话仍然飘着，她说，你要不是故意的，你让二维码开口为你说话吧。

作于 2023 年 2 月

早晨的瞌睡

1

立冬过后，阳光便显得特别金贵。清晨，透过厂房消尘扇射进的缕缕阳光更是精致如丝。穿梭在轧钢现场的红钢也因这阳光的抚摸显得黄澄澄的，耀人的眼。

正在轧机操作室里的韩冬生不由眯起了眼，目光更加专注。他操作的是轧钢关键的第一道工序。透过隔音玻璃望去，二十四小时连续轧制，流水线就像一座不夜城。加热、轧制、精整、成品。繁忙有序的生产现场与场外的寒冷交加，俨然两个世界。

经过加热炉的洗礼，通红的钢坯褪去了冰冷坚硬的外表，变得炙热、光滑。它们井然有序地经过轧孔，伴着冷却水升腾起的雾气，渐渐抚平了褶皱，极陶醉地舒展自己的内心，由此重塑成型。谁会想到外表坚硬的钢材居然有如此轻盈、柔和的成长过程。每次看着红钢由粗轧而精轧鱼贯前行，韩冬生浑身透着舒坦而自足的收获感。

至于像林爽第一次站在操作台前的惊奇，当年自己不也正是同样的感受吗？不知不觉间，轧制钢材使自己的感情没有变得粗糙反而更加细腻了。韩冬生从心里品味自己的思绪，很快明白他又在思念林爽了，他不愿承认这是思念，林爽只是作为实习的大学生和自己、和轧钢操作台朝夕相处了三个月。她的点点滴滴自己细细品味之余只剩下寂寞和惆怅。

行走的阳光细碎如猫的脚印，在现场散落开，想象得出场外该是如何炫目的阳光普照。眼前的红钢同样耀眼，那颜色像极了日出的光芒。林爽第一次上夜班也是在现场迎来了这样的黎明。当时，她看着眼前的阳光像捕捉到至宝。"这颜色多像场外的日出啊！"说这话时，韩冬生不由得脱口而出："我一来上班，也发现了这一点！"

家住长江边的韩冬生，从小就喜欢看日出。清晨，江上飘着雾气，远处水天相接。江水拍打着堤岸，人还在水的乐章里流连，不经意间，眼前金光四射，太阳喷薄而出。它跳跃着、奔腾着，既像是踏浪而来的游子，又像是拥你入怀的母亲。有时，他沿着江堤奔跑。风夹着水汽与他厮磨，他觉得长江流在自己心里，自己是伴着太阳长大的。他曾经把这种感觉说给林爽听，假装矫情的口气，也许怕林爽看轻自己，实际那是他最宝贵、最珍藏的经典。他的经历平淡、无奇。也许林爽只是觉得可笑，可她毕竟和自己利用休息日来江边看过日出，源于他的讲述还是同样的热爱？

早上七点五十，交接班的时间到了，生产现场暂时停止了作业。韩冬生仔细检查了交接班记录，然后，擦拭了操作台面。电机的指示灯柔和地闪着灯光，韩冬生觉得这些他每天都见面的设备也是有感情、有灵魂的，只要你关心、爱护它们，它们就会无私地奉献而无所求。它们已和他融在了一起，息息相关，血脉相连。

2

早晨也是有瞌睡的，往往这样的工作日，一夜的辛劳都攒足了劲在早晨迸发，瞌睡像顽皮的孩子袭来，让你对他又爱又无可

/九珍/

奈何。尤其在这样一个寒风袭人的冬天的早晨。大街上匆匆忙忙的行人，川流不息的车辆，阳光夹杂着冷风既温暖又凛冽，一股生机勃勃的气息。

韩冬生径直去了一家拉面馆，吃上一碗暖暖的拉面，然后再回去睡上一觉，一身的疲劳就会无影无踪。远远的，扑鼻的香气勾起韩冬生隐隐的期待。他真希望像以往一样，先到一步的林爽已站在靠窗的位置上向他招手。生意依然火爆。韩冬生不经意地瞟一眼靠窗的座位，两个年轻人正不解风情地狼吞虎咽。也许，韩冬生想要的惊喜没有出现，却成为一种隐痛。

三个月仿佛就已相知，刚走了三天好像离别了三年，更何况自己从未对林爽表达过什么。他不承认自己是自卑又不自信的。韩冬生认为自己徒有一番激情，比方说他为自己对工作的真诚打动，从看见轧钢现场的第一眼，他觉得这是男人该干的体力活，充满魅力，除了这些，他说了什么呢？甚至有一次他吃了很多辣椒，也没有鼓起勇气接住林爽的话。林爽说，男人有没有钱，有没有权，不重要，重要的是有一颗忠诚于生活的心。他觉得从林爽聪慧的眼里读出了期待和鼓励。他当时却沉默了。

参加工作后，韩冬生租住了一套小公寓，一方面方便自己工作，一方面为了躲避父母的"关怀"。公寓一层是门市房，有卖菜的、修鞋的、卖早点的……每天热热闹闹的，充满了过日子的朝气。一次，韩冬生的鞋帮开胶了，他拿去修，戴眼镜的老师傅用尼龙线给他细细地缝了一圈，从外观上丝毫看不出痕迹。大大咧咧的老汉却有如此精巧的手艺，让韩冬生记住了。从那以后，他路过那儿都和老人唠几句家常。老人最早是一名铁路养路工，一生排查无数险情，走过多少路，恐怕无以计数，但此刻老人安详又踏实。韩冬生觉得自己老了以后，只要忙得动，也会像老人一样，在生活中找到自己的位置。

途经菜市场，韩冬生买了两条鲫鱼、一把青菜，青菜绿绿的，透着无限生机。鲫鱼是林爽最爱吃的，用油煎后放上作料，再放一点鲜奶，味道好极了。林爽是这样说的。韩冬生望着手里的两样菜，无比诧异自己的举动。随即自嘲地劝慰自己，权当向林爽的告别宴，我一个人把它埋在心里。

太阳升到高空，挥洒了冬天少有的暖意，挠得人心里痒痒的。他想起林爽喜欢仰头看天，一肩的秀发披散开来。

3

临近公寓，韩冬生的眼界里，闪出一簇大红。那红轻盈地燃着，跳动着。近了一点，韩冬生几乎要用手去按住心的狂跳。林爽大红的羽绒服衬着秀美的脸，一双慧眼盛满笑意，越发楚楚动人。暖暖的太阳在林爽的身后，散发的热量就像他们俩靠近钢铁时扑面而来的温暖。天蓝蓝的，云白白的，阳光激醒了韩冬生迟迟不来意味深长的瞌睡。"你来了，真没想到！"一边说，一边掏钥匙，钥匙平时挂在皮带上，今天怎么这么难拿。"还是我来吧！"林爽摘下手套，纤细的手指麻利地解下钥匙，开了门。先冲他笑笑，嘴边浅浅的褶里也盛满了笑，继而又挡在门口不依不饶的样子，"先说我如此冒昧，欢不欢迎?""看你。"他的脸蓦地红了，发现几天不见，林爽更秀气了，还是那样苗条。目光躲避着，先前的思绪随着对视出卖了他。他轻轻推开门，心里有一丝暖暖的漪涟。屋里有些乱，他忙整理，却碰倒了椅子。

"我来帮你吧！你还买了菜? 我来烧！"林爽说着已麻利地卷

起袖子，露出白白的手臂。"今天我有特殊的任务！给你介绍个女朋友。"林爽的语气很郑重又很诡秘，语气里透着豪迈。他的心里有一阵翻动，重重地抢过林爽刚拿起的拖把。"别开玩笑了，我一介蓝领，好姑娘会看上我？我先谢谢你！"林爽看见他眼里的落寞，只是浅浅地一笑。

林爽开始收拾房间。床单刚换过，她也不问，让他重铺一床，拿去洗了。鱼拎到厨房里，韩冬生还没插手却已经煎了，放了作料，又加了鲜奶兑在汤里。一时之间锅盆发出的轻响让韩冬生听了心醉醉的。屋里飘着鱼香，床单在洗衣机里已经洗好了。韩冬生拿去晒，觉得像第一次见到林爽时的情景，他站在操作台上精心地操作着，林爽眨着眼睛认真地盯着学，他手心里隐隐地出汗了。"你第一次做客，怎么帮我做家务呢？"林爽俏皮一笑，"谁让我是你徒弟呢？"

他不知该说什么，也不想扫林爽的兴。林爽进厨房时，他在门口搓搓手。家的感觉真好，家里有你的感觉真好！他想说不见另外的女孩，又怕林爽有了离去的借口，便假装累了，靠在床上，微闭双眼，心里渐渐覆盖了失落。瞌睡来了，他听到林爽打开房门，猜想是那应邀而来的女孩，决定以瞌睡拒绝相见，韩冬生闭紧双眼，发出鼾声。

假装开门又关门的林爽见声响无法击碎韩冬生的瞌睡，满脸绯红地走到床边试图唤醒他："她来了，就在你眼前。"韩冬生的鼾声却更大了，显然，早晨的瞌睡此刻袭击全身。

作于 1992 年 2 月

原载《江南文学》2015 年第 4 期

淡黄月，橘黄灯

　　天色渐渐暗下来，路灯一盏盏亮了，淡黄月的灯光使初秋黄昏的景致变得温情脉脉。公路笔直地延伸下来，而灯光也一如既往地相随，两者的组合不知让多少遥远旅途充满了温情。

　　公路旁依次站立的香樟树，在满是凉意的秋风里透着生机。透过树叶的灯光像极了满天的星星。穿过长长的小巷，伴着三轮车"吱吱"的歌唱，李萍总是被巷口路灯的灯光无微不至的光辉感动。

　　路灯一盏盏亮起时，正是李萍的馄饨摊每天营业的开始。馄饨摊是城市里常见的，摆在路边，小小的体积里容下了锅碗瓢盆以及一只油桶改制的煤炉。夹在卖烧烤的、卖炒面的各式小吃摊中，李萍的馄饨摊别致在车头的两盏"橘灯"和浑圆、锃亮的车把手。灯是女儿做的小橘灯，用金黄的小面盆倒扣在灯泡上，灯光就变得温暖而醒目了。车把手则是细心的丈夫把木把手换成铁把手，又缠上一圈塑料，抓在手里既省力又牢靠，每次握住车把手就像握住丈夫的手。

　　先前巷口的这条街，只是条小街，虽不繁华，却也热闹。仿佛是一夜之间，那些临街的老房子该拆的拆了，该推的推了。随着街面的扩张，楼越来越高，越来越壮观，广告牌几乎铺满整个墙面，公路拓宽了，望不到头。李萍的家夹在街面深处，由高楼间一条长长的巷子延伸下去，仿佛盛装的女人不经意地遗留下童年的时装，虽很温馨却满目简陋。

李萍摆了四年的馄饨摊，从纺织厂下岗的茫然和无措早已被若隐若现的炉火和飘香的馄饨所取代。小小的馄饨摊在繁华的闹市间透着热情和质朴，飘着香气与那些富丽堂皇的酒店遥遥相对。伴着李萍渡过了下岗的难关。

女儿走在前面，浅绿色的夹克衫，配上深米色的休闲裤，适当地显出女儿身体的长度，看着女儿挺拔玉立的身姿，李萍的心里不由得升起欣慰。

女儿很乖。刚摆摊时，女儿正面临高考，她去参加女儿的家长会，悄悄地坐在教室的角落。老师站在讲台上，讲到女儿如何赞美下岗的妈妈在巷口亮起了一盏温暖的橘黄色灯。女儿写道：在寒冷的冬天，夜行的人，坐在灯光下吃一碗妈妈亲手下的热馄饨。看着他们心满意足的神情，我由衷地敬佩妈妈，妈妈也是我生活中的一盏灯。

而今，女儿已大学毕业了，李萍仍清楚地记得当时无法描述的心情，女儿记录的每件事都是真实的，只是李萍意外，女儿把那些勤劳、质朴的所为都当成一笔财富吸纳并发挥了。女儿的大学四年，寒暑假也是伴着馄饨摊过来的，伶俐的女儿能把馄饨包得有模有样，调料放得香气扑鼻……母女俩有时会穿上自己裁制的碎花对襟小褂，把自身和顾客融入家常里，顾客吃着馄饨往往说这母女俩像姐妹似的。李萍眼角的皱纹有一半因为女儿带来的欣慰消失了。

"小菊，你饿不饿?"她关切地问。"不饿！等着晚上吃团圆大餐。"女儿的声音清脆又爽朗。能听出她上午收到被录用喜讯的余音。

自从摆上这馄饨摊，除了逢年过节，一家人能一起吃顿团圆晚饭成了奢侈的享受。她今天本打算不出摊，奢侈一次，庆祝女儿步入人生新阶段，丈夫却要加班，女儿也坚持将团圆饭放在半夜收摊后。

丈夫在一家建筑公司做钳工。下了夜班，常带工友光顾馄饨摊，清一色黝黑的皮肤，结实而有力的脊背上满是灰尘。身处其间，李萍最大的收获就是一声声亲切的"嫂子"。

母女俩到了巷口，先是支好车架、把车上的桌椅拿下来，李萍小心地脱下身上的毛衣，换上一件在工厂时的工作服。工作服旧了，但其中的情结总是让李萍充实而踏实。毛衣是丈夫帮她织的，立体的图案很难让人想象出自丈夫那双大手。女儿看她换衣服，俏皮地笑着，还刮着脸蛋。

炉火是在家封好的，拉开炉门，扇子轻轻一扇，火舌便舔着锅底，一会儿锅里便沸腾了。

案板上浑圆的馄饨，有三鲜的，有纯肉的，刚一上炉便忙得不可开交。配好料的碗里汤水一倒，油花散开，一圈圈像是天上圆圆的月亮。有食客吃着吃着，惊喜地喊道："老板，一元钱八只，你又给了十只！"旁边的也喜悦地附和："我也吃了十只呢。"李萍浅浅一笑，脸庞被烤得红扑扑的，又温暖，又鲜艳。

夜色已完全褪尽了白天的喧闹，澄净的天上，月亮透着淡黄的光晕。远处豪华的歌厅灯光富丽堂皇，歌声袅袅。一辆辆锃亮的汽车从摊前匆匆划过，留下的尾气丝毫冲淡不了普通人品尝馄饨的香甜。

／九 珍／

那个像女儿一样大，满是阳光气息的男孩走来时。李萍的心里不由得升起一股母亲的柔情。男孩的脸上挂着腼腆的笑，衣服是那种廉价的牛仔衣，藏着很深的污痕，表面上的浮灰显然刚刚拍去。李萍见他那双骨节结实的手，就知道是附近打工的民工，确切地说还是个孩子，刚发育的肩膀，有了肌肉的雏形。"你吃什么馅的?"李萍热情地问。"随便!"男孩很快地说，脸随即红了。还是个孩子! 李萍想着，不由得又多抓了几个馄饨放在锅里，瞥见他袖口处露出晒得黝黑的皮肤。"袖子脱线了，我一会儿帮你缝缝!"李萍说。"不用，不用!"男孩为了掩饰突如其来的关切，急忙端起女儿刚端来的馄饨汤喝了一大口。"小心! 烫!"李萍话刚到嘴边，男孩已伸长了舌头，直皱眉头。见母女俩被他的窘态逗笑了，他的脸更红了，而他脸上的红晕尚未褪尽，一辆奔驰而来的轿车突然撞上台阶，直接将他撞倒。李萍甚至来不及喊，就看见撞倒男孩的轿车飞驰而过，留下惊惧、慌乱一片。人们惊叫着归拢来，扑向男孩的刹那，一切又归于沉寂。血慢慢地从男孩的后脑勺浸入水泥路面，灯光下，男孩的脸惨白，双目紧闭。看见他手里攥着的两元钱，恍惚间，李萍似乎又看见他吃完馄饨硬要给两元钱。"老板娘，我多吃了!"他腼腆而羞涩的方言夹着黄梅戏一般悦耳的尾音。

　　直到男孩送去医院，街头那些五光十色的景致，在李萍焦灼的目光里仍是飘的，但她强撑着安慰眼里满是惶惑的女儿。"我看清了肇事车的车牌号码!"女儿声音颤抖，"我去面试时见过，是我应聘单位的车。"李萍清楚女儿对数字有超乎寻常的敏感和记忆能力，夜风划过，不禁打了个激灵。

　　这天夜里，李萍和女儿离开警局时，天空已泛起了鱼肚白，赶回家后，丈夫才匆匆赶回。踏进家门，暖暖的灯光下，餐桌上母女俩出门前备好的菜肴散发着诱人的光泽。

"我回来晚了，刚来的小李听大伙说起馄饨摊，下了班赶去吃馄饨，就出了车祸，我一直在医院，他脱离危险了！那还是个孩子！"

"他没说认识你啊！"

"这孩子，怕说了相识，吃馄饨，你不收钱！"

"咱们女儿工作没了。"

"我都听说了，咱们要好好庆祝，女儿立了大功！"

黎明的阳光迈着轻快的脚步，悄悄爬进屋来，带着灯光般的柔情，灯光般的蜜意。

作于 1991 年 12 月